《论变异》

花城出版社　1987

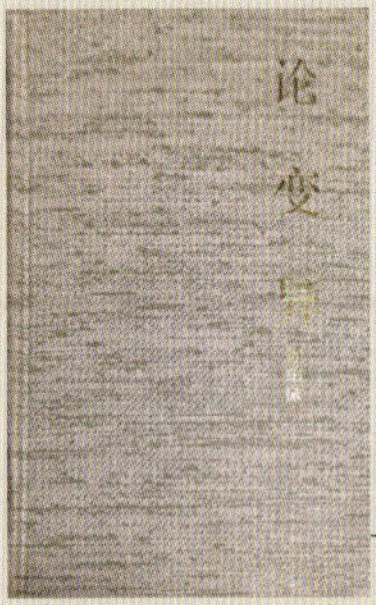

《论变异》

花城出版社　1987

孙绍振文集

论变异及其他

海峡出版发行集团｜海峡文艺出版社

图书在版编目(CIP)数据

论变异及其他/孙绍振著. —福州:海峡文艺出版社,2025.6
(孙绍振文集)
ISBN 978-7-5550-3931-0

Ⅰ. I206.7-53

中国国家版本馆 CIP 数据核字第 2025AW2637 号

论变异及其他

孙绍振　著

出 版 人	林　滨
丛书统筹	林可莘
责任编辑	余明建
出版发行	海峡文艺出版社
经　　销	福建新华发行(集团)有限责任公司
社　　址	福州市东水路 76 号 14 层
发 行 部	0591—87536797
印　　刷	上海盛通时代印刷有限公司
厂　　址	上海市金山工业区广业路 568 号
开　　本	787 毫米×1092 毫米　1/16
字　　数	355 千字
印　　张	18.5　　**插页**　1
版　　次	2025 年 6 月第 1 版
印　　次	2025 年 6 月第 1 次印刷
书　　号	ISBN 978-7-5550-3931-0
定　　价	100.00 元

如发现印装质量问题,请寄承印厂调换

出版说明

孙绍振先生是我国著名的文艺理论家、文学评论家、语文教育理论家、作家，是“闽派批评”的旗帜性人物。

他学贯中西、思通古今，全面梳理中国传统文艺理论中的重要命题，对当代西方文论进行了系统的分析和批判。他的文学研究贯穿着“实践真理论”的世界观和辩证方法论。他以一个“文学教练”的矫健身手，在“文学创作论”和“文学文本解读学”的坚实理论基础上，进行海量的经典文本分析，洞察小说、诗歌、散文等文类的艺术奥秘。由此，他建构了富有原创性的中国特色文学理论话语体系，在理论和实践结合方面发出中国声音。

他以先锋姿态投入“朦胧诗”大论战，业已留下重要的历史文献；以创新思维和精准表达，体现文学批评的力量与高度。

在语文教育改革中，他以犀利的思想拨乱反正，为语文教育的学科建设做出独特的贡献。其成就不仅深刻影响祖国大陆语文教育学界，还辐射至宝岛台湾，有力助推两岸学术、文化与教育交流。

作为一个作家，他钟情于诗歌、散文创作，产出丰硕的成果。其演讲体散文，卓尔成家。

为了全面展示孙绍振先生的研究成果和学术成就，我社组织出版“孙绍振文集”（20册），汇编其迄今为止的全部代表性学术著述和文学作品，涵盖文学理论建构、文艺评论、演讲、语文教育、文学创作等诸方面内容。希望这套文集能全面展示孙绍振先生的理论成就、评论成果和文学创作的整体风貌，呈现中国学派崛起的绰约风姿及其在世界学术话语体系中日渐突出的自主地位。

海峡文艺出版社

二〇二五年六月

目　录

上编　论变异

第一章

“误差”是一切思维的合理代价

一、脆弱的“模仿论”和“镜子论”

人是一种多么奇怪的生灵，在人的身上凝聚着多么不同的禀赋，当人用感官和心灵探索大自然的奥秘时，显得多么睿智，人的思维显得多么辉煌，大至宇宙、天体、银河系、太阳系，小至分子、原子、原子核的结构都被人类犀利的目光所穿透，可是当人用同样的感官和心灵来审视自身的内心活动时，似乎就变得笨拙，目光也变得暗淡了。人类的大脑至今仍然是个“黑箱”。人的认识过程，特别是人类情感的发生过程，至今还缺乏系统的直接的实验材料，建立在直接观察和实验基础上的对思维活动的考察还不能越出非常有限的范围。人对自己最简单的感知（如视觉），不管是最微观的生理解剖还是最平常的感知测定都还处于幼稚的阶段，至今感知的定量仍然是个悬而未决的问题，至于去探测那最高级的情感活动、审美体验就更渺茫了。正因为这样，在这个领域里精致的假说和伟大的偏激，不像在自然科学领域中那样很容易受到经验材料和定量的精确的实验事实的挑战，因而其谬误比较难以发现和更正。在这个领域中，即使最权威、最经典的理论中也难免包含着比较大的虚假。最突出的最集中的表现，莫过于把美与生活等同起来的车尔尼雪夫斯基的“美是生活”的命题了。

早在古希腊的亚里士多德那里，就存在这样的混淆。亚里士多德提出文艺是对自然的模仿，用今天的话来说就是对生活的模仿。这种理论在世界美学史上，用车尔尼雪夫斯基的话来说，“雄霸二千多年”。在亚里士多德的《诗学》中多少还强调一下生活与艺术的矛盾，可是到了后世，亚里士多德的这一点辩证法都被遗忘了，自从西赛罗把喜剧比作镜子以后，模仿论越来越片面，塞万提斯就更进一步说作品中“所有的事都只是模仿自然，自然便是它唯一的范本，模仿得愈加妙肖，你这部书也必愈见完美”[①]。在很长一段历史时期里，模仿论、镜子论，被盲目地经典化了。其实镜子是一种极其蹩脚的比喻，作家的感官和心灵如果真像镜子，那还有什么创造可言？隐藏在模仿说中的形而上学没有引起充分的警惕，以至于到了十九世纪就产生了车尔尼雪夫斯基那种强词夺理的公式：“美是生活”。

任何事物，我们应该在那里看得见依照我们的理解应当如此的生活，那就是美的；凡是显示出生活或使我们想起生活那就是美的。[②]

这就把话说绝了，死得不能再死了。以至于在中国，直至今日，有些评论家的思维仍然受这种权威的独断论的钳制。当一个作家写了一部得到社会好评的作品，评论家就说它深刻地反映了生活；当一个作家的作品遭到社会批评时，评论家就论证他歪曲了生活。这种理论的权威性甚至使一些颇有才气的作家产生自卑感，当他们奉命写一点创作经验时就不由自主地按着车尔尼雪夫斯基的公式进行演绎：写出了好作品是由于深入了生活，作品失败了，则是由于脱离了生活。

好像作家的全部本钱就是生活经验，而作品就是生活的镜子，对生活的模仿。

鲁枢元说过“模仿自然说没有为艺术创作理论提供什么真正有益的贡献”[③]。

二、没有绝对等同的反映

其实，不仅在文学创作上模仿说没有揭示出什么深刻的规律来，就是对于自然科学来说，把人的感受器官和心灵比作镜子，作为完全被动的反映工具，也包含着某种误解。人的感官和心灵在接受外来的信息时并不是中性的，自从自然科学中的逻辑实证主义失去优势以后，科学哲学发展的总趋势是强调“没有中性观察，没有中性观察语言”。

早在三百年前，笛卡儿就梦想确立一种绝对中性的语言以描述观察对象。他希望这样去预防观念的偏颇导致对客观对象的歪曲，但是三百年来的科学史证明，这种中性的观察是不可能的。当人去观察客观对象时，他觉察到的往往是他最关心的，在他的注意范围以外的东西，往往就视而不见，听而不闻，嗅而不觉。美国克雷奇等所写的《心理学纲要》指出，人的感知受着“早先的经验和像需要、情绪、态度和价值观念这样一些重要的个人

① 伍蠡甫：《西方文论选》上卷，上海译文出版社 1979 年版，第 208 页。
② 北京大学哲学系美学教研室编著：《西方美学家论美和美感》，商务印书馆 1980 年版，第 242 页。
③ 鲁枢元：《用心理学眼光看文学》，《文学评论》1985 年第 4 期，第 6 页。

因素”的影响，我们倾向于看见我们以前看过的东西，以及看见最适合于我们当前对于世界所全神贯注的和定向的东西。[1]鲁迅说，同样是一本《红楼梦》，不同的人由于他的注意点不同，因而观察的结果也不一样，“经学家看见《易》，道学家看见淫，才子看见缠绵，革命家看见排满，流言家看见宫闱秘事”[2]。当李白去送孟浩然，他写道：“孤帆远影碧空尽，唯见长江天际流。”这并不是说长江上只有孟浩然乘的那艘帆船，而是李白只看到他动机范围以内的东西。

这是因为任何一个对象，客观环境所包含的信息都是无限多样的，而感受器官向大脑传达的只能是其中的千万分之一。如果不加选择，必然导致神经通路的阻塞和大脑有关部分多种兴奋中心互相抑制（负诱导作用）。正因为这样，观察必须是有目的，有计划的。而对于科学的观察来说光有目的还不够，因为你的目的可能是很粗糙的，很肤浅的。科学家的目的性与他的理论指导分不开。正因为这样，要把观察的客观性与理论的指导性结合起来。科学的观察不但不能是纯客观的（中性的），而且不能是很肤浅的。它应该是在深刻的理论指导下进行的。没有理论指导只能在对事物的表层感觉、知觉上滑行。当然有了理论，如果是错误的，必然导致迷误，只有深刻的理论才能把科学家大脑的反映导向深入。当年轻的海森堡告诉爱因斯坦说，他要建立一种完全以事实为依据，不包含任何猜想的物理学的时候，爱因斯坦怀疑地摇头说，你能不能依赖于这种理论去观察呢？恰恰是理论决定了能够观察的东西。[3]美国的科学哲学家汉森（Hanson）曾经机智地问过：“两个持有不同理论的人在同一现象面前是否看到同一东西？”设想凯普勒（Kepler）和第谷（Tycho）两人看日出。凯普勒看到的太阳固定不动，地球绕太阳转动，而第谷看到的是地球固定不动，太阳绕地球转动。从接收视网膜映象来说，他们是相同的，但是人的认识并不停留在感官印象上，这种感官印象还要与以往有关的经验和理论汇合沟通才能深化。由于凯普勒和第谷以往有关地球和太阳的理论不同，因而同样的视觉印象经过不同的理论渗透形成不同的观点。

从这个意义上来说，对一个具体对象 x 的观察（反映），并不仅仅由 x 本身决定，同时还由关于 x 的理论和知识准备决定。可见，即使从自然科学的角度来看，绝对等同客观的“反映”也是不可能的。客观的镜子式的“反映”最多也只是感觉器官的感知，而认识则是这种感知信息和心灵中有关的经验、理论化合的结果。

① 〔美〕克雷奇等著：《心理学纲要》下册，中译本，文化教育出版社 1981 年版，第 78 页。当然，从另一个方面看，人们有倾向于所不曾看到过的新的东西，但是这种新东西（信息）必须与原有的东西有某种联系，如果没有联系，即使看到了，仍然不能引起大脑有关部位的高度兴奋和深层思维。

② 《鲁迅全集》第八卷，人民文学出版社，2005 年版，第 179 页。

③ 参见许良英、范岱年编译：《爱因斯坦文集》第 1 卷，商务印书馆 1976 年版，第 210 — 217 页。

三、心理机制决定不能等同

关于这一点皮亚杰在《发生认识论原理》中早已有了很深刻的说明。皮亚杰认为，人对世界的认识并不简单地接受刺激，不能粗糙地用刺激—反应（S—R）这样的公式来表示，他把 S—R 的单向的公式改成双向的，刺激和反应互相制约的公式（S ⇋ R）。不但刺激决定了反应，而且主体的机制的反应能力也决定了刺激起作用的程度和性质，此外主体的反应能力也取决于其“准备状态”，用皮亚杰的话来说，叫作“图式”（schema），只有与这种图式有某种程度的相符的时候，才能起“同化”（assimilation）作用，从而才能产生反应，他把 S ⇋ R 的公式改为：S（A）R，A 是刺激向某个反应的同化。[①] 如果外来的刺激与主体的“图式”没有某种程度的一致性，就不能起反应，因而也就没有什么认识。这样说并不意味着认识在主体现成的图式中打转。每一次新刺激多少有些超出原有“图式”的成分，这些成分促使“图式”扩展，皮亚杰把这叫作“顺应”（accommodation）。有了“顺应”，认识就不断发展了。人类的认识就是在外来刺激下不断建立图式、扩大图式、推翻旧图式、重建新图式的过程。皮亚杰把这叫作“建构”的过程。

所谓“建构”过程，实际上不仅仅是客体刺激通道，而且也是主体开放、扩展通道的过程。在建构过程中，主客体无限接近。而又不可能完全重合。

正因为这样，不可能有任何一种纯客观的反映，任何反映都意味着有限的主体图式“同化”客体部分信息，同时又意味着主体“图式”在其边缘上与客体信息有限地“顺应”。

从这个意义上说，爱因斯坦所说的完全正确，理论（图式）决定了能够观察（反映）的东西，库恩在《科学革命的结构》中举出一系列事实说明，在接受哥白尼体系后的五十年中，虽然观察的方法并没有多大改善，但是天文学家发现了那些以前的观察者视而不见、一窍不通的天体。

严格来说，每一种理论不仅仅是一种观念的系统，而且也是一种知觉的限度。因为任何一种理论都有某种逻辑的自洽性，这种自洽就产生自我满足，自我逻辑封闭，在这封闭的逻辑以外，是感知的空白。在这种逻辑限度以内，它帮助科学家看到平常人看不到的东西。每一个科学家掌握着某种理论的精度决定了他观察的精度。可是在这种逻辑限度以外，它又往往蒙住了科学家的视线，使他们在一系列重要信息面前麻木不仁，变成瞎子和聋子，就像米丘林学派看不到遗传基因一样，一切学派都不免有点“伟大的荒谬”“深刻的片面”。

---

① 〔瑞士〕皮亚杰《发生认识论原理》，王宪钿等译，商务印书馆 1981 年版，第二章。

而要更正这些荒谬和片面常常要付出巨大的代价。对旧图式悲壮的迷信往往使新图式的发现者长期忍受孤独，甚至像布鲁诺那样为纠正托勒密的日心说英勇地面对火刑，付出生命的代价。

直至今日，世界上还没有一种绝对开放的理论，因而也没有知觉绝对开放的科学家。正因为这样，那些能在理论的逻辑限度以外感知到与之相矛盾的新消息，并能使理论向事实顺应的人就成为伟大的科学家。应该提醒的是：即使这样的科学家的观察也远远不是中性的，他的观察仍然受到他的理论“图式”的同化，因而就连哥白尼、牛顿、达尔文也不免充满了谬误。

绝对冷漠、绝对中性的镜子式的反映不是人脑的特征，而英语中，reflect不仅仅有反映的意思，而且有沉思的意思，汉语把它译成反映，使人联想到平面镜，造成了许多误解，反映变成了机械的反射，其实反映只是主体感知表层现象，在深层中它掣动着主体的“反应”（responce）。反映的效果固然离不开对客体信息的反射，但更重要的是主体心灵库存本身的“反应”。“反应”是一种内外信息的重组，所谓深刻的反映就是深刻的重组。对于科学的认识来说，从来没有单纯的反映，反映总是包括外来信息的反映与内心经验和理论的反应两个要素。

四、概念和语词的局限性决定不能等同

认识不是平面镜式的反映。这不仅由于人的心理机制，而且由于人所使用的概念和语言符号。

当人的心灵去认识外在世界时，所使用的工具是概念。概念，可以反映事物的深刻属性，但是它不能究尽事物的一切属性。概念的特点就是单向地深入，而事物的属性却是多维、多向的。概念要深入，要摆脱朦胧自觉的干扰就只有舍弃绝大多数属性而在一个方面深入概括。对面走来 个漂亮姑娘，当我头脑中形成、闪过姑娘这个概念时，我在她的性别和外表的美上是深入了，但是她的职业、她的年龄、她的品德、她的国籍、她的体魄、她的才能、她的兴趣等等就都被舍弃了。除非不使用概念，而使用直觉，我们可以避免这样巨额的信息的损失，一旦使用概念，信息的客观性、丰富性和整体性就会立即消失。

这种消失是命中注定的。因为人类从一开始就没能创造出一种具有直观性和整体性的 揽了反映事物全部属性的概念。人类从使用这种工具时，就学会了将就、忍受它的局限甚至缺陷。

这种局限又由于概念的物质外壳——语言符号的局限而更加严重了。语言是一种声音符号系统，它与概念之间并不是一种绝对等同的关系，符号只能与概念有某种对应关系。概念总是要超出符号，意义往往不在符号之中，而在符号之外。“人”的概念的内涵和外延总是要超越“人”的语言和文字，认得“人”字的人并不一定了解人的概念的全部深刻的含义，认得“一”的人绝大多数并没有意识到“一”的全部内涵。

比之概念，语言符号显得十分贫乏。人的眼睛能分辨两千种不同层次的颜色，可是人的语言符号却只能表达其中的几十种。在千差万别的人的相貌面前，人的语言符号就更是相形见绌。因而没有任何一个大作家能够穷尽任何一个人的外貌特征，没有一个公安人员能根据通缉令上的外貌特征断定某一个人确系通缉对象，语言充其量只能确定一个模糊的界限。

语言作为一种声音符号系统，即使用来“反映”声音已经是大大地不够用了，很不精确了，最简单的例子是象声词，象声词是最不逼真的。世界上没有一种语言的象声词是与所要表达的声音完全等同的。例如汉语中的哈哈，在俄语中叫 захахадать，就并不都以惟妙惟肖地象声而能传达语义的。一切中国人和一切俄国人在大笑时不管产生过多少差别，也不管多少人在大笑时，哈哈（haha）中的“a”按国际音标来标注，多么接近于“[ɑ:]”，有多少人的“a”多么接近于 захахадать。

语音符号用来象声已经那样地不准确了，何况用以表现音乐。白居易用了那么多美好的词语表现琵琶女演奏的乐曲，可我们仍然对那乐曲的具体节奏、旋律一无所知。虽然后世有许多书呆子用钻牛角尖的办法指出在《琵琶行》中因有那么多的双声词和叠韵词而写出了音乐之美，但这种语言上的特征与音乐上的特征几乎是风马牛不相及，语言艺术之美与音乐之美属于不同范畴。因为语言是一种符号，而符号的意义是在符号以外的，语言符号是不能完全完成音乐符号（工尺谱、简谱、五线谱）的任务的。

用语言来描绘声音已经是命中注定不可能对等的了，何况语言符号所表现的大大超越了声音范畴，它还要表现形状、颜色、气味、硬度、温度等等。更重要的是它并不停留在具象世界，它还要深入到抽象世界中去表现抽象的关系、性质、转化、情感、想象等等。

语言工具的局限性决定了人不能追求绝对的等同，不能妄想镜子式的全面，人不能不将就一些，变通一些，忍受一下语言符号的不准确性，在不准确中追求尽可能的准确，但那已经不是完全意义上的准确，而是局部意义上的准确。

从这个意义上讲，一切的反映，包括科学的反映，日常生活的反映，都是有“误差”的，因为概念和语言的本性如此。只要运用语言和概念，事物的原来的形态就要发生变化，以为人的思维可以像镜子一样反映客观世界完全是一种幼稚的空想。如果概念和语言本身就不是平面的，而是凹凸的或者是弯曲的，或者是三棱的，半透明的，有色的，怎么可能设想反映的结果是平面镜式的等同映像呢？

五、学科分化决定不能等同

可是，在文学理论中有一种理论根本无视人类思维的这种先天的局限性，这种理论认为形象思维是一种整体思维，作家的语言（抽象性的第二信号系统）是与具象性的第一信号系统联系在一起的，而第一信号系统是以主体对客体的完整感知为特点的。这仍然是镜子式的等同反映的翻版。即使第一信号系统的感性直观有着某种“整体性”，但是这种“整体性”仍然是不完全的，甚至是一种假象。因为人类的“注意”本身就需要是有目的，而目的本身就是事物的部分属性，如果你蔑视注意的不完全性，你追求全部信息，其结果是视而不见，听而不闻，感而不觉，以惘然的观看代替了深入的观察。

客观对象的属性是无限丰富、不可穷尽的，而人类思维的现实能量却是有限的（尽管其潜在能量也可以说是无限的，可这个无限的意思是无限地接近客观属性，而不能穷尽）。在长期的历史发展过程中，人终于发现了一条真理：即使在一个并不完全的方面去探索客观对象的内在规律，也是需要一代又一代的人连续不断的努力的。于是在思维领域中，学科分化了，每一门学科都从一个不完全的角度，从一个稳定的单向积累着、深化着认识成果，思维的不全面性变成了合法的存在。从此以后没有一个人敢吹牛：他可以借助分工的方便，能在一切学科中长驱直入。每一种认识的深化都不能不依赖于不同的学科，从不同的角度，不同的方位确立起来的范畴，或者用科恩的话来说就是同一学科中共同遵守的“范式”，也就是共同使用的概念方法，共同承认的前提。由于各种不同学科范式是不同的，而且这种不同的范式是互相矛盾，互相错位，互相干扰的（如形式逻辑和辩证逻辑，欧几里得几何与非欧几何，牛顿力学和相对论），因而几乎没有一个人能够同时使用无限丰富的互相矛盾的范式。不但人类思维和人类语言的局限性决定了不可能如此，而且各门学科的范式本身的规定性（从另一个方面来看也是一种局限性）也决定了不可能如此。

可见，所谓形象思维是一种整体性思维，所谓形象思维可以超越一切学科的抽象思维的不完整性是如何地不切实际了。形象思维和任何一种抽象思维一样反映客观对象都不可能是等量的、同质的，而是不等量、不同质、有误差的。思维和存在的矛盾是绝对的永恒的现象，思维与存在的同一是相对的暂时的现象。

六、“误差”是抽象思维和形象思维的合理代价

由于文学理论家对自己研究对象的热爱，他们往往夸大了作家思维的优越性，漠视了作家思维的局限性，即使像丹纳那样强调尊重客观的有某种逻辑实证主义倾向的大理论家有时也不免说话走火。他在著名的《巴尔扎克论》中这样说：

> 他开始写作不是按照艺术家的方式，而是按照科学家的方式。他不像莎士比亚或圣西蒙[①]一下子就闯进了人物的灵魂；他围绕着人物打圈子，耐心地，笨重地，像解剖学家一样，先揭起一条筋肉，然后一根骨头，然后一条血管，然后一条神经。[②]

这是极大的混乱。作家如果真像科学家那样，特别是像生理学家那样观察人，充其量只能发现人的生理结构，而不是内在的深层的情感结构。而且，即使生理学家，乃至心理学家所发现的生理的和心理结构，也还属于人类的普遍性，而作家如果满足于任何一种普遍性，哪怕是心理的深层结构的普遍性，甚至情感的普遍性，都只能走向公式化、概念化。丹纳显然没有意识到不同学科意味着不同思维定向，不同职业有不同的注意方位，他凭着热情发挥，其结果是越来越走火：

> 在他身上有一个考古学家，一个建筑师，一个织毯匠，一个化妆品商人，一个评价专员，一个生理学家和一个司法公证人：这些角色按次先后出台，各人宣读他最详细最精确的报告；艺术家一丝不苟地专心致志地听着，等这一大堆文件堆积如山，形成火原，他的想象才燃烧起来。[③]

事实上科学家与文学家的价值观念是不尽相同的，更不要说生理学家、司法公证人、建筑师、考古学家、成衣匠、评价专员、化妆品商人、织毯匠等不同职业的人们，与文学家在接触客观对象时的那种巨大差别了。文学是人学，在文学中一切建筑、衣着、古玩、诉讼、化妆品、生理特征都因打上了人物不可重复的心理特征才有存在的价值，而在其他职业的行家眼光中这一切都可以离开特殊的人物心理而有独立的存在价值。邦斯舅舅的古董，在考古学家和巴尔扎克心目中的价值是不同的，而伏盖公寓的建筑和家具，如果纯用一个建筑学家和家具商的眼光去视察和用拉斯蒂涅的眼光去看是不一样的。查理的父亲破产自杀了，查理从南美洲回来，抛弃了欧也妮·葛朗台，准备与另一个门第高贵的小姐结婚，由于父亲遗下的债务而使婚姻陷入危机，这时欧也妮替他还了债务。对于一个公证

---

① 〔法〕圣西蒙（1675—1755），法国贵族，著有《回忆录》。

② 易漱泉等编：《外国文学评论选》（上册），湖南人民出版社 1982 年版，第 405 页。

③ 易漱泉等编：《外国文学评论选》（上册），湖南人民出版社 1982 年版，第 405 — 406 页。

人来说，重要的是有人清理了债务，至于这个人与查理在感情上有什么样的瓜葛，这与他无关，而对于文学家的巴尔扎克来说，使他笔墨酣畅的原因和价值，恰恰就在于欧也妮的情感。

不但丹纳有时搅乱了视线，混淆了范畴，就连巴尔扎克自己也时时夸耀自己对人的生理特征的观察不亚于一个最伟大的医生，而他对于建筑家具的“科学”的观察往往使他弄巧成拙，往往某些作品的开头那些炫耀他建筑学识的章节，由于离开了人物的特殊心理，因而显得特别沉闷，读者读起来实在要命。为了说明问题，不得不从《高老头》中作一些冗长的摘引：

> 四层楼外加阁楼的屋子用的材料是粗砂石，粉的那种黄颜色差不多使巴黎所有的屋子不堪入目。每层楼上开着五扇窗子，全是小块的玻璃，细木条子的遮阳撑起来高高低低，参差不一。屋子侧面有两扇窗，楼下的两扇窗装有铁栅和铁丝网。正屋之后是一个二十尺宽的院子，猪啊，鸭啊，兔子啊，和和气气的混在一块儿，院子底上有所堆木柴的棚子。棚子和厨房的后窗之间接一日凉橱，下面淌着洗碗池流出来的脏水。靠圣·日内维新街有扇小门，厨娘为了避免瘟疫不得不冲洗院子的时候，就把垃圾打这扇门里扫到这条街上。

巴尔扎克也许指望这详尽有序的、准确的空间位置的描述会像图画一样具有生动的直观性，但实际上这只能引起读者的疲倦。这是因为图画是空间艺术，一切都同时并现在读者（观众）的面前，而文学是时间艺术，读者是按顺序读到各个部分之间的位置、面积以及相互之间的空间关系的。当读者读到后面的时候由于前面的与之没有因果关系，有时还是非直观的，很容易淡忘，因而就不能构成一个有机的整体。这样平面的罗列，各个部分关系松懈的铺展，篇幅越是大，时间越是长，读者的遗忘率就愈高，现象的整体性就愈弱。科学家的准确性到了文学中走向了反面，它不但不能帮助读者想象那伏盖公寓的整体，相反帮助读者遗忘，使读者费好大的劲也想象不清楚伏盖的全部和细部究竟是个什么样子。读这么几行读者已经劳神了，何况巴尔扎克花在伏盖公寓的静态描述上的笔墨竟长达四千字。除非过目不忘的神仙，否则任何读者都难以忍受记忆如此沉重的负担。

科学家所不能达到的对现实的对等性，文学家也不能达到。既然科学允许科学家在一个单纯的方位深入自然的奥秘，容忍科学的“误差”，把这种“误差”当作学科分化，科学发展的必要代价，甚至是人类思维的合理代价，有什么理由要求文学有一种“全方位”的优越性呢？事实证明这种废除局限性，夸张优越性的做法和想法是幼稚的。

这一点连丹纳自己在同一篇文章中也不能不意识到了：

> 巴尔扎克强烈的描述却使我们心中寂然，目前暗无所见，不管他把盖尼克府的窗

棂和梵卢亚骑士的鼻子写得如何仔细，这个窗棂和这个鼻子的现象可并没有显现出来，只有生理学家和考古学家才能在这里揣摩出一些东西；普通的读者只能肃然张口，私心期望，有一幅插图或者绣像会有益得多——最后的失败是：冗长的描写打破了印象的完整。①

不过丹纳并不彻底，到了后来他又说，当你耐心地读下去，这一切沉闷的描述到最后又活跃起来，统一在人物形象上了。这说明，尽管丹纳是个极富创造力的艺术理论家，可是在巴尔扎克的伟大权威面前，他还是未能完全消除心理上的自卑感，一种在潜意识中涌动起的妥协情绪，使他不能无畏地把深刻的理论坚持到底。

彻底的辩证法是无所畏惧的。按照辩证法，一切都是不完美的，一切都只能不断向完美接近，但永远不可能达到尽善尽美。我们这个星球是不完美的，我们人类是不完美的，我们的思维、概念、归纳法、演绎法、形式逻辑、辩证逻辑、我们的科学都是不完美的，一切主观的认识，从原理到方法，从一个简单的概念到一个伟大的原理，与现实之间都是有“误差”的，人类思维的发展只能缩小这个误差，但不能消灭这种“误差”。文学要运用语言、概念，自然也不例外。问题不在于“误差”的有无，而在于文学的“误差”有什么特殊规律。

① 易漱泉等编：《外国文学评论选》(上册)，湖南人民出版社 1982 年版，第 407 页。

第二章

现象不可能按生活的本来形态再现生活

一、不完全“同化”图式

长期以来，流传着一种与“模仿自然”同宗的理论，这种理论把再现生活作为文学的一个根本的（如果不是最高的）任务。甚至产生了这样一种说法，现实主义文学的特征是按照生活的本来面目去再现生活的。

生活是可以按本来面目再现的吗?

且不说，我们已经论证过任何一个形象，一经人的思维去反映就必然产生了“误差”，就已经不是严格意义上的再现了。同样一棵白杨树，在几何学家眼中是一根直线顶着一个弧形图案，而在一个生物学家眼中它是一棵落叶乔木，一个园艺家看到的是北方城市绿化的良好树种，而在一个作家的感觉中，它是一个哨兵（茅盾《白杨礼赞》)，一个诗人感觉到的是一柄宁断不弯的剑（流沙河《草木篇》)，而在一个经济学家看来，它是一种商品，它是使用价值与交换价值的统一。

所谓按生活的本来面目去再现生活是一个令人惶惑的命题。首先这个命题没有正确解决什么是生活的本来面目，好像生活在不同学科中，在不同流派的不同形象中的本来面目是完全相同的一样。事实上不同学科从不同方位，按不同价值观念去观照，生活就有不同的“本来面目”。如果你的本来面目指的生活的客观属性，那么上述不同职业的人反映了不同的客观属性，它们都是客观的，同时又不完全是客观的，它们的客观属性是从主体的“图式”框架中截取来的，它们都是为主体的“图式”同化的结果。“同化”本是一个生物学术语，用之于动植物吸收营养。“同化”，也就是消化，营养失去自身的规定性获得动植物机体的规定性。皮亚杰用这个术语来概括人的认识，一旦外来的信息被主体的图式“同化”，就不完全是客体本身了。而不同的主体有不同的图式，从不同的方位出发，作不同的“同化”，其结果是客体对象就“分化”（与“同化”相对）为不同的范畴和不同的形态。

认识并不是纯客观的反射，机械唯物论者把真理是主观与客观的统一简单化为仅仅是主观向客观统一，忽略了同时客观也向主观（的图式）统一。认识并不是客观单向地作用于主观，同时也是主观作用于客观。主观图式的同化，必然使客体改变原始属性和形式，显然，所谓按生活的本来面目再现生活是不可能的。

为了认识这一点，人类付出了多么大的代价啊，经历了多么漫长而又曲折的摸索啊！

原始文学因为语言手段和审美经验的简陋不能有任何逼真地再现的妄想，几乎被迫地放弃了逼真地再现。汉族神话中的盘古开天、女娲补天、羿射九日、精卫填海、嫦娥奔月都很难说再现了什么样的生活，《旧约》中属于希伯来文学中的《创世纪》《出埃及记》乃至希腊神话中的普罗米修斯的故事、宙斯的故事，再现生活的成分同样是微乎其微的。神话的价值主要不在于再现。神话的特点并不是主客观的平衡统一，而是主客观的不平衡和倾斜，它的重要性不在于再现了生活，而是表现了原始人的幻想。马克思说，在神话中人借助幻想征服自然。它之所以动人，是因为它告诉我们原始人有过这样天真的幻想，他们对自己征服自然的潜在能量有过那么伟大的信念，他们对客观世界的探索有过那么纯真的热情和那么虔诚的幻觉。而这种热情和幻想在另外一个层次上曲折地间接地甚至颠倒地反映了当时的生活现实。

不论神话还是史诗，都是人类的思维能力和表达能力处于比较幼稚阶段的产物。当时，人类不但缺乏认识自然和自身关系的宏观概括力和逻辑的推演力，而且缺乏对一个静止对象的描述能力。在荷马的史诗中，不论是描绘一个美女、一艘战船，还是描绘一个战将的穿戴，都缺乏正面铺叙的手段。

二、两种不完全的形象概括方式

一切民族的早期文学，只能采取三种讨巧的办法来代替：第一是用事物的动作效果来代替事物本身。比如再现一个美女，这本该是视觉的任务。尽管希腊人在雕塑艺术中用大理石创造了那么多男性的和女性的美的典范，可他们用语言却无法正面描绘海伦和维纳斯究竟如何美，荷马只好用美的动作效果来代替对美的本体的描绘。他写海伦的美引起长达十年的战争，并且让海伦出现在交战一方的元老们面前，让他们见了海伦窃窃私语起来；这仗打得不亏，她实在是位不朽的女神。这种办法在中国古典抒情诗中也同样流行，从汉代李延年的“北方有佳人，绝世而独立：一顾倾人城，再顾倾人国”，到罗敷一出场，耕田的忘了耕田，挑担的忘了挑担，“来归相怨怒，但坐观罗敷”，用的都是同一种手法——把美的效果用外在的、放大了的动作加以表现。这种手法，后来成为一种得到广泛发展，日益普及化、日益精致化，成为一种传统手法。从旧小说的“沉鱼落雁”“羞花闭月”的套语，到俄国文学中“她长着一副年轻男子不禁要回头多瞧几眼的脸庞”，其基本美学原则都属此类。但是这种办法毕竟是一种间接的办法。这种办法因其效果的大幅度夸张，形象与生活的误差度较大，纯用这种方法，是很难对生活，哪怕是一个静态的场景、人物作准确地再现的，而且毕竟它所再现的还不是事物本身，而是此物对他物的影响。这种方法由于比较容易被重复，因而特别容易老化。

因而人类很早就不满足于从侧面效果上去描述，而尝试着从正面去突破。这就产生了另一种方法：正面描绘的方法。然而由于语言本身的局限，它不能穷尽事物的全部属性，连荷马也不敢静止地用语言模仿客观对象。没有办法，迫使他发明了一个办法，那就是把静态的事物动态化，用过程的描述来代替事物的描述，如果荷马要描写潘达洛斯的弓，他从不静止地描摹这张弓是角制的，两头都镶了金板，而是从打猎追捕山羊写起，羊角被匠人拿来加工、刨光，一直写到镶上金板。如果他要描绘阿伽门农的衣着，他也绝不去逐件加以描绘，而是让读者（听众）看到（听到）他如何一件又一件地把衣服穿上的过程。这种方法就是后来在叙事文学中得到充分发展的以动代静的方法，直到《红楼梦》中写大观园使用的仍然是这种方法。刘姥姥进大观园，贾政领着一批清客带着宝玉进去转游一圈，其目的都是化静为动。这种办法比之“冷子兴演说荣国府”那样静态的说明要生动得多了。

这种方法离着“再现性”就更远了。因为走马观花毕竟太粗疏了，有些事物，特别是一些关键事物，例如人的相貌、某些环境、陈设是需要正面的静态的描摹才能给读者留下比较全面的印象的。

文学的发展几乎时刻逼迫着人类寻找第三种方法以正面再现客观对象。寻找这种方法的任务无疑是更加艰巨了。

三、追求静态全面再现的教训

为了说明问题，我们试将荷马写阿基硫斯的盾和维吉尔在《埃涅阿斯纪》中写维纳斯送给他儿子埃尼阿斯的盾加以比较：

在阿基硫斯和埃涅阿斯的盾上同样有复杂的城乡人物的活动。荷马回避了静态描叙，读者看到的不是盾，而是一个艺术大师制造盾的过程。他带着锤和钳走到铁砧前，先把原铜锤炼成板，然后在他凿刀之下，盾上的图景就一一显现了，读者是在制作过程中看到这幅复杂的图画的。但是这幅画的整体结构以及微观细节读者是不清楚的，显然它不如一幅图画那样具有准确的再现功能。对于这一点，人类是不甘心的。于是比荷马晚了差不多八百年的维吉尔在写他的史诗《埃涅阿斯纪》中就设法来突破。当然他没有忘记继承（甚至模仿）荷马的传统手法。他也写了维纳斯的丈夫伏尔坎吩咐手下人制造盾牌的过程，写了铜和金矿石的熔化，一层又一层地敷上了七层盾面，写了盾面之大可以挡住拉丁人的全部箭矢，写了淬火，写了捶打的声音震动着洞窟，但是关于那盾上的图画，维吉尔就不以过程表现，而是正面地有系统地展开了描写。为了这幅图画，维吉尔花去了一百二十多行（译成中文有三千多字）。“有关意大利的历史，罗马人的武功，未来岁月将要发生的事，以及阿斯卡纽斯的后裔所有的支系和历史将要进行的战争都铸刻在盾上了”。他先写那传说中的母狼乳育着孪生的男婴。“在这旁边”是一场因掠夺引起的战争和战争以后的盟誓，“再过去”是不信守诺言的阿尔巴统治者被四马分尸的情景，“在这旁边”是大军压城的场面。这还只是一个很小的部分。全部图画有四个部分。其中央部分的一个片段是这样的：

> 在盾牌的中央可以看到大队铜甲战舰和阿克提姆海战的景象，卡特留岛上兵马繁忙的情状历历在目，波浪耀着金光。一边是奥古士都率领着意大利人作战，在他一边有元老们和平民们，家神和司国家命脉的大神，而他巍然立在船头，额头上吐出两道轻快的火光，他父亲凯撒的星在他头顶照耀着。另一边是阿格利帕，乘好风，借神力，统帅战舰，战兴正酣，他头上戴着一顶海军冠，形象像一只船头，这是辉煌战功的标志。对面是安东尼乌斯，还有他从外国收来的财宝和各种各色的武器……[①]

这种写法是从中央写起，然后是这一边、那一边，接着是另一边、对面。维吉尔显然是在追求一种面面俱到的全面再现的效果。但是这样的面面俱到，效果适得其反，读了后边就忘了前面，看到中央就忘了顶上。语言、思维本来的局限性与镜子式的全面再现的矛盾是不可调和的。维吉尔这样做显然是枉费心机。莱辛在《拉奥孔》中批评他“一连串的‘这里是’‘那里是’‘接着就是’‘离此不远可以看到’之类词句，使得这种描绘既枯燥而又冗长”[②]。

---

① 〔古罗马〕维吉尔著，杨周翰译：《埃涅阿斯纪》，人民文学出版社 1984 年版。

② 〔德〕莱辛著，朱光潜译：《拉奥孔》，人民文学出版社 1979 年版，第 103 页。

全面再现的错误追求显然不是偶然的，因为这种错误并不单单发生在维吉尔一个人身上，而是文学历史发展的必然现象。人类创造了语言，但并不了解语言性能的有限性，因而光有维吉尔一个人碰钉子的经验还不够，一定要在世界范围内反复失败甚至发生某种灾难，人们才可能变得清醒些。

四、中外赋体铺陈的必然沦落

在我看来，超大规模的失败起码在两次以上。第一次是中国的楚辞退化为汉赋。在中国文学史上，出现了以全面铺陈、罗列现象为追求目标的赋体文学。这种文学追求不但没有追求到全面反映客观对象的目标，反而使赋体文学本身走向衰亡。中国的宋玉也许是最早感到语言符号在描述一个对象时的巨大局限性。他在《登徒子好色赋》中写他隔壁有一个美丽的姑娘，起初似乎有点不着边际：

增之一分则太长，减之一分则太短；著粉则太白，施朱则太赤。

然而这样好像在耍滑头，只从消极方面去否定（不如此便不美，稍加修饰就破坏了美），说明她的美已经达到某种临界点，但究竟怎么美呢？说得并不高明：

眉如翠羽，肌如白雪，腰如束素，齿如含贝。

把这四种美好的要素加在一起是不是就能等于那个美人了？宋玉显然没有把握，于是他笔锋一转，作了一个总结：

嫣然一笑，迷阳城，惑下蔡。

这又回到了动作效果上去，写效果显然容易得手，留给读者的印象也深刻得多，可是写美的本体却使宋玉有点捉襟见肘。他在《神女赋》中，又一次作了这种正面描述美的冒险：

貌丰盈以庄姝兮，苞温润之玉颜；眸子炯其精朗兮，瞭多美而可视；眉联娟以蛾扬兮，朱唇的其若丹；素质干之实兮，志解泰而体闲。既姽婳于幽静兮，又婆娑乎人间；宜高殿以广意兮，翼放纵而绰宽。动雾縠以徐步兮，拂丹墀声之珊姗。望余帷而延视兮，若流波之将澜。奋长袖以正衽兮，立踯躅而不安。淡清静其愔嫕兮，性沈详而不烦。时容以微动兮，志未可乎得原。意似近而既远兮，若将近而复还……

为了节省篇幅，我这里仅节略了四分之一，就用了这么多排比，用了这么多形容词语，这个楚襄王梦中见到的神女究竟是什么样了，读者还是莫名其妙。宋玉的失败并没有引出必要的教训，以至后世司马相如、张衡、枚乘、江淹之徒在罗列铺陈的道路上越走越远，形象不因形容和铺陈的卖力而增加其魅力，相反，倒是越来越叫人望而生畏了。汉赋最后就这样不能不走向衰亡的道路。汉赋，特别是那些一味追求铺陈的大赋，成了中国文学史上唯一没有留下艺术上不朽的文体，它吸引了汉代那么多的时代智慧的巨星，把生命奉献给它的都是汉代文化的杰出代表，可它留给后世的作品的艺术价值甚至不如那些以宗教宣传为目的，作者文化水平很低的变文。

在汉赋这种形式的正统地位被五言诗取代以后，汉赋体现出来的那些追求全面再现的幼稚冲动有时还迷住了后世的一些文人，其中不乏很有艺术才华的文人。曹植在《洛神赋》中几乎是十分傻气地重蹈了宋玉的覆辙。他又在华彩的语言的掩护下误以为重叠和堆砌的数量越多越有利于对象的全面再现，这里只能摘录其中一小部分来说明问题：

> 仿佛兮若轻云之蔽月，飘飖兮若流风之回雪。远而望之，皎若太阳升朝霞；迫而察之，灼若芙蕖出绿波。秾纤得衷，修短合度。肩若削成；腰如约素；延颈秀项；皓质呈露。芳泽无加，铅华弗御。云髻峨峨；修眉联娟；丹唇外朗；皓齿内鲜；明眸善睐；靥辅承权。瑰姿艳逸；仪静体闲；柔情绰态；媚于语言；奇服旷世，骨像应图。披罗衣之璀璨兮，珥瑶碧之华琚。戴金翠之首饰，缀明珠以耀躯；践远游之文履，曳晓雾之轻裾。微幽兰之芳蔼兮，步踟蹰于山隅……扬轻袿之猗靡兮，翳修袖以延伫。体迅飞凫，飘忽若神；凌波微步，罗袜生尘。动无常则，若危若安；进止难期，若往若返；转眄流精。光润玉颜；含辞未吐，气若幽兰；华容婀娜，令我忘餐。

量的增加，不但无助于对象的全貌的再现，堆砌反而导致对象的模糊。赋体之所以灭亡，其根本原因在此，即使以曹植这样大的才气，这样丰富的语言，从各个角度把各个部分都写到了，而且还有“凌波微步，罗袜生尘”一类称得上是千古传颂的名句，但从总体上讲，堆砌的结果使美人的形象模糊、芜杂。赋体成为一种失败的文体留在中国文学史上。在西方文学史上虽然没有赋体这样一个术语，但是凡属与赋体同类的现象都不能不走向失败。被莱辛在《拉奥孔》中点名批评的就有维吉尔、康斯坦丁·玛拿赛斯（公元 12 世纪希腊诗体编年史）、阿里奥斯托（1474—1533，文艺复兴时期意大利诗人）、哈勒（1708—1777，德国诗人）。莱辛指出这些诗人总想以语言代替图画，殊不知一个画家轻而易举地用画笔完成的工作，而对于一个诗人来说用语言却是无法完成的，这是因为语言没有画图那样瞬时的直观性。阿里奥斯托写美人，用的方法和中国的赋体一样是平面铺陈和罗列：

> 她的身材窈窕匀称，
> 只有大画师才想象得出，
> 长发卷起，黄的颜色，
> 比起纯金还光辉灿烂，

温静的双腮白里透红，
白的像莲，红得像蔷薇。
额头如象牙一般光滑，
圆润爽朗，但宽窄合度。
两道漆黑的细眉像两个弧，
下面闪一双黑眼珠像太阳，
娴雅地左顾右盼，秋波流转，
爱神仿佛围绕着她们飞舞。
放射出他箭筒所有的箭，
许多人的心都成了他的箭靶，
从面孔正中垂下悬胆似的鼻，
神工鬼斧也不能增损毫芒。
她的嘴横陈于两道溪谷之间，
两唇射出天然的银珠的红光，
中间排列着两行雪亮的明珠，
随着唇的张闭，时露时藏。
从这里发出心旷神怡的语言，
叫莽撞汉的心肠也会变得温柔；
就从这里发出那嫣然一笑，
瞬息里在人世间展开天堂。
雪般的颈项，乳般的胸膛，
颈项丰润，胸膛宽大而饱满；
时起时伏，像海上的微波，
随着清风来去，触岸又离岸。
其余部分连阿顾斯①也窥探不到，
但是不难推想，眼睛看不见的，
既然娇娆，看不见的还是一样。
两只胳膊长短合度，不肥不瘦，
一双皙白的手看起来窄而微长，
节骨都暗藏在丰润的皮肤里，

① 希腊神话中的“百眼神”。

血管的脉络也不突出地露在皮层。

在这苗条而庄严的形体下方，

露出一双短小而丰润的金莲，

这似仙子般的仪容来自天堂，

不许轻纱薄幔将它遮掩。[①]

头发、双腮、额头、眉毛、眼珠、鼻子、嘴唇、牙齿、颈项、胸膛、乳房、胳膊、手、小脚都写到了，可是这也并没有穷尽对象的一切，似乎每一句都很美，可是把它们凑在一起却很难给人一个美的印象，即使产生了某种美的印象，也是杂乱的、破碎的，与作者心目中要传达的那个对象也不是等同的。

尽管在西方古典文论中早已提出了“逼真不是真实”的命题，中国古典画论也有反对满足于形似的传统。但是，人类要摆脱按生活本来形态再现生活的诱惑是不那么容易的。在中国，尽管赋体作为一种文体是不可挽救地被历史淘汰了，可是作为一种文风，一种表现手法，它却渗透到诗歌、散文乃至小说中去，成为某种灾害性的传染病，即使那些新崛起的文学形式也不能轻易地免疫。在中国古典小说进入宋元话本的成形阶段以后，当主要人物出场或展开激烈战斗，或面临景色突变之时，小说家常常忍不住要用赋体来展开铺叙，在《西游记》中，赋体竟占了那么大的篇幅，对于读者完全成为累赘。而在一百二十回本《水浒传》中那些赋体的描述脱离了人物和景物现实特征变成了一种概念化的模型。所以金圣叹在七十回本《水浒》中将其中绝大部分尽情删去。在这种赋体成为小说的一种常规范式之时，连曹雪芹那样的大师也往往不能免俗，请看贾宝玉第一次在黛玉的注视下出场：

头上戴着束发嵌玉紫金冠，齐眉勒着二龙抢珠金抹额；穿一件二色金百蝶穿花大红箭袖，束着五彩丝攒花结长穗宫绦，外罩石青起花八团倭缎排穗褂；登着青缎粉底小朝靴。面若中秋之月，色如春晓之花，鬓若刀裁，眉如墨画，面如桃瓣，目若秋波。虽怒时而君笑，即瞋视而有情。项上金螭璎珞，又有一根五色丝绦，系着一块美玉。

从头写到脚，尽可能把一切装束和姿容都写到，不但没有起到绘画那样的视觉逼真的效果，相反，给人的感觉是一大堆陈词滥调。可是曹雪芹好像还觉得不满足，一转眼让贾宝玉去换了一下衣着：

头上周围一转的短发，都结成小辫，红丝结束，共攒至顶中胎发，总编一根大辫，黑亮如漆，从顶至梢，一串四颗大珠，用金八宝坠角；身上穿着银红撒花半旧大袄，仍旧带着项圈、宝玉、寄名锁、护身符等物；下面半露松绿撒花绫裤腿，锦边弹墨袜，厚底大红鞋；越显得面如敷粉，唇若施脂；转盼多情，语言常笑。天然一段风骚，全

① 转引自莱辛，朱光潜译：《拉奥孔》，人民文学出版社 1979 年版，第 113 — 115 页。

在眉梢；平生万种情思，悉堆眼角。[①]

这里本来有一些从林黛玉眼中看来是很有特征的感受（目若秋波，虽怒时而若笑，即瞋视而有情），可是由于和那些大量缺乏特征的细节混在一起，被淹没了，读者的注意力被干扰了。读着这样求全的再现，很难留下什么印象。倒是接下来作者以叙述者的口吻的评论，“后人有《西江月》二词，批宝玉极恰”颇值得注意：

无故寻愁觅恨，有时似傻如狂。纵然生得好皮囊，腹内原来草莽。潦倒不通世务，愚顽怕读文章。行为偏僻性乖张，那管世人诽谤！

富贵不知乐业，贫穷难耐凄凉。可怜辜负好韶光，于国于家无望。天下无能第一，古今不肖无双。寄言纨绔与膏粱：莫效此儿形状！

这里的行文虽有赋体风格，但是，其反讽却达到了一味美化铺陈的赋体难以企及的深度。可惜的是，前面的赋体堆砌得读者注意力都疲倦了，以致很难引人注目，只是甲戌本的眉批曰：“二词更妙。最可厌野史‘貌如潘安’‘才如子建’等语”，应该说是极有艺术见地。

五、自然主义的客观再现论的失误

有了这样一个世界性的失败的教训，人类自然是变得聪明得多了，总的说来他们从理论上和实践上放弃了那种被动的再现，停止了铺陈罗列的追求。但是这只是一个总的历史动向，文学发展的主流。对于一个作家来说，个体发育过程常常是群体历史发展的缩影。在其成长的过程中又很难不重复早期文学历史的错误，他不能不花很大的力气去克服那幼稚的、被动的、描摹的自发倾向才能使心灵获得某种自由，开始形象的创造。有时这种摆脱被动再现的过程并不顺利，于是就有了痛苦，偶尔有一个比较大的作家把这种曲折甚至倒退当作胜利或成功并且用理论加以辩护，文学的发展就有某种畸形现象。左拉的自然主义理论就是这样产生的。他认为到了 19 世纪作家在描写客观对象时已经不再需要想象，他所提倡的自然主义小说只要观察和分析并加以再现就成了。他在《论小说》中说：

我们的一位自然主义小说家想要写一本关于戏曲界的小说。他有了这样想法但还既无故事又无人物。他首先关心的是从他的笔记里收集他对自己所要描绘的领域所掌握的一切知识。他结识过某位演员，他观看过某场演出……然后，他开始活动，和最内行的人交谈，收集有关的词汇、故事和肖像。这还不算：此后，他还要参考成文的

① 这里用的是人民文学出版社的通行本，脂砚斋评本文字略有差异。

材料，阅读一切对他有用的东西。最后，他要参观故事发生的地点，为了看清楚有一个细小的角落，在一个剧院里住上几天，在女演员的化妆室度过几个晚上，尽可能地沉浸在周围的气氛里。一旦他的材料齐备，就如我上面所说的那样，他的小说自己就形成了。①

只要观察了现场，客观的材料就具备了，作家的任务不过是复制和再现。左拉的理论是典型的模仿生活本来面目就能构成艺术形象的理论。在左拉的作品中，完全符合这种只用构成和分析不用想象的理论的部分，大都写得十分枯燥。就以描写剧场为例，在左拉的《娜娜》的第一章中描写娜娜初登舞台，剧场入口前厅的空前盛况：

下面是高大的进口前厅，大理石地面，检票处就设在这里。观众开始进场了。从敞开的三道栅栏门望出去，可以看见繁华热闹的大马路。在四月晴朗的夜晚，车水马龙灯火辉煌。车轮的滚动声到了剧院门口，戛然而止，打开的车门又砰的一声关上，一小群一小群的观众走近剧院，在检票处停下，然后走近前厅深处，登上左右分成两排的楼梯；女人们慢腾腾地在上楼梯时扭动着腰肢。很少的一点拿破仑帝政时代的装饰，把这座前厅打扮得好像是纸糊的列柱廊；巨幅的黄颜色海报贴在光秃秃的灰白墙壁上，在煤气灯强烈灯光照耀下，显得格外触目，上面用大黑体字写着娜娜的名字。有一些先生们走过那里，仿佛被海报紧紧抓住，站在那里观看；另一些先生站在那里闲聊，堵住了剧场入口。离订票处不远，有一个宽大脸庞的胖汉子，胡子刮得干干净净，在那里粗声大气地回答一些人的问题。这些人执拗地要订票子。②

这事实上是一篇流水账，虽然把各个部分都写到了，但是各部分只有空间的关系，并没有内在的有机统一的联系，因而在读者想象中不但不能结合成一个整体，各不相干的部分之间有时还互相干扰，因而读这样的段落是吃力的。这样的段落，好像出自一个三流作家的手笔。当然，左拉的所有的作品中的场面描写并不都是这样松松垮垮的，那些比较精致的描绘往往并不是对生活的初始状态的再现。左拉写得最生动的恰恰不是镜子式的反映，而是违背了左拉的理论，并不刻意追求全面再现的一些部分。其实，左拉正是因为在许多方面超越了他狭隘的理论才成了大作家。世界文学，很幸运地没有在左拉的引诱下走向歧路。总的来说，这一次人类并没有付出汉赋那样的代价。历史的进步是加速度的，左拉这种用科学家观察分析的眼光来观照生活的理论没有多大吸引力，也没有太多有影响的追随者。

---

①《欧美古典作家论现实主义和浪漫主义（一）》，中国社会科学出版社 1987 年版，第 216—217 页。

②〔法〕左拉：《娜娜》，人民文学出版社 1985 年版，第 3 页。

有了左拉的教训，人类自然变得更聪明了一点。在一段时期中，很少有人再去重复左拉那样的追求，但是历史总是曲折的，在左拉逝世半个世纪以后，就在左拉的祖国又产生了一种“新小说派”，把左拉的追求更进一步推向极端。新小说派有一个奇怪的主张就是人占据小说的中心的观念是过时的，新的小说观念应该是物占据中心。属于这一流派的罗伯·格里耶反对把环境和景物当作人的背景来描绘。在他的“小说”《咖啡壶》中，主角就是作为一个静物的（而不是像童话中那拟人化的）咖啡壶；罗伯·格里耶给自己规定的首要任务就是准确地传达出咖啡壶的空间位置。这种空间准确不但是绘画空间的准确，而且是物理空间的准确，几何空间的准确。作者在对咖啡壶的形状色彩作了一番客观说明以后：

> 桌上除了漆布、盘垫和咖啡壶之外，别的什么都没有。在右面，窗前竖立着人体模型。
>
> 在桌子后面，壁炉上方装着一块长方形的大镜子，从中人们可以看到窗子的半面（右半面），而在右边（就是说，窗子右边），是带穿衣镜的大柜的映像。在穿衣镜中人们又看到那窗子，这一次是全部而是正面（就是说，右面那扇在右，左面那扇在左）。
>
> 这样，在壁炉的上面有三个半面窗子，一个接一个，几乎无法相连，它们分别是（从左到右）：正面的左一半，正面的右一半和反面的右一半。由于柜子恰好在房间的角上，而且前移到窗子的边缘，那两个右面的半扇窗只有柜子的一个狭狭的梃子隔开，也可能是窗子中间的木条（左边一扇的右梃子连接到右面一扇的左梃子）。越过这三扇窗下部的小窗帘可以看到园中落净了叶子的树木。①

这已经不像是小说，而像是对一张设计图所作的说明了，尽管作家这么严格遵循技术科学的光学原理和数学规范，对房间作了准确的说明，可是读者如果不是受过科学训练，没有为了弄清这空间位置不惜牺牲脑力和阅读兴趣的决心，而以读小说那样的浏览方式，无论如何是读不清楚的。小说写到这个样子，追求再现的准确性到了这个程度，可以说陷入魔道了。把不是文学所能完成的任务硬派给文学来完成，其结果只能是文学的衰亡，文学的完蛋。

如果人类文学史是按着这样的观念，让客观的再现，平面的、直线的、单层次的反映的成分不断递增，文学还有什么前途呢？文学的前景不是越来越惨了吗？

幸亏，情况并不是这样。

---

① 袁可嘉、董衡巽、郑克鲁选编：《外国现代派作品选》第3册（下），上海文艺出版社1980年版，第443—444页。

第三章

一切形象都是生活的变异形态

一、意象符号与艺术家内心视象是一种同态对应

由于语言本身性能的局限性，文学不能像绘画那样再现全部视觉信息，更不能全面直接反映视觉以外的（听觉、触觉、嗅觉、味觉、机体觉等）一切信息。文学观念就是在碰钉子的过程中进化的。虽然那种追求逼真，追求对生活的原始形态的再现冲动一再发作，但是这种冲动总是在经历了一系列失败之后平息了下去。在中国汉赋衰亡了，赋体的铺陈手法和咏物诗一样，逐渐被意识到是一种累赘。在西方，颓废时期的拉丁诗人阿赫拙劣的词章，意大利衰落时期的匠气的十四行诗都使形象失去生命，艺术被破坏了几百年。自然主义大师左拉在铺陈描述方面并没有多少追随者，法国的新小说派是一个很小的流派，他们之中虽有人取得巨大成就，可是并不是因为把生活当成物理现象来描述，恰恰相反，成功的作品总是透过物理现象探索心理现象，它的真正价值在于分析意识的体解过程、表现人的烦扰和梦幻等等，因为突破、超越了物理属性才取得了成就。

世界文学的历史进程表明，那些追求全面再现的作品在感染力上往往抵不过那并不追求全面，而是追求局部描述的作品。这一点在中国古代的史传文学中早已露出了端倪，后代的文论经常称赞《左传》描写的一次战争，失败的一方的兵士，纷纷上船，各自逃命。而已上了船的唯恐人太多翻船，就以军刀去砍那扒着船舷的手。《左传》描写船舱中的手指头多到可以捧，这就有点惊心动魄了。《左传》的作者，并没有全面去再现众军争渡的一切情景，他写得很不全面，他所写的可以说是那个残酷的求生斗争中的一个极细微的部分。

但他留给读者的印象远比那些再现全部不痛不痒的细节的作品要深刻得多。以局部取得胜利的情况在《史记》中更是不胜枚举。这是因为语言的局限性转化为优越性了。语言符号不能与表现对象对等，但可以对应。“消息集合（情感生活）中的多个元素，用信号集合（意象符号）中的一个元素来代表意象符号模型与艺术家的内心视线模型是一种同态对应，这就留下了大量的‘空地’”。①

把生活中的一切都写出来，再现其全貌，是不可能的，也是不必要的。文学史上最起码的经验就是以少胜多，以局部代表全部。吴敬梓笔下那个吝啬得要命的严监生给读者留下了深刻的印象的并不是他待己待人如何小气，而是他到死还小气得要命（这是同态对应）。但这并不是来自吴敬梓的直接观察，原始素材出自清代阮葵生《茶余客话》卷十五：

> 吴杉亭言：扬州商人某，家资百万，而居处无殊窭人。弥留之际，口不能言一字，亲友环视，至夜忽手竖二指，攒眉撮口不止。其子曰：“父恐二郎年幼，不治生耶？”摇首不然。子又曰：“虑二叔欺儿凌孤耶？”摇首不然。众皆愕然。其妻后至，四顾室中，向语云，“欲挑去油灯碗中双灯草耳。”富翁缩手点头瞑目而逝。公度，杉亭皆亲见其人，非杜撰者。②

吴敬梓后来把它放在《儒林外史》第五回末和第六回的开头，情节几乎没有多少加工，吴敬梓在《儒林外史》中写了那么多的小人物，比这个人物给读者留下印象更深刻的不多。虽然，在小说中，吴敬梓并没有再现严监生的脸色、衣着、声音，连房间内的陈设都没有，这一切都是“空地”，但这空地并不空，因为有形象的同态对应性在诱导着读者的想象去补足。

二、以强化地局部唤醒读者的整体经验

可见形象的生动性与再现的详尽性没有必然的因果关系。相反，详尽的再现往往有碍于形象的生动，而局部的细节倒反比全面的再现更加有艺术的魅力。关于这一点，苏联作家巴乌斯托夫斯基就曾经说过：

> 一些作家正吃着枯燥无味、令人厌倦的精细观察的苦头。他们在作品里塞满了成堆成垛的琐碎细节——毫无选择，不明白细节只有当它具有代表性的时候，只有当它能够像光线一样，立刻从黑暗中照出任何一个人或一个现象的时候，它才有生存的权

① 陈晓明：《论艺术作品的内在决定性结构——情绪力结构》（硕士学位论文），打印本第16页。

② （清）阮葵生：《茶余客话》卷十五，（光绪）戊子王锡祺刊二十二卷足本。

利，才是必需的。譬如，想要给人一个刚开始下大雨的概念，只要写出最初的雨点，啪哒啪哒地打在吹散在窗下的报纸上就尽够了。①

巴乌斯托夫斯基在这里抓住了形象的局部性和生活的整体性的矛盾。局部就不是整体，局部在一般情况下不能代替整体。由于语言本身的局限性，语言在再现整体方面是软弱无力的，艺术家便不去再现整体，而干脆再现局部，让它起到暗示整体的功能。原因就是这个局部细节有代表性，也就是有整体的代表性。

大雨来了，整体的细节是不可穷尽的，而作局部的再现——雨点打在被风吹在地上的报纸上，却能在某种程度上暗示整体的效果：首先，这表明雨很大；雨大，雨点才大；雨点很大，打在报纸上才有响声。第二，这表明风也很大，在雨到来之时，风也来了，不然报纸就不会落在地上。而雨点打在报纸上，恰恰又把响声放大了，这样就把风大雨大的效果加以强化地表现了。虽然，没有正面去再现风大雨大全部声势，而这种声势的效果却被强化了。在艺术家看来，在“空地”中的东西比已经说出来的更重要，而对读者想象力的刺激和诱导比对读者灌输更重要。

并不是一切细节局部都能起暗示整体的作用的。能暗示整体的只有那强化了的，不一般的，富有特点的局部细节，这种局部细节因为被强化了，对于读者的想象构成了一个强刺激，正是这种强刺激作为意外的结果引起了读者关于原因的联想，而这种原因也因结果的强化而被强化了。

苏联作家安东诺夫在一篇专门谈细节的文章中说过：

成功的“第四度空间”的细节的特性就在于：它能使读者立刻产生这种最终的感觉，读者仿佛越过所有循序产生，合乎逻辑的一长串概念和形象，下意识地异常迅速地感觉到认识事物过程的所有中间阶段。②

艺术语言的功能在于它对读者的启发，而不在于对读者的灌输，强化的局部（“最终的感觉”效果）的功能在于对于读者经验的唤醒，把读者的经验（感觉、情感、思维）激活，让他们在想象中“感觉到认识事物过程的所有中间阶段”。而平铺直叙的全面再现的最大局限就在于它轻易地使读者的经验沉睡，使读者的思维情感、记忆、想象、感觉被窒息。

艺术语言只能给读者必要的信息，而不能给读者全部信息。文学语言就其功能来说是不适用于对等地再现，其最高效应是激活读者自己的想象和经验。因而作家即使要“再现”某一种生活现象，他的任务也不是被动的描摹，而是主动地去给读者一个强刺激、唤醒读者的经验，让读者的想象在这个强刺激指导下去飞翔，尽可能地把读者的想象和情感引向

---

① 〔俄〕巴乌斯托夫斯基：《金蔷薇》，上海译文出版社 1981 年版，第 144—145 页。

② 〔苏〕安东诺夫著，白春仁等译：《短篇小说写作技巧》，重庆出版社 1985 年版，第 153 页。

预测的最佳效果。

文学形象只有一种相对的准确，这是一种语言刺激和制导效果的相对准确，而为了要达到这种准确，要透过两方面的“误差”。第一，就语言形象来说，局部细节与生活的总体总是不相重合的，总是留下空白，包含着明显的不统一。艺术家的魅力，就在于通过“误差”向生活的真实逼近。第二，就读者心中的反应来说，不但与生活之间存在误差，而且与作家预期的效果也不可能完全统一。这是因为不同的读者经验、想象、记忆、思维、艺术修养不同，内心反应的方式、程度、特点也不同。这是一种无可奈何的不幸，同时也是艺术的幸运，这使艺术形象能随着时代、地域的不同而获得生命的更新。

懂得了这一点，我们回过头来再看宋玉、曹植、阿里奥斯特他们那样辛辛苦苦地罗列美人的烦琐细节就觉得他们未免太死心眼了。当白居易在《长恨歌》中写到杨贵妃之美，正因为他不傻乎乎地去再现杨玉环的美貌，而是突出其局部就从被动的再现中解放出来了：

回眸一笑百媚生，六宫粉黛无颜色……

春宵苦短日高起，从此君王不早朝……

后宫佳丽三千人，三千宠爱在一身……

这里没有全面地再现她的“丽质”，只是写了她的笑的效果，一笑使六宫妃嫔都显得不美了。但她究竟怎么笑，笑怎样从脸上漾开，怎样不同于别的美女，这是文学所不能再现的，白居易聪明地避开了。他只强调这个笑的精彩，笑的效果，向读者发出这样一个强刺激，让读者根据自己心灵的库存去想象这个结果的原因。以下所写都是这种效果所造成的连锁性效果，从君王不能准时上朝到后宫佳丽失去宠爱，都是连锁效果的强化的递增。

三、艺术的目的是表现事物的主要特征

成功和失败的经验和教训使得艺术家们的心眼儿变得灵活起来，他们不再为再现卖死力气。在长期的创作中最后形成了一种共同的认识，那就是语言形象的主要功能不是再现事物的全部形态，而是部分，而这部分形态之所以能起到启示全部的作用，就是因为它是富有特征的。丹纳在他的《艺术哲学》中把这种历史经验归结为一种理论，他明白宣言艺术应当力求形似的是对象的某些东西而非全部，艺术家不但不以严格客观地复制对象本来形态为自己的任务，情况恰恰相反，他说：

艺术家改变各个部分的关系……而且是有意改变的，目的在于使对象的某一“主要特征”，也就是艺术家对那个对象的主要观念，显得特别清楚……我们只说艺术的目

的是表现事物的主要特征，表现事物某个突出而显著的属性，某个重要观点，某种主要状态……主要特征是一种属性；所有别的属性，或至少是许多别的属性，都是根据一定的关系从主要特征引申出来的。①

这当然不是生活的自然状态，而是对生活的被加工的结果。丹纳认为用主要特征去统一其他一切特征是艺术的创造，而现实是不能胜任这个任务的。因为——

在现实界，特征不过居于主要地位；艺术却要使特征支配一切。②

所谓特征支配一切，其实指的是主要特征与非主要特征的一种统驭关系。非主要特征在数量上是众多的，但是在性质上必须从属于主要特征。丹纳在这里继承了欧洲美学史上从郎吉弩斯以来的美是部分综合成的整体的思想，郎吉弩斯强调文章各部分要像人的四肢五官那样有机配合，不割裂才显得美。丹纳强调艺术品的各个部分的效果要统一集中，每一部分都与其他部分紧密相连，读者看到一个部分不由自主地想到其他部分，不能有任何一个部分转移读者的注意。每一个部分的效果都要集中到一个焦点上去。这当然是一种艺术品的理想效果，而不是现实生活的自然状态，用全面再现的方法是不能达到这种境界的。在生活中有些特征与主要特征是不统一的，甚至是芜杂的。艺术家的任务就不是再现芜杂，恰恰相反，是改造芜杂，艺术品是为了突出主要特征，就要改变生活内部的逻辑关系以构成一个统一的具有内在有机联系的整体。丹纳说最伟大的艺术大师并不是再现或复制的大师，恰恰相反，最大的艺术宗派正是把真实的关系改变得最多的。艺术之所以是一种创造，就在于这种改变：

可见艺术品的本质在于把一个对象的基本本质特征，至少是重要的特征，表现越占主导地位越好，越明显越好；艺术家为此特别删节那些遮盖特征的东西，挑出那些表明特征的东西，对于特征变质的部分都加以修正，对于特征消失的部分都加以改造。③

在西方美学史上，只有英国浪漫主义的理论家赫斯列特在论及诗的想象时，指出过诗人笔下的形象可以与生活不同并不是不忠于生活，此外，还没有一个人把艺术与生活的区别和矛盾说得这么明确，这么果断的。

丹纳的确道破了一个在理论上本来不应该是秘密的秘密。之所以成为一种秘密，就是因为从亚里士多德、塞万提斯、狄德罗、卢梭到车尔尼雪夫斯基，模仿自然论、镜子论、再现论、复制论，一直有着太高的权威性。所有这些理论都隐含着一个共同的思路：把生活与艺术的统一性作为理论的基础，抹杀了源与流、土壤和花朵等不同层次上的原则差别，

① ［法］丹纳著，傅雷译：《艺术哲学》，人民文学出版社 1981 年版，第 22 — 23 页。

② ［法］丹纳著，傅雷译：《艺术哲学》，人民文学出版社 1981 年版，第 25 页。

③ ［法］丹纳著，傅雷译：《艺术哲学》，人民文学出版社 1981 年版，第 20 页、27 页。

漠视了生活与艺术的矛盾性。正是这种粗糙的机械的统一论把文艺理论搞乱了。

艺术与生活的统一，是低级层次上的现象，正等于形似、逼真的追求是一种低级的追求一样，艺术只有在超越过这种低级层级，进入与生活的形态状态不同，使之发生变异（包括形变、质变等），才能在更高层次上与生活认同。

四、艺术通过假定变异生活

艺术的魅力不来自与生活的绝对等同，艺术如果在逼真上与生活相比是很可怜的，用黑格尔的话来说，好比小虫追赶大象。艺术并不以绝对的真打动读者，绝对的真实不一定能产生艺术的美。艺术的美是真实性与假定性的交融，真实性与假定性是互相制约的。绝对的真实性与绝对的假定性都不可能产生艺术的美。美与真并不是两个半径相等的同心圆。美与真有统一的一面，这已为西欧许多美学家、文论家、艺术家充分地强调了，可是美与真的矛盾却没有充分地强调。当然，莱辛在《拉奥孔》中开宗明义就继承了西方文论“逼真不是真实”的传统，曾经把假定性与真实性结合起来考虑，“美是逼真的幻觉”；歌德曾批评狄德罗和卢梭过分强调“跟随自然”而“离开艺术”，他这样说：

每一种艺术的最高任务即在于通过幻觉，产生一种最高真实的假象。但如果企图促使这幻觉实现，直至最后只剩下一个平凡惯见的现实，那么这种企图也是错误的。[①]

许多号称唯物主义的美学家，在艺术美的假定性、幻觉性这一方面，还不如唯心主义者唯物。这是由于他们的认知结构（图式）是单层次的平面，因而不能向美的多层次真实与假定的转化过程顺应，单层次的认知结构歪曲地“同化”了美的多层次结构，结果只能看到美与真的平面的同一性，把美与真通过矛盾在另一层次上的立体的统一也强制性地压成了平面。这有点像小孩子把自己的手指头当成了母亲的乳头，本来是一清二楚的事情，但是理论的权威性和神秘性常常使真理的掌握者产生自卑感，以致他们连自己的审美经验、自己的记忆、自己的眼睛和耳朵都不敢相信了。其实只要拿一个最简单、最常见、最普通的形象细胞来分析一下就不难看出，任何艺术形象之所以是艺术形象，都是因为形象的假定性给了作者摆脱被动复制的无形绳索，心灵获得了自由的结果。例如，王维的《使至塞上》：

单车欲问边，属国过居延。

征蓬出汉塞，归雁入胡天。

大漠孤烟直，长河落日圆。

① 伍蠡甫编选：《西方文论选》（上卷），上海译文出版社 1979 版，第 446 页。

萧关逢候骑，都护在燕然。

行军出征，满眼都是壮阔景象。最著名的是：“大漠孤烟直，长河落日圆”。这是一种垂直构图，给人一种寥廓之感。孤烟的直线，落日的圆弧，所造成的总体效果是线条单纯的垂直构图的静态，其除此之外的一切对于诗人来说，有权利尽情排除，这就使空间显得格外广阔，寥廓之感自然而然地产生了。这在表面上是一幅同一时间、同一空间的景象的再现。其实并不是这样。这里的主要特征是空间广阔和寥廓：烟作为单线条，不但其空间长度被放大了的，而且其线性形态也是在假定性的想象中拉直了的。烟直是风静的结果，孤烟和长河，在性质上垂直构图，功能是突出静态。这是主要特征。可是风静就不可能有“征蓬”，从边关被吹到与胡雁齐飞的沙漠天宇。在这里诗人显然使用了假定性给他的权利，把风吹蓬飞与孤烟直上的矛盾掩盖起来了。次要特征一旦与主要特征发生矛盾，就不能被再现了，就得被删节，被改造，甚至说得粗暴一点，被“歪曲”一下，连飞蓬也为主要特征（征人）同化成“征蓬”了，为了造成一种统一集中的效果。

这种假定性的变异不仅仅是诗人的权利，而且也是散文家的权利。一旦散文家发现生活的自然形态，与他们确定的主要特征之间有矛盾，他就毫不客气地去改造自然形态。朱自清在《荷塘月色》中描绘一种在幽僻的环境中的孤寂情绪，外在的幽与僻和内心的孤与寂形成了有机结构，凡与内心的孤独与寂寞之感相应的外在特征，朱自清都加以充分强调。环境的性质是幽静的，孤独寂寞的情绪是不强烈的、平静的，因而客观景色在程度上与心情也相应，月光是淡淡的，风是轻轻的，荷花香味是微微的，像远处高楼上缥缈的歌声似的（如果像进行曲就糟了），雾也是薄薄的。很显然，都是被主要特征在性质上和程度上同化的结果。是不是清华园这一角的客观环境恰恰好只有这种轻淡幽微的属性呢？自然不是，朱自清很坦率地告白：

这时最热闹的要算树上的蝉声和水里的蛙声；但热闹是他们的，我什么也没有。

一笔带过，不属于主要特征范围，与主要特征有冲突的喧闹之声就这样被艺术家排斥在一边，不让它进入艺术形象的领域。朱自清这一招颇有艺术家的气魄，如果不这样排除掉，怀着再现、复制生活的虔诚信念，那肯定是要砸锅的。据说，当时有个中学生看了朱自清的《荷塘月色》，甚为羡慕荷塘之美，录取清华以后，到荷塘去一看，枯草荒园而已，大为失望。这个青年觉得上了朱自清的当。其实，他上的不是朱自清的当，而是那些模仿自然、再现生活的文艺理论的当。歌德早就说过：

艺术家对于自然有双重关系：他既是自然的主宰，又是自然的奴隶。他是自然的奴隶，因为他必须用人世的材料来工作，才能使人了解；他也是自然的主宰，因为他使这些人世的材料服从他较高的意旨，为这较高的意旨服务。[①]

很可惜，在文艺领域中得到广泛传播的是那种被动的模仿再现自然的理论，也就是歌德所说的做“自然的奴隶”的理论。一切不甘于做自然奴隶的艺术家在创作过程中都不能时时忍受这种理论的野蛮的束缚，事实上这种诱导作家放弃当主宰、甘心当奴隶的理论无时无刻不在遭到千百年来创作实践的正义的反叛。

满足于被动的模仿、复制、再现，必然使作家失去内在的自由，主要是内在情感、内在思维的自由，创作本身恰恰是从获得内在自由开始的，而自由恰恰又是从摆脱被动的模仿、复制、再现，在想象中进行假定、虚拟、变形、变质，也就是对生活行使主宰权开始的。作家是按照他的心灵的秩序重新安排生活的秩序的，作家是按照情感的逻辑去改造生活原始的逻辑的。

从这个意义上来讲，一切形象，都是从与生活有了“误差”才发生的，一切形象最终都是和生活处于对立关系上的变异形态。

---

① 伍蠡甫编选：《西方文论选》（上卷），上海译文出版社 1979 版，第 474 页。

第四章

知觉在情感冲击下变异

一、同一对象主要特征的多元变异

作为一个唯物主义者，丹纳非常精辟地指出艺术不是生活等同的复制，它只能表现生活的主要特征，为了表现主要特征，必须改变那些妨碍主要特征的东西，他在《艺术哲学》中为艺术形象下的“结论”是这样的：

艺术品的目的是表现某个主要的或凸出的特征，也就是某个主要观念。[①]

如果光讲主要特征的话，丹纳的理论可能还是有些片面的。因为主要特征表现给人以单纯客观的、机械的感觉。在下结论的时候，他似乎是不由自主地想到了，客观事物的主要特征，是人，是艺术家概括出来的，而不是绝对客观地呈现的。他注意到与主要特征不无矛盾的一方面。他指出现实是有许多“缺陷”的：

由于这许多缺陷，现实才求助于艺术；现实不能充分表现特征，必须由艺术家来补足。[②]

作为渊博的艺术史家，他似乎是信手拈来地引用拉斐尔的经验：

美丽的妇女太少了，他不能不按照自己心中的形象来画。[③]

也许丹纳对主要特征太执着了，以致他并没有对艺术家用自己心中的形象来补足现实特征进行正面、系统的论证。但是，到了下结论的时候，他却把艺术家的主要观念和主要

① 〔法〕丹纳著，傅雷译：《艺术哲学》，人民文学出版社 1981 版，第 28 页。
② 〔法〕丹纳著，傅雷译：《艺术哲学》，人民文学出版社 1981 版，第 26 页。
③ 〔法〕丹纳著，傅雷译：《艺术哲学》，人民文学出版社 1981 版，第 26 页。

特征放在平等的地位上，这与其说是强调，不如说是弥补。

“主要观念”，这里有他非常深刻的地方，那就是主要特征同时是作家的主要观念，作家再现了生活的主要特征，同时也就表现了自己的主要观念，因而也就揭示了生活的本质。

不过从理论上说，丹纳在这里说得有点含混。首先他给人一种印象，好像一个对象只能有一个“主要特征”，作家也只能有一个主要观念，生活也只能有一个本质，除此之外，就不可能有其他的主要特征和主要观念，也不可能有生活的本质了。事实上他在《艺术哲学》中，举动物为例时，也正是这样具体说明的，好像狮子只能有一种主要特征。丹纳好用生物学的类比，而在生物学中任何动物都只有一个类型的特征，一个概括的主要特征，或者叫做一种本质，把这种主要特征搬到艺术中，就可能无情地转化为概念化、类型化的东西。正因为这样，丹纳把艺术家对这种主要特征、本质的认识归结为“主要观念”。观念如果不完全是概念的话，至少其主要成分是抽象的概念，而艺术家是不能根据概念来对生活进行加工的。以概念为标准来确定生活的主要特征，来删节，来突出，其结果是图解而不是艺术形象。概念的图解和现实的复制同样不是艺术的。

丹纳在这里有点陷入窘境。这是因为：第一，他始终和车尔尼雪夫斯基一样把作家的主要观念和生活的主要特征的统一性放在纲领性的地位上，从来也没有意识到这二者的矛盾的重要性。其实研究艺术形象的逻辑起点不应该是客观生活与作家的主观的统一性，而是二者的矛盾性。其次，他始终把人的观念和人的感情混为一谈，他只看到二者的统一性，没有看到二者的矛盾，他没有意识到在观念世界，理性与情感的矛盾应该是研究形象思维、艺术形象的特殊结构的逻辑起点。丹纳在作生物学的类比时忽略了同样一种动物，在不同的生物学家（真正的生物学家）用理性的观念去观照时，所认知的主要特征应该是同样的，而不同的艺术家用情感去观照时，就要发生不同程度和不同性质的变异。同一对象在艺术家看来，其主要特征不是一元的，而是多元变异的。如果不同艺术家看待同一个对象，像科学家那样看到的主要特征是一元化的，就是艺术的毁灭了。如果面前横着一条大江，在李后主看来，其主要特征是溢满了忧愁的（问君能有几多愁，恰似一江春水向东流）；而在苏东坡面前，其主要特征则是时间永恒地淘汰着英雄（大江东去，浪淘尽，千古风流人物），浪涛中有豪迈的壮志和生命苦短的心灵搏斗。可以设想，同样是这条江，横在辛弃疾面前，则应该有辛弃疾式恢复中原的慷慨；如果横在柳永面前，则应该有柔情似水的特征。如果这四位诗人都像地理学家那样用一张标准的面孔观照这条大江，可以想象，必然是艺术形象转化为概念。

二、情感的主要特征和生活的主要特征互相制约的结构

在艺术中，同一对象的主要特征为什么会发生这样多元化的变异呢？这是丹纳所没有考虑到的。丹纳每逢接近这个边缘就显得有点怯懦起来。他在《英国文学史》的《序言》中提出了决定文学的三要素——时代、环境和种族。但是，这些都是客观的普遍性因素，对于任何一个作家都是一样的，是不可选择的，因而是不自由的因素。艺术家之不同于科学家，就在于他在面对客观对象时，他不仅仅接受客观的信息，而且力争自由地表现自我的不可重复的个性。虽然，在《艺术哲学》的具体分析中，丹纳并没有完全抹杀艺术家主体的作用，可他始终没有把艺术家的主体作用放在纲领地位上。其实，艺术家的个性、艺术家的自我的作用固然离不开时代、环境和种族，反过来说，在文学中，时代、环境、种族也离不开艺术家的自我。

构成艺术形象的不仅是生活，不仅是与生活联系在一起的时代、环境，构成艺术形象的还有作家的自我。这个自我，不仅与民族心理的普遍性认同，而且还以它的独特的个性与普遍性对立。这种个性还不单纯是以观念形态表现出来，而且更重要的是以情感的特殊性表现出来。任何一个对象的主要特征，并不仅仅是作家从客观生活选择出来的，而且也是作家把个性外化创造出来的。形象是生活的主要特征，与作家的主要感情特征猝然遇合受孕而成的胚胎。正因为这样，同样一种生活，在不同的作家笔下就发生了不同的变异。

任何形象胚胎都是客观生活特征和自我情感特征组成的二维结构，二者互相制约。这个结构在形态和功能上，不同于构成它的任何一个要素。从这个意义上说，一切的文学形象与它的生活原型相比，不但是变形而且是变质的。

文艺理论上的模仿论和镜子论之所以误事，就在于拘泥于一条几千年一贯制的思路——艺术本源论的思路。把艺术本源当成了一切，好像不研究本源就没饭吃了似的。其实艺术的本质不同于它的本源，正等于水的性质不同于氢和氧、人的性质不同于猴子一样。一切事物的本质在于它的本体结构，而结构的性质（功能）总是超越要素的。

艺术当然有它的反映性能，有它的认识价值，但是这种反映和认识有它的特殊规律，这种特殊规律来自它的特殊结构的功能。离开了特殊的结构功能去讲特殊规律，就会两眼一抹黑，有眼无珠。

当然，结构的功能，不能完全与要素无关。即使这样，也要看到要素并不仅仅是生活特征，还有一个情感特征。由于镜子论的巨大权威，以致中外文论史上与之相异的宝贵的

思想材料往往都遭到不应有的漠视。例如列夫·托尔斯泰在他的《什么是艺术》中就从相反的方面提出了问题：

作者所体验过的情感感染了观众或听众，这就是艺术。在自己心里唤起曾经一度体验过的感情，在唤起这种感情之后，用动作、线条、色彩、声音以及言词所表达的形象来传达出这种感情，使别人也能体验到这同样的感情——这就是艺术活动。艺术是这样一项人类活动：一个人用某种外在的标志有意识地把自己体验过的感情传达给别人，而别人为这些情感所感染，也体验到这些感情。①

托尔斯泰主张的是艺术并不是镜子式的再现，而是一种自我情感的表达。在这一根本点上，托尔斯泰与克莱夫·贝尔在《艺术》一书中的主张是非常一致的，贝尔说：

一切审美方式的起点必定是对某种感情的亲身感受，唤起这种感情的物品，我们称之为艺术品……每一种艺术品唤起的审美感情都是独特的。②

自然，托尔斯泰和贝尔的这种说法并不是非常严密的。因为人们可以轻松地追问，人的感情是从哪里来的呢？这样就回到了生活上去。因而，普列汉诺夫给托尔斯泰作了一些更正：

艺术开始于一个人在自己心里重新唤起他在四周现实的影响下所体验过的感情和思想，并且给予它以一定的形象的表现。③

这显然比之托尔斯泰要全面，第一，补充了情感的来源（在四周现实的影响下所体验过的），第二，增加了"思想"，因为艺术固然是以情感的审美价值为核心，但是，情感不是孤立的，一方面它与感知，另一方面它与思想紧密地联系在一起，是一个完整的有机体。

三、无意识的情感与直接表达的矛盾

情感不那么简单。首先，并不是像诗大序所说的那样，"在心为志，发言为诗"。从情志到诗，也就从情感到艺术，还有许多层次的艰难要克服，不然就算你长言之，嗟叹之，手之舞之，足之蹈之，充其量不过是个舞蹈家。更不能迷信郭沫若在五四时期从英国人华兹华斯那样批发来的，一切好诗都是强烈情感的自然流露。事实上，并不是一切情感都是属于艺术的，情感中也有非艺术的成分。其次，即使是艺术的情感，也不那么容易化为形象。情感是人的内在的综合体验，它不像外部感觉那样便于定性、定位，甚至可以一定程

① 伍蠡甫编选：《西方文论选》（下卷），上海译文出版社 1979 版，第 433 页。

② 〔英〕贝尔著，周金怀、马钟元译：《艺术》，中国文艺联合出版公司 1984 版，第 3 页。

③ 〔苏〕普列汉诺夫著，曹葆华译：《没有地址的信》，人民文学出版社 1964 年版，第 4 — 5 页。

度上的定量，人的内感受器受到综合性的刺激传导到大脑时，并不通过语言区，因而它很难用确定的语言加以精确表达。所以情感往往被称为“黑暗的感觉”。艺术家的任务就是要在这黑暗的王国中开辟出光明的领地来。情感有很大一部分处在无意识领域中，人往往并没有意识到它的存在，这是一片在黑暗中沉睡的世界，只有当它被艺术家用神奇的语言加以表述的时候，才被唤醒，才被发现。正是因为这样，人们阅读文学作品，并不完全是为了认识外在宇宙，同时又是为了认识自我，特别是那在黑暗中沉睡的内在情感宇宙。人们也许经历过恋爱，但是并不是每一个人都有能力把自己恋爱情感很准确地表达出来的。相反，只有那少数的才华卓绝的艺术家才能把这心灵深处的奥秘揭示出来，而人们往往是在读到这些艺术家的作品时才发现自己内心深层奥秘的存在。正因为此，托尔斯泰认为艺术家所表现的情感越是新的、别人没有表现过的，越有价值。不论是读白居易的《长恨歌》，还是读曹雪芹的《红楼梦》，不论是读《简·爱》，还是读《安娜·卡列尼娜》，感染了读者的不仅是伟大作家对于外部社会生活的剖析，而且也是他们对于人的内在宇宙从新的方位作了新的描述和展示。读者从安娜对渥伦斯基的爱从潜意识上升到意识的过程中认识了自己，发现了自己也曾经经历过情感从隐结构上升为显结构的运动过程，如果不是看到托尔斯泰对安娜的阐述和描绘，人们内心体验也许就永远流失在黑暗的忘川中了。

问题不在于艺术家要表述情感，而是在于如何才能表述感情。

首先，情感也许只有很少一部分能直接准确表达的，绝大部分情感是无法用直接的方法来表达的。对那些没有色彩，没有线条，没有体积，没有声音，没有准确位置，没有确定性质的综合体验，要加以语词化，必然是不充分的、不完善的、不完全的。用语言意象符号对精神的形象再现，本质上是对不可表达之物的表达。[①]首先，小说就不是以直接抒发情感为特征的；其次，即使是诗，其主要手段也不是直接抒情。20世纪50年代何其芳给诗下过一个定义，把“直接抒情”作为一个特征，然而，绝大部分抒情诗并不是直接抒情的。中国的古典诗歌，除了骚体和一部分古风以外，大多不是以直接抒情为主，而是把情感渗透到意象中去表达的。西欧、北美、俄罗斯的诗歌在浪漫主义和后浪漫主义时期，直接抒情成分倒是比较多一些（不是全部都是，也不全部是占优势），但是很快走向极端，以致把诗当成“情感的喷射器”，喷出了许多概念。在苏联革命诗歌和我国革命诗歌中，概念还以表达口号的形式“喷射出来”。象征派和意象派起来纠正浪漫主义的偏颇，提出要为情感世界找寻“客观的对应物”（objective correlative）。

直接抒情的局限性已为历史所证明，在中国新诗史上20年代到30年代之交，从郭沫

① 参见莫里斯·贝姆尔：《精神形象再现和对不可表达之物的表达》，见《美学译文》，第258页。

若在艺术上的衰退，到艾青、戴望舒的崛起也证明了这一点。①

在波德莱尔看来，整个外在的宇宙都是主体情感的客观对应物。他认为整个宇宙是一个“象征的森林”，话虽说得有点神秘，其实质是通过外在宇宙表现内在宇宙。从心理学来说，把人的主体与外在的客体这两个世界联系起来的唯一通道是人的感觉。神经末梢的感受器是接通这两个宇宙的伟大枢纽，或者叫伟大开关。感受器接受了外界信息，经过分析器传达到大脑的相应部位，于是产生了知觉、统觉，记忆、思维、想象等一系列心理活动。由外而内的传达，关键在于神经末梢的感觉，由内在情感向外传达，其关键也是神经末梢的感觉。

情感很难直接表达自己，情感是黑暗的，但是它有一个特征，那就是它与感觉紧密相连。这种联系是可逆的。这种可逆性并不是在同一条神经纤维中运行的。就单一的神经纤维来说，它的轴状突的突触只能单向传递，即由一个突触的前膜向另一个突触后膜传递，不能逆转。但是人的神经元有三种，一种是感觉神经元，其功用就是把冲动从感受器传入中枢神经，又叫内向神经元。另外一种叫外向神经元，亦即运动神经元，其功用是把冲动从中枢神经系统传导于效应器，即肌肉或腺体。最后一种是联络神经元，其功用是把内向和外向两种神经元加以连结。因而向内传达的感觉和向外传达的情绪有了联络的通道。感觉的传入，可以引起情感；感情的传出，可以引起感觉。不过，传入和传出的规律有很大的不同。当感觉向内传达到达大脑相应部位时，它唤醒了以往的有关记忆，发生一种统觉效应，产生了知觉、情感、思维。在这个终端上起作用的成分与感觉传入的信息是不相等的，被激活的往往大于传入的，因此认知结果在很大的程度上是依赖于固有的心灵库存被激活的那部分，而不完全是依赖感觉传入的那部分。因而就感觉的传入而言，人的心理机制也和镜子、照相机、录音机和复印机大有不同。这是一种刺激与被激活的关系，是信号与反应之间的关系，是主体由被动的接受转化为主动的发射的过程。《文心雕龙·物色》在描述作家观察生活时，有一个很精辟、很深刻的概括：

> 山沓水匝，树杂云合。目既往还，心亦吐纳。春日迟迟，秋风飒飒。情往似赠，兴来如答。②

在认知过程中心不仅仅是“纳”，而且是“吐”。在感觉传入的结果就是由“纳”转化为“吐”，往返于吐纳之间的是“情”和“兴”的“赠”和“答”。

① 参见孙绍振：《西方现代派新诗和中国新诗》，上海《文汇报》1986 年 5 月 12 日。收入孙绍振文集之《新的美学原则和诗论卷》。

② 刘勰著，范文澜注：《文心雕龙注》（下），人民文学出版社 1958 年版，第 695 页。

四、情感使知觉发生变异

主体心灵如果限于科学的理性的活动，大脑“吐”出的信息会赋予知觉以认知的意义。一块银币，可能是导电的金属，也可能是文化考古的对象。但知觉本身是没有变异的，例如，看到仪表上红色信号灯就意识到可能发生的危险。但红色信号没有变化。如果主体心灵不限于理性活动，而是有情感参与的形象的感受，这时大脑“吐”出的作用就不完全是导致知觉向认识的深化，或者说，并不是认知结构对知觉的同化和诱导。这时“吐”出的如果是一股强烈的情绪的激流，当它反过来经过神经通路，到达末梢的感觉器时，这时感觉就在情感的冲击下发生了变异，在不同的情感作用下，本来同样的感觉就发生了不同的变异。同是一片阳光，在科学的知觉下是可以一元化地定性、定量的。可是，在艺术的知觉中则是多元的，不可定量的，甚至是不存在同一性的。也许在像闻一多那样的异国游子的知觉中，这一片阳光是凄凉的，也许在追求自由的郭沫若心目中，它可以把自己的身体心灵照得通明。用早期艾青的忧郁的心灵来感受，也许阳光寒冷得令人发抖，而在青年田间孩子气的天真的知觉中，那革命的阳光可以给人的灵魂以洗礼。临近年关的爆竹声是欢乐的吗？可是鲁迅在《祝福》的开头明明强调它发出的声音是一种沉郁的“钝响”。情人的笑是令人心醉的吗？可是在司各特笔下，把起义日期向当局告密的贵族小姐来到监牢中探看情人时，发现他的笑是“令人毛骨悚然”的。天上的月亮，可以给人团圆的知觉，也可以给人离散的知觉。海里的浪涛可以给人英勇无畏的鼓舞，也可以给人恐怖的威胁。不管是什么样的色彩，在情感的冲击下都可以做无限的多元分化，不管什么样的空间和时间，在情感的作用下都可以自由地扩展和凝聚。亲密的朋友，远在天涯，可以有比邻而居之感；日日相见的邻居，由于情感的不同，可以有生活在两个星球之感；和一个美丽而又高尚的姑娘谈话，一个小时可能只有一分钟的感觉；和一个讨厌的市侩对话一分钟，也许叫人产生一年的感觉。一个人遭受欺凌、无力自卫，他妻子挺身而出，以谩骂代替说理，这时他在门后，可能觉得粗野的谩骂比音乐还动人；而一个叛徒出卖了的烈士的家属，叛徒那僵硬的笑容，在明眼人看来可能比哭还难看。

五、美学——在情感冲击下知觉变异的科学

人的情感是黑暗的，但又是一个无限丰富的世界，它能直接得到表达的微乎其微，绝

大部分要靠人的知觉来表现。而知觉本来是很单纯的，甚至可以说是很单调的，可是一旦受到情感的作用，它就发生了无限的、神秘的变异。感知世界的奇妙性就是它的变异的无限性。人的情感世界主要是从知觉的变异效果得到表现，得到阐明的。

当然，人的情感并不仅仅通过感觉效果表现出来，还有一部分是通过人的行为、动作、表情、衣着、陈设间接表现出来。但这一切又无不是与人的感觉、知觉联系在一起的。有时候，人的行为、动作等特征为情感作用于感知的结果所制约，行为、动作、表情、衣着、陈设都要或多或少地被作家或者作品中人物当作感知变异的动因。

美学是研究人的审美情感的，可是长期以来美学孤立地研究情感，脱离了人的活生生的感觉、知觉，因而美学越来越变得抽象了，变得远离创作实践和欣赏实践了。

离开了感觉和知觉，情感是黑暗的，离开了感觉、知觉的变异，美学也是黑暗的。

事实上，美学本来就应该是一门关于在情感作用下的感觉、知觉变异的科学。

美学（Aesthetics）或审美的（Aesthetic）一词起源于希腊文 Aisthētikos，原义为“感觉学”，即见到一种事物而有所知。任何美都与感觉、感性和认识有关，一方面是感知，一方面是认识，这二者之间的矛盾，在西方美学史上是处于纲领地位的。到了黑格尔，仍然把美按理念与感性的二律背反作逻辑的展开。可是感情与理性的关系如何，特别是感情与感觉的矛盾如何，并没有充分揭开。这就造成了后来不少理论家用理性的逻辑代替了、淹没了情感逻辑，用理性的确定性抹杀了感觉知觉的变异性。其结果就是用科学的认识规律扼杀了审美的感知规律。最明显莫过于把美归结为主观与客观统一这样一种学说了。其实主观与客观统一是人认识真理的规律，主客观统一了就真，主客观分裂了就假，就歪曲了客观真理。这是一切科学包括自然科学、社会科学都要遵循的规律，而科学的规律与艺术的规律是不尽相同的，情感是不受理性思维的规范制约的，它既不遵循形式逻辑的同一律、矛盾律、排斥律和充足理由律又不遵循辩证逻辑的全面性，更不理会系统论的整体性。在这方面它最突出的是片面性、极端化（爱之欲其生，恶之欲其死。情人眼里出西施。瘌痢头儿子自己的好。敝帚自珍）和随机性。它既不追求归纳法的那种普遍性，也不遵循演绎法直接和间接推理的规律。它完全是另一种思维存在的形式，它的目标不完全等同于逻辑思维的真，而是形象思维的美。

因为真与美不属于同一范畴。有些美学体系以主观与客观统一为核心，局限于主观与客观的统一，其实，主观与客观统一了，只能达到真，可是概念化的公式化的物理、化学、数学和社会科学的原理也是真的。以公式和概念的系统化为特点的真并不是美的。把主观与客观的统一直接当成美，是一种范畴的混淆和价值观念的混乱。

美虽然可以当作科学研究的对象，美学应该走向科学，但美学本身却是“不科学的”，美学的科学与传统的自然科学和社会科学相比，二者的基础是建立在不同的价值观念上。二者在不同的范畴，或者用科恩在《科学革命的结构》中的话来说，在不同的范式中展开。

美学不同于科学首先就在于它对感觉知觉的态度上，对于科学来说，它的根本出发点是假定一种标准的感知，它要求有一种普遍适用的感知定量，但是人的感知往往因人的个体生理的、心理的、病理的差异和外界条件的差异呈现大幅度的变异，以极不稳定为特点，而科学则要消灭这种不稳定。因而科学家不敢相信自己的感觉，也就是既不相信自己的耳朵、眼睛、鼻子和舌头，也不相信自己的身体，他们挖空心思去创造出连上帝也创造不出来的仪器来代替自己的感觉器官，这种仪器实际上就是某种标准化了纯粹化了的感觉器官的定量感应功能。科学的进步是与信息的标准化、定量化分不开的。所以马克思说过，一切科学的最高发展应要达到数学那样的精密程度。

但是对于美学来说，感觉、知觉恰恰是不能标准化、纯粹化、定量化的。那变幻的、不稳定的，乱纷纷运动着的，因人而异，因时而异，因地而异，不可重复的感觉、知觉运动是一种显性结构。这种显性结构恰恰是与作为隐性结构的情感有机地结合在一起的。它是受着情感结构的制约，表现出情感结构的内部运动的奥秘的。不过这两个层次并不是一种对称的结构，不是岸上的风景和水中倒影的那种关系，而是像植物的地下根须与地上的茎叶花果之间的关系。白居易在《与元九书》中说过："感人心者，莫先乎情，莫始乎言，莫切乎声，莫深乎义。诗者，根情，苗言，华声，实义。"①如果我们稍微变通一下，把情比作根，把感觉、知觉比作苗叶花果是很恰当的。正等于每当根上有所变化，在茎叶苗花上都会有不对称的变动一样，人的情感与感知的动态关系也是不对称的，在情感的根须上哪怕只有微量的变化，都会被感觉放大乃至变态地以不对称的形态表现出来。

正因为这样，美学，从根本上来说，应该以情感与感觉的非对称结构为中心来展开。

在形象的二维胚胎结构中，生活主要特征实际上是作家的主导感知，这种感知之所以生动，不是由于它准确地反映客观对象的主要属性，而是它超越了客观对象的主要属性，这种超越性的、非常态的、变异的感觉和知觉就以强烈性和深刻性成为内在情感微波的一种索引。当舒婷在《墙》中描述那奇异的感觉：

> 夜晚，墙活动起来，
> 伸出柔软的伪足，
> 挤压我，勒索我，
> 要我适应各种各样的形状。
> 我惊恐地逃到大街上，

① 季壮鹰主编：《中国古代文论》，高等教育出版社，2001年，238页。

发现相同的噩梦，

挂在每个人的脚跟后。

一道道畏缩的目光，

一堵堵冰冷的墙。

在诗人的直觉中墙变软了，变得能够像软体动物那样活动了，像恶魔那样凶恶，又像噩梦那样紧紧追随着心怀恐惧的人的思绪。这是诗人的情感在起作用，当然这种情感与思想是有密切联系的。故白居易的论述不仅仅限于“根情”，而且还归结到“实义”上去。由于舒婷在思想上深深厌恶那把人束缚着的、使人的个性不得伸展的条条框框，而要反抗这种像墙一样无处不在的愿望又屡屡受挫，因而她对使人畏缩，对世人受其危害而又无动于衷的精神状态有着异常的憎恨，这种情感就使她的知觉变异了，因其变异了，读者才更明晰、更深切地感受到导致这种变异的情思的强度和深度。

不仅在诗中，而且在叙事文学中，情感对于知觉，也起着某种主导的定向、定性的作用，有什么样的感情就有什么样的知觉。例如丹尼尔·笛福在《鲁滨孙漂流记》中写到鲁滨孙在荒岛上救出了礼拜五及其父亲，还有一个希班人，他一共有了三个奴仆，就产生了这样的知觉：

我这岛上现在已经有了居民了，我觉得我已经有了不少百姓了。我不断地带着一种高兴的心情想到我多么像一个国王。第一，全岛都是我个人的财产，因为我具有一种毫无异议的领土权。第二，我的百姓都完全服从我；我是它的全权统治者和立法者。

这里动人的是鲁滨孙那变异了的幻觉。当然，在这里对知觉起作用的不仅仅是情感，还有思想，一种近乎殖民主义者的偏执为鲁滨孙的知觉定了性。这是因感觉、知觉是一种低级的认识，只有与高级的思维结合起来才能使认识深化。“只有理解了的，才能更好地感觉”。对于科学来说，情况只能是这样，是理性的认识使感觉明晰、精确、深化。但是对于艺术来说，光有理性的作用还没有形象。如果感觉变得明晰、精确、深化了，那还只是概念的符号。而艺术的感觉和知觉若要超越概念，感觉、知觉本身就要发生变幻，只有变幻了，它才能成为情感的索引，如果不变幻，它只能成为理念的索引。所以，波德莱尔说：“不变形，就无法感知。”

六、在知觉与智性的空白中的情感

自然，情感也并不是只与感觉、知觉发生关系，情感同时又与思想乃至理性发生关系。

情感虽然不等于思想，感性与理性分别遵循不同的规范，但是理性思维时常成为情感的基础，没有绝对脱离思维的孤立的情感，情感与理性构成人的思维结构，二者是处在一种有机的联系之中的，在有机结构中，二者相互渗透。一般说来，一个有高度爱国主义思想的人自然有相应的爱国主义情感，对自己所爱的人理解越深刻，感情也会越深厚。反过来说，一个对家乡人的文化心理结构没有什么理解的人回到了故乡，感情就相对地贫乏；一个对改革事业缺乏理解的人，对改革中微妙的变化自然就会缺乏感情的波动。所有这一切都足以说明思想与情感的统一性，思想作为情感的隐性结构决定着情感的显结构，但是为思想所推动所增生的情感要成为形象，最后还得以感觉知觉变异的形态实现。如果思想打开了情感的通路，而没有打开感觉、知觉变异的通路，思想仍然是抽象的，没有血肉的，不能进入美的层次。20 世纪欧美现代派意识到了这一点，他们在创作中力图越过情感这个层次，从感知、直觉的层次直接向智性的思维升华，让思维直接掣动感觉的变异（直觉），在这方面已经产生了一个不可忽视的诗歌风格。在台湾、在大陆，在“北岛以后”的青年诗人中，这种追求已经成为一种潮流。在小说领域，在海明威以后，也形成一种废除情感的流露的倾向，以海明威那种“白痴式的叙述”为楷模，追求一种“冰山风格”，在行文中，力避渲染、感叹、形容，甚至有人主张废除比喻，乃至废除形容词，把句子删得只剩下名词和动词。这些作家都以知觉和智性的结合取胜。他们力图越过情感这个层次，事实上是很困难的。因为在艺术形象中，赤裸裸的、没有感觉和知觉的情感很难存在，反过来，没有情感，孤零零的感觉、知觉，甚至白痴式的感觉也不可能动人。那里有感觉，那里就不可避免地有感情的作用；那里有感知的变异，那里就有情感的渗透。所谓白痴式的叙述，并不像生活中的白痴那样无情感，而是把情感作为隐性暗示放在语言的空白处；所谓从感情直接向智性升华，也不可能越过情感，不过是对情感不做独立的外溢的表述，而是把它分别潜藏在知觉和智性中去。在知觉发生某种变异时，智性的逻辑也会发生某种变异。而对于这种变异的说明，却不像现实主义小说那样正面讲出来，而是被省略了或者说是在暗示着。

由此可见，形象与情感固然不可能分割，但是更不可分割的是形象与变异了的感知。因为有了情感，如果直接抒发，没有通过感知，有可能导致抽象。而有了变异了的感觉、知觉，则肯定有情感。从这一点出发，我们来看托尔斯泰在《什么是艺术》中的一段话：

> 艺术感染力的大小决定于下列三个条件：①所传达的感情具有多大的独特性；②这种感情的传达有多么清晰；③艺术家的真挚程度如何，换言之，艺术家自己体验他所传达的感情时的深度如何。[①]

---

① 伍蠡甫主编：《西方文论选》（下卷），人民文学出版社上海分社 1964 年版，第 439 页。

托尔斯泰毕竟是托尔斯泰，他深刻地洞察了在艺术形象中起主导作用的是特殊感情而不是特殊生活，因为生活的主要特征不是天然存在的，而是被情感所选择和同化的。托尔斯泰所讲的三个条件，其实就是一个条件——情感的独特性。普列汉诺夫认为托尔斯泰的艺术论有缺陷，首先是没有讲到情感与思想的关系。其次，没有讲到情感来自现实生活。其实，普列汉诺夫的补充当然有道理，但在我看来，托尔斯泰最大的失误在于他忽略了情感与感知的关系。作家要传达情感，同时也要传达与情感联系在一起的感觉、知觉，情感虽然有特点，很明晰，而且很真诚，但一点感觉都没有，那只能是陷于抽象，成为没有肉体的幽灵。而一旦有了那种特异的感觉、知觉变幻，就不但在内宇宙一头接通了情感，而且在外宇宙一头，接通了生活。有了感觉、知觉，就不至于被普列汉诺夫抓住辫子，说他没有讲到现实生活了。而且，可以反过来对普氏说，有了生活还不够，还得有那艺术家的特殊感觉、知觉。

艺术感染力的大小取决于情感的独特、明晰、真诚，固然不错，但不完全，同时还取决于与情感相联系的感觉、知觉的独特变异，这种变异是深刻的，是通向理性思维的，因而是明晰的，这种变异不是故弄玄虚的，不是违心的，而是从生活与心灵的交结点上激发出来的，因而是真诚的。当然托尔斯泰的说法也不是十全十美，他讲的艺术形象感人的第二个条件——情感的明晰性，则是可能与第一个条件情感的独特性相矛盾的，因为独特的情感，其特点就是朦胧的，就是违反同一律的。越是强烈的独特的情感，越是难以定性。舒婷在写到她在异国他乡看到她的故乡厦门随处可见的三角梅时这样写道：

呵，抬头是你
低头是你
闭上眼睛还是你
即使身在异乡他水
只要想起
日光岩下的三角梅
眼光便柔和如梦
心，不知是悲是喜

这里最动人的是，在异乡他国，只要想起三角梅，“不知是悲是喜”，如果改成明晰的话语，不管是感到喜悦还是感到悲伤，都是煞风景的。

第五章

知觉变异的特性：自由和新异

一、借观察感知以观察感情

审美心理活动并非绝对客观地反映外在信息，它所表现的是客观信息引起的主体内在情感和态度。文学家包括文艺理论家就不能满足于观察研究客观生活如何被反映，而且应该观察研究，情感作为一种内在体验，如何被表现在作家对外在信息的感知上。这本来是文艺学科的特殊矛盾，是文艺理论的特殊研究对象，然而我们文艺理论最薄弱环节恰恰在这里。

情感，作为一个基本范畴，至今其内在规定性仍然十分贫乏。对于情感的研究才刚刚起步，至今仍然没有超越介绍外国心理学家许多年以前的研究成果的阶段。就是介绍，也还处于自发阶段。在文学领域中许多同仁还没有充分意识到一般心理与文艺心理的区别，很难避免把普通心理学的情感直接搬用到文艺学中来，抹杀了文艺学中情感的特殊规律。例如，既然情感丰富是作家最基本的心理素质，对于文艺学来说，就有一个如何将情感化为语言形象的问题。艺术家凭什么精确地表现他的情感呢？鲁枢元很明确地指出，靠记忆。他那一篇有名的论作家的情绪记忆的文章，赢得了普遍赞赏。但这并不能使我满足，因为，他所描述的情绪记忆是自发的。自然、自发记忆是非常重要的，但是一个作家要提高自己的形象的发生率，就不能完全靠自发，他应该尽可能把自发的情感记忆化为自觉的情感观察，因为观察有利于更大规模地、更深入地记忆。如果它不能完全做到这一点的话，至少也应该部分地做到这一点，以自觉的部分去补充、提高自发的部分。

但是这样就面临着一个问题，情感活动是可以观察的吗？很显然，心理学家并没有替我们解决，他们留给我们的是一大堆疑问和一系列充满激活力的思维材料。由于情感的特性就是模糊不清，因而它就特别需要精密地观察，正如模糊可以用模糊数学的精密方式处理一样。可是构造主义心理学家铁钦纳认为情感是不可观察的：

情感没有清晰的特性。快感和不快感可能是强烈的和持久的，但它们绝不会是清晰的。这就是说——如果我们改用通俗心理学的语言来说——在情感上不可能集中注意力。我们越是集中注意感觉，感觉就越清晰，我们对它记忆就越牢、越明确。但我们完全不能把注意力集中在情感上，如果我们试图这样做，快感和不快感就立即消失，我们就会发现自己在观察我们并不想观察的完全无关紧要的感觉现象。如果我们想从一首协奏曲或一幅画中得到快感，我们就一定要注意领会我们听到或者看到的东西；但是一当我们注意快感本身，快感就会消失。①

和铁钦纳主张相近的是法国心理学家芮波（1889—1916），他断言，情感没有记忆。上述两位学者主张的核心是情感是无意识的，因而不能用有意注意去观察，一旦有意注意了，就进入意识领域，就不属于无意识领域，因而就不再是情感了。但是他们的大前提是没有经过充分论证的，因而他们的推理带着独断论的味道，连无意识的最早发现者弗洛伊德都明确说过：

须知情感的本质就在于它是可以感觉到的，亦即为意识所觉察的。因此，对情感感觉和激情来说，无意识的可能性是不存在的。②

当然，弗洛伊德也不敢把话说死，情感本身是不是绝对在意识领域之中，他也没有把握，这说明铁钦纳和芮波毕竟还是有道理的。至少他们把矛盾的一个极点作了充分的、不无片面的强调。但是弗洛伊德指出，情感是可以感觉到的，也就是说，情感是与感知联系在一起的，而感知是可以注意、可以意识到的，因而情感也连带着被意识到了。关于感知可以被注意、被观察、被意识到，铁钦纳是肯定的。既然肯定了感知可以被观察，其实也就肯定了情感的本体的可以被观察。我们可以举古希腊的女诗人萨福的《歌》为例：

当我看见你，波洛赫，
我的嘴唇发不出声音，
我的舌头凝住了，
一阵温柔的火突然间从我的皮肤上面溜过；

---

① 原文出自铁钦纳：《心理学教科书》。转引自维戈茨基著，周新译：《艺术心理学》，上海文艺出版社 1985 年版，第 260 — 261 页。

② 原文出自弗洛伊德：《心理分析学的基本心理学理论》。转引自维戈茨基著，周新译：《艺术心理学》，上海文艺出版社 1985 年版，第 261 页。

我的眼睛看不见东西，

我的耳朵被噪声填塞，

我浑身流汗，全身都在战栗，

我变得苍白，比草还无力，

好像我就要断了呼吸

在垂死之际。

如果情感百分之百都是无意识的，都是不可观察的，那么它之所以被认识到，是因为它掣动着感觉和知觉，使感觉和知觉发生了巨大的变异。诗人的视觉一旦接受了信息，就触发了深厚而强大的情感，而这种情感又反过来改变了感觉机能。萨福的视觉，因为看见了可爱的对象变得失去了全部反应能力：看不见东西了，听觉则充满噪音，她触感到温柔的火，然而全身却变得苍白，语言和呼吸的功能失去了，浑身无力而又战栗。所有这一切之所以会被意识到，就是因为这种种知觉是因变异而强化了。也许普通强度的知觉，大部分被人们忽略过去了，然而因变异而强化了的知觉就不可忽略了。本来见到爱人应该是一种欢乐的快感，内在情感的综合体验应该是肯定的，生理功能应该是活跃的，健康的，但是由于情感的作用，感觉传达给大脑的似乎在性质上与之恰恰相反：生理功能变得呆滞，甚至有一种病态的乃至垂死的感觉。普通心理学上说，在感情发生过程中，事物的刺激作用在大脑两半球内引起的神经过程并不是单独发生的。任何成人都有长期的生活经验，其大脑皮层都是自动化地去反应刺激的。它把各个单独刺激综合成整体，经过多次反复就达到熟练化、自动化的程度。一个条件反射跟着一个条件反射自动地出现，保持它们之间的定型关系，这在心理学上叫作“动力定型”。这样可以减轻大脑皮层细胞的能量消耗。

人的外在动作的熟练性就是这样产生的，人的情感活动也一样，一旦感觉到某种信息，由于长期的经验就产生某种情感的自动化反应。

心理学上说，人的情感发生必然要与已经贮存在大脑中的“动力定型”（自动化反应）发生关系，或者是加强了旧的动力定型，又有利于新的动力定型的建立，这样人们就体验到肯定的情感。或者是破坏旧的动力定型，而新的动力定型又难以建立，这样人就体验到否定的感情。例如：看见自己的所爱的对象，回忆起生理需要得到满足，想象到社会活动得到帮助等等，因而产生爱的情感，这是长期经验反复作用的结果。爱人每一次出现都加强旧的动力定型，每一次都对爱人有了新的了解、发现，因而有利于新的动力定型的建立，爱情更加深化了，人们就感到幸福了，这就是肯定的情感发生过程。如果某一次见面发现爱人不忠于自己，但一见他，旧的动力定型自动化地作出反应，爱的情感仍然汹涌起来，但不忠的事实又在破坏旧的自动化反应，但破坏不了，这就是否定性的情感发生过程。

心理学在情感研究上还很幼稚，实际上情感的发生过程和性质要复杂得多。

萨福看到自己所爱的人，本来是应该发生肯定的感情，这种自动化的感情反应会在感觉上有相应表现，但是常态的感觉往往容易被忽略，而强烈的感情冲击往往能使感觉越出常规，以致肯定的情感产生了否定的感觉。这种否定的感觉，反过来又激起了某种否定的情感。一方面，旧的动力定型（一见就激动）得到加强，产生了某种肯定的情感（欢乐）；一方面，一见就紧张，就脸色发白，舌头僵硬，有一种濒临死亡之感，这种否定的情感并不是在破坏旧的动力定型中产生的。就普通心理学来说，加强旧的动力定型，应该产生肯定的情感，其实这里肯定的（欢乐）和否定的（痛苦）都有。正是因为这样，笼统说情感的性质（欢乐或痛苦）都有某种空洞的危险，而一旦与感觉、知觉联系起来就很具体了。可以说感觉、知觉使情感的感光片显影。

变异了甚至是歪曲了的感觉、知觉综合起来使情感被意识到了。

正是这种变异了的感觉知觉，使得情感的深度和强度得到了说明。而传达这种变异了甚至歪曲了的感觉、知觉，就是艺术创作的重要手段。

长期以来，美学一直强调审美情感是核心，但所强调的情感核心往往被理念同化，成为理性的附庸或装饰。审美规律往往因此而被认识规律所代替。究其内在的根本原因，首先就是因为忽略了审美情感造成感觉的变异，或者叫作感觉的“不科学”，将情感与思维混为一谈。

二、感情使感觉成为和谐一致的直觉

当然，并不是所有美学家都这样粗心地漠视感知变异而混淆情感与思维的区别，至少康德和克罗齐是例外。康德在《判断力批判》中意识到感觉的重要：

> 赏鉴判断（按：即情趣判断）在愉快及美的称谓的关系里规定客体时与理性的思维（概念）是没有关系的；因此那关系的主观统一性只能由感觉表现出来。①

美作为主体的审美体验，不能赤裸裸地表现出来，只能由感知表现出来。康德只说到审美判断与理性有矛盾，感知可以协调审美心理活动使之统一。为什么能统一呢？康德曲折的思辨没有能正面回答这个问题。

这个问题由他的后继者克罗齐回答了，他在《直觉和表现》中开宗明义就提出——“艺术即直觉”：

---

① 北京大学哲学系外国哲学史研究室编译：《十八世纪末—十九世纪初德国哲学》（西方古典哲学原著选辑），商务印书馆 1975 年版，第 144 页。

对什么是艺术这个问题，我们可以用几个最简单的字来回答。艺术即视觉，或直觉。艺术家创造形象或幻象，而欣赏艺术的人则聚精会神地注意艺术家所表现的东西，透过向他开启的缝隙观察并在自己心里再现这个形象。“直觉”“视觉”“直观”“想象”“幻象”“映象方式”“表象”等等，这都是人们在谈到艺术史经常当作同义语来使用的一些词汇。①

克罗齐不仅把艺术的性质与人的感觉（视觉、直观）联系了起来，而且把艺术的性质与人的变异了的感觉（幻象、想象）联系了起来。这就是说，在艺术中的感觉可以是不准确的，不科学的。克罗齐跟着就明白宣言，艺术不是物理的事实。当然，物理的、科学的、准确的感觉就不属于艺术的感觉之列。

但是人的直觉、幻觉，人的不科学的直觉可能是很混乱的，直觉是一种自发的表象，各种感官信息可能是互相没有联系的，变幻无常的，互相矛盾的，杂乱无章的，缺乏艺术形式规范所要求的内在有机联系和外在的统一性的。直觉之所以成为艺术，并不仅仅因为直觉本身的变异性，而且还因为直觉不同于一般感觉，也不同于一般疯子的和其他病态的错觉和幻觉：

不管艺术作品怎样，它都应当 Simplexetunum〔按：和谐一致〕，或者切合它的多样性的一致的概念。②

艺术家以一种自发的“灵感”在无所不包的感觉中找到“一致的中心”，使之统一起来。这种“灵感”，克罗齐把它解释为艺术家的感情：

感情赋予直觉以和谐与一致。③

克罗齐比康德进了一步，它终于找到了情感与直觉的联系。在他看来，直觉之所以是艺术的，就是因为在直觉中有情感的渗透。所以他说，一切直觉都是抒情的，不管是叙事的还是戏剧的，艺术形式都是抒情的。

但是克罗齐所强调的是情感对感觉的统一作用，组织作用及协调作用，并在感觉与感觉之间起一种核心作用，或者说在效果上统一的作用，感觉如果要变异的话，主要就是在统一的情感诱导下作统一的变异。

---

① 中国艺术研究院外国文艺研究所《世界艺术与美学》编辑部编：《世界艺术与美学》（第1辑），文化艺术出版社1983年版，第37页。克罗齐把艺术仅仅归结为视觉，显然是狭隘的。首先音乐就是听觉的，其次，就是文学语言也能表现听觉（月出惊山鸟，时鸣春涧中）、触觉（清辉玉臂寒）。2016年注。

② 中国艺术研究院外国文艺研究所《世界艺术与美学》编辑部编：《世界艺术与美学》（第1期），文艺出版社1983年版，第47页、5页。

③ 中国艺术研究院外国文艺研究所《世界艺术与美学》编辑部编：《世界艺术与美学》（第1期），文艺出版社1983年版，第47页、5页。

这显然把情感与感觉变异的关系简单化了，概念化了。

长期以来，美学在思辨的领域中是那样强有力地展开它的翅膀，在玄妙的概念世界，它一飞冲天，鹏程万里，探索了那么广阔的领域，取得那么多的自由，可是这样的发展往往是以脱离经验领域为代价的。在艺术创作和欣赏的经验领域中，它显得那么软弱，它的进展是那样缓慢，以至于哪怕是在一个表层经验中得出新的概括，也往往要付出一代又一代的理论家宝贵的智慧和年华，同时还要浪费大量的多余的争辩。

克罗齐比康德显然更接近于艺术的经验世界，但是抽象的思辨仍然束缚着克罗齐思维的触角。克罗齐始终没有正面肯定情感如何导致感觉变异，也没有想到对感觉、知觉本身做本体结构的分析。克罗齐把直觉描述得颇有神秘气息，他从思辨王国眺望艺术创作的经验世界，不免有雾中看花之感。而且他很满足于自己对直觉的直觉，以至于没有任何进行深层结构分析的追求。

在这一点上，生活在十九、二十世纪之间的克罗齐还不如早他一千四百多年的刘勰（约公元 465—520），那样敢于面对直觉想象纷纭和艺术品的和谐一致的矛盾，刘勰在《文心雕龙· 神思》中清醒地指出，并不是凭直觉就能达到和谐一致的境界。相反，直觉的特点就是纷纭的、无序的：

夫神思方运，万涂竞萌，规矩虚位，刻镂无形……方其搦翰，气倍辞前，暨乎篇成，半折心始。则何？意翻空而易奇，言征实而难巧也。[①]

刘勰认为，写作是一个很艰巨的过程，这里需要考虑的是两种心理机制，一种是神思机敏的，一种是苦虑思缓的。不管哪一种都需要有先天的“才”和后天的“学”。一方面要博见以馈贫乏，一方面要贯一以拯紊乱，通过“博练”才能达到“博而能一”，也就是克罗齐所说的“Simplexetunum（和谐一致）”“多样性的一致”，既丰富而又统一，在刘勰这里，并不是光凭直觉就能唾手可得的。

其实，对一个稍有创作经验的艺术家来说，艺术不但是灵魂的冒险，而且是形式和语言的探索，光讲直觉是很危险的，中国文学理论的传统乃是以创作论为核心的，这应该是常识。但是，在西方美学、哲学基础上建立起来的文艺理论，这却成了千年的悬案。

不管西方美学在思辨能力上，是如何地超过中国古典文论，可是在从创作经验材料上获得升华这一点上，它远不及中国文论，甚至不如中国吉光片羽式的闪烁着智慧和灵机的诗话。清朝康熙年间吴乔（1611–1695）在《答万季野诗问》中这样说：

又问：“诗与文之辨？”答曰：“二者意岂有异？唯是体制辞语不同耳。意喻之米，文喻之炊而为饭，诗喻之酿而为酒；饭不变米形，酒形质尽变。啖饭则饱，可以养生，

① 刘勰著，范文澜注：《文心雕龙注》（下），人民文学出版社 1958 年版，第 493 — 495 页。

可以尽年，为人事之正道；饮酒则醉，忧者以乐，喜者以悲，有不知其所以然者。”①

吴乔表面上说的是诗与散文的区别，实际上意义还要更广泛，他说的是文学与非文学的区别。在清代，我国的古典散文很少是纯文学的，散文的大宗是以议论为主的应用性论文，其功能主要是实用价值。所以吴乔把读散文比为吃饭，可以满足人的实用需求。而诗的价值在审美，主要是一种情感的自由体验，所以吴乔把读诗比作喝酒，它不能达到实用的果腹的目的，但它可以使情感进入一种假定性的自由境界（醉），“忧者以乐，喜者以悲”，享受一种情感紧张与解脱的欢愉。从这个意义上讲，吴乔所说的诗的特点，实际上是审美心理活动的特点。吴乔认为诗之所以能使人进入审美的自由境界，就是因为它不像散文那样，像实用的非文学的作品那样，直接按生活的原生态反映生活，在文学作品中生活像米被酿成酒一样，“形质尽变”，不但形变了，而且性质也变了。

从文学规律的把握来说，吴乔已经达到很深刻的层次。他不但看到了变形，而且看到质变。如果光讲变形，则早在钟嵘的《诗品》中就有了“遗形得似”的命题，而晚于吴乔一百多年的雪莱（1792—1822）在《诗辨》中也提出了“诗使它触及的一切变形”的命题。但是吴乔把诗的变形放在与散文的区别的纲领性地位上，作为诗学的关键，而不是和其他许多特点混在一起，从这一点上看吴乔的悟性也比钟嵘和雪莱要高得多。很可惜的是吴乔这种深刻的感悟，并没有激发起他系统的思辨，他并没有写出像叶燮《原诗》那样的系统理论，因而这个为《四库全书总目提要》所特别介绍的观点，并没有在他的《答万季野诗问》和其他著作中得到特别充分的发挥，以至于直至今日仍然鲜为人知。中国诗话的点悟式的论说中往往不乏智慧的闪光，但是由于未能在逻辑思辨中充分展开，这种灵感就电光石火般地倏然消失了。

三、为自由选择提供无限的可能

其实关于变形的规律并不神秘，只要有一点起码的创作经验的人都会自发地体会到这一点，问题不在于变形，而在于艺术家为什么自发地倾向于变形。为什么不仅仅是诗人，而且是小说家也往往意识到在创造中不得不变形。鲁迅在论及形象塑造时就说过，人物的头、身体、四肢可以从不同空间得来，是一个“拼凑起来的角色”。拜伦关于雕塑也说过类

① 吴乔：《围炉诗话》卷一。见郭绍虞编选：《清诗话续编》上，上海古籍出版社1999年版，第477—478页。持此论者还有贺贻孙（1637年前后在世），其在《诗筏》中提出“妙在荒唐无理”；贺裳（1681年前后在世）和吴乔（1611—1695）提出“无理而妙”“入痴而妙”。沈雄（约1653前后在世）在《柳塘词话》卷四中说：“词家所谓无理而入妙，非深于情者不辨。”

似的话：

> 雕刻家的伟大力量在于把自然提高为英雄的美，用普通英文来说，就是要超过原来的模型。当康诺瓦塑像时，他采取一人的肢体，另一人的手，第三人的五官，或第四人的体态，或者同时对他们都加以改善，像古希腊艺术家在具体化他的维纳斯像时所做的那样。①

这是因为艺术家总是要顽强地表现自我，特别是表现自我的感情。他们的眼睛即使像照相机，所摄下的也是一系列“主观镜头”。王蒙在《倾听着生活的声音》中说：

> 不完全是按照生活本来面目，而是按照生活在特定的人的心目中的感受，用类似电影的“主观镜头”的方法，既表现人的内心，又表现人的环境，遭遇和生活，既追求客观的真实，也追求主观感受的真实，这也是一种方法。②

正是这种主观镜头，变形的形象给了他们极大的自由去表现自己的个性。如果艺术像科学那样对研究对象作纯客观的反映，那么最真实的反映就只能是一元化的概念数据和公式。这样不但失去了感性，而且也失去了选择的自由，作家就不能不限于被动，而创作恰恰是从摆脱了被动开始的。创作之所以成为创作就是因为它不是被动的，而是自由的。而自由就不能没有选择，自由恰恰是从选择开始的，而感觉知觉有了变异的可能，就提供了自由选择的可能。感觉、知觉变异的幅度越大，自由选择的空间越广阔；同样，自由选择的方位越是多样，感觉变异越是多彩。

对于审美来说，它本身就是一种情感的解放和自由。只有感觉变异是永恒的，永不停顿的，不可穷尽的，对于作家来说选择和创作才是永不枯竭的。

正是在永不停顿的变化中，在永不枯竭的选择中，人类满足着自己心灵对审美自由的渴求。

四、修正读者的心理预期

人类审美心理有一种自发的求新驱动力，不管多么美好的艺术，只要它停止发展变异，只要它陷于重复，它就不能不走向停滞，不能不在读者心理中引起疲倦。因而在审美感受中美是和求新联系在一起的。今天是新的，如果不断重复，明天必然变成旧的。从心理学来说，同样的信息反复刺激着，随着刺激时间的延长，刺激的强度递减。这一点在人的各

① 《古典文艺理论译丛》编辑委员会编：《古典文艺理论译丛》（第 1 册），人民文学出版社 1961 版，第 122 页。

② 王蒙：《倾听着生活的声音》，《文艺研究》1982 年第 1 期。

种感官都是一样，长期观看同一对象会视而不见，长期听同一的声音（哪怕是打铁的声音、大炮的轰鸣）也可能听而不闻。这种规律在嗅觉中特别显著，“入芝兰之室，久而不闻其香，入鲍鱼之肆，久而不闻其臭。”相反，一种新异的信息由于新颖而突然，往往产生超强度的心理反应。例如在客观条件很安静和心理上毫无准备的情况下，哪怕是无声无息地进来一个人也可能吓人一大跳；而在客观环境很喧闹，主观心理上又有准备的情况下，哪怕是一个人大喊大叫地冲进来，也不会引起任何紧张。

艺术形象中知觉变异之所以动人，首先是它引起无意注意的高度集中，其次因为它不断翻新，不断打破、修正读者心理的预期。客观对象都有它的常态，这种常态是一种标准状态，或者叫做“纯粹状态”，这在读者心理上构成了一个稳定的预期，或者叫做定势，而变异了的感觉就因为有限度地修正了这种定势的预期而产生对内在注意的吸引。某一类型的常态，久而久之就产生了心理定势，养成了读者的预期，我们把它叫作第一预期。一旦事物出现了变态，就修正了读者的第一预期。变态反复作用的结果达到某种稳定性，于是形成了新的心理定势，我们把它叫作第二预期。艺术家如果仍然重复着原来的变异形态，则与读者的第二预期完全重合，这时就变成重复刺激，而重复刺激的数量越多，时间越长，越引起心理的疲倦、注意力的分散、感染力的降低。新的预期变成了旧的重复，这时就产生了一种更加强烈的更新渴望，艺术家只有提供新的变异才能缓解这种渴望。一旦新的变异又一次修正了读者的第二预期，在大量阅读经验中又会逐步形成第三预期。作家艺术家吸引读者感染读者的过程，就是用不断的创新来确立读者的心理预期，又不断修正、扩大，乃至突破重建这种预期的过程。

这种心理现象并不神秘，现代心理学已经揭示了它的生理基础。科学实验证明，新信息、新刺激不但能振奋人的精神，集中人的注意，而且是人能够维持正常心理功能的重要条件。人的生理心理系统作为一个开放的系统，不但要不断与外界交换物质和能量，而且要与外界交换信息，二者是同样重要的。不交换物质和能量（不吃、不拉、不吸、不呼），人当然活不成，光交换物质和能量，不交换信息，人的心理机能也很难正常运转。

有过一个实验，将人用密封装置沉入水中，在供给他足够的营养的同时，阻断他一切感觉（包括眼、耳、鼻、舌、身等）的信息来源。不到几小时，这个人就会出现幻想（噩梦）、心理混乱，甚至濒临发狂的边缘。

人不吃饭可以活上好几天，可是人绝对不接受新信息、不发出信息，生理机能不到一天就失去正常运转的秩序了。

最近，在美国加利福尼亚州的一所大学里，专家们设计了一座房间，它的隔音设备可以吸收任何声音。任何音响一旦发出，其百分之九十八都被特制的墙壁所吸收，这是目前世界上最寂静的地方。有一名记者为体验一下这个没有声音的世界，在里面逗留了一个上午。最初他很欣赏这种寂静的和平与安宁的感觉。但是过了一小时左右，缺少声音的压迫感使他感到不舒服，以至于他不自觉地咳嗽几声，来制造声音。只在短短的几小时里，他就难以继续忍受这无边的寂静了。

这是因为人的听觉神经在正常环境中习惯于接受外来的信息，即使由于不在注意范围之内听而不觉，外在的信息在意识阈限以下，进入了无意识领域，人虽然没有意识到这些信息的作用，可仍然在接收信息，信息神经系统中仍然是存放着的，一旦有足够的强度和足够的新度的信息进入，超过了意识阈限，人的意识就被新信息的信号唤醒了。从这个意义上来讲，人的意识有一种本能，那就是对新信息的期待，随时处于一种为新信息从抑制转入兴奋的准备状态。反过来说，人的意识随之也趋向于对旧信息从兴奋转向抑制的准备状态。新信息不断地重复刺激就必然引起疲倦，从意识阈限以上，降落到意识阈限以下去了。

与此相联系的是人对重复刺激的钝化反应。

一切动物的感觉刺激的细胞都极其相似，每个感受细胞上都有根活动的小毛，叫作"鞭毛"，其中有两个微管，周围有九对可动的微管。感觉细胞很快会适应（习惯）连续的刺激，停止反应。动物在它进化的过程中，为了生存竞争的必要，必须对环境中一切新异的信息保持高度的戒备状态，一切新的色、香、声、味出现都可能意味着异己力量的侵犯或者可以猎获的对象的出现。动物如不高度机警地调节自己的生理功能，做出迅速的反应，就可能招致危殆或者坐失良机。因而对客观环境中新异信息的敏感就在动物细胞核的染色体中作为一种密码遗传下来。遗传密码的长期积淀获得了相当的稳定性。这种对于新信息的敏感，至今我们仍可以从比较低级的动物身上清楚地观察到。

据美国人汤姆森主编的《生理心理学》记述，只有极为简单的神经丛的腹足亚纲软体动物——蜗牛，在某物体上休息的时候，如摆动某物体，蜗牛就会缩进壳中。但如反复摆动该物，过一会蜗牛就不做出反应了。同样，一滴水突然落在海葵上方的水面上，海葵就会扰动起来，但水继续滴下来，海葵就会停止扰动。林中的栖鸟会因突然响起的瑟瑟声而警觉地飞去，如果这种声音持续不停，鸟儿就不会轻易地飞去了。

大多数有机体都敏于对新异的不断更新的刺激做出迅速的反应，而惰于对单调重复的刺激做出反应。

这种生物的本能自然也保存在人类的遗传基因中，成为人的审美心理活动的生理基础。

自然，人作为高级的社会动物，其求新的心理特征除了有与动物相同的一面以外，还有相异的一面。人的求新活动在根本上不同于动物之处在于人并不像动物那样消极地适应环境，以满足生理的实用需求为满足，人自从制造了工具、发出了象征符号性质的语言以后，就从动物界、自然界分化出来成为自然的对立面，在不断征服自然的过程中，扩大自己的自由，并创造着自己。在长期的社会实践中，人为了扩大已经获得的自由，就得不断改良劳动工具、语言的交流功能，改善社会组织形态，创造着发现着新的工具和语言，新的社会组织形态，扩大着自由的领域，提高着自身生存的质量。人在满足了生存和安全、实用需求以后，还发展着主动创造的审美需求，正是这样的社会历史实践，使人有别于动物，在求新的本能上，人从消极的被动的适应层次，进化为主动的自由的创造层次，从主体的生存和安全的实用性的层次，上升到超越实用性的审美的层次。

第六章

知觉的表层变异结构

一、不等量的内向传导和外向传导

感觉和知觉就其本身而言是由三个方面的因素构成的。首先是外来信息，其次感觉神经的内向神经元把感受器的冲动传入中枢神经，再次是内部机体的综合体验，通过外向神经元把冲动传导于肌肉或腺体，例如视觉感受器（椎状和柱状细胞）看到一朵美丽的花，视觉、嗅觉感受器通过分析器的选择把冲动导入大脑神经中枢，在相应的皮层部位（分管颜色、形状和气味的部位）形成兴奋和冲动，外向神经元（亦即运动神经元）就把这种中枢神经的冲动传导到人的肌肉和腺体，使人产生笑容，把鼻子凑到花蕊上去等等。但是人的神经活动并不是这样简单的、单层次的。首先是内向神经并不只是一次往还的，而是不断循环往复的。例如，当人把鼻子更近地凑到花上去以后，可能闻到更浓烈的香气，于是就产生一种新的反应，例如，想到街上去买，到阳台上种，去图书馆找有关的书籍来研究等等。如果这个人后来果真种了花并且顺利地开放了，当他看到花的形状、颜色，闻到花的香味又将产生新的动作和反应，比如，他看到他种的花开放了，笑了，他没有笑出声，但却牵动了泪腺，流出了眼泪。

内向神经元传入，外向神经元传出，二者的神经冲动并不是绝对等量的。这种不等量的原因在于：第一，由于人的心理气质不同，人的大脑兴奋过程的强弱不同，在强型中又有平衡与不平衡之不同，在平衡型中又有灵活与迟缓的不同。人的气质按巴甫洛夫的研究大致可分为四种：1. 弱型，反应不强；2. 强而不平衡（不羁）型；3. 强而平衡，且又异常敏捷型；4. 强而平衡但又迟缓型。第二，人的生活经历不同，文化熏陶不同，所处的社会环境不同，人的大脑储存的记忆，特别是情感也是不同的。由于上述两个因素的不同，当一种外来信息由内向神经元传入人的大脑神经中枢时，所引起的反应是不同的，因而由外向神经元传导出来的反应也是不同的，这种不同的效应所反映的就不仅仅是外来信息，而且更重要的是行为主体的心灵、气质、记忆被激活的性质和深度，这里就包含着行为主体的神经兴奋过程的强弱、平衡性和灵活性。当客体的信息经过神经元的往返传导化为人的肌肉动作腺体效应时，其实已经分化成不同的形态乃至不同的性质了。内向神经元所传导的和外向神经元所传导的那相同的一部分，已经与变异的那一部分化为一种不可分割的变体了。如果说科学就是要从这变体中分析出二者共同的普遍的成分来，那么文学则相反，恰恰要在这变体的完整感知中，特别是那不同的部分中进行加工创造。

本来变异有它的自发性，因为这是由人的心理气质和生活经历、文化修养决定的。这种变异于科学是不利的，但对于审美却是有利的，因为主体的情感的渗透会歪曲事实。科学的理性与审美的情感是两种价值观念，遵循着不同的规范，各有不尽相同的逻辑，科学的价值是直接联系到实用，与人类的生存发展有直接的关系，而审美情感却是在满足了生理的实用需求以后才能发展起来的。因而人类，即使到了今天，在一般情况下，也仍然是为了科学的理性而牺牲、扼杀审美的情感。其最突出的表现是人类的教育至今仍然是以智育压倒美育的。因而科学的发达、教育的普及，导致了人对感知变异的疏离和冷漠，鲁道夫·阿恩海姆在《艺术与视知觉》中这样说：

> 表现性（按：主观情感的表现性）在成年人知觉活动中所占的优先地位已有所下降，这也许是过多的科学教育的结果。但在儿童和原始人当中却一直稳固地保留着。按照维尔纳和柯勒收集的资料，儿童和原始人在描绘一座山岭时，往往把它说成是温和可亲的或狰狞可怕的；即使在描述一条搭在椅背上的毛巾时，也把它说成是苦恼的，悲哀的或者劳累不堪的。[①]

正是由于这样，李贽才说："天下之至文，未有不出于童心者也。"[②]从这一点来说，感知变异并不神秘，它存在于我们最原始的童年感知当中。艺术家不过是把这种人类本性从科学的狭隘性中解放出来的胜利者，非艺术家则是一群不幸的失败者。

变异的感觉有其二重性，一方面它是客体的索引，一方面它又是主体的索引。从本体结构来看，这种变异包含着两个层次。第一个层次是外在效应的层次，这是很容易看出来

① 〔美〕鲁道夫·阿恩海姆（R.Arnheim）著，滕守尧、朱疆源译：《艺术与视知觉》，中国社会科学出版社 1984 年版，第 169 页。

② 李贽：《童心说》，《焚书》（卷三），中华书局 1974 年版。

的，同样一朵花可以使人露出笑容，也可以使人露出愁态；甚至使人采取不惜牺牲自己而保护它的动作。同样一个人，面对同样的情景，也可以产生不同的动作效应。面对元宵欢乐的灯会，与意中人并肩看灯会，“月上柳梢头，人约黄昏后”，发出灿烂的笑容；而过了一年，同样的环境，因为“不见去年人”，也可以“泪湿罗衫袖”。

二、中心知觉的分化和潜感觉的浮现

一个艺术家最起码的修养就是准确地驾驭这种浮在感知结构表层的变异效应。我国当代青年作家邓刚在《迷人的海》中写到两个海碰子在凛冽的寒风中投身入海去采海参时的知觉：

当温热的肉体一接触到冰冷的水时，它的感觉并不是冷，恰恰相反，倒像是被火燎一下或是感到一把烧热的刀子在全身狠狠一刮。这个感觉倏地一过，那种透骨凉意才刷地一下浸过来，紧接着像有千万支冰针穿皮肉而进，在骨头上噬着，锯着，钻着，这是最难受的第一关……老海碰子是有数的，他紧闭双眼，在等待着疼痛的消失……约莫一袋烟的时间，那扎在身上的千万支冰针突然开始溶化了，不那么尖锐了，整个身上的皮肤出现一股微妙的“辣辣”的感觉，开始发热了，用海碰子的话说“开始发烧”。这种难以置信的发烧只持续了一阵儿，便忽地消失了，这时他们开始缓慢地摆动胳膊，伸蹬两腿，像一条冻僵的鱼刚刚复苏，随即他们大动作地运动四肢，迅速游起来。现在两个海碰子的感觉舒服极了，因为此时皮肤什么感觉也不存在了，没有冷的感觉，没有热的感觉，没有痛的感觉，甚至没有接触水的感觉。身子仿佛在一个莫名其妙的空间活动，即使皮肤蹭到尖硬的礁石上也丝毫没有感觉。但这种“舒服”只能持续半小时，再次“返痛”就可怕了。海碰子就是抓住人体对寒冷的第一次麻木反应，而敢于潜进冰冷的水下。

这里写的是坚强的“海碰子”，进入海水以后“寒冷”的感觉和知觉。这种冷的感觉和知觉虽然仅属于感知结构的表层，但是冷，冷得彻骨，冷得麻木，即使属于纯生理性的，也不是那样简单的，并不是只有冷的感觉。这种极端寒冷的知觉是一个很复杂的感知结构，构成这种冷的知觉要素有：烫、凉、辣、烧，接着是什么感觉都消失了的舒服，最后是可怕的“返痛”。

感觉、知觉较之情感固然更易于被意识到，它相对来说是处于意识的表层，一个作家要表达自己的感觉、知觉要比表现自己的感情要容易得多。但是这也不是简单的人人都能胜任的。在邓刚把一个人进入海水中寒冷彻骨的丰富感觉表现出来之前，人们，包括许多作家在内，似乎并没有想到事情有这么复杂。寒冷的感觉、知觉原来在我们心目中要单纯得多，可是经邓刚这么一写，我们在阅读时又享受到发现自己被忽略、被遗忘、被视而不见、被感而不觉的一些感觉和知觉的惊喜。

类似的感觉、知觉在生活中重复了不知多少次，但是，实际上并没有进入意识中心，没有被语词化，因而并没有完全被意识到，它们被贮存在潜意识中，它们沉睡着，但是并没有死亡，作家所创作的形象之所以能引起读者深刻的共鸣，就是因为人物的感觉、知觉唤醒了读者的感觉、知觉，启示了读者认识了自己的潜在的感觉、知觉世界。如果没有作家所创造的形象去唤醒，那么绝大多数读者就永远也没有意识到那些通常在感觉、知觉以外的潜感觉存在过。

一般人虽有生活经验，但是缺乏感觉、知觉的敏锐性和自觉性，因而很难成为艺术家，要成为艺术家最起码的条件就是对感觉、知觉表层应有充分细致的辨析和表述能力。越是大艺术家，感觉、知觉的辨析和表述力越是细致，谁是艺术家，谁对处于前意识的“黑甜乡”中的感觉就有超常的洞察力，谁就能在一般人总容易视而不见、听而不闻、嗅而不觉的地方，发现一大片的潜在感觉和潜感觉链。

艺术家的职能从最起码的层次上来说，实际上就是提示、唤醒读者忽略了的感知的能力。真正的艺术品能提高读者的感知能力。一些读者读到《安娜·卡列尼娜》中列文在溜冰场上用背感觉到吉蒂的光辉以后才意识到自己也有过类似的经历，并且在以后的生活中真切地体验到这种感知功能的存在。

意识到自己潜感觉存在的困难，往往不完全来自客观环境，这是人的心理机能的一种局限。人的感觉是低级神经活动，要把它表述出来就必须通过语言，而语言是与高级思维活动不可分割地联系在一起的。因而表述感觉，不能光凭感觉，不能光在感觉层次上滑行，感觉只有被语言所概括、被表述，才能进入人类的高级意识（这时其实应该是知觉了），才能真正明确、深刻地被意识到，如果不能被语言所概括，不能被表述就永远处于低级的半睡眠状态。但是比起感觉的无限丰富的差异来说，人的语言能表述的，实在是贫乏得可怜的。人类目力可以分辨的颜色有两千种，而人类语言所能表述的只有几十种，还有那么丰富的色阶和层次的差异在长期的语言习惯中就被淡化了，动人的感觉被麻痹了。

各种感觉层次的差异被麻痹使人类的感受能力受到极大的损失，以致于在长期的生活实践中，人的某些感觉退化到不如某些动物，人的嗅觉就不如狗，人不能凭着转弯角上尿的味道的微妙差异来辨别来路，人离开了概念和语词不能进行任何思维活动，在语词没有差异的地方，人的感觉差异越来越模糊，越来越朦胧了。北美印第安霍皮族人没有淡青这样的词，就没有分别青与淡青的能力，而英语中有青与淡青的分别，说英语的人分别两种色阶轻而易举。

语言从属于概念，概念的特殊功能就是概括，对特殊感觉作普泛性的综合，这种综合只能留下感觉的中心，它总是把在中心感觉以前、以后的辅助感觉，前承、后继感觉，边缘感觉，一句话，将与中心感觉有差别的非中心感觉加以舍弃。久而久之，这些非中心感觉渐渐变成了潜感觉。而对于一个艺术家来说，他不能不运用概念和语词，不用语词他连一个痛的感觉都说不出，但一用语词他就只表述中心感觉，非中心感觉潜入无意识，这样的损失对于科学家来说没有什么，对于艺术家来说就很惨重。因而他要把那些损失尽可能地捞回来。他对那些形成概念和语词的过程中被舍弃了的语词以外的感觉的潜在差异，不能不闻不问，他要像一个矿工一样，尽可能地进行自我感觉挖掘。这样就产生了一个现象，在用概念和语词所表述的中心感觉的边缘上滋生了许多感觉的变体。

邓刚在《迷人的海》中所表述的冷的中心感觉就派生出一系列的感觉变体来，如烫、刺痛、辣、烧、没有感觉的舒服的麻木和半个小时以后的“返痛”。语词的概括化的局限性决定了感知图式的狭隘性，它给人一种错觉，使人以为冷就是冷，大不了冷得发痛，除此以外的烧、辣、舒服等等感觉变体因为与冷的概念相去甚远，乃至相反，即使存在着，都感而不觉，只有极少数的有才华的艺术家才能表述出来。

艺术家的才华，除了他们的感觉神经的兴奋过程比较强烈、反应比较敏捷、易于打破平衡以外，还由于他们善于发现与辨析在中心感觉的周围乃至反面的感觉变体。不为感觉核心所拘，不为语词的狭隘性所困，敢于突破语词的中心意义去补充那被概括过程所省略的变异，这一切正是艺术家获得内在自由的起点。

人的任何一种感觉、知觉都不是单纯的，而是由多个要素以及它们之间的无限差异组合成的一个复杂的有机结构，尽管这个结构有一个统一的性质，可是在不同层次上这种性质又有不同的变异，在不同方面又有不同的形态，且看张贤亮在《绿化树》中所写的饥饿的感觉和知觉：

> 九点钟才开饭，我靠在叠起来的棉花网套上，几乎要晕过去。如果这两个稗子面馍馍不丢，即使我不吃它也不觉得什么。而这巨大的损失加深了我的恐惧心理，竟使我觉得非常非常的饿。饥饿会变成一种有重量，有体积的实体，在胃里横冲直闯；还会发出声音，向全身的每一根神经呼喊：要吃！要吃！要吃！

在这里饥饿并不单纯是一种综合的统一的感觉。它在艺术家的心灵中像阳光透过三棱镜化为多种单色光一样，感觉在艺术家的心灵中被分解成一种晕眩之感、恐惧之感，分别在体积、重量、声音三个方面变成立体的感觉。

三、化内部无声无色的感知为外部有声有色的感知

感觉的分化自然是一种变形，最根本的是化无形为有形。人的内在情感本来是黑暗的，感觉比情感优越之处就在于它是有形、有声、有色、有味的，因而所谓变形首先应该是无形、无声、无色、无味，一句话，不可直接感知的，化为可以直接感知的，亦即有形有味、有声有色的，以增加其可感性。在这里，张贤亮的实践显示了一个规律：不管什么样的内在机体觉都可能是抽象的，只要把它变成为有体积、有重量、有声音的感觉，它就具体化了，可感性增强了。

具体化就是把人的内部感知化为人的外部感知。

人的感觉不但是主体与客体的桥梁，而且是人的外部感觉（视、听、嗅、味、触）与内部感觉（包括人的饥、渴、性的感觉，失重的感觉和人的情绪）的桥梁。内部感觉是一种综合的感觉，它有某种抽象性，很难用语言直接表达，它之所以能表达就是因为它与外部感觉联系着，而且影响着外部感觉，导致外部感觉的转移、变异，而外部感觉的特点是很具体的，因而无形、无声、无色、无臭、无味的感觉就因化为有形、有味、有声、有色的外部感觉而被读者感知了。例如，在邓刚的《迷人的海》中写到老海碰子在海中突然发现小海碰子不见了：

老海碰子突然感到一阵空虚，他陡地转身四顾，海面平静无声，一股恐怖感刷地涌上全身——小海碰子没上来！

“恐怖感”是内部知觉（还算不上是情感），[①] 虽然，看下去以后，读者会知道，这种空虚之感是由那潜藏得很深的连他自己都没有意识到的情感决定的。但是光有这一切，还是显得有点抽象，缺乏可感性，这种单纯内部知觉要化为复杂的外部知觉才变得具体可感起来：

老海碰子的脑袋立时胀得老大个儿，他赶紧朝水里探望，依旧是黑沉沉的静寂。这样不祥的静寂使他的恐怖变成一幅可怕的画面：小海碰子那柔嫩的身子死死地夹在黑乎的暗礁缝中，并溢出一股鲜红的血沫沫……

内部知觉变成错觉（头变大了）和幻觉（死亡，鲜血）就具体了，化为外部感知的优越性，除了可感性的强化以外，还在于提高可变性。

在感觉的表层结构中内部感知的作用主要通过外部感知的可变性表现出来。

莎士比亚在《仲夏夜之梦》第五幕第一场借希波吕特的口这样说：

① 许多内部感觉联系起来构成一个整体，这整体的深层结构就是情感了。

疯子，情人和诗人

全部充满了想象。[①]

一个人看到了比广大的地狱所能

容纳更多的魔鬼，

那是疯子。而情人若痴若狂，

在一个埃及人的秀眉上看到海伦

的美貌。

诗人的眼睛疯狂地旋转，

从天看到地，从地望向天；

正如想象赋予未知的事物以形体，

诗人的笔头使它们成形，

给虚无之物一个住地和名称，

强大的想象力能玩出这种把戏。

艺术家想象的自由主要来自感觉变异的自由。关于这一点在西方文论史上，浪漫主义理论家、诗人有过许多论说，特别是赫斯列特（1778–1880），他认为诗是自然是模仿，诗又是想象加激情，“诗歌就其内容和形式说来，都是与激情、想象相结合的形象或感觉”。但是感知是一个复合结构，在激情冲击下，内部感知使外部感知发生变异了，还怎么模仿自然呢？赫斯列特说得很坚决：

诗是幻想和感情的白热化。在描写自然的时候，它赋予感官印象以幻想的形式。

当然笼统地说诗是感情的白热化，是有些片面的，因为情感并不限于激情，在中国古典诗歌中像陶渊明、王维、孟浩然那样平静的感情也为诗坛奉献了格调很高的经典。就是西方浪漫主义诗歌的代表华兹华斯也有许多诗，如《割麦女郎》中抒发的感情就并不是激情，而是回忆中持久的温情。但是，这并不仅仅表明他对浪漫主义诗歌的偏爱，其中也有诗歌乃至文学意象普遍的特点，他引用培根的话说：

诗歌——具有某些神圣的性质，因为它能提高心灵，驱之进入崇高境界，使事物的形象合乎心灵的希冀，而不是像理性和历史那样使心灵服从外物。[②]

尽管他所谓的“神圣的性质”是相当狭隘的，因为不神圣的情感，同样也可以成为诗。但是他所说的诗歌的形象和理性不同，不用“服从外物”，只是追求“使事物的形象合乎心

---

① 又译“都是幻想的产儿”。

② 《古典文艺理论译丛》编辑委员会编：《古典文艺理论译丛》（第 1 册），人民文学出版社 1961 版，第 60 — 61 页。

灵的希冀”则相当深邃的。赫斯列特就此很勇敢地引申，他说诗人可以“不按事物的本相表现事物”，通过想象，诗人的感觉即使“与事实有出入”，也不能说“不忠于自然”。

“如果能传达出事物在激情的影响下在心灵中产生的印象，它是更为忠实和自然的语言了。”①

这里赫斯列特所说的“印象”（有时他也称之为“感觉”），可以与事物不一致，和我们所说的感知可以变异是同样一个意思，虽然赫斯列特说的是诗歌。但在西欧，诗的概念并不像在我国这样纯粹指抒情诗，西方很少有纯粹的抒情诗人。西方诗人往往用很大部分的精力去创作叙事诗，叙事诗在诗中所占的地位相当突出。所以赫斯列特说的诗人的概念，自然也不能说不包含某些叙事文学。

浪漫主义理论家强调情感与感知的关系，浪漫主义诗人也这样。华兹华斯说过：

> 一切好诗都是强烈感情的自然流露。这个说法虽然是正确的，可是凡有价值的诗，不论题材如何不同都是由于作者具有非常的感受性，而且又深思了很久。②

在强烈感情之外，把感受和思想也考虑进去了，这就比那些对自然卑屈地“模仿”的古典主义诗人要有生气得多了，他们的创作、艺术价值也高得多了。

但是并不是一切浪漫主义者都这么珍视感受的。在大多数情况下，他们在理论上反复强调的并不是感受，而是激情和想象，而感情在想象中如果不与感觉、知觉联系在一起，可以直接表达的并不是全部，而是有限的一部分。在理论上对感觉的轻视导致他们往往求助于思想，因而浪漫主义者往往强调诗与哲学的一致，雪莱、华兹华斯说得都很明确。华兹华斯甚至把亚里士多德的权威也利用上了：

> 我记得亚里士多德曾经说过，诗是一切文章中最富有哲学意味的。的确是这样。诗的目的是在真理，不是个别的和局部的真理，而是普遍的和有效的真理，这种真理不是以外在的证据作依靠而是凭热情深入人心。③

华兹华斯的记忆没有错误，亚里士多德在《诗学》中，把诗、历史和哲学联系起来加以比较，说历史讲的是个别的事情，诗所表现的是普遍的事情，从这个意义上来说，诗更接近于哲学。故西欧、北美的浪漫主义诗歌不像中国古典诗歌那样一味强调“诗缘情”，长于情景交融，而是讲究热情与理性的交融，他们多多少少有些忽视了热情与感觉、知觉的交融，浪漫主义诗人的激情有时离开了感知的自由变异。虽然华兹华斯那么强调诗人比一

---

① 《古典文艺理论译丛》编辑委员会编：《古典文艺理论译丛》（第 1 册），人民文学出版社 1961 版，第 60 — 61 页。

② 《古典文艺理论译丛》编辑委员会编：《古典文艺理论译丛》（第 1 册），人民文学出版社 1961 年版，第 4 页。

③ 《古典文艺理论译丛》编辑委员会编：《古典文艺理论译丛》（第 1 册），人民文学出版社 1961 年版，第 11 页。

般人更具敏锐的感受性，但是浪漫主义特别是到了后浪漫主义那里，情感的直接抒发往往以某种赤裸裸的形态出现，变成情感的无节制的喷射器。情感哪怕是悄悄离开了感觉就很难避免带上某种抽象性，诗人就很难不借助于思想，于是抒情的可感性就受到了严重的削弱。在拜伦的诗中充满政论性的抽象语言，引起歌德的批评，说他的诗很像是“被扣压了的议会演讲稿”，而席勒的诗则被马克思批评为“时代精神的单纯传声筒”。

四、意象主义者对外部光、色、形的追求

这就激起了象征主义者和意象派对浪漫主义诗歌的批判，象征主义者反对浪漫主义把诗作为情感的喷射器，他们反对直接抒情，力求为自己的情感找寻外在的感觉、知觉，用他们的语言来说就是“客观对应物”（objective correlative）。波德莱尔认为整个宇宙的一切都是人类心灵的外在象征符号。到 20 世纪初，意象派在美国兴起的时候，他们就更坚决地排斥情感的直接流露，叶芝（1865—1939）在《诗歌的象征主义》中这样说：

一种感情在找到他的表现形式——颜色、声音、形状，或某种兼而有之之物——之前，是并不存在的，或者说它是不可感知的，也是没有生气的。[①]

他们显然受到日本的和歌和中国古典诗歌着重对客观事物的感觉、知觉的影响，并以东方古老文化传统的继承者自豪。意象派的代表人物庞德和爱米·洛威尔并不懂汉语，可他们翻译了汉诗，庞德则从汉字的象形、指事、会意结构中得到感觉、知觉的启示进行意象组合（如他要写“光明”就写“太阳和月亮”），实际上是把完整的知觉加以拆卸重新组装，意象主义者把杜审言的诗“云霞出海曙，梅柳渡江春”翻译成这样：

云和雾
向大海
——黎明
梅和柳
渡过江
——春。

中国汉语诗歌这种省略句子结构中谓语、介词、方位词、连词、让词组的语法关系处于浮动状态的方法，被他们发展为意象叠加的方法，庞德还用这种方法创造了大量的诗歌，但是不管是庞德还是洛威尔，他们的感觉、知觉与中国古典诗人仍然有很大的不同，中国

① 伍蠡甫主编：《西方现代文论选》，上海译文出版社 1983 年版，第 55 页。

古典诗人以一种朦胧的直觉感受世界，感觉到的世界虽然有变异，仍然是个整体。情感（兴和趣）就蕴含在这整体的意象之中。严羽在《沧浪诗话》中这样说：

诗者，吟咏性情也。盛唐诸人唯在兴趣，羚羊挂角，无迹可求。故其妙处，透彻玲珑，不可凑泊，如空中之音，相中之色，水中之月，镜中之象，言有尽而意无穷。[①]

这种完整的没有经过分解的感知世界，带着某些东方（禅宗）神秘主义色彩，带着某种神韵、妙悟的特征，王维的“江流天地外，山色有无中”可以作为代表。但是洛威尔小姐的感觉、知觉的特点是带着物理性的色和光的分解，我们来看她的《池鱼》：

The pike
In the broom water,
Thick and silver—sheened in
The sunshine,
Liquid and Cool in the shade of
the reeds,
A pike dozed.
Lost among the shadows of stems,
He lay unnoticed.
Suddenly he flicked his tail,
And a green— and—copper brightness Ran under the water.

Out from under reeds,
Came the olive—green light;
And orange flashed up,
Through the sun—thickened water,
So the fish passed acroosed the pool,
Green and copper.
A darkness and a gleam
And the blurred reflections of
The willows,on the opposite
bank
Received

① 严羽著，张健校笺：《沧浪诗话校笺》上，上海古籍出版社2012年版，第157页。

池鱼

在褐色的水中，

一条鱼在打瞌睡，

在阳光下闪着银白的光，

在芦苇的阴影里显得清亮。

在芦梗的浓荫里，

他悄悄地躺着，

突然它摆了一下尾

于是一道铜绿的光带

在水下闪了过去。

在水底现出的

绿橄榄的亮光；

透过一道桔黄色，

是鱼儿在池塘穿游。

绿色和铜色，

暗地上一道光明。

只有对岸垂柳在水中的倒影

被搅乱了。

对洛威尔这首诗，美国人迈克尔·卡茨说“可能是根据一幅中国画写成的”[1]，其实主要还不是画而是诗和文，更可能是受了韩愈七言绝句《盆地》五首，或者柳宗元《小石潭记》的影响：

潭中鱼可百许头，皆若空游无所依。日光下澈，影布石上，佁然不动；俶尔远逝，往来翕忽，似与游者相乐。

在中国古典诗文中，客观世界的鱼与主观世界是统一的。鱼乐即为人乐。而西方人没有这种与大自然契合的传统，因而洛威尔小姐笔下的鱼成了纯粹客观的对象，洛威尔毕竟受过近代自然科学和印象派绘画的熏陶，她对光和影的感觉、知觉有分析实验的色彩。她的感觉、知觉好像在一种可控条件下发生变异。她对鱼的感觉不是一元不变的，而是多元的，时刻在变异的，她所追求的就是那变异的效果。在阳光的正射时，鱼闪着银白的光

① 张隆溪选编：《比较文学译文集》，北京大学出版社1982版，第186页。

（Thick and silver—sheened in the sunshine），在芦梗的阴影中又变得清凉而透明（Liquid and cool），而当它游动时变成了一条铜绿色的光带（a green—and copper brightness），而在芦苇下出现，又变成橄榄绿的光亮（olive—green light），而这样的身体透过被阳光晒得好像混浊了的水面又变成了橘黄色的光亮（orange flashed up）。洛威尔以及庞德等意象派诗人对于光与影、光与形、光与色的分析都特别敏感，这种敏感不是一种自发的神经反应，而是有着自觉的理论指导的。从某种意义上可以说，物理科学和心理科学越是发达，人类对于感觉、知觉的变异性的认识越带自觉性，越是失去古典诗文中那种整体性的物我契合神韵。当然科学的发展，也使人过分停留在感觉的表面层次上。美，固然离不开感觉、知觉，但是光有表层的感觉和知觉的变异，没有深层的情感和理论作基础，可能变成生理的感知。而纯生理的感知并不是美的感觉和知觉。

幸而感觉和知觉的变异还不仅仅是某种分化，它还有更丰富的形态。

第七章

时空变异和感知换位

一、感觉、知觉的强化和弱化恰成正比

感觉知觉的表层变异首先表现为某种量的变异，这最容易被人们意识到。感觉虽然较之感情容易被主体感知，但是，有时中心感觉和知觉容易被意识到，而派生感觉和知觉则容易被忽略；有时则相反，由于派生感觉和知觉异常纷繁，反而淹没了中心感觉。如果作家把派生感觉和知觉都变现出来反而变得很芜杂、混乱。作为艺术感觉和知觉，必然要有所突出，有所强化，同时也就有所弱化。量的变异事实是量的强化和弱化的一种统一结构，强化了一种感知要素必然要弱化另一种感知要素。孔夫子听韶乐以后，三月不知肉味。这是一种强化感知效果，听觉的美感有那么强烈而持久的兴奋性，以致对于味觉的生理功能在九十天之内都起着完全的抑制作用。这是一种音乐知觉的强化，同时又是味觉的一种弱化，这种弱化的程度与强化的强度恰成正比。如果说一方面深感韶乐之美，一方面也同样强烈地感到肉味之美，双重强化的结果是双重的弱化。

在通常情况下，一般是以强化的知觉处于显性地位，而弱化的知觉处于隐性地位，因而往往给人单纯以强化取胜的错觉。一个人即使走在大街上也感到孤独，即使在阳光下也感到寒冷，即使在家乡对天天看到的一切感到陌生，或者是听到爱人很平常的话语都感到疯狂的战栗，都是一种感觉和知觉的高度亢奋（强化），同时又是其他感知的普遍抑制（弱化）。

正因为这样，在文学形象中，夸张、排比（强化）等等的手段用得是那么广泛，以致

于常常面临着被俗用烂了的危险。由于反复在同一方位强化造成神经反应的疲倦，变成了弱化。

一般的强化都以一种量的无限扩展的形式出现，一说一个人善于与时髦人交际就说她似乎认识全世界的红男绿女。一说北国风雪，就说，千里冰封，万里雪飘，好像千里万里之内百分之百都冰封雪盖，没有一点缝隙。一说两人相爱之深就说天长地久，海枯石烂，好像已经达到绝对境界，不会随着时间发生任何增减。一说到春天来了，就是千里莺啼绿映红，一说漫江碧透就是碧得透明，森林层层就是一片新绿。这种量的强化，其特点首先是没有限度，不受空间限制，不受时间限制；其次没有差异，在一定的感知范围内，故意掩盖中心感觉之外多种派生感觉的差异。“白发三千丈”“万山红遍”“浪淘尽，千古风流人物”“没有个猫儿不吃腥”都是不讲区别只强调统一的感觉的。张承志在《北方的河》中写主人公对黄河的知觉：

> 他抬起头来。黄河正在他的全部视野中急驰而下，满河映着红色。黄河燃烧起来啦，他想，沉入陕北高原侧后的夕阳光点燃了一条长云，红霞又撒向河谷。整条黄河都变红啦，他燃烧起来啦。他想，没准这是在为我燃烧，铜红色的黄河浪头现在是线条鲜明的，沉重地卷起来，又卷起来。他觉得眼睛被这一派红色的火焰灼痛了。

黄河的红色，黄河燃烧起来甚至灼痛眼睛的变异的感知，成为一种淹没一切的特征，得到近乎是没有限制地绝对强化；而黄河作为液体，它的灭火性能——不可能灼痛人的眼睛的特征——被近乎没有限制地绝对弱化。绝对的强化与绝对的弱化联系在一起了。这种绝对强化的特征，作用于人的感觉和想象就有一种反常态的新异感，恰恰符合了从动物进化为人的过程中积累起来的对新信息的自发倾向。

当然，感觉知觉的强化弱化并不是只有一种形式，有时并不是这样覆盖式的一体化的，而是局部性的，微观的。例如，王维的诗《鸟鸣涧》：

> 人闲桂花落，
> 夜静春山空。
> 月出惊山鸟，
> 时鸣春涧中。

表面上看起来，这是特征的淡化。全诗写的一种宁静空寂的气氛，没有淹没一切的绝对强化的宁静，倒是强调一只鸟鸣叫的声音。其实，第一，这只鸟是被月光的变化惊醒的，月光的变化是无声的，居然能惊醒鸟，说明这春山之“夜”是多么“静”；第二，一只鸟断断续续的鸣叫都能被听觉这么清晰地感觉到，恰恰是衬出山太静了，太空灵了，这个感受到这种“静”的人的心是多么地“闲”，多么空灵了。这里空灵的特征得到极度的强调，与这种宁静、空灵的特征不相统一的其他特征都极度地弱化了。

二、时空的伸缩和断续

感觉知觉在量上的强弱变异带着绝对化的特点，这种绝对化表现了主体情感（情绪）的一种自由，在为主观情感所决定的感知世界里，这种自由是越无限，越有选择性。与现实物理世界相比，显然不可同日而语。在这个世界里，连时间也是心理的时间，空间也是心理的空间，它绝对由情感主宰，再不具备现实世界那样的客观性。在物理世界中至少在牛顿力学所管辖的世界中，时间和空间是不变的，但是在心理的感觉世界中却变得有无限的伸缩性。当年轻的顾城在《远与近》中写道：

你
一会儿看我
一会儿看云

我觉得
你看我时很远
你看云时很近

当这首诗在 1980 年最初出现在四川的《星星》上时，曾引起了怪骇。故称为古怪诗（后来因为《诗刊》发表了《令人气闷的朦胧》才通称为“朦胧诗”）。其实他写的是空间感知的变异，当你看云，也就是观照大自然时，我跟你的情感是一致的，所以心理距离缩短，因而很近；可是当你看我，也就是看人时，我与你的情感不一致了，心理距离就扩大了，因而很远。其实顾城所写的与唐诗中的名句“海内存知己，天涯若比邻”，所遵循的是同样变异原则，情感相亲则天涯若比邻，情感相逆则反之，如“盈盈一水间，脉脉不得语”。

般说在抒情文学中，或者在叙事文学的抒情片段中，这种时空的弹性较大，而在现实较强的叙事中这种自由就较小。在白居易的《长恨歌》中，安禄山进攻时渔阳的鼙鼓可以震动大地直达长安，使得杨贵妃的霓裳羽衣舞被打断了，比今天的电报效应还要直接（电报还要翻译），可是在陈鸿的《长恨歌传》中，空间就没有这种顺从情感的需要，而是有着复杂的现实性的程序的。在神话中可以“洞中方七日，世上已千年”，可是在现实世界的描述中，时间就没有这样的惊人的伸缩性。

时间空间在变异的感觉中不仅可以自由地伸缩，而且可以自由地分切和连接。有时明明是统一体却将它分切开来，有时为了强调某种眼花缭乱之感，甚至可以颠倒空间的顺序，对之重新加以排列和组合。中国古典诗歌和西方意识流小说遵循着同样的变异规律。在中国古典诗歌中为了提高意象的密度而经常使用的对仗，就有利于时空的分切、跳跃和跨越，词类相同和词义相反形成一种结构，使空间和时间的充足都有了更大的自由。在对仗中除了流水对（句间的逻辑关系有关联词语表明，如："宜将剩勇追穷寇，不可沽名学霸王"）。一般的对仗，句与句、词组与词组之间逻辑关系都是浮动的。诗人可以从"渭北春天树"，跃进到"江东日暮云"，联系起空间上分离的友人。从"丛菊两开"引起的往日思乡之泪，联想到"孤舟一系"，触发从眼前离乡到未来回归故园的指望，这其间的时间与空间的衔接，包括逻辑上的承续和因果都被割断了，留给读者去补充。而在西方意识流小说中这种时空"变异"①的自由更大。在意识流小说中，时间不是以连续性、空间不是以延伸性为程序展开的，各种意识、幻想、表象碎片是自由联想的程序不断地流出来的：时间与空间的瞬间可变性和不连续性非常突出。几个早晨可以突然被压缩成一个早晨的某一时刻，同样，这一早晨的某个时刻又可以分裂为间隔几天乃至几年许多瞬间。

三、相近、相似、相反、因果的联想媒介

世界文学的历史发展表明，对于艺术家的感觉最为森严的障碍就是时空的不变性，可是在诗歌中它首先瓦解了，而在意识流小说中它被粉碎，而且随着作家的意识、下意识自由地流动着。但是，这种自由联想也不是绝对自由的，它也遵循：相近、相似、相反、因果这样的联想规律。在乔伊斯的《尤利西斯》中，现实的时间是 1904 年 6 月 16 日早晨 8 时到夜间 2 时 40 分，一共才 19 小时，可是在这 19 小时中，乔伊斯通过时间空间的自由组合构成一幅交叉的复合的万花筒式的人生图画。小说第二章《涅斯托耳》写主人公之一斯蒂芬在都柏林一家私立学校教书，在课堂上他让学生朗读，学生念的是密尔顿的诗，这时斯蒂芬的意识开始流动起来：

在急促的朗读声中，亚里士多德的论断形成。

由密尔顿想到了亚里士多德，由古诗人想到更古的哲学家，由遥远的时间联想到更远的时间。这是时间的相近性和对象的相似性在起衔接作用。接下去空间发生跳跃：

① 按意识流小说的理论，人的内部意识并不是那么稳定的有逻辑秩序的，人的意识是由表象、幻想、意识顺着自由联想的程序流动的，从这个意义上说，意识流动时，时空跨越是常态，而经过逻辑思维整体的意识是变异。这样一来，整个关于"变异"感知的概念就得倒翻过来，我们暂且把这个问题搁在一边，因为它超越了我们研究的目的。

漂浮起来，流进圣日内维也符图书馆内的勤奋，肃静的空气中。他曾一夜又一夜地躲在这里阅读，这里不受巴黎的罪恶的侵袭。在他的胳膊肘旁边，一个纤弱的暹罗人在钻研一本战略手册。为我周围的头脑提供了并继续提供着养料；头顶上是用小桩围起来的日光灯，放着微微扑动着的触须；而在我头脑中的黑暗处，却是一条底层世界的大懒虫，它不愿动弹，怕亮光，慢慢挪动着它的龙一般带鳞的躯体。

从古代的学者，诗人一下子跃入现代的图书馆，这是性质的相近性（同属文化范畴）在起桥梁作用，以下又由于空间相近，一下子从自己想到身边的暹罗人，从暹罗人的“战略手册”又想到大脑，这是性质相近联想。从头上的日光灯想到大脑内部很黑暗，是相反联想。从黑暗想到懒虫，想到怕光，又想到带鳞的身体是相近联想的层层递进。经过这样的时空变异，这最后一变说明，时空的变异如没有相近、相似、相反作媒介，不可能获得这样大的自由，离开了这样的媒介，读者的心理就会产生一种抗阻。

只要遵循这个规律，艺术家笔下的时间空间不但可以伸缩、跨越，而且可以交错，像拉丁美洲的魔幻现实主义小说那样，把不同时间发生在不同人身上的事都放在同一场面中来，过去、现在、梦幻、现实、生前、死后，作家自由交叉地组合。甚至死了之后的人还可叙述生前的故事，而活着的人，也可以从未来的角度叙述现在未知的和将来的回忆。最著名的就是加尔西尔·马尔克斯《百年孤独》中的开头：

多年以后，奥雷诺上校站在行刑队面前，准会想起父亲带他去参观冰块的那个遥远的下午。

又如我国新时期的后起之秀莫言在《红高粱》中，从一个少不更事的孩子的视角写他在抗日游击队伍中的父亲。不但写了父亲现在的感知、过去的感知，而且写了他父亲的未来的回忆。小说中写到父亲在家乡的高粱地里行军，走在撒满牛羊粪的小路上：

后来他在日本炭窑苦熬岁月时，眼前常常闪过这条路。父亲不知道我的奶奶也在这条道路上主演过多少风流悲喜剧，我知道。父亲也不知道在高粱阴影遮掩着的黑土上，曾躺过奶奶洁白如玉的光滑肉体。

未来的回忆，为现在所知，过去的不知，也为现在所知，艺术家在时间的交错中获得了自由。这样大的时间变异之所以能顺利进行主要是由于相近的空间（路和高粱地）在起媒介作用。

四、不同的感觉在想象中换位

感知量变的自由不仅在时空关系上表现出来，而且也在所谓通感现象表现出来。在语言中，通感是一种特殊的感知变异，它的特点是不同感觉的交替。例如，视听交替，视觉信息变成了听觉信息，形状变成了声音，图画变成了音乐，反过来也一样，听觉形象变成了视觉形象，声音变成了形状，音乐变成了图画。例如，雨果把巴黎圣母院写成一曲“巨大的石头交响乐”，而白居易却把琵琶女所演奏的乐曲变成了带图画的音乐：乐音是与“铁骑突出”“银瓶乍破”“花底流莺”“流泉水下”的画面相联系的。在雪莱的笔下，云雀高亢嘹亮的歌喉像白日的流星那样在天空渐渐消逝；而在余光中笔下，四起的掌声变成了惊起的鸽群；反过来，艾青描绘东山魁夷的画，是“色彩谱写最美的歌声”：

多么妩媚的樱花，

多么豪华的竹林，

多么纯朴的白桦

还有密林中流出的绿色歌声。

图画向歌声的转化构成了情绪和意象的核心，而他写小泽征尔指挥的音乐，却夹杂了许多图画。艾青受过西方象征主义的影响在这里留下了明显的痕迹。西方现代派诗人把通感归结为一种自觉的理论，主张在感觉上“五官不分”，托麦斯有这样的诗句：“我听到光的声响，我看到声音的光”“我的舌头大叫，我的鼻子看到”。这种感觉换位是一种情感的自由和解放。

我国新时期的青年作家莫言在他的《透明的红萝卜》中这样写：

河上传来的水声越加明亮起来，似乎它既有形状，又有颜色，不但可闻，而且可见。

当然互相换位不仅是眼和耳、视与听，眼、耳、鼻、舌、身、视、听、味、嗅、触的信息在文学形象中都可以在想象的假定性中自由地换位。可以变成音乐的并不仅仅是画图，连味觉信息也可以的。朱自清在《荷塘月色》中把一缕缕荷花的香味变为“远处高楼上飘渺的歌声”。从表面上看来很神秘，其实，在日常生活语言中这种感觉换位的情况比比皆是，例如形容人的歌喉美说“嗓子很甜”，或者形容人办事很凶说“手段狠辣”，罗丹说他可以从大理石像上摸到温度，归来的游子会觉得家乡的风也是甜的，余光中的从雨声中听出冷来。

五、争取低级感官与高级感官在变异中趋于平等

争取感知的换位，是一种自由，但是这种自由对于每一种感觉来说，并不是完全平等的。纵观世界文学史，感觉知觉本身就发展不平衡，不论是早期还是近期的文学史，感觉和知觉的优势基本上集中在视觉和听觉上，嗅觉、味觉和触觉所占地位极其卑微。在感觉的换位中，绝大多数也是在视听之间，是音乐与图画的换位，所以苏东坡总结出王维“诗中有画”“画中有诗”的现象。很少有诗人、散文家用触觉、味觉、嗅觉代替视觉、听觉的。在中国古典诗词中“酸风”“暖香”等毕竟是比较少见的。

这是因为，人的不同感官与外在信息发生关系的特点不同，嗅觉、味觉、触觉在接受外界刺激时必须与之直接接触。嗅觉以鼻腔内嗅膜的感受细胞去接触空气中的物质微粒。味觉通过分布在舌头表面、咽的后部、鄂及会厌上的味蕾去接触能溶于水的物质。触觉则以运动觉和肤觉结合的身体去接触物体的外表。这三种感觉与客观对象关系太密切，神经反射太直接，往往与人的实用性的生理需要直接联系，并引起某种实用功利性的反应，而实用功利性反应是人的一种动物性本能，它缺乏想象的超越性，生理上的快感很难为审美留下心理活动的余地。所以，嗅觉、味觉、触觉被有些美学家称之为低级的感官，而视觉和听觉则被称为高级的感官。这是因为视觉和听觉神经器官在感知外来信息时并不直接与之接触，主客体之间总要留下一段距离。视与听并不一定是为了满足生理的需求，也不一定是为了达到功利目的。美感往往是超越了功利目的与生理需求保持一定距离才能产生。朱光潜举过一个著名的例子：海上茫茫大雾，从功利目的来说意味着触礁的危险，只有超越了功利目的才能当作一种美来欣赏。不管礁石，还是巨浪，对于航行来说都是不利的，从实用价值来说是负值，可是审美价值却可能是正值，转化的条件是超越这种实用价值观念，把巨浪和礁石当成一种内心体验的引信，它就变成一种移情的对象了。吃在嘴里的好东西，摸在手上的异性的肤体，闻在鼻腔的气味，要超越这些生理需求是比较困难的，而要使眼睛看到的和耳朵听到的超越生理的需要，与它保持一段距离则是比较容易的。已经咬了一口苹果的人，往往就不大注意它的形状、颜色、硬度了，这时味觉的刺激已经占据了压倒一切的优势，而只有不用嘴巴去咬，有距离地从容地看着，才能把它的颜色形状画在画布上，写到诗文中去。正是因为这样，车尔尼雪夫斯基才凭直觉作出这样的判断：“美感是和听觉、视觉不可分离地结合在一起。”故一般来说，视觉有图画艺术，听觉有音乐艺术，而没有以嗅觉、味觉和触觉为主的任何艺术。

从艺术的意义上可以说感官是不平等的。

但是，这说的是自发的神经反射，而艺术是一种有意识的创造，它当然并不完全是一种自发的神经反射。艺术本身就是一种想象，用高尔基的话来说，就是“臆测”，因而在生活中的味觉、嗅觉、触觉是没有超越性的，可是在艺术中的味觉、嗅觉、触觉是假定的，在假定中超越就容易得多了。在艺术作品中的嗅觉、味觉、触觉就不再是低级的，而转化为高级的感觉了。从理论上来说在艺术的假定中，一切感觉知觉都有同等的变异权，都有同样的潜在能量，可是事实上世界文学史还没有进化到这一步，艺术家们在感觉和知觉领域中还受着无形的心理定势的束缚，由于艺术形式的千年规范，想象的触角至今仍然被限制在视觉和听觉及其周围的有限领域中。正因为这样，每当一个作家把想象的触角伸到传统的领域以外就意味着像变异般重大的突破和创造。例如戴望舒在抗战期间写他在日本法西斯的狱中对祖国的情感，他把眼、耳、鼻、舌、身，视、听、嗅、味、触等的感觉和知觉一齐集中到触觉的一部分——手的感觉——上来：

我用我残损的手掌
摸索这广大的土地：
这一角已变成灰烬，
那一角只是血和泥；
这一片湖该是我的家乡，
（春天，堤上繁花如锦幛，
嫩柳枝折断有奇异的芬芳，）
我触到荇藻和水的微凉；
这长白山的雪峰冷到彻骨，
这黄河的水夹泥沙在指间滑出；
江南的水田，你当年新生的禾草
是那么细，那么软……现在只有蓬蒿；
……

——《我用残损的手掌》

如果用视觉去概括，该有多么丰富的色彩和形状，可是用变异的触觉（手掌）概括就单纯得多了，只消以灰烬、微凉、细、软、冷到彻骨和泥沙在指间滑出，超越了空间和时间，就使艺术家能把祖国大地的几个方面的特征凝聚在手的触觉和知觉上。在戴望舒以前有过把复杂的五官感知化作纯视觉、纯听觉的想象，可是还没有一个诗人纯用变异的触觉来表现自己的情感。[①]

六、触觉的片段性和视觉的完整性

戴望舒毕竟是受过象征派诗歌的感觉变异的熏陶的。他在这里，不但顺利地表现了他的自我，而且也顺利地探测了触觉变异的潜在能量比之现实的触动功能要伟大得多了。在现实生活中，触觉比之视觉渺小，如果你面前有一头大象，你即使并不知道它叫大象，只要放眼一看，凭着直觉你就能记住它的形态特征。可是，如果你是瞎子，你缺乏视觉功能，只能凭手的触觉去感知大象的形态特征，那么你即使费了老劲也很难全面准确地把握。著名的寓言《瞎子摸象》的故事说明触觉是最缺乏整体感的。视觉功能比之触觉更具完整性，几乎可以说，视觉在一般情况下，即使离开了其他感觉，也易于向完整的知觉表象进化。而触觉则相反，离开了视觉，它往往只能停留在感觉的零碎的片段的层次上。

关于视觉的这种性能，格式塔心理学派的维台默用了一系列的点线图形作了许多实验。格式塔学派发现了人的神经有一种规律，他们把它叫作"完形趋向律"，主要是说人的神经系统有一种自发的"组织作用"，它使我们感知事物具有整体性或单元性。格式塔学派把这种"组织作用"说成是人的一切感觉神经元都同样具备的功能。但是他们的实验却主要在视知觉方面，直到目前为止我们还没有获得他们在触觉领域中进行过任何实验的材料。他们的"完形趋向律"其实主要是视知觉（也许还要包括听知觉）的特殊规律，对于触觉来说，就未必具有同样的组织作用和完形趋向。他们还总结出这种组织作用包含着两个互相矛盾而又统一的方面，一方面是彼此相属的合成一个整体，这叫作结合作用（aggragation 或 grouping）；另一方面是把这个整体从它周围环境中分离开来，叫作分离作用（segragation 或 seperation）。格式塔学派的卡夫卡（不是小说家卡夫卡）认为这是一切感觉神经的普遍法则。但是 1932 年 Von Senden 发表了 66 名出生或出生以后不久就失明的人的调查（这些人后来因手术恢复视觉）。到了 1949 年 Hebb 利用这些资料来支持他的视知觉理论，Hebb 发现视觉有两种技能，统一性（unity）和同一性（identity）。统一性就是格式塔学派所说的把事物和背景分开的能力，在格式塔的术语中叫作"分离作用"，而同一性则不仅如此，还要求观察主体能感知对象的整体特征，使之与其他对象分别开来，这有点近似乎格式塔学派的"结合作用"，而所有这一切都只是在视知觉的材料基础上概括出来的，而视觉与触觉不但有其普遍共同性，而且有其区分性。视知觉的规律与触觉的规律有不可忽略的差异。

① 当然，戴望舒把意象群集中在手上，也还有不足之处，这只手是"残损的"，如果能有痛感那就更精致了。这是文章写成后，我才意识到的。——2016 年注。

西方心理学的早期先驱洛克（1632—1704）早就意识到了这个问题。他曾接到他的友人和同事莫列努斯（Molyneux）的来信，信中提出下列问题：

假定一个人生而失明，现已成年，叫他用触觉来辨别同一种金属的立方体和圆球两者的差别……再假设立方体和圆球放在桌上，盲人可以看见它们。[①]问：在触到它们之前，他是不是能用视觉辨别并说出哪个是圆球，哪个是立方体？敏锐的和明智的提议人答复：否。因为，虽然他已经获得圆球和立方体是怎样的触觉经验，可是他并没有获得影响触觉经验的是什么，必须影响到视觉经验才知道是什么。[②]

为什么非要影响到视觉经验才知道事物是什么呢？因为视觉有一种自发的“完形趋向”或者叫作“同一性”（identity），而触觉没有那么强的“完形趋向”，或者是同一性较差。

这一切说的都是现实的感觉世界的规律。在现实世界中，视觉的同一性优于触觉的统一性，而视觉和听觉的统一性又优于味觉、嗅觉和触觉的同一性。可是在艺术的变异表象中，在任何一种感觉都可能暂时占据主导地位，像在戴望舒的《我用残损的手掌》中触觉暂时占了绝对优势那样。京剧《三岔口》之所以成为一种传统的保留节目，主要得力于把人与人的感觉限制在一种最为有限的触觉之中，其他感觉（主要是视觉）完全被剥夺了。艺术家把人物之间的信息交流逼到这样一条狭窄的通道上，因而特别显出感知的惊险性和艰巨性，因而对于读者和观众的神经系统才产生了特殊的激活力。

但是，毕竟触觉信息比之视觉信息要贫乏得多，因而《三岔口》只能是一出折子戏，要再写下去扩展成一部连台本的大戏（哑剧）是不可能的，正等于戴望舒纯用触觉不管怎么变异也不够写成一部长篇小说，甚至连写一个短篇都很困难。事实上戴望舒写那么短的一首诗，触觉已经不够用了，在许多地方早已越出手掌的感觉，开头他写道“春天，堤上繁花如锦幛，嫩柳枝折断有奇异的芬芳”，他用括号括出，以示不是手的触觉而是心的想象。写到后来：

岭南的荔枝花寂寞地憔悴，
尽那边，我蘸着南海没有渔船的苦水……
无形的手掌掠过无限的江山，
手指沾满了血和灰，手掌黏了阴暗，
只有那辽远的一角依然完整，
温暖，明朗，坚固而蓬勃生春。

这里就夹杂着许多非触觉的信息，“憔悴”“阴暗”“完整”“明朗”都是视觉信息。有

① 考其上下文应该是指盲人已经重新获得了视力。
② 〔美〕托马斯·L·.贝纳特：《感觉世界》，科学出版社1983年版，第186—187页。

的虽非触觉信息，但是已经与触觉的功能发生联系，“阴暗”就被手掌“黏”住了。但其他的一些就没经过这样的功能处理（如，苦水、蓬勃生春），对于读者，那感染力就不免打了折扣。这里就涉及了一个问题，感觉功能的变异，功能是任何一个结构的质的规定性，只要功能不变，就说明事物的性质没有变化，如果功能变了，事物的性质也已发生了变异。

这样一来我们所讲的感觉变异就不再属于量变范畴，而是进入质变范畴了。这正是下一章所要阐述的。

第八章

知觉的深层变异结构

一、表层知觉与深层情感的分化、背离、统一

艺术家的知觉表象的变异并不仅仅限于量变，光有程度的放大或缩小，光有形态夸张或提纯，艺术家获得自由还相当有限。事实上，并没有绝对永恒的量变，量变达到一定限度，就要发生质的飞跃。

吴乔早就把生活比作米，把艺术品比作酒，明确地指出艺术不是像实用性散文那样把米煮成饭。实用性散文的特点是不变原形，而艺术作品就像米变成酒一样“形质尽变”。这在现实的生理感知中已经是司空见惯的寻常现象，中国古典诗歌中的“白发三千丈”，虽然是竭尽夸张之能事了，可还是量变。因为只是将忧愁大幅度地放大了。而“记得绿罗裙，处处怜芳草”，就有点质变了。因为爱人的裙子是绿的，天下的青草就无例外地可爱了。“谁谓荼苦，其甘如荠！”一个女人由于与丈夫长期别离，可以感到荼菜（本来是苦的）都是甘甜的，这就有了质变的性质了。不但在诗歌里是这样，而且在小说里也屡见不鲜。有一篇小说的故事是这样的：一个女孩子母亲逝世了，她看着父亲和另一个女人结婚，那女人头上扎一条鲜艳的红缎带，她觉得十分刺眼，以后她不管在什么时候，在什么地点，不管在什么人头上看到红色缎带都感到不舒服，这还是量变。直到她自己结婚之夜，她的新郎把一条红缎带扎在她头上，她突然感到痛苦，不能忍受，以致做出影响二人关系的举动来，这就不仅仅是量变，而是进入质变阶段了。本来实验心理学已经通过实验证明各种色彩的（感觉）与特定情感反应之间有某种对应关系，例如：

红色——热烈、庄严、兴奋

橙色——热情、严肃、欢乐

黄色——明朗、欢快、活跃

绿色——美丽、自然、大方

青色——秀丽、朴素、清冷

蓝色——清秀、广阔、朴实

紫色——珍贵、华丽、高贵

黑色——沉闷、紧张、恐怖

白色——明亮、淡雅、纯洁①

但是这样的对应是相当粗疏的，人们很难说，绿色一定给人美丽、自然、大方的感觉而青色或蓝色就不可能引起同样的情感反应。不同民族的人对于白色和黑色的反应就不一样。在中国，白色是丧服的颜色，而在西方基督教国家，丧服是黑的。在中国，洁白的牙齿是美的，但在越南古代曾经以黑色的牙齿为美。不管什么国家，红色既可能引起热烈兴奋、庄严之感，又可能引起恐怖、紧张、恐惧之感。同样的感觉可以激发的是多种多样性质不同的情感。

人的感知过程并不像科学仪器那样是中性的、纯客观的。世界上没有中性的、纯客观的人，人的感觉有着巨大的个体差异性，没有一个人可以自夸他的感觉是标准的感觉。因而同样的颜色所激起的情感反应是不可能完全相同的。这是因为各人的情感经历和储备（或者如皮亚杰所说的图式——schema）不同，色彩所激活、所唤醒的情感自然也就不同。不同人的心灵中的情感储备不但有量的差异，而且有质的不同。“人心不同，各如其面”。人的感觉的不同，正如人的心灵与面貌有质的不同一样。感情的特点是它的不稳定性，它几乎很少处于静止的、固定的、不变的状态。比之感觉、记忆、思维，情感具有更强的灵活性。情感在激活时呈现波动性状，某种性质的情感常常在波动过程中，由量的增长变为质的飞跃，乐极而生悲，太高兴了反而流下了眼泪。这种乐极生悲，在其开初还是部分质变，是带着眼泪的笑，其性质还是乐，不过包含着一定成分的悲就是了，可一旦眼泪流了出来，欢乐的情感就因流泪的内部感觉和泪流在脸上的外部感觉进一步发生变化，自己的眼泪把自己感动得悲伤起来。这时内在情感就变得跟不上外在感觉，感觉比之感情以更快的速度发生质的变化，这时就产生一种感觉与情感在性质上暂时背离的现象，流泪感觉中欢乐的成分逐渐转为隐性，而悲伤的感觉逐渐转为显性。在经历了一场悲欢离合以后，母子相见，骨肉重逢，冤案昭雪，破镜重圆，愈是极度的喜悦，愈是容易产生突发的悲伤而

① 庄志民：《审美心理的奥秘》，上海人民出版社 1983 年版，第 23 页。

抱头大哭，倾泻出常年郁积着的真正的悲伤。但是，这种表层感觉与情感的背离毕竟是暂时的，隐性的欢乐由于情绪的波动性，很快会“反弹”回来，重新化为显性。于是，又产生破涕为笑的现象，感觉与情感逐步趋于统一。

情感在被激活而波动时，表层知觉与深层情感经历着分化、背离、统一的过程，因而在现实生活中人的感觉的质变是经常发生的。不过有时这种知觉深层变异过程是同时发生的，例如，又痛又快，又惊又喜；又好笑，又好气，又恨又爱，明明爱之甚切却呼之以“冤家”，明明恶之甚深，却以极其礼貌的语言称之（“可爱的洋大人”等等。）这些都只能从知觉的深层结构中得到解释。

二、知觉深层的质变

有时这种知觉深层质变过程并不是同时发生的，而是在不同时间先后发生的，同样一个人，面对同样一个对象，由于情感变化了，感觉和知觉在根本性质上就不同了。例如托尔斯泰在《战争与和平》中写安德来公爵在经历了妻子的死亡、自己受伤等一系列打击之后，觉得三十一岁的生命已经完结了，但当他在春天的田野上看到一棵橡树，这棵橡树给他的知觉是：

路旁有一棵树。它大概比树林里的桦树老九倍，大九倍，高九倍。这是一棵巨大的，两人合抱的橡树，有些树枝显然折断了很久，破裂的树皮上带着一些老伤痕。它像一个老迈的，粗暴的，傲慢的怪物，站在带笑的桦树之间，伸开巨大的、丑陋的、不对称的、有瘤的手臂和手指。只有这棵橡树，它不愿受春天的蛊惑，不愿看见春天的太阳。

春天、富有生命力的老树给人的感觉本应该是肯定的、积极的、生气勃勃的，可是在安德来公爵的知觉之中，这一切都是“欺骗”，春天给他的是一种垂死的，拒绝任何希望的知觉。可是在他见过发出开心的笑声、在美妙的月色中坐在窗台上唱着歌、觉得往外一跳就可以飞上天的娜塔莎以后，在回家路上，同样一棵橡树在他的知觉中就发生了质变。托尔斯泰写安德来觉得：

老橡树完全变了样子，撑开帐幕般的多汁的暗绿的枝叶，在夕阳的光辉中轻轻摆动着，激动地站立着。没有了生节瘤的手指，没有瘢痕，没有老年的不满与苦闷——什么都不见了。从粗糙的、百年的树皮里，没有枝柯，便长出了多汁的叶子，使人不能相信这棵树会长出它们。

同样的客观属性产生了在本质上不同的知觉表象，死气沉沉的、绝望的知觉变成了生气勃勃的知觉。这种质变比之量变效果要强化得多了。这种强化的效果对于读者的想象是一种超常的刺激，它推动着读者的想象去思索造成这种结果的原因。这样，人的感知的更深的层次就显示出来了。托尔斯泰继续写下去：

> “是的，这就是那棵橡树”，安德来公爵想，他忽然感觉到无故的、春天的、高兴的心情。他忽然同时想起了生活中的一切美好的时光。奥斯特理兹崇高的天空，妻子已死的、谴责的面孔，在渡船上的彼埃尔，因为夜色的美好而感到兴奋的姑娘，那一夜和月亮——这一切他都忽然想起来了。

安德来的知觉结构深层被调动起来了，在知觉表象的深层结构中埋藏着的（春天的，高兴的）情绪记忆和感知印象，在通常情况下，它们是沉睡着的，一般的感觉和知觉是不可能唤醒它们的，就是那在量上有变异的感觉知觉也不可能调动得这么深，只有那在性质上有变化并且有着逆反性质的知觉才能产生这样的震动。

三、以意象功能的部分质变到整体质变

这就不仅为作家的感觉和知觉提供了更大的自由，而且为作家表现自己的情感深层奥秘提供了更大的自由。当然，作家很少像托尔斯泰描写安德来公爵那样，通过感知的质变超越时间和空间把心灵深处的情感直接调动出来，作直白式的表述。作家所要表达的情感常常像果汁蕴含在苹果中一样，蕴含在人物发生质的变化的感觉和知觉中的。这种质的变异首先表现为一种意象的功能的质变。张抗抗在《小说创作与艺术感觉》中记述了这样一件事：

> 有一次我和一个小女孩玩耍，我送给她一只小孔雀胸章，她很欢喜，佩在胸前，还老是用手去摸它。过一会儿，她不小心被那只徽章的铁边划了一下，留下了一个小红印。我问她这是怎么了，她笑了笑说：“小孔雀啄了我一口。”我当时心里一动，原来这么小的女孩子也有艺术感觉。[①]

从这里可以看出，所谓艺术感觉就是一种变异的不拘于原形的假定性的感觉和知觉，这个女孩子的感觉之所以艺术，得力于功能的质变：不会啄人的徽章，变得会啄人，因为它表达孩子的天真、乐观甚至是坚强。张承志在《北方的河》中写那个男主人公对研究生

---

① 张抗抗：《小说创作与艺术感受》，百花文艺出版社 1985 年版，第 76 页。

入学考试的想象：

临上考场前，我要狠踢一顿足球，让脑子清醒清醒。我将用记熟的准确概念和亲自调查来的知识轰炸那张考卷。我将调动我的看家本领，用严格的语法和讲究的修辞使这场轰炸尽善尽美。

考试，淋漓尽致的热情、充沛的感性和理性知识的倾泻，变成了“轰炸”。这是在性质上发生变化了的知觉表象，有一个不可忽略的特点就是它并非全部都变而是部分质变。“轰炸”所使用的仍是概念和知识，而不是炸弹，对象也不是军事目标，而仍然是考卷，所有这一切都没有变化，变化的只是某种功能。应考时书写并没有变化，只是书写的功能变成了“轰炸”。就书写的本体结构而言，仍然是书写，但就书写所蕴含的情感的充沛性来说，它有一种轰炸的功能，每一个概念都有落地开花的性质。这功能的变化不在客体（书写）本身，而在于它的情感的饱和性对于感觉和知觉的刺激。但是当这种功能质变积累到一定程度以后情况就有所变化了：

那将不是一张考卷，而是，而是一支歌，一首诗，一曲永恒的关于父与子的音乐。

这就不完全是书写功能变化，而是整个考卷性质的全部的质和全部的量的变化了。一般地说，这种全方位的质变是不那么容易自由产生的，它往往是以局部功能的变异为前提，有时则是与局部功能变异融化在一起的。量的变异，局部功能的变异，对读者的心理是一种层递性的诱导，类似作曲法中的“模进”。它从反面防止过分突兀的质的飞跃造成读者心理的抗拒。但是有时艺术家需要某种猝然的突变，某种对读者心理的强烈冲击，也有直接以质变取胜的。例如，顾城在《眨眼》中写：

彩虹／在喷泉中游动／温柔地顾盼行人，／我一眨眼——／就变成了一团蛇影。

但是，光有这样猝然的质变（彩虹变成了蛇影），是很难在读者心里留下牢固的印象的。这是因为在相似、相近因果和相反几种渠道中，相似、相近，在表象的转移和变异上最为顺利而自发，有比较方便的模进阶梯，它需要克服的心理障碍较小。所以在中国古典文学中比（相似）兴（相近）手法最早被自觉地意识到。而相反联想则是从事物的积极的肯定的属性想到事物否定的消极的属性，并不那样自发而顺利，它需要一定的前导意象，才能打通联想渠道，让读者顺利地接受。如果没有一定前导意象，那也得有一定的后续意象加以巩固。顾城的《眨眼》如果光有那么一节，彩虹变成了蛇影，读者是难以接受的。正因为这样，顾城又用了两小节后续意象对之进行巩固：

时钟／在教堂里栖息／沉静地嗑着时辰，／我一眨眼——／就变成了一口深井。

这样就形成了一个对称结构，使本来有点摇动的意象获得了一定的稳定性。但是，这种面上的铺展所获得的稳定性似乎并不充分，顾城又接下去向知觉的深层突进：

红花

在银幕上绽开，

兴奋地迎接春风，

我一眨眼——

就变成了一片血腥

这就获得了高度的稳定性，其原因并不仅仅在于增加一重对称，使结构在更广阔的平面上铺陈，而且在于这个后续意象本身提供了一个新的深度，它让读者产生了一种顿悟，在那“浩劫”的年代，美的，可能隐藏着丑；真实的，可能是虚假的外衣，而在一片鲜花和春风的背后恰恰掩盖着血腥和恐怖。

这种在质上发生变异的感觉和知觉，优越性就在于它不仅停留在表达情感的层次，而且还深入到思维的领域，使原来有些浮动的意象群获得了深度。

不管是量的变异还是质的变异，如果光停留在知觉的层次，那还是肤浅的，感知变异之所以重要就是因为它超越感知的层次。感知的质的变异之所以重要，就在于它比量的变异提供了更大的超越和深化的自由。

四、表层的知觉质变和深层的智性的质变

有时这种深化采取从量的变异到质的变异的层递的形式，有时则不然，思维的深化与感知的深化是混合在一起的。在浑然一体的变异了的知觉表象中就渗透着沉思。在一个年轻的地质工作者心目中黄河给他的感觉可以不是水的柔软，而是北方大地燃烧的烈火，因为他有火一样的理想。在一个画家的视觉中星空并不是静止的，而是旋转翻腾的江河，因为他内心有一种骚动的对世俗的艺术趣味的反抗情绪。在舒婷的诗中太阳可以是甜的，在桑德堡的诗中夕阳在向人作低声的道别，都有某种思维作后盾。月亮上有琼楼玉宇与古人的神话特征联系在一起，而受过现代自然科学熏陶的人觉得月亮上有药的味道也并不稀奇。所有这一切感觉中都有思维隐形结构在起作用。在悼念张志新的诗中，韩瀚的短诗别开生面，主要得力于感觉知觉质变与思维的深化水乳交融：

她把带血的头颅

放在生命的天平上

让所有的苟活者

都失去了

重量

这是在形态上、功能上和根本性质上都全方位变异了的知觉，从枪决变成杀头，从抽象的使沉迷的人惭愧，到具象的假定的生命的天平，这是形态的变异；天平由称重量到衡量人生的意义，这是功能的质变。这种大跨度的感觉知觉的变异之所以不荒谬，之所以没有导致作家与读者之间信息通路的阻断，就是因为其中隐含着智性的深刻性。张志新成了一种人生的标准，成了生命价值的一种衡器，从这个意义上来说，不管多么巨大的质变，多么奇异的功能转移，都不但是合理的，而且是蕴含着深刻的哲理的。但是这种哲理又是以感知质变的形式呈现的。

从表层的感知变异到深层的哲理变异，从微观来说，这是意象本体结构层次的衍生和深化，从宏观来说，也是艺术形象发展的必然趋势。在古典诗歌中，感知变异的目的是为了更加深入地显示表现对象形态和质地。例如，杜甫形容一个人“秋水为神玉为骨”，以质变了的意象说明此人的气质高洁，后人套用这种变异程式去描述水仙花：“借水开花自一奇，水沉为骨玉为肌”，仍然是为了说明水仙的高洁。这种水变为骨，玉变为肌的质变，并没有超出水仙这一具体对象的形态性质之外，这样的质变并没有越出古典的情绪直觉范畴。到了现代，在现代诗人眼中，这样的变异就显得缺乏思维的力度，现代诗人感知的变异要带着更为深邃的概括性，因而它必然要突破表现对象的具体局限，让智性作更自由的概括和深化。例如范方的《落叶树》：

就这样站在那里

听风从头顶走过

听雪潮南下

将裸露的手臂

伸向高空

一如铁的雕塑。

这种变异还是属于外在形态的，光有这样的变异，智性的深度还是有限的，诗人借助这种变异作智性的质变：

以惊人的忍耐

测量寒天的硬度

这种在寒冷中、在逆境中坚毅地挺立着的意象，不仅在表层感知上发生了质变，而且在更深层的智性上发生了质变（测量的是硬度，而不是寒度）。这种在逆境中受到了损伤仍然挺立的姿态不是没有生命的铁的雕塑，而是一种以持久的耐性与逆境抗衡着生命的外化。

五、让潜情感与潜智性在变异知觉中作深度显现

当然，并不是一切感知的变异都有这样的深厚而明晰的智性作为它的基础的。艺术形象当然有与智性互相交融、互相认同的一面，正因为这样艺术才有了认识作用。但是艺术又不完全是一种认识，它根本上又是一种审美，审美的情感有很大一部分与认识并不完全相同，艺术之中总有一部分超越了理智的成分，它与理智并不完全遵循同样的逻辑规范。因而有一些感知的变异，不管是表层还是深层的，都很难那么准确地与理智的逻辑对应。这本来是很正常的，因为审美离不开情感，而情感是不理智的（当然它也不是反理智的）。因而受情感制约的感知变异，特别是那些大跨度的质变，有时很难用理智的语言加以充分的解释，中国古代有“诗无达诂”的说法，西方也有一千个人有一千个哈姆雷特的说法，也许这些说法都有些绝对化（接受美学就把这种绝对化加以系统化了）。在人的情感领域中有多少理智思维所不能到达的领域，在人的感觉知觉领域就有多少不能用严格的逻辑语言阐述清楚的天地。关于这一点，日本的新感觉派最为极端。二十世纪二十年代的川端康成、横光利一等用极大的努力去追求那新异的主观的感觉，他们把这种新感觉与外部现实对立起来，把自然主义和现实主义的描写都加以摒弃，虽然他们也说要创造“由智力构成的新现实”，实际上是力图让感觉摆脱智力的制约。在横光利一的短篇小说《日轮》中就有这样的新感觉：

他拾起一块小石头，扔进森林。森林把月光从几片树叶子掸掉，喃喃地自言自语。

按现实主义的描写本该是小石头拨动了树叶，发出了声音，并使原来月光照耀的叶子上有了阴影。可是那样写就缺乏变异的感觉，不新鲜了。因而横光利一把感觉加以非理智的解释，好像月光不是由于枝叶的移动而变幻的，倒是石子直接掸掉的，这当然不是事实，但是这是一种质变了的知觉。但是这种知觉新固然新，毕竟只是知觉的表层，它只停留在声、光、色、影的变幻上，缺乏向智性突进的功能，所以，这些作家后来都另寻出路去了。这种“新的感觉派”带着它的优点和缺点在二十世纪三十年代对我国新文学产生过影响，时常在当时出版的《现代》《小说月报》《文学》等刊物上发表小说的刘呐鸥、施蛰存、穆时英、叶灵凤等人对新感觉的变异有过刻意的追求。在施蛰存的《魔鬼》中描写了病态的主人公看见一个同车的老太婆引起的种种幻觉和意识流式的联想，主人公的感觉和意识好像完全被她（按：老太婆）所支配了。对她的异样的眼光，喃喃然好像在念什么符咒的翕动的嘴唇和干萎了的、但是白得恐怖的手的怪异知觉一直纠缠着主人公，甚至在离开车厢

来到朋友家以后仍然时时被这个穿黑衣的幻影所困扰，一会儿是窗外竹林下的黑影，一会儿又变作玻璃上的黑斑：

> 我明明看见在竹林底下哎，那个火车里的丑陋的老妇人。怎么？怎么忽然变作了玻璃上的黑污渍了。那有这样的想象，现在看起来，这一点黄豆大的黑污渍倒真有些像一个老妇人了。[①]

所有这一切感觉的反复的随机质变都只是一种表层的现象，它所表现的是主人公心灵深层的病态。但是这种病态仍然是一种表层现象，在其更深层还有什么人生的奥秘？当时的作家没有把这个任务放在自己面前，这就引起了左翼文坛的不满。二十世纪三十年代这种对人的心灵的探索并没有引起革命文艺界的重视，或者说，革命文艺界并没有意识到这种牵动心灵深层结构的感知变异对于深刻地表现人物心灵奥秘的巨大价值。就是到了二十世纪五六十年代，台湾具有意象派色彩的诗歌中，这个问题在理论上和实践中都没有得到解决。因而余光中批评说："意象派诸人的作品往往沦于为意象而意象，只能一新视觉，而不能诉诸性灵。"因而从二十世纪三十年代到七十年代，在我国文坛上这种感觉变异的追求和弗洛伊德一起被当成资产阶级文学堕落的现象而加以唾弃。但是艺术的规律比之狭隘的功利更具有强大的力量，到了二十世纪七十年代末八十年代初，意识流小说作为一种手法被重新发现，人的主体性的思潮崛起，对人的主体的探索成为一种历史的动向，从感性到智性的层次深化引起了许多中青年作家的兴趣，文学气象就大为不同了。年轻的作家莫言，在这方面迈出了勇敢的步伐，他在感觉和智性思维层次都有了重要的突破。他在中篇小说《透明的红萝卜》中，反复描述了那个神秘的红萝卜，在不同的情景，它有不同的形态和性质。一个在铁匠那里当学徒的"黑孩"，看着炉子上的红萝卜：

> 黑孩的眼睛原本大而亮，这时更变得如同光电源。他看到了一幅奇特美丽的图画：光滑的铁砧子，泛着青幽幽的光。泛着蓝幽幽光的铁砧子上，有一个金色的红萝卜。红萝卜的形状大小都像一个大梨，还拖着一条长尾巴，尾巴上的根根须须都像金色的羊毛。红萝卜晶莹透明，玲珑剔透。透明的，金色的外壳包孕着活泼的银色液体。红萝卜的线条流畅优美，从弧线上泛出一圈金色的光芒。光芒有长有短，长的如麦芒、短的如睫毛，全是金色……

这不纯粹是感知的魔幻，同时还有智性的活跃，这个黑孩没有母亲，只有一个虐待他的后娘。他从小就忍受着人世的冷漠，就像哑巴一样从不开口诉苦，也不表达任何愿望。黑孩刚吃了偷来的烤萝卜和地瓜。他身边还有石匠和他的恋人，这两个人对黑孩表现了朴素的关切，这时，黑孩还想吃那最后一个萝卜。在黑孩的深层潜意识里的这种生理需求和

① 严家炎编选：《新感觉派小说选》，人民文学出版社 1985 年版，第 117 页。

近在身边的关切结合起来，使得黑孩眼中的红萝卜发生了质的变异，它美好的珍贵的质地，事实上也就是黑孩潜意识中那种不可言喻的情绪和智性的外化。可是这种美好的深深潜藏的情思是不可重复的，也不是意志可以调动的，一旦情境变了，这种潜藏的情思就消失了，因而那个透明的红萝卜的幻觉再也不回来了。后来当姑娘和小石匠去幽会忘了黑孩，在冷酷的小铁匠命令黑孩再去烤同样的红萝卜时：

黑孩把萝卜放在铁砧子上，手颤抖着拨亮炉火，可再也弄不出那一蓝一黄升腾到空中的火苗。他变换着角度瞅那个放在铁砧子上的红萝卜，萝卜像蒙着一层暗红色的破布，难看极了，孩子沮丧地垂下头。

这样的外在形态性质的变异看来有点超现实的神秘感，不可理喻，事实上不过是黑孩自己也没有意识到的潜意识、潜思维朦胧浮动的内部感觉用变幻的外部感觉加以强化的表现而已。

当然这种强化比之一般外在动作效果的强化有所不同，外在动作效果的强化，以对读者的可以意识到的感觉、记忆、想象、思维的刺激为主，而这种魔幻式的变异，实际上已经超越了意识的领域。这种想象越是大胆，智性的思维越是获得深化的自由，因而魔幻式的变异虽然超越了现实，仍然会产生一种魔幻式的现实主义。这主要不是感觉和知觉的功能，而是形式的假定结构的功能，对于这一类的变异往往不能离开形式的特殊审美规范，完全根据现实的人的感知规律作过分拘泥的解释。例如莫言在《爆炸》中写父亲打了儿子一个耳光。这个耳光给儿子一种爆炸的感觉，他甚至感到父亲的手像刀一样在空气中划开了一道明亮的裂口。为了节省篇幅，下面只能节取其中一部分：

我站在我们家打麦场的边缘上，也站在大气的边缘上，看着爆炸声的消逝，又看着金色的太阳与乌黑的树木年轮般旋转，极目处铜青色的地平线被阳光切割成两条平行、曲折、阴暗相协的汹涌的河流，对着我流来，又离我流去。乌亮如炭的雨燕在河边电一般出现又电一般消逝。我感到一阵猝发的狂欢般的痛苦，感情在胸中郁积，好像是我用力叫了一声。①

这样大幅度的变幻要完全用潜意识的显现或情感的深层结构来解释是很困难的。这里有个艺术形式的假定性与心理真实之间的矛盾，这虽然不一定是主人公实在的感受，但却是在主人公那种猝发的情感基础上的创造。关于这一点，应该在形式论中专门加以研究，很可惜我们还没有一本形式论的专著。

---

① 根据莫言1985年6月向笔者出示的原稿，今可见于多种版本的《透明的红萝卜》。如当代世界出版社2003年版的《莫言集·透明的红萝卜》。

第九章

主体与客体融合和情感逻辑的变异

一、主体的对象化和主客体在对象中融合

不管意象变异怎么超越了现实的感知，也不管意象变异与现实的感知有多少矛盾，就整体而言，感知的变异都是与主体的情感的真实紧密联系在一起的。

不管外部感觉的变异还是内部感觉的变异，都表现为意象。意象一旦形成，它就都变现为一种假定的客体。不管是透明的红萝卜，还是带血的头颅作为意象，都有具体独立于主观意识之外的特点。当然，它有时是在主观情感冲击下的客体的表象，有时它本身就是主观的内在的情绪的运动。在第一人称的抒情性的意象中，感知主体被对象化了，变成了表现的客体，主客体之间的界限还是很清楚的，不论是第一人称的“我”是否就是艺术家本人，在意象中“我”和我的感觉是一分为二的，而且往往是我的存在占了主导方面，像《简·爱》《祝福》等都是这样。但是，有时则并不是这样，“我”虽然确切地存在，可是“我”的感觉却“外化”为另一个客体，一个假定的客体，一个想象中的客体，这个客体不属于“我”了，这就产生了主体向客体转化的意象。我和它平等地存在着，对于这个客体，我得重新去感知它，阐述它。例如李瑛在《哨所鸡啼》中写了一头雄鸡，它以快乐的呐喊唤来阳光，打破云雾港湾清晨的宁静，然后诗人对它的啼声作出推测和阐释：“莫非是学习了战士的性格，所以才如此豪迈威严；只因为它是战士的伙伴，所以才唱出了士兵的情感。”本来是作者对士兵有情感，但这种情感既不去冲击士兵，也不冲击自身的感官，却转移到一个虚拟的客体对象上去，在这里主体（自我）与客体（士兵）的直接关系，被转移

到媒介（雄鸡）上去间接地展开了。在这媒介（雄鸡）上，主客体之间的界限消失了。象征主义者非常偏爱这种主体向客体转化的意象，在他们看来，这是唯一合理、唯一生动的意象。他们所追求的“客观对应物”其实并不客观，只是某种主体转化的媒介，它的“客观性”是虚拟性的，它的客观性是作为情感的载体（或符号）而出现的。在主体情感优势的作用下，主体与客体之间融合为一个统一的意象。当然这并非象征主义者独享的专利，其实，其他艺术家也常常达到主体向客体转化、主客体之间界限消失，二者融合的境地。乔治·桑在《印象和回忆》中说：

我有时逃开自我，俨然变成一棵植物，我觉得自己是草，是飞鸟，是树顶，是云，是流水，是天地相接的那一条水平线，觉得自己是这种颜色或是那种形体，瞬息万变，去来无碍。我时而走，时而飞，时而潜，时而吸露。我向着太阳开花，或栖在叶背安眠。天鹅飞举时我也飞举，蜥蜴跳跃时我也跳跃，萤火和星光闪耀时我也闪耀。总而言之，我所栖息的天地仿佛全是由我自己伸张出来的。①

如果说乔治·桑是个浪漫主义者，她当然有一种情感外溢为对象的自发倾向，她的自白还不足以说明问题。那么，号称自然主义的小说家福楼拜的自白就该有说明问题的雄辩性了。请看他在一封信中这样描述他创造《包法利夫人》的形象系列：

写书时我把自己完全忘去，创造什么人我就过什么人的生活，真是一件快事。比如我今天就同时是丈夫和妻子，是情人和他的姘头，我骑马在一个树林里游行，当着秋天的薄暮，满林都是黄叶，我觉得自己就是马，就是风，就是他们俩的甜蜜的情话，就是使他们填满清波的眼睛眯着的太阳。②

意象的变异归根到底是由主体与客体的关系决定，如果主体服从客体为客体所同化就没有意象变异（注意是意象变异，而不是概念的变异）可言，而一旦客体服从主体的情感，客体成为主体和客体融合的媒介，就非发生变异不可。主体情感同化客体的极致就是二者的融合，“万物与我为一，天地与我共生”，在哲学上是走向谬误的根源，可是在艺术上却是通向艺术创造的坦途。

二、主客体在虚拟的对象中和在现实的混沌整体中融合

主体与客体融化的意象在抒情文学中最为明显，因为抒情文学是以表现自我占优势的。在通常情况下，这种主体与客体的融化，其特点是在虚拟的媒介中融合，这在诗人是有明

① 转引自《朱光潜美学文集》（第1卷），上海文艺出版社1983年版，第43页。
② 转引自《朱光潜美学文集》（第1卷），上海文艺出版社1983年版，第44页。

确交代的。如英国诗人威廉·布莱克的著名诗句就明确点名主体化作了虚拟的客体，不是我去感觉客体的存在，而是我变成了假定的客体：威廉·布莱克在 *Little Fly* 中这样写：在一个夏日的游戏中，我的手不经意地赶走了一头苍蝇。我是不是如你一样不过是一头苍蝇，或者你也许像我一样（Am not I/A fly like thee ？ /Or art not thou/A man like me ？）。这有点接近于庄子梦见蝴蝶：不知是庄周梦见蝴蝶还是蝴蝶梦见庄周的味道了。下面接着是：因为我舞蹈，饮酒，歌唱，直到某种盲目的手，掠断我的翅膀（For I dance/And drink and sing，/Till some blind hand/Shall brush my wing.）如果思想就是生命、力量和呼吸，而没有思想就是死亡（If thought is life/And strength and breath/And the want/Of thought is death）。

那么，无论我死了
还是我活着，
我都是一头
快乐的大苍蝇。

Then am I
A happy fly，
If I live，
Or if I die.[①]

这类融合的另一特点是倒客为主。本来我是主体，苍蝇是客体，但在诗的最后，苍蝇成了主体。不可忽略的是，这种倒置，不完全是情感的，而是有思想底蕴的。它表达的是，思想就是生命，如果没有思想，一味漫不经心（thoughtless）、盲目（blind），那么我宁愿做一头快乐的苍蝇。

有时与此相反，是倒主为客，或主客体互相置换：本来是我看着海岸，现在我变成了海岸；本来是孩子盼望着渔船回港，而现在是岸和渔港在等待着孩子归航。袁山松写他来到三峡时，对于三峡的景观大为赞叹，称“既自欣得此奇观，山水有灵，亦当惊知己于千古矣”[②]。本来是自己欣喜，却反过来说，山水千古以来惊喜于第一次被赏识。这是说得比较直白的，可能因为是散文，而在诗歌、散文诗中，主客置换则以一种想象的、梦幻的形式进行。在鲁迅的《野草》中，以梦幻的形式进行主客置换的就有《狗的驳诘》《失掉的好地

① 这最后一节，爱尔兰作家伏尼契在小说《牛虻》的结尾中引用过。而《牛虻》又因为苏联作家奥斯特洛夫斯基的《钢铁是怎样炼成的》中主人公保尔很喜欢此书，故在二十世纪五六十年代，在中国青年中甚为流行。当年的译者李俍民将 fly 译成“苍蝇”，也有将之译为蝴蝶的。虽颇有争议，统观上下文，当以苍蝇为是。

② （北魏）郦道元：《水经注》卷三十四，影印文渊阁《四库全书》573 册，512 页下。

狱》《墓碣文》《颓败线的颤动》《立论》《死后》，一开头都是：

我梦见自己……

甚至在《颓败线的颤动》中是：

我梦见自己在做梦。

这与雪莱的“我从梦着你的梦中醒来”不大相同，这里有双重的虚拟性，造成主客体更充分地融合，主体与客体的界限朦胧化了。不管在哲学上多么虚无，但是在艺术上这种境界却如此实在。

三、在知觉空白中的情感变异

中国古典诗论中以禅喻诗的那一派所追求的与此有一点相近，不过他们不追求主客体在虚拟性的媒介中融合，他们把主客体在现实环境中交融起来构成一种混沌的整体，这种整体好似生活本身的原生状态，天衣无缝，所谓“羚羊挂角，无迹可求”，从陶潜的“采菊东篱下，悠然见南山”，到王维的《辛夷坞》：

木末芙蓉花，

山中发红萼。

涧户寂无人，

纷纷开且落。

都以主体与客体水乳交融、主观色彩隐秘为特色，似乎是知觉表象的变异在这里逐渐降低了重要性。这种直觉的感悟中其实仍然有一种平静得与大自然绝对和谐的情感，这种情感以“无变异”的感知反衬出一种情感向特殊理性的“变异”，一种自然化了的人的知觉质的变异。这种空白性的感知变异被古典诗歌美学奉为极品、神品，但为五四时期崛起的浪漫主义色调很浓的新诗所不屑一顾。后来在台湾的现代派那里又得到某种继承。台湾的现代派诗人发展到后来更进一步，在理论上强调主观色彩的隐秘，这样就孕育了另一种倾向，越来越自觉地回避对客体的感知变异。生活以它原始的朴素的形态进入意象，在台湾诗人和所谓北岛以后的年轻诗人的作品中有许多这样的例子。

这种倾向，并不是只有在中国和西方的诗歌中存在，在二十世纪以后的现代小说中更是一种普遍的追求，以海明威为代表的小说家反对十九世纪小说那种慷慨激昂，认为那是对读者的不尊重，他们有意识地抑制外溢的情感，夸耀一种“白痴一样的叙述”。连文风也是“电报式”的，尽量废除主观的形容、感染和渲染，甚至说要把文章删得只剩下动词和名词，用事物和动作本身构成形象。在构思上也追求非戏剧化，尽量不滥用突转，也不依赖对读者的好奇心的刺激。叙述，对于小说，被强调到不可缺少的高度，而描写被认为是可有可无的。知觉变异更被当作无足轻重。他们追求的，是情节的表层意蕴局限于特殊的事件中，而情节的深层结构又达到某种哲理的概括性。例如，海明威的《老人与海》，其表层意义是，一个在与大自然斗争中失败了的硬汉子，而其深层也可以理解为他在孤独中无援的，但又不懈的人生奋斗。所有这一切，都有点像佛祖捻花、迦叶尊者一笑那样心领神会[①]。这是一种内在的奥秘，是不可道破的，否则就破坏了形象的整体性，浑然一体的美了。

从微观的形象来说也是这样，情感几乎都被挤到了文字的空白中去了。海明威在短篇小说《印第安人营地》中写一个印第安妇女难产，两天没有把孩子生下来。海明威并没有用情感外溢的方法渲染产婆的尖叫如何使得听者的感觉和知觉变异，相反他只轻松地、平静地写了这么几句：

> 营里的老年妇女都来帮助她。男人们跑到了路上，直跑到再听不见她叫喊的地方，在黑暗中坐下来抽烟，尼克，还有两个印第安人，跟着他爸爸和乔治大叔走进棚屋时，她正好又尖叫起来。

叫声如何惨烈呢？西方现代小说是不能像古典小说那样作尽情的渲染的，渲染了就不在空白中了。医生不能顺利接生，只好开刀。可没有手术刀，也没有带麻药，就做手术了。海明威仍然吝啬地不去渲染产妇的喊叫如何造成感知的变异乃至扭曲，只是很平静地叙述着：

> 他（医生）要动手术了。乔治大叔和三个印第安男人按住了产妇，不让她动。她咬了乔治大叔的手臂。乔治大叔说："该死的臭婆娘！"那个给乔治大叔划船的年轻的印第安人听了就笑他。尼克给他父亲端着脸盆，手术做了好长时间。

产妇在没有做手术时，已经叫得男人们远走高飞了，可见到了没有麻醉药，用一把大折刀给产妇动手术时，作家却不写喊叫，只写了她咬了医生的助手，而助手却十分轻松地笑，连小孩子都没有惊讶、激动，没有感觉的变异，只有一种时间漫长的感觉。艺术家的感觉真是平静得够可以了。海明威如果光是这样就真的变成"白痴的叙述"了。可海明威笔锋一转，手术完了，产妇平静了下来，医生活跃起来了，得意起来了。这时他们才发现产妇的丈夫因受不了产妇的喊叫自杀了：

---

① 典故出自灵山会上，大梵天王以金色菠萝花献佛，并请佛说法。释迦牟尼如来佛祖一言不发，拈菠萝花遍示大众。当时，与会者均不能领悟，唯大弟子——摩诃迦叶尊者妙悟其意，破颜一笑。于是，释迦牟尼将花交给迦叶曰："吾有正法眼藏，涅槃妙心，实相无相，微妙法门，不立文字，教外别转之旨，以心印心之法传汝。"释迦牟尼这里所传示的，正是一种无言的心态，不用任何语言和行为来打破。这种心态纯净无染，无欲无贪，无拘无束，不着形迹，即所谓"真如秒心"，亦即"普照一切、含藏万法"的根本佛法——正法眼藏——之所在。

> 那印第安人脸朝墙躺着。他把自己的喉管割断了，刀口子拉得好长，鲜血直冒，流成一大滩。他的尸体使床铺往下陷。他的头枕在左臂上。一把剃刀打开着，锋口朝上，掉在毯子上。①

海明威仍然用平静的叙述语气交代，这个在浪漫主义和现实主义小说都要抓住不放，在感觉上大加渲染的突然事变。从局部来看，不管叙述者（作家），还是作品中的人物，都没有动感情，也没有变异的感知，但是在两相对称的平静叙述中却发出了震撼读者情感的效果。产妇的尖叫虽然没有影响丈夫和助手们的好兴致，可却使她的丈夫觉得无法活下去了。

感知没有变异，仍然动人，也许，其动人的程度并不亚于那感知有大幅度变异的形象。这是因为这个动作本身作为一个结果提示了导致这个结果的原因——丈夫对妻子的特殊情感，他宁愿忍受自杀的痛苦，也不愿忍受听着妻子尖叫的痛苦，这本身就包含着情感变异。虽然这种变异性是潜藏在叙述的空白中的。

四、主客体分合关系演变的三个历史阶段

这种潜藏在空白处的变异，标志着形象发展的一个新的历史阶段，这个阶段与禅宗里的一段话颇有点对应关系：

> 老僧三十年前来参禅时，见山是山，见水是水，乃至后来亲见知识，有个入处，见山不是山，见水不是水，而今得个休歇处，依然见山只是山，见水只是水。②

禅宗的第三境界为其最高境界。从第一阶段的表层感知（是山，是水），到第二阶段的动情动心，对象发生感知变异（不是山，不是水）。但是，此等变异是梦幻泡影。待到第三阶段真正领悟了梵我一如的真谛，达到“不动心”的高度，也就是梵我一如的境界（看山仍是山，看水仍是水）。主客体的绝对统一，表层感知与内在智性的绝对和谐，没有矛盾的无差别的境界。这是宗教的理想境界，在现实中是不存在的，但是，以之比照审美感知的变异的三个层次，与黑格尔—马克思否定之否定的螺旋式上升的思维模式可谓息息相通。第一阶段是原始的感觉和知觉，主体不能驾驭客观对象，为之定性，对客观对象就只能被动地描述，就产生了古代文学史上那种罗列现象的芜杂（如汉赋和维吉尔的史诗），缺乏主体的统一性，在艺术上夹生。第二个阶段，作家的主体情感开始化被动为主动，客观对象为主体情感同化（或者消化）了，也就是作家获得了感知变异的自由，作家确立了主体情感的自信，

① 以上均见《海明威短篇小说集》上，河南文艺出版社 2012 年版，第 18—22 页。

② 这是宋代禅宗大师青原惟信的话，见《五灯会元》卷十七，中华书局 1992 年版，第 1135 页。

不再俯伏在客观对象的原始形态、性状的森严的宝座下，开始勇敢地按着自己情感的运动和心灵的秩序重新创造一个新的感觉知觉的世界，作家不再因这个感觉变异的世界与客观世界有误差而感到自卑，感到恐慌了。第三个阶段好像恢复到原始的第一个阶段了，客观对象又恢复了它森严的本相。作家主体好像消灭了，事实上，并不是这样，这时作家的感觉的表层向客观世界认同，但在其深层，他的情感并不是像科学家那样向客观世界认同，而是让客观世界向他的自我认同，总的说来这时既不是客体与主体的分立，也不是主体对客体的占有，而是主体与客体在最高层次上互相融合、互相统一。如柳宗元的《江雪》：

千山鸟飞绝，万径人踪灭。

孤舟蓑笠翁，独钓寒江雪。

如果说抒情导致的感知变异是情感的运动，而这里，则是情感的不动。[①]而这里不动情，并不仅是理性的真，主观与客观理性的统一，而且是一种感知的美，亦即把客观感性（渔翁的环境和形象）当作理念的载体，既不把自己的情感强加于自然（客观环境），也不把自己的情感强加于读者，对自己的尊重、对自然的尊重和对读者的尊重达到高度统一。

上面所引的禅宗的那一段话，本来说的是三种人生境界，这与我们的人生境界在根本上不同，我们用它来说明的是艺术形象中主客体的关系的演变，这里有个否定之否定的螺旋式上升的轨迹。在禅宗里，第三个境界主客体的绝对统一，表层感知与内在智性的绝对和谐，这种方法论也与我们不同。没有矛盾的无差别的境界在现实中是不存在的。在第三阶段的艺术形象中主体情感与客观现实的矛盾只是被隐藏在空白中了，而不是被消灭了。不管海明威对印第安男人怎样抑制他的惊讶，小说动人之处恰恰就在于表现了一个少不更事的孩子第一次体验到人生的痛苦和死亡时主观情感的震惊，同时也是对读者情感的一种震撼。从另一方面来看，不管小说中的人物对印第安男人的死亡保持着多么平静的心态，似乎是理智压倒了一切，但正是这种平静理智反衬了印第安人行动的异常，读者不难看出这种行动是非理性的，是由情感异常决定的。

① 典故出自唐仪凤元年（676 年）正月初八，慧能来到法性寺（即今光孝寺），印宗法师正在寺内给僧众讲《涅槃经》，慧能混在众人之中，认真地听法师讲解。一阵风吹来，寺院内悬挂的旗幡随之飘动起来。印宗法师即景说法，向众僧提问："到底是风在动？还是幡在动？"一僧曰风动，一僧曰幡动。慧能说："不是风动，不是幡动，仁者心动。"这正是宇宙万物本来没有变，变的只是我们观看宇宙万物的心。佛说一切法，为除一切心，既无一切心，何用一切法（大正藏第 2012b 经目录《黄檗断际禅师宛陵录》）。

五、情感逻辑对形式逻辑的超越

在艺术形象中，主观与客观永远不可能绝对统一，外在行动与内在的心灵也不可能完全统一。这是因为主体的高级神经系统不仅由理性控制着，而且由情感控制着。情感与理智是一对永恒的矛盾，理智要素与情感要素形成了一个互相依存互为函数的有机结构，人的心灵的全部功能是二者互相作用的结果。人的大脑神经系统是一个整体，对外来信息作出情绪反应的下丘脑中还有一种控制情绪的机制（因而人才不像动物为生理的需要而厮杀）。巴甫洛夫说过："大脑皮层活动的主要冲动来自皮层下中枢，如果排除这些情绪，那么大脑皮层就失去了力量来源。"通常说，理性是情绪的基础，从脑生理科学上来说，这是把问题弄颠倒了，恰恰是情绪的生理机制为理性提供了基础。当然，这一切奥秘的彻底揭开都有待于脑神经生理——心理、机制在细胞水平上的进一步解剖和实验。在这以前，我们只能依靠经验的描述和归纳。几千年来人类对于情感与理性的矛盾已经积累了大量的经验材料，在这些经验材料基础上，人类越来越清晰地认识到情感与理性之间的根本性的矛盾。

席勒《论朴素的诗和感伤的诗》中凭着直觉这样说："诗只有两个领域，它要么在感觉的世界里，要么在理想的世界里，它在概念的领域或智力领域是不能繁荣起来的。"比席勒早生二百年的我国明代戏剧家汤显祖说得更明确："情有者，理必无，理有者，情必无"。[①] 情与理的矛盾是这样不可调和，在理是不可能的假事，在情却是非常真实的。汤显祖根据自己创作的体会说："情不知所起，一往而深，生者可以死，死者可以生。"他的《牡丹亭》就是以情生情死超越了理的，英国浪漫主义的理论家赫斯列特和雪莱都说在诗中情胜于理是想象在起作用，赫斯列特说："诗歌与雄辩之不同在于前者是想象的雄辩，后者是理性的雄辩。雄辩企图说服意志，使理性信服；诗歌则借立正时引起的同情产生效果。"情感因为总是与想象联系在一起，因而征服读者的手段有了不同。理性要服从于客观的必然，情感要体验主体的内在的自由。

就在这样一点上，情感的逻辑与理性的逻辑分道扬镳了。

理性的思维必须遵循形式逻辑和辩证逻辑，而情感对形式逻辑和辩证逻辑并不那样驯服。首先，对形式逻辑的同一律，情感就不那么买账。关于这一点连军事家克劳塞维茨都

① 僧达观曾经向汤显祖提出"情有者，理必无，理有者，情必无"的佛学主张，引起了汤显祖的共鸣。在《寄达观》中，汤显祖曾说："情有者，理必无，理有者，情必无。使我奉教以来，神气顿生。"（徐朔方笺校：《汤显祖全集》，北京古籍出版社 1999 年版，第 1351 页。）

意识到了，“虽然人的理智总是喜欢追求明确和肯定，可是人的情感却往往向往不肯定，人的情感不愿随理智走那条哲学的探索、逻辑推论的小道。”要进行理性思维最起码的是概念必须确定，概念的内涵和外延必须稳定，不然就可能在推理的过程中发生转移，造成偷换论题的错误。因而对于理性思维来说，概念的任何模糊朦胧都可能是推理的障碍。所以西方哲学史有对概念的内涵的微观误差作过细推究的传统，这种传统推动了西方哲学史思辨力的发展。而我国古典哲学正是由于一些基本范畴（如“道”“气”）的朦胧，不讲究概念内涵的确定性，使得许多天才的命题留在直觉层次上。然而哲学概念的确定、推理的严密使得西方古典主义的戏剧和浪漫主义的诗歌受到理性的干扰，而概念朦胧和模糊却使得《庄子》中的许多篇章成为世界文学史不可多得的艺术性散文。

作为一个艺术家，如果他虔诚地遵循着形式逻辑的同一律，那他的想象的翅膀就不能起飞。他的意象就可能因想象的怯懦而夭折。有时意象之所以生动，并不是因为它绝对明确，而是因为它相对朦胧。一切艺术形象都有某种不确定性，有待读者用自己的想象去补充，“是邪？非邪？立而望之，翩翩兮，何来迟。”连权力至高无上的汉代皇帝写等待他情之所钟的人，也只能在肯定与否定之间享受一种期望与发现的体验。为什么不写他坐过来了，看清楚了，绝对地肯定就是她，或者绝对地否定不是她呢？那样就无需想象，没有情感的逆反运动了，绝对有把握的希望和绝对无把握的失望是一种单向的情感运动，它趋于弱化和静止，在希望失望之间，是双向的情感运动，它保持一种张力，使它不迅速趋向于弱化，趋向于内心体验的持续，而审美体验如果不持续就达不到某种强度和深度，就会隐没在意识以下。正因为这样，朦胧是审美的一种普遍属性。所以它不仅仅限于抒情文学，当叙事文学发展到成熟阶段时，它情节的因果性都丧失了早期和中期那种明确性，变得越来越虚化了。中国古典小说发展到《聊斋志异》，那些善良的狐女，往往在情投意合之后，忽然消失了，情节不了了之，在男主人公的情感中留下了怅然。《红楼梦》贾宝玉飘然而去，不知所往的结尾比之《水浒传》的全部毁灭要漂亮得多了。西方的戏剧小说也遵循同样的规律，从有一种完整的结局变成一种残缺的结尾。情节的因果性淡化了，变得含混。所谓只列出生活的方程式不给答案的写法成了对大手笔的赞语，鲁迅就推崇过易卜生的全部作品只是一个疑问号。小说中“复调主题”的提出标志着审美意识从理性逻辑中独立了出来。

形象的模糊性还在人物性格的塑造中得到强调，古典式的单一色调的性格越来越遭到作家的冷落，而二重组合，多维结构的性格，不但在创作上纷纷崛起，而且在理论上有了自觉的概括。

形式逻辑的同一律对于审美情感来说，越来越显得贫乏了。既然同一律不能约束审美情感的流动性，形式逻辑的其他规律同样也无能为力。

和同一律同时受到冒犯的还有矛盾律和排中律。形式逻辑的思维规律其根本精神是保持自身的统一，从反面来说就是不能自相矛盾，不能自我变异，可是这一切恰恰是违反情感运动的根本特性的。情感特性就是它的自由变异，包括向相反的方向变异。俄罗斯诗人涅克拉索夫有几句诗是经常被引用的：

你又贫穷

你又富庶

你又孱弱

你又强大

亲爱的母亲俄罗斯

这是脍炙人口的诗句，但是从逻辑上来讲违反矛盾律。矛盾律排斥一个事物既是这样又是那样。可是涅克拉索夫的诗之所以生动就是因为它写出了祖国既这样又那样。如果死死守住形式逻辑的矛盾律不放，这样的诗句就不可能产生。

情感本身，不但有变动不居的性质，而且有自相背逆的性质，或者叫自相矛盾的性质。一种情感的量度越强，往往引起与之相反的情感的量度同步增长。越是爱得深，越是怨得紧。鲁迅对于不觉悟的人民大众“哀其不幸，怒其不争”。光有哀其不幸的情感是肤浅的，只有把哀与怒，同情与批判的二极背逆结合起来的情感才是深沉的。在世界文学史上，爱情主题之所以永远写不完，就是因为这种特殊的情感中二极背反结构永远不可穷尽。起初，中国与西方小说一样，所表现的性爱都是单向极化的，一见钟情，私订终生，生死不渝。后来文学创作经验的积累，使艺术家的内审和外感力都大大敏锐化、深刻化了。在中国文学史上是到了元明之际，艺术家才真正发现性爱中的二极背逆现象。最突出的是《西厢记》，王实甫以他的天才为性爱中的女性心灵拓开了一片崭新天地。崔莺莺自发的春心荡漾，为爱情燃烧得不顾礼法和少女的自尊，在以诗邀约张生之后，居然来个“赖简”，翻脸不认，堂而皇之地把人家轰走。可是这样做了之后又十分苦闷起来，又更加迫切地挟着被子跑到张生的书房中去。如果说在《西厢记》中，这种发现还是局部的，那么在《红楼梦》中，这种发现就是系统的、全面的，在世界文学史上达到空前规模的了。在这以前人类已经写了数不清的刻骨铭心的爱情，可是还没有一部作品这么淋漓尽致地写出与爱情同步增长的试探、痛苦、怀疑、妒忌、隔膜、痴迷、绝望、怨恨、互相伤害和自我戕害。正因为情感的内部背逆构造被大幅度地发现，形象的感染力也大幅度地提高了。十九世纪以后西方小说也沿着同样的轨迹达到了高度的繁荣，不管司汤达尔笔下的于连还是普希金笔下的奥涅金，都以情感构造的变幻性而动人。最明显莫过于托尔斯泰笔下的安娜了。安娜越是觉得伏隆斯基的爱对她不可缺少，越是激起她对他的怨恨，安娜之所以要自杀，并不是因为她不爱他了，恰恰是因为她的爱得不到满足，她不能容忍伏隆斯基对她的情感需求有任何的漠视，但又不能忍受他意识到了不该漠视她以后有意识的弥补，她要占有他全部的感情，占据不全就去自杀，用放弃全部占有的希望，对伏隆斯基进行惩罚。

所有这一切如果用理性逻辑的眼光去看是混乱的，不但是自相矛盾的，而且是缺乏充足理由的，但是，安娜形象之所以不朽，正因为她的情感变幻而不合乎通常的理性，吴乔在《围炉诗话》中提出过“无理而妙”的命题，是说到了点子上的。这就是说，在理性逻辑看来是无理的，不合乎逻辑的，从情感变幻规律来看是很妙的，很生动的，是符合情感运动的规律的。

六、情感逻辑对辩证逻辑的超越

情感逻辑也不遵循辩证逻辑的规范。

涅克拉索夫的那几句诗，在辩证法看来也是不通的。辩证法当然揭示事物的矛盾性，但是任何矛盾都不是绝对平衡的，绝对平衡就成了模棱两可，就失去了质的规定性。在矛盾的两方面中必有一个是主要方面，事物的质的规定性与这个主要方面有着密切的联系。你说俄罗斯又贫穷又富裕，究竟贫穷是主要的，还是富裕是主要的呢？把互相矛盾的两方面当作互相等同的两个方面，否定了矛盾的不平衡性，就成了折中主义。

辩证法的根本精神就是全面地看问题，所谓全面简明地说，就是正面和反面，别林斯基在论及诗人的热情和气质时恰恰就指出，诗人的情感是最容易走向极端的。人的情感虽然实际上也要遵循物极必反的规律，可是在形象的直接表现上却不会走向反面，爱之欲其生，恶之欲其死，吃不到的葡萄是酸的，都不符合事实，但是都是真实的情感，不这样极端地强化，情感很难被意识到。这种极端化的表现在充满浪漫气息的诗歌中最为常见，聂鲁达在歌颂自己的祖国时说“生一千次，生在智利，死一千次，死在智利”，是完全不讲辩证法的，不讲一分为二的。马雅可夫斯基在《向左进行曲》中一再地强调“向左！向左！向左”，根据辩证法，极左可能变成极右，从政治策略来说，这是很可怕，后果是很可悲的，但是在艺术形象中是很可爱的。

不仅在抒情文学中如此，在叙事文学和戏剧文学中，任何一个人物不管是悲哀还是欢乐，都以绝对化的形式出现，阿Q自己头上有癞疮疤，别人连说到“亮”也犯他的忌讳；契诃夫笔下的马车夫姚纳死了儿子，只要别人听他诉说苦恼，哪怕是挨打也比没有人听轻松；托尔斯泰写在吉蒂看来，伏隆斯基在安娜面前，眼中有“狗一样顺驯”的表情；史坦尼斯拉夫斯基在分析《奥赛罗》时指出，演雅各的演员要为自己是个搞阴谋的艺术家、伟大导演而自豪。

七、情感逻辑在艺术形象中的变异

正因为这样，在艺术形象中的情感在双重意义上发生了变异。第一，相对于理性逻辑，亦即形式逻辑和辩证法的逻辑，艺术形象中的情感是变异了的。如果理性逻辑是常态，那么情感逻辑就是变态了。一个作家如果只善于遵循理性逻辑，不善于遵循情感逻辑，那么他就不能获得最珍贵的自由——内在的自由。理性逻辑是建立在约束情感逻辑的基础上的，理性的自由是服从客观必然性的自由，而情感逻辑则是以超越客观必然性为起点的，正如克劳塞维茨所说：“它宁愿和想象力一起逗留在偶然性和幸运的王国里，在这里，它不受贫乏的必然性束缚，而沉溺在无穷无尽的假定性中。”理性每前进一步都要牺牲情感的一分自由，相反情感每解放一分，理性就要牺牲一分客观性。这一对矛盾，人类早已认识到了，可是在艺术形象中互相制约的规律至今还有许多理论家没有充分认识到。

第二，生活进入形象要发生变异。情感进入形象也要发生变异，赤裸裸的情感逻辑，原封不动地搬到艺术形象中去，正等于把生活的原始形态搬到艺术形象中去一样，是不可能讨好的。扼杀情感是不对的，“发乎情止于礼义”，只能产生干巴巴的教条，李贽起来反抗这种封建教条，提出“发乎情，由乎自然”①，作为思想解放的口号即可，作为艺术理论则太粗糙，而且李贽的情还带着纯生理愉悦的快感的成分，所以他对色情的作品也很欣赏。真实的情感要上升到艺术的境界它本身还要经历另一次变异。苏联心理学家列昂节夫在给维果茨基的《艺术心理学》作序的时候，说出了一句很深刻的话：

> 情感、情绪和激情是艺术作品内容的组成部分，但它们在作品中是经过改造的。就像艺术手法造成作品材料的变形一样，艺术手法也造成情感的变形。②

华兹渥斯说一切的好诗都是强烈感情的自然流露，尽管加上了“感受性”和“沉思”的限定，仍然没有说到点子上。郭沫若在《三叶集》中曾经无条件地宣扬过这种观点。后来他在《我作诗的经过》中曾经举《地球，我的母亲》和《凤凰涅槃》为例说，这两首诗的写作完全是强烈感情的自然流露，写《凤凰涅槃》时灵感袭来，牙齿打战，连纸都来不及摆正，就写了出来。其实，这只是一种片面的现象。《凤凰涅槃》的孕育过程可以远远地

---

① 原文出自李贽《童心说》：“发乎情，由乎自然。天下之至文，未有不出于童心者也。”

② 〔苏〕维果茨基著，周新译：《艺术心理学》，上海文艺出版社1985年版，第8页。

推到 1916 年去，那时郭沫若由于国家没有出路、民族没有出路，自己又陷入了双重婚姻的困境（用郭沫若自己的话来说："民族的郁积、个人的郁积"），产生一种要自杀的动机。这种情绪在他当年写的五言古诗中直接流露了出来："出门寻死去，孤月流中天。寒风冷我魂，孽恨摧吾肝。茫茫何所之，一步再三叹。画虎今不成，刍狗天地间。偷生实所苦，决死复何难。痴心念家国，忍复就人寰。归来入门首，吾爱泪汍澜。"[①]过了一年，他在另一首五言古诗中又写道："有生不足乐，常望早死好"。[②]但是这种自然流露的自杀情绪，并不是好诗，强烈情感一进入诗中，反而变得不强烈了。到了新文化运动发动的早期，大约是 1918 年，郭沫若又用新诗的形式写了《死的诱惑》："我有一把小刀 / 倚在窗边向我笑。/ 她向我笑道：/ 沫若，你别用心焦！ / 你快来亲我的嘴儿，/ 我好替你除却许多烦恼 /……"[③]这样的自然流露也没有成为好诗。郭沫若仍然没有充分艺术地表现他的情感，直到 1920 年 1 月 18 日他给宗白华写信时，这个情绪又一次涌现了出来：

> 我现在很想如 Phoenix[④]一般，采些香木来，把我现有的形骸烧毁了去，唱着哀哀切切的挽歌把他烧毁了去，从那冷静了的灰里再生一个"我"来！可是我怕终竟是个幻想罢了。[⑤]

过了两天，郭沫若就写成了那作为五四时期狂飙突进的时代精神象征的《凤凰涅槃》。这首诗中的情感之所以成为一种艺术的情感，并不是因为它完全与郭沫若原始的厌世情绪完全一致，而是由于它超越了原始的情绪，从现实的、粗糙的"寻死""死的诱惑"进入一种想象的神话的假定境界，在这个境界中自觉的毁灭旧我导致了新我的永恒的复活。在五言古诗中寻死还是一种痛苦（在"自由与责任之间"的痛苦），到了《死的诱惑》中，痛苦已变成了欢乐，而在《凤凰涅槃》中，则是从痛苦到欢乐的转化。自觉毁灭旧我，与毁灭旧世界统一了起来，痛苦地否定了旧的自我、旧的现实为新的自我、新的现实创造提供了条件，这样才产生了永恒的欢乐，产生了现实与自我的关系的永恒的和谐与统一。

情感进入艺术形象要发生变异，有时甚至是一种质变，不仅在诗中如此，在一切叙事文学中也如此。这不因为别的，因为艺术的情感是一种审美的情感，并不是一切情感都具有审美的价值，情感中也有许多出自动物性本能的成分。其次，即使具有审美性的情感，也不能赤裸裸地化为形象，它还要受到艺术形式的规范，也就是它还要变异。

因为艺术形式是一种高级的规范形式，不是原生的粗糙形式。在艺术的规范形式中积

---

① 《三叶集》，上海亚东图书馆 1920 年版，第 9 页、10 页。

② 《三叶集》，上海亚东图书馆 1920 年版，第 9 页、10 页。

③ 见《女神》。

④ 古埃及神鸟，五百年集香木自焚而复活。

⑤ 《三叶集》，上海亚东图书馆 1920 年版，第 11 页。

累着人类千百年来的审美经验，没有形式作为载体，人类的情感从原生状态升华为高级艺术规范形态的历史经验就无法储存，人类的美的创造就不能有效地继承。艺术的规范形式，因而成为审美情感与非审美情感的相对有效的检验标准。作家的情感是不是有审美的价值，只有写出来，以一种具体形式表现出来才能判别其高下。你说强烈感情自然流露就是好诗，你心中的确也有相当强烈的感情，你用诗的形式直接流露一下看看，马上就可以看出你的情感的审美价值如何了。从泼妇骂街到发现贪污分子，从听了一个劳模报告，到考取了博士研究生都有一番强烈情感的自然流露，仅仅把这些原生的情感用诗的句式或话剧的形式直接记录下来，马上就可以看出来，它根本没有任何诗意和喜剧性。

八、情感按统一多样的形式规范变异

任何一种艺术形式都凝聚着强烈情感上升为审美情感的相对稳定规范。原始情感与规范形式之间的矛盾是永恒的，在创作阶段（不是形成规范的阶段）是情感相对地服从形式的规范。情感要按照形式规范的要求发生变异：例如一切形式最根本最普遍的规范是多样的统一，或单纯而丰富。如果情感复杂、不单纯就要通过变异，化为一种单纯而统一的形态。在创作的初始阶段往往有一种思绪纷纭的感觉，刘勰在《文心雕龙·神思》中说：

> 夫神思方运，万途竞萌，规矩虚位，刻镂无形。登山则情满于山，观海则意溢于海。①

具体艺术形式的容量是有限的。原始的无限丰富的、没有头绪的情感是任何艺术形式所容纳不了的，排山倒海的情感使得“规矩虚位”，也就是形式规范受到冲击，因而“刻镂无形”，也就是无从下笔。这时就得根据形式规范去变异情感，使之显出一个统一的头绪，使之复合形式规范的有机统一原则，如果不是这样，情感由于停留在一种混沌复杂的状态而缺乏审美价值。

形式规范的根本原则不仅仅是统一、单纯，而且要求丰富多变，因而原生的情感在经变异而统一以后，还得有变化，有起伏，有转折，哪怕是一首小小的绝句，其中的知觉与情致都要在统一性中包含变异，变换起伏转折越多，其审美价值越高，反过来如果没有什么情绪的起伏，其审美价值就会降低。例如同样是写庐山瀑布，李白是这样写：“日照香炉生紫烟，遥看瀑布挂前川。飞流直下三千尺，疑是银河落九天。”而中唐诗人徐凝这样写：“虚空落泉千仞直，雷奔入江不暂息。千古长如白练飞，一条界破青山色。”过了几百年，

① 刘勰著，范文澜注：《文心雕龙注》（下），人民文学出版社1958年版，第493—494页。

苏东坡游庐山，对这两首诗有一个评价：“帝遣银河一派垂，古来惟有谪仙词。飞流溅沫知多少，不为徐凝洗恶诗。”苏东坡为什么对徐凝自己非常得意的这首诗贬抑如此之甚呢？原因就在于徐凝的这四句诗停留在知觉结构的表层，第一句是视觉，第二句是听觉，第三、四句又回到视觉上来，内在情致与感官的欣赏几乎完全处于同一表层。这样统一倒是统一了，但是太单调了。光是呆头呆脑地远距离欣赏，知觉表层不能向内在情绪深化，就不能不叫人感到缺乏变化，苏轼作为一个大诗人完全有理由瞧不起这种心灵被单调的视听所拘的匠气之作。艺术家的本事不在感官的单纯，而在于超越感官的单纯表现丰富的情致。李白就不同了，第一、二、三句是欣赏瀑布，虽系感觉，但有变异，白色水汽变成紫烟，瀑布的高度被夸张为三千尺，都是“遥看”。最后一句“疑是银河落九天”就不完全是远距离的欣赏而是梦幻境界，变成了近距离的兜头淋下，由美的欣赏变成了美的震惊——由远观的外感到近体的内情，由欣喜到震惊的变幻使李白这首诗成为经得住历史考验的精品，而徐凝的那首诗则成为“恶诗”。如果说在李白的绝句中情绪的变异还不明显的话，我们来看杜牧的：“烟笼寒水月笼沙，夜泊秦淮近酒家”，这是一种很宁静很优美的心情，加上还听到了姑娘的歌声，就更使人陶醉了，如果杜牧满足于此，大不了是一首单调平庸之作。杜牧这首诗之所以不愧是艺术品就在于它从美好的欣赏一下子变成了无言的哀愁：“商女不知亡国恨，隔江犹唱后庭花。”那个唱歌的姑娘并不知道其所唱的那支歌是陈后主的亡国之音。由于情绪转换符合了绝句这种形式的规范，充满了绝句的最大容量，最后一句诗使这首绝句的审美价值大幅度地增长。

形式规范体现着一种历史的水平。在创造过程中，它可以先于具体作家情感而存在，而且迫使原生情感就范。

形式规范就其普遍性而言，对一切艺术形式都有效。不管是抒情文学，叙事文学还是戏剧文学都受它的约束，凡是有形象的地方都有情感的要素，凡是有情感的地方都要遵循单纯而丰富、统一多样的规范。不单是一首小诗如此，就是一个情节也如此，它要讲究高潮的一体性，同时要讲究在通向高潮的过程中的一波三折。大喜之后往往有大悲，大悲发生之前往往有暂时的小喜。如果悲就一直悲下去，喜就一直喜下去，就没有戏可看了。情感逻辑没有变幻，艺术也就不成其为艺术了。在小说的历史发展过程中，人物性格在统一的主要特征统一管辖之下，它的内在要素越来越复杂了。像唐·吉诃德那样单纯的性格已经成为历史的遗迹了。现代文学的性格都带着复合的色彩。苏联当代作家邦达雷列夫说：“有时我们用十分肯定的语气谈论某一人物类型的复杂性，你可以在善中寻找恶，在恶中发现善，在爱情中看到贞洁或淫乱，在两个极端的冲突中找到真理。”“一个人身上可以同时存在几种性格，这些性格经常是完全对立的，互相排斥的。”[①]如果说在古典作家心目中性格统一性的要求压倒了性格的丰富性，而在现当代作家的创作中，则是性格的丰富性压倒了性格的单纯性。邦达雷列夫的话，不过是为这种趋向提供了一个佐证。情感的变异在当代作家的创作中占据的地位越来越重要了。

不过我们这里讲的还只是限于艺术形式的普遍规范。可任何情感要上升为艺术形象，除了遵循艺术形式的普遍规范以外还得遵循不同艺术形式的特殊规范。每一个艺术形式的审美有统一的一面，同时又有互相矛盾的一面。如果混淆它们之间间不容发的差异，形象就可能流产，由于不同艺术形式之间的差异太复杂了，太微妙了，不是这本小书的篇幅能容纳得了的，在这里我们就只好就此打住。

① 《邦达列夫论创作》，《文艺报》1986年6月7日第3版。

第十章

审美意象合逻辑的超越与回归

一、同一与殊异的相互制约

审美情感有一种冲击人的知觉的功能，使人的知觉发生奇妙的变异。有感情的，虽远在天涯，有比邻而居之感；没感情的，近在咫尺，也隔着一座透明的山。吹过耳边的风可能是在歌唱，也可能在哭泣，这主要看情感如何。

这就叫审美意象的超越性。超越，主要是相对于科学的真而言的。

审美意象的超越性并不是绝对的，它只能在一定限度之内使审美价值增长，超出某种限度，就可能走向反面，导致审美价值的贬值。归根到底，审美价值与实用价值、认识价值只是一种错位结构，而不是各自分立的，互不相干的。它们既互相排斥又互相吸引。完全重合，导致概念化，庸俗化；完全脱离，则导致歪曲和混乱。关于这一点，科勒立奇在《论诗和艺术》中有一段很精彩的论述：

> 在所有的模仿中必须并存这两个因素，不仅并存着，而且还要觉察出它们的并存来；那就足够了。这两个因素是相像与不相像，或说，同一与殊异。①

殊异就是变异，与原来的属性、形态不同，也就是超越。但是这种殊异还受到另一要素（同一）的制约，殊异之中有统一。越是变异，越是受到同一的制约，越是在一方面不像，在另一方面越是相像，我们把这种与超越相反的制约的倾向叫作回归。

在客观属性上大大地超越，是为了在主观情感上大大地回归。当你说，女人的眼光是

① 《欧美古典作家论现实主义和浪漫主义》（一），中国社会科学出版社 1981 年版，第 279 页。

赤练蛇，这在客观属性上是质的超越，而在主观情感上是对她的厌恶的质的回归。如果你不超越。说女人的眼光就是女人的眼光，与赤练蛇无关，那么你的主观情感或潜情感就无法显现。

艺术的超越好比马与驴杂交生了骡子，骡子超越了马和驴的形态素质，可是在变异了的想象中毕竟可以找到它们之间的相似性。

作家也可以说是永无休止地做超越和回归的竞赛。

当然，在文学的历史发展过程中，超越和回归是不平衡的。当文学处在集体、口头的草创时期，在神话、史诗、民间传说中，一般地说是超越性大于回归性。这种超越性往往集中在超越人的生理功能、劳动能力方面。就是到文学的个性自觉时期，一些以神话为题材的小说，从《西游记》到法国拉伯雷的《巨人传》所超越的很大一部分仍然是人的生理局限性。孙悟空吃了王母娘娘的蟠桃和太上老君的金丹而长生不老了，他超越了时间的局限；一个跟头十万八千里，超越了空间的局限；他学会了七十二变，超越了人作为个体存在的有限性；它的武器的神奇，超越了人的运动器官的局限性。但是如果光有这种超越，那么《封神演义》应该与《西游记》有同等的审美价值了。《西游记》之所以成为一部艺术经典，就因为不光有超越（光有这种超越不过是造成一种并未完全脱离快感的所谓“陌生化”[①]效果，一种肤浅的新奇感，但肤浅的新奇并不都是美感）。《西游记》中那些最具审美价值的部分得力于它变异的形象在超越中同时又回归为一个人，一个在任何困难面前都保持着乐观的、调皮的、游戏的、狡黠的，甚至孩子气的态度。如果光超越它就变成了一个“超人”、一个抽象的人，一个冷锅子里爆出来的热栗子。

二、静态的：向外在和内心特征回归

对于真正的艺术品来说，形象的陌生化（超越）不过是感染的起点、感染的表层，而感染的终点、感染的深层，是为表层的陌生化效果所牵动的情感、意志和理性，在另一个层次上向理性的真回归。从这个意义上，俄国形式主义者的陌生化是片面的，还不如苏轼的“反常合道”[②]来得全面。从微观意象来看，在情感冲击下，发生变异时，超越了逻辑的同一律，在宏观整体来看又回归到同一事物的主要特征上。变异的结果是主要特征得到强

① “陌生化”是俄国形式主义者提出的一种观念，这种观念是片面的，我在本文集之《文学文本解读学》中对之有专题批判。

② （宋）释惠洪：《冷斋夜话》卷五，《宋元笔记小说大观》第二册，上海古籍出版社 2001 年版，第 2195 页。

化，这样在艺术的真实的层次上又回归于同一律。例如孙悟空被二郎神追赶，他超越自身化作麻雀，变成大鹚老，变作鱼儿，变作水蛇，变作花鸨，超越极其自由，但是都没有给读者留下深刻印象，使读者会心一笑，久久难忘的是下面一次变化：

那大圣趁着机会，滚下山崖，伏在那里，变一座土地庙儿，大张着口，似个庙门；牙齿变作门扇，舌头变作菩萨，眼睛变作窗棂。只有尾巴不好收拾，竖在后面，变作一根旗杆。真君赶到崖下，不见打倒的鸨鸟，只有一间小庙；急睁凤眼，仔细看之，见旗杆立在后面，笑道："是这猢狲了！他今又在那里哄我。我也曾见庙宇，更不曾见一个旗杆竖在后面的。"①

这一节之所以生动，就在于孙悟空的变化中有几个要素的回归，一是口变为庙门，二是牙变为门扇，三是眼睛变为窗棂，这三者都是在同一性的制约下变异。这样就比变作鸟、鱼、蛇的同一性成分多了一点，回归性也强了一点，因而也生动了一点。但是这还不是最生动的，最生动的是尾巴变作旗杆。因为第一，嘴、牙、眼是人与猴子所共有的，都不是猴子的特征，而尾巴却是猴子所特有的，虽然有了人形，但却留下了动物的特征。第二，嘴、牙、眼都是和人一样长在身体的正面的，只有尾巴不但是人所没有的，而且是长在躯体的背后的。第三，把旗杆立在庙背后对猴子来说是方便，对于旗杆来说，却是荒谬。这就有利于向猴内心的狡黠与粗心的特征回归。从微观角度看所谓回归就是向表现对象的主要特征回归，包括外在的特征和内心的特征，外在特征的回归要落实到内心特征的回归上去，如果满足于外在特征的回归，那还是肤浅的，审美价值不高的。

三、动态的：向情感因果性回归

如果是一个宏观的情节整体，它所表现的不仅仅是事物、人物的静止的特征，因而不能以向事物人物的静止特征回归为满足，这时的关键在于不论多么怪异的情节，都得向一种内在的逻辑归化。这种逻辑主要是程度不等的情感因果性。仍以孙悟空变成土地庙为例，如果二郎神一下子就凭直觉看出来，是猴子耍的鬼花招，这当然也无不可，但是审美价值并不一定很高。《西游记》上写，二郎神因为看到旗杆在后面才悟出是孙悟空变的，这里就有了一种内在的情感逻辑上的因果关系，这种情节不但有了更大的可信性，而且有了相当的幽默感。虽然这种因果性中包含着明显的假定，但是仍然给读者以审美的享受。不讲任何因果（哪怕是情感的主观的因果性）就会像《西游记》中唐太宗游地狱，虽极尽怪异诡

① （明）吴承恩：《西游记》第六回。

奇之能事，但缺乏某种深刻的情感的因果性，在这一点上，不如但丁的《神曲》。

世界文学史上在超越性变异上出神入化的大师往往对胡编乱造持严厉的批判态度，曹雪芹批判过才子佳人的俗套，塞万提斯在《堂吉诃德》中借一个人物之口批判骑士小说的胡编乱造，缺乏真实性：

> 至于这一类小说或是书本，往往说到一个十六岁的青年，拿着一把剑，将一个塔一般高的巨人砍了下来，或将它劈为两半，仿佛那巨人是纸糊的一般，你想部分与全体之间，或是全体与部分之间，怎么能够相称，因而怎么能够美呢？……又如讲到一个王后或是帝后，碰到一个素昧平生的骑士，就马上回去投入他怀中，这事我们能够信吗？讲到一个住满骑士的巨大城堡，说他会像一条受了风的船一般，在海上漂流而过，今天晚上才到伦巴底，明天早上就在印度的约翰长老所治的国中；或是托勒密所未尝发现、马哥勃罗所未尝寓目的奇邦异国：这样的事对于那种不是全无教养的才情，你想能够使他感到满意吗？①

塞万提斯从西方文论模仿自然的传统观念出发，对这种假定性很强的情节当然会持否定态度。其实关键并不在于这种情节表层的对现实生活的超越性。那些童话式、民间传说式、魔幻式的情节在表层结构上不管多超越，只要在深层结构表现一定的因果性，也就能表现出某种审美情感的真诚。在表现主体的层次上，变异就可能转化为相似，超越就可能转化为回归。

四、从表层荒诞因果向深层审美因果回归

就超越性这一侧面而言，它的可能性可以是无限度的，它永远处在不断更新的过程中。任何一种艺术形象的超越都是心理性的，而不是物理的，它服从心理世界的特殊规律，那就是在普遍重复之后失去超越性，降低审美价值，因而超越与重复不能相容，超越本身就包含着更新的要求，因而艺术家有权利写那些在现实世界看来是不可能的事，他可以写海伦的美引起十年战争（《伊里亚特》），也可以写藏着珍宝的山洞只为一句话而大开（《阿里巴巴和四十大盗》），他可以写天上的公主嫁给地上的农民（《牛郎织女》），他可以写海里的小美人鱼拒绝永生，宁愿享受人的短暂生命（安徒生《海的女儿》），他可以把人的身体放大，大到硕大无朋（拉伯雷《巨人传》），也可以把人缩小，小到比蚂蚁还小（《格列佛游记》："小人国"），他可以让一个国家没有男性全是姑娘（《西游记》："女儿国"），也可

① 伍蠡甫主编：《西方文论选》下卷，人民文学出版社上海分社1964年版，第210页。

以让一个国家全是君子，买东西的人不是争着还价，而是千方百计添价（《镜花缘》：“君子国”）。真实性与假定性并不是直接地互相排斥的，假定性只要在审美情感上显现出某种因果性，它就能回归到艺术境界的真实性。李汝珍在《镜花缘》写到“蹑空草”吃了能站在空中，“朱草”能使人力大、增强记忆，“肉芝”吃了可以延年益寿，这样的变异就不及《西游记》中孙悟空、猪八戒吃人参果那样给读者以深深的感染，也不及《聊斋志异》中的《崂山道士》那样给人审美享受。这是因为在《西游记》中，偷吃人参果作为一个因，引起了一连串独特心理变化、层层放大的后果（行为），而在《镜花缘》中只是吃一吃而已。在《崂山道士》中，写王生向崂山道士学穿度墙壁的仙术，但没有恒心苦练，提前回家向老婆大吹，老婆不信，王生试给老婆看“去墙数尺，奔而入，头触硬壁，蓦然而踣。妻扶视之，额上坟起，如巨卵焉”。蒲松龄在强化这个可笑的结果时就提示了一个原因：这个王生学道缺乏坚定的意志，忍受不了艰苦的生活和刻苦的磨炼，又十分艳羡仙术的实用。崂山道士教他一个简便法术，临行时道士还叮嘱他“归宜洁持，否则不验”。可是王生回去并没有修养身心，保持心灵的高洁，因而仙术不灵了。这样一种因果性，虽然不是客观的因果性，而是主观的情感的因果性，幻想的因果性，也能使本来超越现实的仙术回归到尘世人的情感的真实中来。

这种因果性是一种审美的因果性，而不是实用的因果性。因果变异是为了超越实用价值，变异而又向实用的因果回归必然使审美价值贬值。《镜花缘》就其变异的超越性在我国古典小说中是佼佼者，但是李汝珍的思想中充满了封建的教条，什么都“以忠孝和顺信仁为本”（第七回），因而他笔下的变形往往因赤裸裸的回归于封建伦理的实用说教，不断产生煞风景的败笔，如写主人公看见一只大鸟：“其形如人，满口猪牙，浑身长毛，四肢五官，与人无异，惟胁下舒着两个肉刺，顶上两个人头，一头像男，一头像女。”细细看去额有“不孝”、口有“不慈”、臂有“不道”、女臂有“爱夫”，男臂有“怜妇”等字。这种鸟只要好好修行，文字就会脱落，持久修行就会成仙。李汝珍常常在因果变异中陷入这种恶俗的境地。与此不同，斯威夫特的《格列佛游记》第一卷写的是“利利浦特”（小人国），这是一个缩微了的宫廷，在许多关键特征上向英国朝廷回归。小人国中也有两党之争：高跟党与低跟党的不同不过在于皮鞋后跟的高低，这就把英国议会的无原则党派分歧的荒谬性揭示出来了。“小人国”还利用宗教发动对外战争。利利浦特与另一个小人国不来夫斯古的战争就是由吃鸡蛋应打破大头还是小头引起的，这实际上揭示了当时英国天主教和新教的斗争的实质。在这里，从原因到结果之间的关系从表层结构来看是荒诞的，可是在深层结构中，饱含着作家的愤激嘲弄这种审美情感的因果性又是十分真实的。

五、审美因果的可能性与理性因果的必然性

不过这毕竟是一种饱含着情感的因果性，并不完全是理性的因果性，因而与理性的因果并不完全相同，理性因果逻辑除了要求严格的客观性以外还要求充足的必然的理由，而审美的情感逻辑是超越性的，其因果性却不一定是必然的、充分的，它只要达到某种可能性就成了。亚里士多德在《诗学》中就强调，情节“按可然律或必然律能由逆境转入顺境，或由顺境转入逆境”，尽管希腊史诗中的必然性是宿命的必然性，不可选择的必然性，事实上，一系列的必然性都是通过偶然的巧合实现的（如俄狄浦斯的必然结局是一连三个偶然性造成的），只要这种巧合是可能的就算充分必然了。亚里士多德的情节理论在可然律（即可能性）与必然律（必然性）之间动摇，而到了塞万提斯时代，悲剧的宿命的必然性框框打破了，必然性也就淡化了，塞万提斯在《唐·吉诃德》中借一个人物的口这样说：

> 凡是作寓言，必须不能背离读者的理性，必须把不可能的事情写得可能，而使读者的惊奇与愉快并存不悖。若要办到这一点，作者就非特别注意故事、情节的或然性不可。

情节的或然性就是因果的可能性、或然性，不同于必然性，它是多种可能性，而必然性只是一种可能性。审美的因果逻辑的回归并不要求回归到唯一的可能性上来，只要在多种可能性中选择其一就成了。在这多种可能性中就为不同作家的个性留下了选择的余地。正因为回归不必像理性逻辑那样是严格唯一的充分的必然性，这就给超越性以极大的自由，在超越性占优势的领域里，就产生了童话、寓言、诗歌、民间故事等等的艺术形式，由于超越的性能的不同就产生了浪漫主义和魔幻的现实主义等不同的方法。当浪漫主义小说的虚拟性超越被现实主义的细节真实取代以后，又产生了魔幻的现实主义那种把现实的因果与魔幻的因果交织起来的形象系统。如果是必然性君临一切，鬼神、巫术、梦魇和现实的描绘构成有机的统一体是绝对不可想象的。我们看到在马尔克斯的《百年孤独》中，近亲通婚这样的因，居然产生了后代长出猪尾巴这样的果来。而读墨西哥作家胡安·鲁尔弗的《佩德罗·巴拉莫》，过了一半才知道是主人公的鬼魂在讲述自己的经历。在马尔克斯的《家长的没落》中，虽然没有传统的情节和格局，但其中仍有向可能性原因回归的线索。作品中写独裁者嗜血成性，连为他效尽犬马之劳的国防部长也没有放过：

> 罗德里科·德阿吉拉尔将军阁下驾到，他身上穿着非隆重场合不穿的五星军礼服，臂上系着无价宝索，胸前配佩着十四磅奖章，嘴上衔着一叶荷兰芹，长长地躺在卤汁

四溅的银托盘上，烤得焦黄，供战友们享用，我们屏息相望。负责粉碎的官员们当着我们这些目瞪口呆的宴客，进行了彬彬有礼的切块分配仪式。当每个宴客的碗里盛上一份国防部长和松仁馅拌香菜时，家长下达了进餐命令，好胃口，先生们！

魔幻的超越之所以能被称为现实主义，就是因为它向客观现实的回归。马尔克斯曾这样解释过：

我在构思《家长的没落》时，阅读了所有能到手的有关拉丁美洲，特别是加勒比地区的独裁者的资料，希望自己想写的这本书尽可能少地与现实相似，但是我的这个想法是步步落空了。原来拉丁美洲的现实更令人惊奇。例如，海地的老杜瓦利埃曾下令把全国的黑狗斩尽杀绝，因为据说，他的一个敌人因为逃避独裁者的迫害，甘愿不再做人而变成一条黑狗。尼加拉瓜的索摩查在自己家的院子里喂养野兽。每只笼子都分成两格，中间只用铁栅间隔，一边圈着猛兽，一边关着他的政敌。萨尔瓦多笃信鬼神的独裁者马丁尼斯让人把全国的路灯用红布包起来，说是可以防止麻疹流行。他还发明一种东西，进餐前先在食物上摆动两下，便知食物是否下过毒。[①]

这跟马尔克斯超越性即虚构情节形成何等相似的对称，难怪马尔克斯不胜感慨地说："现实是最高明的作家，我们自叹弗如"[②]。

六、向民族心理、文化心理结构回归

魔幻的情节不仅回归于客观现实，而且回归于主观心灵，这里还有民族的心理文化结构在起作用，离开这种特殊的民族心理文化结构，回归是不可想象的。魔幻现实主义作家阿斯图里亚斯说：

一个印第安人或混血儿，居住在穷乡僻壤，叙述他如何窥见一朵云彩或一块石头变成一个人或一个巨人，或者云彩变成巨石，所有这些都不外是村人常有的幻觉，无论谁听了都觉得可笑，不能相信。然而一旦生活在他们中间，你就会意识到这些幻觉的分量。在那里，人对周围事物的幻觉和印象渐渐转化为现实……自然这后一种现实是神话，是信仰，存在于人们的意识。魔幻现实主义便是对它的如实的反映。

他还进一步得出结论：

魔幻现实主义即拉丁美洲的"真正现实"（客观现实），拉丁美洲的人的"魔幻现

① 张国培编：《加西亚·马尔克斯研究资料》，南开大学出版社 1984 年版，第 82 页。
② 张国培编：《加西亚·马尔克斯研究资料》，南开大学出版社 1984 年版，第 82 页。

实”（主观现实）。[1]

另一个魔幻现实主义作家卡彭铁尔也认为，魔幻现实主义所表现的现实，既非光怪陆离的自然现象和社会现象，更非作家的凭空想象，而是迷离恍惚的意识形态，是信仰，是拉丁美洲人的信仰对客观现实突变，启示或夸张。拉丁美洲的魔幻因果逻辑植根于黑人的宗教意识。塞万提斯说："信仰使人产生幻觉。"因而，他们看到的英勇就义的黑人领袖挣脱锁链变成飞禽走兽，自由地飞翔、奔驰。玛雅人的宗教、神话、传统也给魔幻现实主义的超越以特有的自由和向主体情感真实的回归。美貌的妻子弃家出走，变成山，象征土地被剥夺。信仰变成了山狗，象征着玛雅人与外界隔阂。

这样的心理文化背景为魔幻现实主义提供了丰富的土壤，离开了这样的土壤，静态的魔幻形象和动态的情节就很难结合，从而开出诡奇的花朵。正因为这样，我国新时期的一些魔幻性的试探都很少称得上杰作，而在西藏，神魔小说却有着某种崛起的势头。这是因为西藏的心理文化结构与以神话、传说、信仰为魔幻的错觉提供十分相近相似的联想基础和在心理文化结构上有高度亲和力。

当然，艺术形象的构成不完全由客观现实与主观心理决定，对客观和主观心理起作用的还有一个形式和方法问题。形式和方法不但有审美经验的存储功能，而且有审美经验的更新功能。魔幻现实主义的审美价值还在于对超现实主义的美学原则的更新。

魔幻现实主义不同于超现实主义。超现实主义表现不可能的事，而魔幻现实主义表现的是未必可能，却并非绝对不可想象、不可假定的事。正因为魔幻现实主义的回归性优于超现实主义，因而比超现实主义取得了更高的成就，产生了更广泛的影响。火车头从烟囱里蹿出来，绝不可能；而一个妖怪骑着扫帚从烟囱里出来，绝非不可想象。把砖头烤热了吃，绝不可能；而把人特别是政治上的潜在威胁者烤得焦黄分而食之，绝非不可假定的事。

审美的因果可能性与理性的因果可能性也不尽相同，第一，审美可能性是一种假定的想象的可能性，这种想象又是主观的而不是客观的；第二，审美心理从因到果的逻辑是在形式规范作用下变异了的逻辑。正因为这样，张贤亮在他的《男人的一半是女人》中有权让他的主人公与大青马对话，在决定命运的思考中又与马克思、宋江和庄子对话；而在作出要与黄香久离婚的决策时，产生了变成猫、鼠、鸭子的幻觉，这一切并没有使因果显得缺乏可信性。倒是与宋江、庄子、马克思对话的理性色彩过浓使作品的魔幻的超越与现实风格的回归不能统一和谐。同样，郑义在《老井》中本来有充分的权利把女主人公与一再出现的小狐联系起来，创造某种奇特的超越境界，然而作者也许感到无法调和魔幻的超越与现实风格的矛盾，因而手软，丧失了一个唾手可得的机遇。在拉丁美洲地区以外，把魔

① 转引自陈众议：《魔幻现实主义与〈唐·吉诃德〉》，《读书》1986年第2期，第40页。

幻性情节与现实性的刻画之间的矛盾高度艺术地统一起来的当然不是没有，但总的看来可以说是凤毛麟角，如果要举出部杰作的话，苏联作家艾特玛托夫的《白轮船》可作为代表。书中的一条线索是关于挽救民族免于灭亡的鹿妈妈被害的神话，另一条线索是现实中家庭关系、亲属关系的败坏，幻想世界与现实世界的裂缝是由主人公——一个小孩子——的知觉接合起来的。孩子本身分不清现实与幻想，他要变作鱼，以逃避目睹鹿被打死、被煮来吃的痛苦，他沉溺在神话境界中，而实际上，他投河溺水而死。作家把这两种因果、两种可能性在其临界线上很惊险地结合起来，也许并不是一种例外的成功。

七、向深层心理结构突进

如果说在原始神话民间故事中的变形是对自然人事作因果性的解释，希腊神话中少年纳西塞斯在水池边顾影自怜，而化为水仙，是对水仙形态、环境因果性的解释。中国神话中共工怒触不周山，“地陷东南”，江河自西向东流，是对中国地形地貌的解释。对自然的解释和对人事的解释同样重要。后来对人事因果的解释逐渐凌驾于对自然的解释之上，在公元一世纪前后，奥德维的《变形计》中人变为动物主要是因为有某种罪孽和错误，变成乌鸦，变成山羊，变成猫，变成牛，变成鱼，变成鹭鸶的羽毛。据黑格尔的研究，这种变异“总是用来表示罪恶、低劣”，不再用来解释自然现象。这种对人事的解释限于原始的认识论和道德论。人类要在这种框架中苦熬千百年才能自觉地意识到变形可以成为一种对人的深层情感结构的探索。最著名的是卡夫卡的《变形记》。变形打破了人与人之间第一常规关系网络，使人物进入第二关系网络，这样的心灵的表层结构就瓦解了，深层结构就显露出来了。小职员格里高尔变成了大甲虫，由家庭的经济支柱变成了家庭的累赘，他父亲厌恶他，打伤了他，他母亲不能保护他，他妹妹为他羞耻。家庭的温情脉脉的关系，没有变形是不会瓦解的。以实现的假定性为起点，达到了心理真实性的终点。

事实上，并不是超现实的情节才有这样的功能，一切情节都有打破第一关系网络的功能。不管是林冲被逼上梁山，还是范进中举发了疯；不管是爱出风头的女人丢了项链，还是贪玩的孩子上最后一堂的法语课，都是由于进入第二关系网络，心灵中隐形结构才得到显现。

变异和超越共存于同一结构，是一切形象的普遍规律。不管是静态的意象还是动态的情节，都受这个规律的管束。任何一种情节的功能都是把人物打出常规关系网络，一旦进入非常规关系，不同的人物心灵就发生了不同的变化。比如林冲被诬陷，发配沧州，在野猪林险遭杀害。在董超、薛霸看来，林冲活该，他们得个发财机会。在鲁智深看来，这两个家伙该杀。而在林冲看来，这两个家伙不该杀，他宁愿戴枷去劳改。这好像同一物象在三种不同的凹凸不平的镜子里反射，产生了三种变异的意象。这三面镜子又互相反射，造成一种复杂的变异的错位因果系统。总之，人物之间情感变异越是错位越有审美价值，越是一致越缺乏审美价值。这是一个很重要的规律。

第十一章

审美情感的超越性

一、三种价值观念

艺术形象中客观对象的属性，主观的感觉、知觉以及作家的情感逻辑都发生了变异，这是一种普遍现象，把这种现象的普遍性归纳起来自然也可以说是一种规律，但是没有孤立的规律，规律作为一个系统，它是一种多层次的结构。在艺术规律这个丰富多彩的系统中，表现对象、主观感觉和情感的变异性，显然处于比较表面的层次。因为这一系列的变异，只是作为一种自在普遍性而存在，它还没有显示变异的动因和变异的规律性问题，特别是变异的规律又受何种规律制约的问题。

首先来回答为什么要变异。有一个记者曾经问过高尔基，你善于根据哪种感觉进行创作（比如说，是视觉还是触觉）？高尔基回答说，当然是超越一切感官之上。文学形象当然离不开感官，但是又要超越感官，为什么呢？

这是因为文学创作是一种审美的创造，它在对象和目的上与人类其他一切实践活动不同。在人类的一切实践活动中最根本的是生产活动，一切生产活动都是为了一个目的——向自然索取生活资料以满足人的生理需求，为了提高劳动生产率就得研究科学，改善工具，以发展人类征服自然的能力。这就要认识客观对象。人在认识客观对象进行生产劳动时不可能不结成社会群体，分工合作，调整生产关系，为限制群体性内部的矛盾，寻求更合理的社会组织而奋斗。这样就产生了人的价值观念。有利于个人的生理需求和有利于调整人与人生理需求之间的社会矛盾，就有价值。这种价值，叫作实用价值。人必须在实践中进一步深化对大自然和人自身的社会组织的认识，有利于这种认识发展的，就有科学的认识价值。

科学的认识价值，归根到底仍然是一种实用价值，它仍然是与满足人的生理需求这一实用功利目的联系在一起的。不过，第一，有直接间接的不同。第二，媒介也不同。第三，功能不同，实用的功利目的主要为了满足人的感官。渴了要喝水，饥了要吃饭，成年了需要异性，它的功能是快感。孟子引告子的话说，“食、色，性也”，说的是满足人的快感的实用价值观念，当然，它也是人的其他价值观念的基础。而科学认识价值的观念只间接地实现实用价值，它的媒介是理性而不是感官，它的功能属于自我实现。

实用的和认识的价值观念对人的情况特点是对人的情感的否定。情感是既没有实用价值，也没有科学价值的，它不能满足生理需求，但是人的情感不同于动物，不一定与生理需求的满足与否同步发展。人毕竟从野蛮时期进入文明时期，人之不同于动物就在于他主管情绪的中枢神经的下丘脑中有一个调节机制，因而人的动物性（兽性）常常受到抑制，在为生理需要所驱之时，自我抑制、自我牺牲的情感会抑制生理的本能。科学认识价值观念在形成概念、判断、推理的过程中就必须排斥情感。只有主观符合客观与客观统一才可能真，而人的情感却不能屈服于客观，自由是它的特征。为了科学的认识的迫切需要，人不得不牺牲了自己的情感。介乎二者之间的是道德观念，它是为了调和社会群体之间和之内的矛盾而产生的，它也是诉诸理性的，它凭借理性指导下的意志去抑制生理的需要和情感，道德在以理性为前提这一点上，它的价值与科学的认识价值相近。康德把道德观念归入实用价值是十分牵强的。因为它不但抑制情感同时也抑制人的生理的实用需求和本能冲动，它不是满足感官的快感的，从这个意义上来说它更不能与实用功利价值混为一谈。

人类为了生存为了种族的发展，不得不俯首帖耳地屈服于自然和社会发展的客观必然规律的严酷的统治，不敢越出它的雷池一步，一旦稍有逾越，就可能遭到惩罚。然而，如果人的生理需求和种族延续的本能得到满足以后就什么愿望也没有了，那么人和动物还有什么区别呢？动物是不会因获得物质生活资料而为受到的情感（据研究：它们有的）损失而遗憾的。当动物的食欲和性欲得到满足以后，它没有能力审视自己的内心活动。虽然人也不能不屈从于客观的冷酷的必然性，在屈从这种社会的和大自然的必然性时，他的意志迫使情感处于抑制状态，长期的抑制达到一定程度，被抑制的情感和本能就从意识领域沉积到无意识领域中去了。虽然它沉睡着，但是却没有死亡。这种沉睡的情感在一定条件的作用下，会活跃起来，而人却往往并没有意识到它的作用。人在揭示了天空、海洋、宇宙的许多奥妙之后，越来越感到对自我的主体并不了解，早在十八世纪卢梭就说过，人创造许多学科，可是关于人自己的学科却是最不成功的。不管人对宇宙的探索取得多么辉煌的胜利，人对自己的精神宇宙的探索却收效甚微，大脑的活动过程至今还是一个“黑箱”。

人之所以对自己的情感宇宙了解这样差，原因是在情感领域中占主导的规律与科学的规律不同，它所表现的不是客观对象的规律，而是客观属性与主观情感的重组。当人类对大自然的客观必然性（规律）无能为力之时，神话就产生了，神话并不科学，盘古开天辟地，女娲补天，普罗米修斯盗火，潘多拉的盒子打开了放出了人间的罪恶，没有揭示任何客观的规律，没有科学的认识价值，但是人的情感却得到了某种愉悦，人在自由的想象中使自己情感得到解放，特别是当人类通过神话在想象中征服了大自然的时候，人的情感世界得到更充分的解放：羿射九日，精卫填海，夸父逐日，这不是客观的现实世界，是一个假定性的主观世界，然而情感只有在这种主观的体验中，在艺术的假定性中，才有它的价值。它发现了主体内部宇宙的存在，这个世界是不可见的。对于别人是秘密的，而只有对自己才是公开的。有时即使对于自己，也是一种无声的体验，很难用言辞表达的黑暗的宇宙。主体情感人人都可以体验，但大多数人可以意会而不可言传，不可言传的体验，久而久之就沉睡在无意识之中；只有被语词化了，才能被唤醒，而艺术对于读者来说就是一种唤醒，或激活。激活了，宇宙的沉睡的黑暗的世界就被照亮了，这就是人们所说的美的发现，我们把这种体验到美的情感叫做审美情感，其价值就是审美价值。

二、审美价值对于实用功利价值的超越

审美情感从发生学的起点来说，就是对客观的认识价值的超越。超越了客观的认识价值，就不能在实践中被证明为具有实用的价值，艺术因而又有某种超实用性。所谓美食、美味并不直接产生美感，食和色都只能满足味觉和视觉而产生快感，而美感是超越了快感的一种情感的自由体验。镜中之花，水中之月，梦中的团聚，醉中的拳斗都是不实用的，然而都是美的。当两个人真正抬木头时，一个人喊，吭唷！另一个人应，吭唷！是为了实用的目的——取得动作协调，减少体力消耗，这时主要是实用的。可是，抬完了木头，大家坐在河滩上休息时，这两个人明明肩膀上没有木头，假装着抬木头，如果抬得很像，造成一种莱辛所说的“逼真的幻觉”，就达到一种假定的真实，就能给人一种心灵的自由体验。这种假定的真实是没有抬木头那样的实用功利价值的，它的目的也并不是达到实用功利目的，而是超越这种目的，达到另一种目的——情感的自由体验。在取得实用功利价值时被忽略，被淹没，被当作无价值的情感活动；在假定性的逼真幻觉中，以变异的形态和性状获得了自由的生命，活跃了起来，生动了起来。[1]

---

① 在这里，我批评了鲁迅的说法。他在《门外文谈》中这样说：“人类是在未有文字之前，就有了创作的，可惜没有人记下，也没有法子记下。我们的祖先的原始人，原是连话也不会说的，为了共同劳作，必需发表意见，才渐渐的练出复杂的声音来，假如那时大家抬木头，都觉得吃力了，却想不到发表，其中有一个叫道‘杭育杭育’，那么，这就是创作；大家也要佩服，应用的，这就等于出版；倘若用什么记号留存了下来，这就是文学；他当然就是作家，也是文学家，是‘杭育杭育派’”（《且介亭杂文》）。

审美价值之所以能超越科学的认识价值、实用功利价值，就是因为它是假定的，是一种逼真的幻觉。审美情感的自由，是一种在假定境界中的自由。

艺术要成为艺术，首先得与客观对象保持某种想象的假定的距离，有了这种距离，人的情感才能超越。

这种超越，首先是情感世界对于物理世界的超越。构造主义心理学家首先发现了这两个世界之间“误差”。物理世界的温度、空间、时间是不变的，但在不同气质、不同经验的人感觉中是不同的。铁钦纳给“意识”下的定义是某一瞬间人的经验之和，而他给“心理”下的定义是：人在生活过程中积累的经验之和。物理的世界是一个客观的世界，而心理的世界是个客观世界和主观经验互相作用的世界，由于经验不同，同样的物理对象会引起不同的注意。冯特认为注意永远是整个意识中一小部分最鲜明的知觉。除了注意以外，情感的作用更大。情感和经验不同，它对客观的物理属性变异更惊人。有人问爱因斯坦什么是相对论，爱因斯坦回答说和一个漂亮姑娘谈话一小时等于五分钟，和一个老太婆谈话五分钟等于一小时。爱因斯坦在这里讲的不是物理世界的，而是心理世界的规律。几乎所有民族的神话、童话和诗歌中都把太阳、月亮、星星当作美好居处，有伊甸园里不用耕作而自生的花果，有天上的琼楼玉宇，与之相反的是在地下有魔鬼居住的地狱。现代科学早已经证明不管月亮还是星空，那里的物理条件根本不适合人类居住，但是神话、童话和诗歌的想象并未因此失去审美价值。神话、史诗、英雄传奇、小说在进化的历史过程中有一种越来越超越科学和实用价值观念的趋向。在古代神话史诗和传奇中，英雄往往有超人的勇力（从赫拉克列斯到夸父），连女性都和物的生产（从嫘祖到罗敷）以及人的生产（上帝造亚当夏娃，女娲抟黄土以造人）以及改造自然（女娲补天）的伟大功勋联系在一起，但他们并没有多少人的情感。到了后来，英雄不是在勇力方面还保持着超自然的特色，就是在智慧方面表现出超人的水平。我国古代白话小说，特别是长篇小说，到了它的成熟期，就产生了一种把智慧放在勇力之上的倾向。诸葛亮式的神机妙算的军事形象（徐茂公、吴用、姜子牙）的不断重复，其地位远远超过了张飞、李逵、胡大海、牛皋。这说明单纯以个体的自然素质为基础的勇力已经不能使一个人物具有英雄的审美价值。虽然智慧与勇力同样是实用价值，但是智慧（比体力）毕竟与情感更有相关性。诸葛亮如果光会神机妙算，最多也不过如鲁迅所批评的那样，“多智而近妖”，但诸葛亮之所以具有审美价值，还因他的不实用，他在情感上忠于一个文治武功上都不足道的刘备，甚至对那个扶不起来的阿斗都鞠躬尽瘁。这就形成了实用价值（非凡的智慧）与情感价值的错位，《失街亭》《空城计》《斩马谡》之所以是好戏，原因就在于孔明的情感价值没有完全为实用价值所淹没，杀了马谡他还是流下了眼泪，而那眼泪又是不实用的。与这种情感的审美价值的上升相对照的是在纯实用价值上无限夸张的神魔小说，如《封神演义》之类。尽管《封神演义》中人物的法宝的功能在普及的水平上与尖端的水平上都大大超过了《水浒传》《西游记》，但是这种纯实用价值的强化并未使《封神演义》的审美相应得到提高。审美价值观念的觉醒和进化，还表现在女性美的发现上，越到后来，女性的美越离开了人的生产和物的生产。在军事斗争中，勇力超群的花木兰的形象后来变成了穆桂英。穆桂英的动人之处不仅是她的武艺，而且也是她所爱的对象竟是被她打败了的男人，爱情比武艺显然重要得多了，爱情使武艺的实用功利价值改变了方向，与之相联系的还有《儿女英雄传》中的十三妹。这标志着起决定作用的重心开始转移到情感的价值上来。事实上在《水浒传》和《三国演义》中这一点已显出端倪。在《三国演义》中居于核心地位的刘备并没有什么本事，他不过是善于用感情来拉拢人罢了。在《水浒传》中建立了一个平等的"义"的王国，不由财产和官阶而由个人的勇力和智能来划分等级，郑重其事地"排座次"的结果，排在第一的恰恰是勇力和智能都很平庸的宋江。但是他是"义"的化身，这种"义"没有明确严格的理性准则（开酒店杀人越货，发现知名的好汉纳头便拜是"义"，害死了那么多过路客商和配军也没有被斥之为"不义"），但是却是一种绝对的，至高无上的情感，它君临于一切实用价值标准之上。为了"义"，可以打了胜仗随着宋江去投降，保持着组织的完整，自觉自愿地集体自我毁灭。

审美的情感价值的超越有时以一种绝对的形式与世俗的利害相对抗，卖油郎积两年之微利，仅仅为了一亲香泽，并没有被斥为好色。他不顾生计不易与花魁接近了，偏偏她又醉了，卖油郎并没因失去满足生理快感的机会而采取粗野的措施。杜十娘被当作高出于读书人的英雄，原因就在于把情感看得重于金银，如果爱情受骗了，不但金银不要了，就是生命也不要了。这是一种超实用的审美价值的发现。卖油郎被称为秦钟（情种），到贾宝玉，又加了一级："情痴情种"。到这种程度，文学观念可以说真正摆脱了对实用价值观念的依附，审美价值观念得到很大的解放。

回过头来看《儒林外史》，就不难从中看出审美价值观念的进化的标志了。吴敬梓笔下的所谓好人，并非是建功立业、立德立言的帝王将相和大智大勇者，而是几个生活态度超脱世俗的实用价值观念的平凡人物；而所谓坏人，也不是做了什么危害朝廷国家、谋人妻女、夺人钱财的丑事的大奸大恶，而是为功名利欲之念冲昏了头脑，麻木了感情，扭曲了心灵的可怜虫。明确了这一点，再来看《红楼梦》中的薛宝钗，就不必以牵强的逻辑强派她道德上奸诈，就可以对不把她描绘得像个女曹操就不痛快的劲头保持一种幽默感了。其实曹雪芹对待薛宝钗和对待探春的原则是一样的，那就是揭示那畸形的家族制度如何导致她们作为人的情感的不健全，不管她们在经济管理、绘画作诗方面，乃至在女性的魅力方面有多少惊人之处，但是她们共同的特点是实用价值正统好善压倒了情感价值。不过王熙凤表现为财势的贪婪，贾探春表现为对亲生母亲和舅舅的势利，而薛宝钗是比较复杂的，她相当理性地主动回避甚至窒息了爱情。以她的爱情在潜意识中就被她自己的心理“动力定型”自动化地毁灭了。但她在道德上并不对林黛玉充满了亲情，林黛玉被感动得消除误解，称赞她“多情”。薛宝钗的全部可爱都因而转化为可悲。她服用一种“冷香丸”，其实这正是她情感的象征，所以曹雪芹在“群芳开夜宴”中，让她抽到一支“任是无情也动人”。薛宝钗的主题在根本美学原则上很类似契诃夫小说《脖子上的安娜》中所表现的那种的美的毁灭的主题：一个十七岁的美丽姑娘因为家境清寒嫁给了一个五十多岁的老官僚，姑娘的目的在于实用价值，但老官僚只给她买首饰，从不给她钱花，这些首饰并没有实用价值，仍然不能挽救她父亲和兄弟于衣食不周的悲惨境地。后来在一次舞会上她得到一个将军（文官）的崇拜，在社交界有了显赫的地位，有许多崇拜者，连她的丈夫也对她卑躬屈膝、唯唯诺诺了。她过得阔气了，日日夜夜沉浸在感官的享受中。可是这时她把自己的父亲和弟弟忘了，在漫漫风雪之中，她再听不到父亲呼唤她的声音。她外表的美日益辉煌起来，可她内心的那种美好情感却日益暗淡了。实用功利追求膨胀起来，情感的追求下降到零，美毁灭了。当然薛宝钗和这个女主人公不同，她是很痛苦地承担了自我牺牲的角色。从这个角度来说，纯粹的美应该从生理素质之美上升为情感丰富之美，像林黛玉那样身体素质很差、多愁善感，像简·爱那样外貌很平常，但内心充满爱的灵光的人物逐渐占了优势。相反，外表很漂亮，而内心情感贫乏的女性就显得不美了。到了这个阶段，再满足于把小姑娘写成假小子、女强人，不过是实用价值观念的回潮。

从历史的宏观角度看来，一切民族的文学，不管是俄罗斯文学还是我国五四文学和新时期文学，它的繁荣都有一个审美价值观念的觉醒和摆脱对实用价值的依附并产生某种超越性的过程。

二、对生理快感的超越

从微观的形象构成来看，一切的感觉、知觉、情感要进入艺术领域，都必须超越人的生理本能。因为生理本能的冲动的目的是求得快感满足，而美感只有超越了快感有时甚至在痛感中发生。古罗马的谚语说：健康的灵魂寓于健康的肉体。车尔尼雪夫斯基认为美是一种健康的生活，这就把生理健康的实用价值和情感深刻的审美价值混为一谈了。库图佐夫的独眼，纳尔逊的独臂，有一种残缺美，牛虻脸上的伤疤，林黛玉的苍白消瘦，有一种病态美，都是一种情感的索引。

痛感不是快感，但对痛感的假定性体验，所谓“看戏淌眼泪，替古人担忧”，却能使痛感转化为美感。正因为这样，悲剧意识是美感从单纯依附快感到获得独立的发展的标志。早熟的希腊文学不但在悲剧创作实践中取得成绩，而且在理论上有了自觉。亚里士多德在《诗学》中就指出悲剧因激起生理的恐惧和怜悯之情而超越生理的痛感，起一种“净化”（Catharsis）作用。喜剧的快感也不是生理的快感。喜剧往往以荒谬的逻辑超越日常生活，与实用的快感拉开距离。有时甚至可以使生理的痛感转化为审美的快感。一个受压迫的劳动者的冤死，从实用价值和认识价值观念来看，是可悲可痛的。可是鲁迅却把阿Q的死写得很可笑。好兵帅克无辜地被当成政治犯妄加判决，帅克把头伸过去看警官写判决书。警官问他：“看什么？”他说：“我看你有没有遗漏了什么重要的罪状。”警官让他签字，他签了以后，问：“还有什么文件要签署的吗？”可悲痛的又转化为可笑的了。黑色幽默被形象化的称为“绞刑下的幽默”。已经是绞索套着脖子了，还要问：“这架子牢不牢，绳子会不会断掉啊？”超越了一种实用的紧迫的危机感，因而就进入了审美的层次。

艺术要成为艺术，要与实用功利保持一定距离，就得超越生理的感觉，知觉和本能的冲动。特别是饮食男女的味觉和触觉，这两种感觉最原始、最强烈、最带实用性，因而也最不容易超越。对于性的知觉，文学积累了很长一段历史经验，才学会了如何恰如其分超越。

当然，这种超越的手段也无非就是变形和变质。

四、对性感的超越

最初，人类并没有认识到变形和变质在这方面的伟大作用，因而不论是《金瓶梅》，还是“二拍”，都有一系列的赤裸裸的性行为的正面描述，就是在《十日谈》中也不乏性的挑逗。但是，《十日谈》已开始用变形变质的方法来暗示了，如：让教士把性行为说成是“把魔鬼（指男性性器官）送到地狱（女性性器官）里去”“给驴装一条尾巴（指女性性器官）”之类。在中国元曲中像《墙头马上》那样粗野地写“我大字将她压”很快被淘汰了。到了《西厢记》中，就以诗的形象作变形变质的暗示了。莺莺到张生房间里去幽会，王实甫这样描写：

〔上马娇〕我将这纽扣儿松，把缕带儿解；兰麝散幽斋。不良会把人禁害。哈，怎不肯回过脸儿来！

〔胜葫芦〕我这里软玉温香抱满怀。呀，阮肇到天台，春至人间花弄色。将柳腰儿款摆，花心轻折，露滴牡丹开。

〔么篇〕但蘸着些麻儿上来，鱼水得和谐，嫩蕊娇香蝶恣采。你半推半就，我又惊又爱，檀口揾香腮。

金圣叹在评到这一场时，针对一些三家村冬烘先生诗本篇"最鄙秽"，理直气壮地说，这种"事"，自然古至今家皆有之事，如果说"鄙秽"，只一个字就多句了。但用了这么多语言，"意在于文，意不在于事也"[①]，金圣叹所谓"文"是指这里用了玉、花、蝶、柳、露等形变质的意象，使假定性的美感超越于性的生理快感之上了，比之《金瓶梅词话》直接用诗词渲染性交的生理快感要优美得多。正因为这样，后来的严肃文学都有一种共同的趋向，那就是拉开更大的距离，一般是回避正面描述的直接性。帕斯捷纳克有一首诗这样写：

在那一天，我把你从头到脚

像外省悲剧演员把莎士比亚的戏本

已背得烂熟了、随身带着，

在城里游逛和反复分析。

这样就把性的直接感知化为间接的回忆，又加上用变形变质的超越性的比喻，减弱了生理刺激的挑逗性。但是这样仍然引起了革命诗人马雅可夫斯基的不满。一些艺术家似乎达成了一种默契，即使是变形了的性感的挑逗性对美感仍是一种危险的威胁，因而在许多严肃的艺术家中产生了一种距离越远越美的趋向。但是，从理论上说，这是说不通的。在性本能的基础上发展起来的爱情超肉欲的成分越来越多，作为一种用弗洛伊德的话来说令人"欲仙欲死"的生命感觉，其强烈的程度，是不是一定与美感成反比呢？

一些严肃的作家艺术家的创作实践诉诸我们，审美情感压倒了情欲，但是美并不一定要逃避情欲。关键在于情感与情欲之间保持一种必要的错位，不能全是情感，没有生命的七情六欲，也不能人欲横流。情与欲是两个互为函数的要素，任何一方都不能与另一方完全同位，二者错位的程度越大，审美的价值越高。情欲强，超越性更强，美感因而增值，情欲的冲动不强，六根清净，审美价值也随之贬值。完全回避和完全放纵人的性欲，是一种损失，关键在于超越。

五、对感知的简化和超越

最有迫切性的超越是对性感的超越，这并不意味着其他方面的生理感就可以作自然主义的描述。一切生理感觉都要在情感的作用下发生变异而达到超越的境界。痛感、冷感等

① 《金圣叹评点才子全集》第二卷《西厢记》，光明日报出版社 1997 年版，第 192 页。

等也是这样。在前面的章节，曾分析了邓刚在《迷人的海》中对冷感的变异，它分化为中心感觉和系列的派生的感觉，这是一种“繁化”的超越的方式。繁化的变异促成了顺利的超越，痛感升华为美感。不过超越它也可以化繁为简，乃至使有感变为空白，这也是一种超越。莫言在《透明的红萝卜》中写黑孩的手被灼热的钢砧烫伤的情景：

黑孩垂着头走到砧子前，一点一点弯下腰去，伸手把砧子抓起来。他听到了手里“滋滋啦啦”地响，像握着一只知了。鼻子里也嗅到炒猪肉的味道。砧子沉重地掉在地上。

黑孩走回桥洞，一眼也不看小铁匠，把烫熟了皮肉的手淹到水桶里泡，又慢悠地走出桥洞。

这里痛感不是被繁化而是被简化、转移了，极端的痛感被超越了，代之听觉和嗅觉的意象和动作。转移是一种间接的表现，把直接的感知留在空白处，但是这并不意味着取消，取消了就可能变成感知的不饱和，感知的贫乏，这种贫乏的超越，贫乏的变异是粗暴的，会导致审美价值的贬值。有一篇名叫《黑峡》的作品中有一段这样的描写：

那次夜间跳伞，他跌倒在一片刚刚砍过的高粱地里。尖锐的茬口刺破了他的裤子，把腿内侧豁开了大口子。他壮年柳似的站起来，一股热血顺着颀长的腿静静地流下去，他有一种快感。他自认为是条好汉子。

这样的感觉、知觉质变就显得很生硬，变异是为了更丰富，更深刻地表现生命的奥秘，是为了让感觉、知觉进入更精致、奇妙的超越境界，如果变异的结果反而更粗疏、更生硬了，那就很可能降低到抽象理性的图解上去。

六、对事物本体的超越

审美价值的超越性是在艺术的假定性中实现的，不管是对客体的超越还是主体生理的超越，就其根本来说是对表现对象本身的超越。任何一种感觉、知觉、情感一旦上升为意象或形象，它都要超越它自身。从细胞形态的比喻到宏观情节的构架都要超越其自身，发生不同程度的质变或形变。比喻的目的就是要越出自身借助其他事物的性质和形态，不超出自身，不发生变异，就不能形成最简单的意象。刘向在《说苑・善说》中这样写：

客谓梁惠王曰：“惠子之言事也善譬，王使无譬，则不能言矣。”王曰：“诺。”明日见，谓惠子曰：“愿先生言事则直言耳，无譬也。”惠子曰：“今有人于此而不知弹者，曰：‘弹之状何若？’应之曰：‘弹之状如弹。’则谕乎？”王曰：“未谕也。”于是更应之曰："'弹之状如弓，而以竹为弦。'则知乎？"王曰："可知矣。"惠子曰："夫说（按：辩说）者，固以其所知谕其所不知，而使人知之。今王曰'无譬'，则不可矣。"王曰："善"。[1]

要使人明白一个尚不知的事理就要超越事物的本身，如果停留在事物本身上打圈子，说弹弓就像弹弓，这在逻辑上就犯了同义反复的毛病，是无效信息的重复。

一切事物的本来属性包括原始的生理感知，对于意象的构成都是一种束缚，就像"弹之状如弹"那样，虽然从认识和使用价值来说没有任何错误，可是它也没有任何审美价值。在普希金的《上尉的女儿》中，格里涅夫劝说普加乔夫迷途知返，如果把普加乔夫局限在自身情感的直接独白中，那将是枯燥的。普希金让普加乔夫说，老鹰喝血，只活三年；老鸹吃腐尸，活至百年。老鹰想试试，只吃了一口，就说宁愿吃血活三年。这就美得多了。普加乔夫不是鹰，这是生活中的原生状况。人们有一种自发的心理定势，那就是追求意象与事物的绝对一致（逼真），其实这是不可能也不必要的。逼真不是真实。文学发展的历史证明，追求一致的形象在审美价值上远不如那有所变异、有所超越的形象。把一个女人的眼睛描绘得动人心魄的往往不是把眼睛写成眼睛，而是相反，把眼睛写得不是眼睛。例如大仲马在《基督山伯爵》中写女人的眼睛：

她们的眼光里充满着火一样的热情，一眨不眨地望着他，像一条赤练蛇盯住小鸟一样。

女人的眼光与赤练蛇，本来不论在形态上还是性质上都风马牛不相及，这种不相及的原始感觉对于艺术形象的超越性就是一种障碍。艺术家进入形象领域的第一步就是要打破这层无形、无声、无味，看不见摸不着的障碍，障碍打破的程度就是艺术家获得自由的程度。

当然，超越不限于比喻，比喻之所以有超越功能，因为它为想象提供了选择的自由。可以说，超越的功能是一种想象的解放，同时也是情感审美价值的升值过程。不超越不但不能升值，而且可能因烦琐的描述而贬值。杨慎在《升庵诗话》中提供了一个很生动的对比材料：

汉贾捐之《议罢珠崖疏》云："父战死于前，子斗伤于后，女子乘亭障，孤儿号于道，老母寡妇巷哭，遥设虚祭，想魂乎万里之外。"《后汉书·匈奴传》、唐李华《吊古战场文》全用其语义，总不若陈陶诗云："誓扫匈奴不顾身，五千貂锦丧胡尘。可怜无定河边骨，犹是春闺梦里人。"一变而妙，真夺胎换骨矣。[2]

陈陶的诗之所以有更生动的形象就是因为他不拘泥于再现场景，而是以梦境超越现实的场景，进入了一种"夺胎换骨"的变异境界。

---

① 《四库全书》子部儒家类《说苑》卷十一。

② （明）杨慎：《升庵诗话》卷十二，商务印书馆1960年版。

苏联心理学家维果茨基在他的《艺术心理学》中分析了一系列寓言以说明，如果不是把人化为动物，（用我的话来说）没有质的超越性，艺术形象的审美价值就会降低。他举古罗马的寓言家斐竺鲁斯根据古希腊的寓言改写的一则寓言为例：一条狗在河里游，衔着一块肉，它在水里看到自己的影子。以为是另一条狗，便去抢，结果连自己的肉也丢了。维果茨基举出莱辛的一则寓言：有个寡妇养了只母鸡，母鸡每天下个蛋，她想，我给母鸡多喂点儿麦粒，兴许一天能下两个蛋。结果，母鸡喂肥了，连一个蛋也不下了。“谁贪心不足，结果连现有的都失掉了。”很显然，莱辛的寓言不及斐竺鲁斯的。这是因为莱辛的形象的超越性不及斐竺鲁斯的。维果茨基还引伊索寓言：高高的阳台上挂着葡萄，狐狸吃不到葡萄便悻悻地说，那葡萄是酸的。维果茨基说如果把这个故事改为：有一个人发现树上长着令人垂涎的梨，便产生了吃梨的念头。他折腾了半天，想爬上树去，但都没有得逞，只好放弃自己的打算。他离开时说：“让它们再长些时候，不是对我更有利吗？它们还没有熟透呢！”[①]维果茨基得出结论说：“情节的寓意性（按：它要求相似）和诗（按：它要求超越）处于直接对立关系。应该成为寓意基础的相似越明确，情节本身就越平淡”[②]。从心理学上来说，距离拉开，与其说造成俄国形式主义者所说的“陌生化效果”，不如用布莱希特的术语说“间离效果”。

在一定限度内，艺术形象的审美价值与它的超越程度成正比，形象的变异性越大，审美价值越高，形象越是接近于再现事物的原型，超越性越小，感染力越弱，变异性等于零，感染力也等于零。

形象的超越功能是无限的，每当一种新的超越方位的被发现，就意味着艺术形象发展的新阶段。闻一多在五四时期引用一个外国人的话说，中国传统的意象缺乏想象，“如形容天则曰‘晴天’‘蓝天’‘云天’，但从没有称为‘凯旋’（triumphant）或‘鞭于恐怖’（terrors courged）者”[③]，这种说法当然是片面的。中国古典诗歌中意象的超越性胜于西方的地方不胜枚举，但是这位外国人所说的也是事实，这只能说明中国古典诗歌超越的方位、途径已经固定，五四时期的新诗正是要向这种固定性挑战，新诗人未免把传统诗艺的局限看得多一些。这不是没有意义的。的确，中国古典诗人绝不可能像艾略特那样把四月想象成“最残忍的月份”，也不可能像马雅可夫斯基那样想象“五月对着我的耳朵歌唱”。正是因为这样，新诗在五四前后进行了一次超越性的革命。不然新诗绝不会写出“胜利的死”“金光灿灿的死”（郭沫若《女神》）那样的超越性的诗句来。

---

① 〔苏〕维果茨基著，周新译：《艺术心理学》，上海文艺出版社 1985 年版，第 125 — 126 页。

② 〔苏〕维果茨基著，周新译：《艺术心理学》，上海文艺出版社 1985 年版，第 123 页。

③ 《闻一多论新诗》，武汉大学出版社出版 1985 年版，第 39 页。

下编　向文本深处进发

文本细读的十重层次分析

引言：西方文论的失语

欧美所谓“细读”和俄国的“陌生化”之说，其最显著的缺失在于把文学形象仅仅归结为语言，而对于语言，又将其仅仅归结为陌生化、悖论、反讽之类，均属于修辞性质。此等风靡一时的现象深层次的根源，乃是西方文论的经院哲学，执着于从概念到概念的烦琐思辨（如一个针尖上能站立几个天使），全不顾及事实和起码的经验。就文论而言，则是以概念的自洽为务。概念越是向哲学高度抽象，越脱离文学创作和阅读实践，就越有学术价值。其结果就是对文学创作的指导和文学经典的阅读，从不能到不屑。

早在20世纪中叶，韦勒克和沃伦就在他们著名的《文学理论》中宣告：“多数学者在遇到要对文学作品作实际分析和评价时，便会陷入一种令人吃惊的、一筹莫展的境地。”[①]此后五十年，西方文论走马灯似的更新，形势并未改观，以至李欧梵先生在“全球文艺理论二十一世纪论坛”的演讲中勇敢地提出，西方文论流派纷纭，本为攻打文本而来，其旗号纷飞，各擅其胜：结构主义、解构主义、现象学、读者反应，更有新马、新批评、新历史主义、女性主义等等不一而足，各路人马“在城堡前混战起来，各露其招，互相残杀，人仰马翻”，“待尘埃落定后，众英雄（雌）不禁大惊，文本城堡竟然屹立无恙，理论破而城

① 〔美〕勒内·韦勒克、奥斯汀·沃伦著，刘象愚等译：《文学理论》，江苏教育出版社2005年版，第155—156页。

堡在"[①]。苏珊·朗格在《情感与形式》中开宗明义坦然宣告，她的著作"不建立趣味的标准"，也"无助于任何人建立艺术观念"，"不去教会他如何运用艺术中介去实现它"。所有文学的"准则和规律"，在她看来，"均非哲学家分内之事"，"哲学家的职责在于澄清和形成概念……给出明确的、完整的含义"[②]。更有甚者，乔纳森·卡勒说文学理论的任务，并不在文学而在质疑文学本身的存在。[③]这种蜻蜓吃尾巴的喜剧说明，西方前卫文论向来号称强势，可在文学本身的解读方面已经转化为弱势。

按实践真理论，文学理论不但来自创作实践，应该回到创作实践中去检验，而且来自阅读实践，理所当然要回到阅读实践中去接受检验。而西方前卫文论在阅读实践方面大言不惭地宣告无能为力。美国解构主义著名学者、耶鲁四君子之首希利斯·米勒坦言：

> 您问我是否相信有一套"系统完整的批评方法，可以为一般的文学批评提供具有普遍意义的指导"，我的回答是，在西方有很多套此类的批评方法存在，其中也包括解构主义，但是，没有一套方法能够提供"普遍意义的指导"。不存在任何理论范式可以保证你在竭力尽可能好地阅读特定文本时，帮助你有心理准备地接受你所找到的内容。因此，我的结论是，理论与阅读之间是不相容的。[④]

一味聚焦于语言文字的解构的游戏，米勒先生做法乃是"把统一的东西重新拆成分散的碎片或部分，就好像一个小孩将父亲的手表拆成一堆无法照原样再装配起来的零件"[⑤]。从"五四"以来，我们已经对他们洗耳恭听了一百年，如今，他们在解读理论领域完全失语，时运千载难逢，机不可失，时不再来，正是吾人崛起建构中国学派的文本解读（细读）学之日。

关于解读的系统学术，我已经在助手孙彦君的帮助下，建构了"文学文本解读学"[⑥]。本

---

① 李欧梵著：《世纪末的反思》，浙江人民出版社2002年版，274—275页。其实，李欧梵此言，也似有偏激之处，西方大师也有致力于经典文本分析者。德里达论乔伊斯的《尤利西斯》、卡夫卡的《在法的门前》，罗兰·巴特论《追忆似水年华》《萨拉辛》，德·曼论卢梭的《忏悔录》，米勒评《德伯家的苔丝》，布鲁姆评博尔赫斯等等，但他们微观的细读往往指向宏观的角度并演绎出理论，比如德里达用两万多字的篇幅论卡夫卡仅有八百来字的《在法的门前》，解读象征寓言的同时从文类、文学与法律等宏观方面做了超验的演绎，进行后结构主义的延异书写。其主旨不在文学文本个案审美的唯一性。

② 〔美〕苏珊·朗格：《情感与形式》，刘大基等译，中国社会科学出版社1986年版，第1—2页。

③ 〔美〕乔纳森·卡勒：《文学理论入门》，李平译，译林出版社2008年版，第10页；〔英〕伊格尔顿：《二十世纪西方文学理论》，伍晓明译，北京大学出版社2007年版，第11页。

④ 〔美〕J·希利斯·米勒：《J·希利斯·米勒致张江的第二封信》，王敬慧译，《文学评论》2015年第4期，第11—12页。

⑤ 朱立元：《〈小说与重复：七部英国小说〉·前言》，载〔美〕米勒《小说与重复：七部英国小说》，王宏图译，天津人民出版社2008版，第6页。

⑥ 孙绍振、孙彦君：《文学文本解读学》，北京大学出版社2015年版。

文的任务是将理论转化为可操作的方法。

许多文本分析，之所以无效，原因在于空谈分析，实际上根本没有进入分析层次。分析的对象是文本的矛盾，而许多无效分析，恰恰停留在文本和外部的对象的统一性上。如，《荷塘月色》反映了大革命失败后知识分子的苦闷，“明月松间照，清泉石上流”惟妙惟肖地反映了美好的景色。这从哲学上来说，是机械反映论，就是注意到矛盾的分析文章，也往往把文本当作一个绝对的、平面的统一体。如《再别康桥》，表现了诗人内心的离愁别绪之类。其实这首经典诗作，内在的矛盾很明显，题目说是和康桥再别，可文本却是和云彩告别。一方面是激动，“满载一船星辉，在星辉斑斓里放歌”；另一方面，又不能放歌，“悄悄是别离的笙箫”“沉默是今晚的康桥”，无声体验胜过有声的音乐，重温旧梦只能是秘密的独享。文本分析的无效，之所以成为一种顽症，就是因为，文本内在的矛盾成为盲点。这种盲点，又造成了思想方法线性的单因单果。许多致力于文本分析的学者，只在复杂的文本中寻找单个原因，单层次的思维模式就这样流毒天下。文本分析，具体分析，从理论到理论，莫不念念有词，可一到具体文本，就不翼而飞。要进行具体分析，如果没有一定的方法论的自觉，则有如狗咬乌龟，无从下口。面对文学经典，这种望文兴叹似乎就成了宿命。文学形象天衣无缝、水乳交融，在具体问题具体分析方法论上缺乏自觉，就无从分析，沉溺于空洞的赞叹，乃滔滔者天下皆是。

这不能笼统地怪罪中学和大学教师，而应该怪罪我们没有把理论性和操作性结合起来。把理论系统和操作性系统化的统一，应该是我们的最高目标。

首先要解决分析的切入口问题。

一、艺术感觉的“还原”

如何找到分析的切入口，关键是找到差异／矛盾的切入口，从概念到概念的演绎开始，可能难以收效，我想，从一个具体的、感性的、颇有代表性的例子出发可能比较有效。

唐人贺知章的绝句《咏柳》从写出来到如今，一千多年了，仍然家喻户晓，脍炙人口。原因何在？表面上看来是个小儿科的问题。但是，要真正把它讲清楚，不但对于中学教师，而且对于大学权威教授，也并不轻松。有一位权威教授写了一篇《〈咏柳〉赏析》，说，“碧玉妆成一树高”，是“总体的印象”，“万条垂下绿丝绦”，是“具体”写到柳丝的“茂密”，这最能表现“柳树的特征”了。诗的艺术感染力，来自表现对象的特征。用理论的语言来说，就是反映柳树的真实。这个论断，表面上看来，可信度颇大。但在实质上，是很离谱的。这是一首抒情诗，抒情诗以什么来动人呢？普通中学生都能不假思索地回答，以情动人。稍微懂得一点古典文论的研究生，会引用王国维的经典论断，“一切景语皆情语”。教授却说，以反映事物的特征动人。接下去，他又说诗的最后一句“二月春风似剪刀”很好，好在哪里呢？好在比喻“十分巧妙”。这话当然没有错。但是，读者凭直觉就能感到这个比喻赋予了这首诗以不朽的生命。读者之所以要读解读文章，就是因为感觉到了，说不出缘由，知其然，而不知其所以然，急切地希望从教授的文章中获得答案。而文章却分析比喻巧妙的原因，只是用强调的语气宣称感受的结果。这不是有“忽悠”读者之嫌吗？教授说，这首诗，还有一个好处。那就是“二月春风似剪刀”，“歌颂了创造性劳动”。这就更不堪了。前面还只是重复了人家的已知，而这里却是在制造混乱。“创造性劳动”是意识形态性很强的话语。一个唐朝的贵族做梦也不可能想象出“劳动”这样的观念，更不要说还要“创造性”了。事实上“劳动”这个词，中国古代的劳动是“劳动大驾”的意思[①]。现代汉语中的劳动，作为英语 work 的对应，是日本人用汉字先翻译出来的。具有创造物质、精神财富，创造世界，甚至创造人的意义，在话语谱系中，是与劳动者、劳动人民、劳动节正相关，而与剥削阶级、革命对象负相关，处于互摄互动的关系中，构成具有革命政治、道德价值取向，在中国 20 世纪 40 年代到 80 年代成为主流的价值关键词[②]。显然具有 20 世纪红色文学的价值观，怎么可能出现在一千多年前的贵族诗人头脑中？

为什么成天喊着具体分析的教授，到了这里，被机械唯物论和形而上学的教条所遮蔽呢？这是因为他无法从天衣无缝的形象中找到分析的切入点。他的思想方法，就不是分析内在的差异，而是转向了外部的统一。贺知章的柳树形象为什么生动呢？因为它反映了柳树的特征。客观的特征和形象是一致的，所以是动人的。从美学思想来说，这就是美就是真。美的价值就是真的认识。从方法论上来说，就是寻求美与真的统一性。既然美是对真的认识，认识世界是为了改造世界，这就是教化。不是政治教化，就是道德教化。既然从《咏柳》中无法找到政治教化，就肯定有道德教化作用。于是“创造性劳动”，就脱口而出了。这种贴标签的方法，可以说是对细读的践踏。其实，要对原本统一的对象加以剖析、分析，才能够细读，出发点不应该从统一性，而是差异性，或者矛盾性出发。艺术之所以成为艺术，就是因为它不等同于生活，而是诗人的情感特征与对象的特征的猝然遇合，这种遇合不是现实的，不是真的，而是虚拟的、假定的、想象的。清代古典诗论家黄生说，

① 王力：《汉语史稿》（重排本），中华书局 1980 年版，第 603 页。

② 刘宪阁：《革命的起点——以“劳动”话语为中心的一种解说》，载中国人民大学国际关系学院政治学系等编《“转型中的中国政治与政治学发展”国际研讨会论文汇编（1）》，中国人民大学出版社 2002 年版，第 397—418 页。

所谓“诗思”就是“以无为有，以虚为实，以假为真”①。

原生的感情只有通过假定的想象才能抒发。借助假定性，艺术才能创造。而要揭示艺术的感染力，分析的出发点就不应该是它与柳树的同一性，而是矛盾性。矛盾首先就在于，形象不是客观的、真的，而是主观的、假定的。主观的虚而且假的，还有什么价值呢？这是个世界性难题。清代诗论家吴乔很聪明地把诗与当时主流的散文比较：

> 又问：“诗与文之辨？”答曰：“二者意岂有异？唯是体制辞语不同耳。意喻之米，文喻之炊而为饭，诗喻之酿而为酒；饭不变米形，酒形质尽变；啖饭则饱，可以养生，可以尽年，为人事之正道；饮酒则醉，忧者以乐，喜者以悲，有不知其所以然者。②

这就回答了，进入假定的虚拟的境界，米变成酒了，形和质都变化了。而酒有酒的用处，可以调节人的情感。

有了“形质俱变”的自觉，才可能从真与假之间发现矛盾。明明柳树不是玉的，偏偏要说是碧玉的，明明不是丝织品的，偏偏要说，柳丝是丝织的飘带。明明春风不是剪刀，偏偏要说它是剪刀。为什么？因为柳树形态和质地都在想象变化了，才能寄托诗人的感情。以贵重的物来表现贵重的感情，以情动人，而不是反映柳树的特征动人。

这样的矛盾，在形象中，并不是直接呈现，恰恰相反，是隐性的。在诗中，真实与假定是水乳交融，以逼真的形态出现。如果不把假定性揭示出来，分析就成了一句空话。分析之所以是分析，就是要把原本统一的对象，分化出不同的成分。不分化，就没有矛盾可以分析，只能沉迷于统一的表面。

要把分析的愿望落到实处，还得有可操作的方法。

我提出了“还原”的方法。面对形象，把那未经作家情感同化的原生形态的柳想象出来，这是凭着经验看出柳树的特征并转化为情感的特征。在大自然中，柳树之美，原因是春天来了，温度与湿度提高了，柳树的遗传基因起作用了。在科学理性中，柳树的美，是大自然的现象，是自然而然的。但，诗人的情感很激动，断言柳树的美，比之自然的美还要美，应该是有心设计的。所谓天工加上人美，这就是诗人情感的强化了，就是以情动人了。

当然，说到“还原”方法，作为哲学方法好像并不是我的发明，这在西方现象学中早已有了。在现象学看来，一切经过陈述的现象都是主观化、观念化和价值化了的，因而要进行自由的研究，就得把它“悬搁”（epoché）起来，在想象中进行“去蔽”，把它原生的

---

① （清）黄生：《诗麈》，载诸伟奇编《黄生全集》（第四册），李媛校点，安徽大学出版社2009年版，第326页。

② 王夫之等撰：《清诗话》，上海古籍出版社1978年版，第27页。类似的意思在吴乔的《围炉诗话》卷二中，也有更为详尽的说明。

“本质”“还原”出来。当然，这种原生状态，是不是就那么客观，那么价值中立？这是很有疑问的。但是，多多少少可能摆脱流行的、权威的观念先入为主。我的“还原”，在对原生状态的想象上，和现象学是一致的，但我的还原只是为了把原生状态和形象之间的差异/矛盾揭示出来，加以分析，并不是为了去蔽，防止被蒙蔽，而是为了打破形象天衣无缝的统一，进入形象深层的、内在的矛盾。

当然，这样还原的局限是偏重于形而下的操作，但是优点也在于，第一，不是像西方美学那样一味向哲学上升脱离感性，而是向情感的审美性演化；第二，还原了，便有了矛盾，就可进入分析，摆脱一味被动接受文本，进入主动理解艺术的层次。朱自清在《荷塘月色》中创造了一种宁静、幽雅、孤寂的境界，但清华园一角并不完全是寂静的世界；相反，喧闹的声音也同样存在，不过是被朱先生排除掉罢了。一般作家总是偷偷摸摸地、静悄悄地排除与他的感知、情感不相通的东西，并不作任何声明；用张竹坡在评点《金瓶梅》中的话来说，就是要“瞒过看官”的（张竹坡评点本第十回）。他们总把自己创造的形象当作客观对象的原生状态奉献给读者。但朱自清在《荷塘月色》中却不同，他很坦率地告诉读者：“这时候最热闹的，要数树上的蝉声与水里的蛙声；但热闹是它们的，我什么也没有。”这里，透露了非常重要的艺术创造的原则：作家对于自己感知取向以外的世界是断然排斥的。许多论者对此不甚明白，或不能自觉掌握，因而几乎没有一个分析《荷塘月色》的评论家充分估计到这句话的重要意义。忽略了这句话，也就失去了分析的切入口，也就看不出《荷塘月色》不过是朱自清以心灵在同化了清华园一角的宁静景观的同时，排除了其喧闹的氛围而已。忽略了这个矛盾，分析就无从进行，就不能不蜕化为印象式的赞叹。

有位古典文学学者，分析《小石潭记》中的“池鱼”：“潭中鱼可百许头，皆若空游无所依。日光下澈，影布石上，佁然不动；俶尔远逝，往来翕忽，似与游者相乐。”对其中早说过的“心乐之”，和这里的“似与游者相乐”视而不见，却看出了“人不如鱼”的郁闷。这是由于在方法上不讲究寻求差异、分析矛盾，而是执着于统一性的后果。既然柳宗元是被贬谪了，政治上是不得意了，很郁闷了，因而他在一切时间，一切场合，就是毫无例外地郁闷。哪怕是特地寻找山水奇境，发现了精彩的景色，也不能有任何的快慰，只能统一于郁闷。人的七情六欲，到了这种时候，就被学者抽象成郁闷空壳，而不是诸多差异和矛盾的统一体。在分析《醉翁亭记》的时候，同样的偏执也屡见不鲜，明明是山水之乐、四时之乐、乐人之乐、太守之乐。醉翁之意不在酒，在乎山水之间。因为山水之间，没有人世的等级，连太守也忘了官场的礼法。可是拘执于欧阳修的现实政治遭遇心情的统一性的学者，还看不到这个虚拟的、理想的、欢乐的、艺术的境界，还是反复强调欧阳修的乐中有忧。硬是用现实境界来压抑艺术，主观的封闭性窒息了艺术形象“形质俱变”的境界。

二、从效果还原出情感之因

人的情感和感知不一样，不但是不可定位的，而且是不能观察的。情感是心情的动态，而观察是要心情宁静的，心情一旦宁静下来，情感就消失了。艺术家回避这样的难度比较方便的办法就是从外部观察物的内心。这在表现美女时，古典诗歌经历了长期的历史性积淀。在西方最著名的是为了美女海伦，双方战争长达十年，当海伦出现在特洛伊城头时，一些元老惊叹，真是女神，为她打仗完全是值得的。在中国，最著名的则是《陌上桑》写罗敷之美如何吸引了男性："行者见罗敷，下担捋髭须"，这还是一般的欣赏；"少年见罗敷，脱帽著帩头"，这就有点动情的苗头了，因为是年轻人嘛；"耕者忘其犁，锄者忘其锄"，这是突出众多人士都为美女之美而忘情了；"来归相怨怒，但坐观罗敷"，事后互相埋怨，是显而易见的没道理，这带着幽默感、喜剧性了。

纯粹的抒情，则像柳永那首和情人告别的《雨霖铃·寒蝉凄切》："今宵酒醒何处？杨柳岸，晓风残月"离情的忧伤全部用外部动作构成画面，第一，"今宵酒醒何处"，前提是"昨夜酒醉何处"，酒醒是酒醉的结果。没有醉，哪里有什么醒？偏偏把酒醉故意省略了，留在空白中。第二，什么时候才醒？"晓风残月"，一个"晓"，一个"残月"，说明醉了一夜，天已经亮了。第三，在什么地方醒来？醒来以后，还不知道身"何处"。可见，酒之酣，醒来还迷迷糊糊，是随地倒下，不是在室内，而是在露天，当时是"清秋"，是大醉到不觉夜寒的效果。第四，为什么要醉成这样？因为，和情人的离别。如此大醉，不但感情强烈，而且完全任性。第五，一个读书人，醉倒在露天，不成体统，但却一点不在乎世俗礼节，不拘形迹，不顾身份，不害羞，相反很潇洒，很自得，很自如。第六，更不可忽略的是，醉汉本该酒气熏人，衣襟污秽，但是，这些完全不在感觉之内。横卧露天，全无狼狈之感，视觉所见唯有杨柳、残月，触觉所感，只有晓风吹拂，把醉汉路倒，转化成写意画幅，把狼狈的姿态转化为潇洒风景。感情这么深沉，心态这么自由。

这样的效果还仅仅是外部可感的动作，此外还有内在感知的效果。如写李隆基为杨玉环之美而迷醉，"回眸一笑百媚生，六宫粉黛无颜色"。杨玉环回头一笑，让李隆基觉得六宫后妃都一个个黯然失色了。在古典诗词中，表现形式是多种多样的，最常见的是，在对自然环境的独特感受中进行表现，如王昌龄的《长信秋词·其三》，写宫妃遭受冷落之怨："玉颜不及寒鸦色，犹带昭阳日影来。"比较著名的，还有王昌龄的《闺怨》：

闺中少妇不知愁，春日凝妆上翠楼。

忽见陌头杨柳色，悔教夫婿觅封侯。

春日美景一年一度，闺妇触发年华消逝的感受，转而后悔，顿觉丈夫即使立功封侯，也不抵不可再来的青春。

亡国之悲的蒋捷《虞美人》写听雨的内在效果：

少年听雨歌楼上，红烛昏罗帐。壮年听雨客舟中，江阔云低、断雁叫西风。

而今听雨僧庐下，鬓已星星也。悲欢离合总无情，一任阶前、点滴到天明。

这首词，写出了词人一生的精神起伏，在元人统治之下的政治意味，欲说还休，深沉而含蓄，很经得起欣赏。

但是，对于辛弃疾这样文武双全的英雄来说，就不用这样吞吞吐吐，《祝英台近·晚春》："是他春带愁来，春归何处？却不解、带将愁去。"写他壮志难酬，年华消逝的感慨。《丑奴儿·书博山道中壁》写尽壮志消磨，内心悲愤转而为自我解脱，情感更加强烈。这样的内心效果是反向的，不但更强烈，而且因为显而易见的自相矛盾而富有一点幽默感：

少年不识愁滋味，爱上层楼。爱上层楼，为赋新词强说愁。

而今识尽愁滋味，欲说还休。欲说还休，却道天凉好个秋！

这种内在感受，已经不借助景观间接加以含蓄地表现，而是直接抒发。这是中国汉魏以前早已存在的传统。如陶渊明的《饮酒·其五》："结庐在人境，而无车马喧"，即使身在闹市，也毫无感知，显示超凡脱俗之极。王勃的《送杜少府之任蜀州》："海内存知己，天涯若比邻"，友情的深厚，可以使遥远的地理缩短到零距离。

三、以手稿本事和文本比较

追求分析的切入口，旨在化被动接受为主动与作家对话，"还原"并非唯一的法门。其中最方便的是将作品与修改稿进行对照。鲁迅这样说：

凡是已有定评的大作家，他的作品，全部就说明着"应该怎样写"。只是读者很不容易看出，也就不能领悟。因为在学习者一方面，是必须知道了"不应该那么写"，这才会明白原来"应该这么写"的。这"不应该那么写"，如何知道呢？惠列赛耶夫的《果戈理研究》第六章里，答复着这问题——"应该这么写，必须从大作家们的完成了的作品去领会。那么，不应该那么写这一面，恐怕最好是从那同一作品的未定稿本去学习了。在这里，简直好像艺术家在对我们用实物教授。恰如他指着每一行，直接对我们这样说——'你看——哪，这是应该删去的。这要缩短，这要改作，因为不自然了。在这里，还得加些渲染，使形象更加显豁些。’”[①]

在我国古典诗话中，类似“推敲”的故事（“推”字好还是“敲”字好），“春风又‘绿’江南岸”（还是又“过”江南岸好），经典性的例子不胜枚举，一般读者耳熟能详。孟浩然《过故人庄》的最后一句：“还来就菊花”，杨慎阅读的本子，恰恰“就”字脱落了。他自己也是诗人，试补了“对菊花”“傍菊花”等等，就是不如“就菊花”。

这看来是比较稀罕的个案，普遍的适用性不大。这当然不无道理，但是，如果精心钻研古典文献，则此类资源相当可观。比如，苏东坡晚年词作前往往有小序，记述经历本事，及触发词作之由。如流放黄州以后，他所写第一首《定风波·莫听穿林打叶声》前有小序：

> 三月七日，沙湖道中遇雨，雨具先去，同行皆狼狈，余独不觉。已而遂晴，故作此。

就是一件很平常的事，旅游遇雨，没有雨具，同行朋友都为淋雨而狼狈不堪，而苏东坡却没有感觉，坦然得很，就是淋雨也无所谓，不久雨停了。狼狈的和不狼狈的，作为素材，虽有具体的时间（三月七日，公元1082年），还有具体的地点（沙湖，今湖北黄冈东三十里）但是，有什么意思呢？有诗意吗？有哲理吗？好像都没有。勉强写成一篇札记，如《承天寺夜游》那样的小散文，都有点勉强。但是，苏东坡却把这样遭际，升华为词史上情理交融的经典：

> 莫听穿林打叶声，何妨吟啸且徐行。竹杖芒鞋轻胜马，谁怕？一蓑烟雨任平生。
>
> 料峭春风吹酒醒，微冷，山头斜照却相迎。回首向来萧瑟处，归去，也无风雨也无晴。

“莫听穿林打叶声”，写雨，不直接写雨，却写雨的效果，雨来得有声势，穿林打叶有声。但是，“莫听”，一不在意风雨，二瞧不起同行人“狼狈”。不但不去看，而且不去听。“何妨吟啸且徐行”，不是和雨拉开距离，而是在雨中行走，连淋湿衣衫都不在乎，这已经是很出格了，还要“吟啸”，吟是吟诗，啸，是古代文人噘起嘴唇吹气，大致相当于吹口哨，跑到雨中去吟诗，还吹着口哨，这种从容不迫的姿态和满不在乎的精神状态，是苏东坡的一大发明。李白在诗中，再放肆地做出狂傲的动作，也不会在雨中唱歌。“竹杖芒鞋轻胜马”，穿一双草鞋，把竹竿当拐杖，也比当官骑马更轻松自在。接着是，“谁怕？”大白话，老子不怕！不怕淋雨感冒。有什么理由不怕？下面是情志的聚焦：“一蓑烟雨任平生。”“任平生”三个字，让雨的性质发生了质变。不再是“三月七日”的雨，也不是原生素材“沙湖道上”即来即逝的雨，雨超越了时间的限制，成了平生的雨，空间也突破了，

① 鲁迅：《不应该那么写》，载《鲁迅全集》（第6卷），人民文学出版社2005年版，第321—322页。

成为普泛的雨，从性质上，不再是让人狼狈的雨。来势汹汹的、穿林打叶有声的大雨，变成了“烟雨”，烟就是雾，蒙蒙细雨，在唐诗中早成传统意象，是让人赏心悦目的。这里的烟雨和“平生”联系在一起，就和苏东坡的生命联系在一起，生命的自如、自在、自得，蕴含在“一蓑”之中。现实的雨，是要有雨具来遮挡躲避的，而词中烟雨只要“一蓑”却不用来遮挡，而是逍遥在细雨中，不是一时，而是一生。“一蓑”“烟雨”，加上“竹杖”“芒鞋”，一共四个意象，构成了朴素逍遥的图景，而且将令人狼狈之大雨，提升为人生之享受的烟雨。

“料峭春风吹酒醒”，这里有想象的大幅度跳跃，原本只是吟啸徐行，并没有饮酒，也就谈不上醉，这是提示“吟啸徐行”的效果，富有陶醉到忘却现实风雨的意味。如果一直醉下去，意脉就停滞了。“料峭春风”刺激他醒过来，归去，像陶渊明那样归去吧。很散淡，潇洒到“也无风雨也无晴”。前面“一蓑烟雨任平生”的人生观，还承认有风雨，而这里却没有风雨，也没有晴天，料峭春风微冷也好，斜照夕阳的温暖也好，都一样，没有区别，根本不存在。这里表现的是苏东坡被贬黄州，身处危难之中，竭力解脱精神危机，放下宦海沉浮荣辱，借助佛家哲学，如佛家《心经》“观自在菩萨”，意思为观察内心菩萨，“照见五蕴皆空”。

驾驭情感逻辑，在唐宋诗人词人的一般水平。苏东坡情感逻辑之“妙”，还“妙”在蕴含着哲理。这与佛理有一点关系。他此时所纠结的是如何超越仕途的升沉悲欢，获得精神的安宁，在逆境中确立生命的终极意义。

“五蕴”构成世间一切众生的五种要素——色、受、想、行、识，一切均因偶然的因缘，没有“任持自体”，也就是没有固定的体性和特质，依主观的感觉而存在，变化无常，都是“空”的。与之相联系的是六根——眼、耳、鼻、舌、身、意。连无明之体也一样是“空”的，甚至生老病死也是一种假象，也就无所谓摆脱诸如此类的苦难的问题，更不能有所执着，因为执着也无所获得。觉悟了五蕴皆空这样的智慧，就“心无挂碍”，进入一种不垢不净，不增不减，一切都没有区别的境界。“度一切苦厄”，就能放下身外的一切颠倒梦想。执着，就是放不下，患得患失。放不下自己遭遇的不公平、自己的失误，放不下自己的成功与荣耀，于是被痛苦悔恨的焦虑折磨。《定风波》最后一句，“也无风雨也无晴”，风雨和阳光，就是宦海沉浮和内心荣辱，放下这种自我执着，超越一切颠倒梦想，就能度脱一切烦恼苦难，进入圆满的智慧境界。[①]

① 《心经》有十八种译本，本文据饶宗颐《〈心经〉简林》（作者赠手书印刷本），香港天地图书有限公司出版，无页码，出版于20世纪90年代。笔者还参考了饶宗颐文后净因法师《〈心经〉释义——兼说〈心经〉中人生的三种境界》一文。

托尔斯泰的《复活》就像曹雪芹写作《红楼梦》那样经历了多次的修改。聂赫留朵夫第一次到监狱中去探望沦为妓女的卡秋莎（玛丝洛娃），哭着恳求她宽恕，向她求婚。在原来的稿子上，玛丝洛娃一下子认出他来，立刻非常粗暴地拒绝了他，说："您为什么到这儿来？您滚出去。那时我恳求过您，而现在也求您……迟了，德米特里·伊凡尼奇，如今，我不配做您的，也不配做任何人的妻子。"[①]

在第五份手稿中，托尔斯泰改成玛丝洛娃并没有一下子认出自己往日的情人来，但是她仍然很高兴有人来看她，特别是衣着体面的人。在认出了他以后，对于他的求婚，她根本没有听进心里去，反而很轻率地回答道：

> "您说的全是蠢话……究竟是怎么回事，您找不到比我更好的女人吗？您最好别露出声色，给我一点钱。这儿既没有茶喝，也没有香烟，而我是不能没有烟吸的……其实，您在这儿没事可干，这儿的看守长是个骗子，别白花钱。"——她哈哈大笑。[②]

相比之下，原来的手稿便觉得粗糙。卡秋莎原本是纯情少女，由于受了聂赫留朵夫的诱惑而被主人驱逐，到城市后，沦落为妓女玛丝洛娃。在原来的手稿中，写她在看到往日的情人时，一下子认出了他，往日的记忆全部被唤醒了，并且她把所有的痛苦和仇恨都发泄了出来（这正是我们许多缺乏才气的作家天天做着的事情）。然而在后来的修改稿中，托尔斯泰把玛丝洛娃的感知、记忆、情感立体化了。

首先，她没有一下子认出他来，说明分离日久，也说明往日的记忆深藏情感深处，痛苦不在表层。

其次，最活跃的情绪是眼下的职业习惯，见了陌生男人，只要是有钱的便高兴起来，连对求婚这样的大事都根本没有听到心里去，这正说明她心灵扭曲之深，妓女职业对表层心灵麻木之深，即使往日的情人流着泪向她求婚，她也仍然把他当作一个顾客，最本能的反应是先利用他一下，弄点钱买烟抽。说到不要向看守长白花钱，她居然哈哈大笑起来，为自己的聪明而得意非凡。这更显示了玛丝洛娃的表层心理结构完完全全地妓女化了、板结了，在这样重大的意外事件的冲击下，也依然密不透风，可见这些年来她心灵痛苦之深。定稿中的"哈哈大笑"，之所以比初稿中严词斥责精彩，就是因为更加深刻地显示了她心理结构的表层感知、记忆、情感、行为、语言的化石化，在读者记忆中的那个青春美丽、天真纯情的心灵被埋葬得如此之深，其精神是完全死亡了（《复活》的主题就是让她和聂赫留朵夫同样地在精神上复活）。

---

① 〔俄〕符·日丹诺夫：《〈复活〉的创作过程》，雷成德译，内蒙古人民出版社1982年版，第22页。

② 〔俄〕符·日丹诺夫：《〈复活〉的创作过程》，雷成德译，内蒙古人民出版社1982年版，第22页。

光是读定稿中的文字，虽然凭着直觉也可以感受到托尔斯泰笔力的不凡，但是很难说出深刻在何处。一旦将原稿加以对比，平面性的描述和立体性的刻画，其高下、其奥妙就一目了然了。凭借文学大师的修改稿，进入分析，自然是一条捷径，非常可惜的是这样的资料凤毛麟角，但是它是如此有引诱力，以至于人们很难完全放弃。

四、不同形式的比较

引进西方所谓语言理论，诸如陌生化，完全取消了内容与形式的对立，则对中国传统散文的理论与实践完全盲目。《文心雕龙》五十篇，其中十篇是讲文体形式的。不同形式之间的规范不可混淆。

如“论说”篇，是古典议论文的核心，“论”和“说”在表面上是一致的，但在实质上，“论”和“说”是两种文体，有着明显不同的规范。“说”起于先秦游说之士的纵横之术。在当时具有现场即兴、口头交际的性质，其“善者”能够凭“三寸之舌，强于百万之师”。刘勰认为“说”作为文体的根本特点乃是“喻巧而理至”“飞文敏以济辞”[1]，强调的是言说的智慧、机敏，特别是比喻的巧妙，具有机智、敏锐、出奇制胜的优长。从这个意义上说，“说”这种文体，虽然有“喻巧而理至”“飞文敏以济辞”的优长，但其局限是不可忽略的。犹太人有谚语曰：“一切的比喻，都是跛脚的。”因为比喻在逻辑上属于类比推理，这种类比，只是在不同的事物之间取其一点相通，难以顾及不同事物的根本区别。如《晏子使楚》中，晏子对于楚国开小门让他进，他的反击是：“使狗国者，从狗门入；今臣使楚，不当从此门入。”按逻辑推演下去，顺理成章的结论就是，如果让我从这个小门进去，楚国就是狗国。他的大前提（巧喻）没有论证，是很武断的。根本就不存在人出使狗国的可能，更不可能有狗国迎人于小门的惯例。这个比喻论证之所以两千多年来脍炙人口，与其说是因为其雄辩，不如说是现场应对的急智。在对话现场，即使有漏洞，对方若不能即兴反击，在现场就是胜利，哪怕在事后想到很精致的反驳，也于事无补。

历史的发展和积累，促使“说”超越了现场的口舌之机敏，而成为一种文体。成为文体的“说”与凭借口头机敏的现场即兴对答不同，不再是现场一次性的“一言既出，驷马难追”式的发言，而需要形诸文字，在空间上超越现场，在时间上传诸后世，在不断地修改、提炼中精益求精，长期反复使用，日积月累，遂具模式。“说”这种文体，成为积淀机智论说经验的载体。其特点为：不直接正面说理，而从侧面以比喻引出论点。因为是口头

---

① 〔南朝梁〕刘勰著，范文澜注：《文心雕龙注》（卷四），人民文学出版社1958年版，第329页。

的，所以光是其格言式的警策，在现场就够动人了，并没有论证的必要。“说”超越了口头现场表达，成为文章的体裁，而要超越时间和空间传播，语录式的论断就显然不够了。如柳宗元的《捕蛇者说》就把孔子“苛政猛于虎”的经典论断，化为“说”这种文章的经典范式。作为文章，不仅要有论断，还要有根据，不但要有根据，而且要层次分明，引人入胜。故“说”不但要有“喻”，而且要“巧”，“巧”不是单层次的宣告，而是多层次的逐步深入。古人留下了众多经典之作，但是，也有过分强调喻巧，明显不可信的，如《唐雎不辱使命》，作为弱国的代表和强国秦王谈判，居然以十步之内不惜与秦王拼命而取得成功。即使现场取得胜利，事后不但他自己，且安陵小国也无法避免被消灭的后果。“说”作为文体的经典，当以《捕蛇者说》为代表，柳宗元先说一个故事，强调为王命捕毒蛇者两代惨死，一代危殆而不舍其业。这个喻体是第一层次。当柳宗元提出免其供蛇、复其租赋，而捕蛇者“汪然出涕”，原因是捕蛇之危，“未若复吾赋不幸之甚也”。这是第二层次。第三层次是具体例证，六十年来，与其祖相邻者，“殚其地之出，竭其庐之入”，而能生存者“十无一焉”，只有他家以“捕蛇独存”。第四层次是，虽然每年两次冒生命危险捕蛇，但其常年能“熙熙而乐”。第五层次是柳宗元的结论：他曾经怀疑过孔子的“苛政猛于虎”，而看到捕蛇者这样的命运，才知道“赋敛之毒，有甚是蛇者乎”。此文之喻，巧在何处呢？第一，比喻推理层次丰富。第二，极端层次转化：先是蛇极毒，捕极危；再是助其脱此极危之业而遭拒；三是拒之则遭更苦之租赋；四是得出苛政之害胜于蛇之极毒。

韩愈的《师说》带着某些“论”的特点，成为更为严谨的“说”。文章的出发点就是一个定义，“师者，所以传道受业解惑也”。他并没有对之加以分析，就以其为大前提进行推演。其中也有局部的矛盾分析，第一个矛盾是年龄小于己，第二个矛盾是地位低于己，这些都不能妨碍其为师。年龄小、地位低，转化为师之尊的条件只有一个——“道”（“道之所存，师之所存也”）。

韩愈在这里并没有用巧喻，为什么不把自己文章的题目“师说”改成“师论”呢？他显然意识到“论”的要求高得多。在科举考试中有史论，在朝堂上有策论、史论，那是很严格的“论”。《文心雕龙》“论说”篇，对“论”的阐释和“说”的“喻巧而理至”有着巨大的不同：

> 原夫论之为体，所以辨正然否；穷于有数，追于无形，迹坚求通，钩深取极；乃百虑之筌蹄，万事之权衡也……必使心与理合，弥缝莫见其隙；辞共心密，敌人不知所乘。①

“论”作为一种文体，论证的规范显然比“说”要复杂、深邃得多。它不是以巧喻为

① 〔南朝梁〕刘勰著，范文澜注：《文心雕龙注》（卷四），人民文学出版社1958年版，第328页。

务，因为喻不管多么巧，免不了间接地从一个侧面出发。“论”则是从肯定、否定两方面进行分析（“辨正然否”），把握全面资源（“穷于有数”），深思熟虑，把所有的可能都加以权衡（“百虑之筌蹄，万事之权衡”），严密到没有任何漏洞（“弥缝莫见其隙”），让论敌反驳无门（“敌人不知所乘”）。总的来说，“论”的要求就是全面、反思、系统、缜密。刘勰对以“论”为体的文章做出这么丰富的规定，并不完全像古希腊大师那样主要依赖推理，而是对先秦以来写作经验的总结。

从《论语》式的语录到《孟子》式的反驳，为“论”奠定了基础。其间包括了给皇帝建议的“策”和“疏”，后来清代姚鼐在《古文辞类纂》中将之归纳为“论辨类”。但是，该书《序目》不选先秦诸子，因为“自老庄以降，道有是非，文有工拙”，“悉以子家不录，录自贾生始”。这可能说明，“论”的文体从草创到规范，经历了千年以上的积累，才产生了贾谊那样公认的经典。《古文辞类纂》所选贾谊的《过秦论》、柳宗元的《封建论》和苏洵的《六国论》等，不但体制比较宏大，而且在逻辑上涵盖全面。所谓全面，是多方面的系统性。不但在正面自圆其说，而且要从反面“他圆其说”，要有共识作为论证的前提，还要有系统的事实论据，以不可否认的经验来证明自己的论点不可反驳。

最为经典的是苏洵的《六国论》，其论点属于北宋主战派，不无时代之烙印，却最为经典。原因就在于其多方面展开，既有采用利于自己论点的事实，也不回避不利于自己论点的事实，反而把不利于自己论点的事实转化为有利于自己的论据。文章针对主和派，提出的论点就是对世俗之见的反拨：六国之亡，不是亡于战，而是亡于不战。作者本着“论”的“辨正然否”“穷于有数”的精神，把不利于自己论点的历史，那就是燕国虽然敢于战，却也灭亡的事实加以分析。首先，燕国是小国，敢于战不说，还胜多败少，但因内部矛盾，错杀了良将李牧；其次，大国不敢战，争相贿秦，越是贿秦，秦越强大，大国相对越是弱小，结果大国无法避免灭亡的命运，小国孤军也不能不走向失败。此文最大的特点是将有利于主和派的论据转化为有利于自己的论据，这正是文章显得雄辩的原因。这种论辩术，不但体现了《韩非子・难一》中“以子之矛，攻子之盾”的论辩精神，而且和当代西方修辞学将对手的论据化为自己的论据（justifying my position in your term）[①]的前沿学术不谋而合。

我国散文文体丰富，《文心雕龙》中的五十章，有二十章是讲文体的。即使与“论”同属奏议之列的“章表”，亦有间不容发的区别。战国时期“言事于主，皆称上书。秦初定

① 刘亚猛：《以你的道理来论证我的立场——全球化时代的跨文化论辩》，《当代修辞学》2018年第4期，第27—40页。从东西方论辩实践出发，破除“论辩双方必须属于同一话语共同体”这一定论，在修辞理论界首先提出发生于不同系统成员之间的论辩必须遵循的基本原则。

制，改书曰奏”。到了汉朝，将之分化为四品：“一曰章，二曰奏，三曰表，四曰议”。本来“章表奏议，经国之枢机”，“章”用来谢恩，文风的典范是《尚书》，当精要、深邃。而“表以陈情”，“表”的性质属于实用性公文，虽然有抒情功能，也基本上有固定模式：先是“臣某言”，结尾多是“臣某诚惶诚恐，顿首顿首，死罪死罪”。这样的抒情模式是僵化的，表中便有了大量“情伪多变”的官样文章，但是也产生了诸葛亮《前出师表》这样的好文章，在对刘禅的说理达到情理交融的高潮时，会出现：“今当远离，临表涕零，不知所言”。这是真正动了感情，到了理性有点混乱的程度。曹植的《求自试表》，结语是：“冀以尘雾之微，补益山海；萤烛末光，增辉日月……圣主不以人废言，伏惟陛下少垂神听，臣则幸矣”。表是上书皇帝的文体，对曹植，虽然与皇帝是亲兄弟，但由于争夺继位的斗争，亲情已经被毒化了，那种诚惶诚恐的心情，当是自然的流露；诸葛亮的《前出师表》，出自一个三军统帅，但他在官方的正式文书中，坦然表述流出眼泪来，激动得不知所云；李密的《陈情表》，最后的结语是“臣不胜犬马怖惧之情，谨拜表以闻”。拒绝皇帝的征召，李密的恐惧是实实在在的。这些在一般的奏章中是不可想象的，只有在“表”这种以“陈情”为务的体裁中，才能得到相当自由的表现。从这里可以看出，“表”作为文体是很独特的，它是一种政治公文，其理性规范严谨，甚至是僵化的，但这种模式可以用来抒情。这种抒情性的公文，在世界文学史上，可能是独一无二的，特别是到了真性情的作者笔下，也会别开生面地焕发出不朽的审美光彩。

除了论说、章表以外，《文心雕龙》还特别讲了“诏策”“檄移”“奏启”“议对”“书记”和“史传”等各自不同的特点。这一切形式都是中国散文传统的特殊规范，可惜的是，在现代散文理论中，由于权威的“内容决定形式”，都被抹杀了。特别是对史传文体特点的漠视，以至于百年来，对于中国古典小说承继史家笔法，以叙述寓褒贬，重对话动作，几无西方小说心理描写之优长，几乎集体失语。

这就严重影响了现代散文，由于“五四”时期周作人把散文定性为“美文”，“叙事与抒情”完全排斥了中国传统散文论说文体之丰富多元，以至于余秋雨突破了抒情与叙事超越了审美抒情，将审美与审智结合起来，以历史文化批评风貌横空出现之时，遭到媒体起哄，攻讦多年，但是这并没有损害他的文学地位。余秋雨对于中国当代散文的发展有历史性的贡献。他创造了一种文化散文的文体，把人文景观用之于自然景观的阐释。长期以来，思想容量小、品位不高、几近小品的散文，被视之为正宗。余秋雨赋予散文以宏大的文化版图，像《一个王朝的背影》居然能通过承德避暑山庄，提取一把交椅和颐和园的意象，凝聚着一个疲惫的王朝，把清王朝统治阶级精神从强盛到衰败，汉族知识分子从抵抗到为之殉葬的漫长历史过程都浓缩在其上，这种历史的贡献，是任何喧嚣的媒体评论所不能扼杀的。

在西方到了18世纪，也觉悟到不同艺术形式的不同规范。莱辛在名著《拉奥孔》中，评论希腊著名雕塑“拉奥孔”，创造了一种办法，那就是从相同内容、不同形式的作品寻求对比。拉奥孔父子被蛇缠死的故事，在维吉尔的史诗中描写得很惨烈，他们发出了公牛一样的吼声，震响了天宇。可是在雕塑中，拉奥孔并没有张大嘴巴，声嘶力竭地吼叫，相反，只是如轻轻叹息一般，在自我抑制中挣扎。莱辛由此得出结论说，由于雕塑是诉之于直观的，如果嘴巴张得太大，远看起来必然像个黑洞①，那是不美的。而用尽全部生命去吼叫，在史诗中却是很美的，因为诗是语言艺术，并不直接诉诸视觉，而是诉诸读者的想象和经验的回忆，没有直观的生理刺激。莱辛给了后代评论家以深刻的启示：在雕塑中行不通的，在史诗中却非常成功。只有明白了在雕塑中不应该做什么，才会真正懂得在雕塑中应该做什么。用理论的话语说，就是只有把握了一种艺术形式的局限性，才能理解它的优越性。同题材而不同形式的艺术形象的差异，正是分析的线索。白居易的《长恨歌》和洪昇的《长生殿》同样是取材于唐明皇和杨贵妃的故事。但是，在诗歌里，李、杨的爱情是生死不渝的；而在戏剧里，两个人却发生了严峻的冲突。联系到诸多类似的现象，不难看出，在诗歌中，相爱的人，往往是心心相印的；而在戏剧里，相爱的人，则是心心相错的。在戏剧里，没有情感的错位，就没有戏剧性，没有戏可演。同样是在七月七日长生殿，李隆基与杨玉环盟誓：生生死死，永为夫妻。在诗人白居易看来，这是非常浪漫的真情，而在小说家鲁迅看来，在这种对话的表层语义之下，恰恰掩盖着相反的东西。郁达夫在《历史小说论》中回忆鲁迅的话：“他的意思是，以玄宗之明，哪里会看不破安禄山和她的关系？所以七月七日长生殿上，玄宗只以来生为约，实在心里有点厌了……到了马嵬坡下，军士们虽说要杀她，玄宗若对她还有爱情，哪里会不能保全她的生命呢？所以这时候，也许是玄宗授意军士们的”②。

联系到柳宗元在《小石潭记》中，对于自然景观发出了那么真诚的赞赏，这里的美，是很“幽邃”的，远离尘世、超凡脱俗，但是“寂寥无人，凄神寒骨，悄怆幽邃”，“其境过清”，欣赏则可，却“不可久居”。柳宗元就坦然地离去了。柳氏性格的一个侧面，比较执着于现实，这在散文中得到自如的表现；而在诗歌中，则是另外一面，那是不食人间烟火的境界。如《江雪》：

千山鸟飞绝，万径人踪灭。

① 〔德〕莱辛：《拉奥孔》，朱光潜译，人民文学出版社2009年版，第16、22页。

② 郁达夫：《历史小说论》，载《达夫全集·第四卷·奇零集》，北新书局，1933年版，第67—78页。

孤舟蓑笠翁，独钓寒江雪。

开头两句，强调的是生命的“绝”和“灭”。一个孤独的渔翁，在寒冷、冰封的江上，是“钓雪”，而不是钓鱼，不要说“其境过清”，就连寒冷的感觉都没有，孤独本身就是一种享受。这和散文中“其境过清，不可久居”的境界大不相同的。把诗歌里的柳宗元，和他在散文中的差异抓住，加以分析，将会看到孤立地分析柳宗元的两个作品所看不到的奥秘。散文中的柳宗元，还是不能忘情于现实环境、居住条件，甚至是国计民生，乃至政治；而诗歌则可以尽情发挥超现实的、形而上学的空寂的理想，人与自然合一的物我两忘的境界。他的《渔翁》一诗表现得更明显：

渔翁夜傍西岩宿，晓汲清湘燃楚竹。

烟销日出不见人，欸乃一声山水绿。

回看天际下中流，岩上无心云相逐。

对于这首诗的最后两句，是有争议的，苏东坡认为完全是多余的，只要前面四句就足够了。人在湘江之畔，在云雾烟火之中，然而倏忽之间，只留下橹声和一片山水的空镜头。明明是人逍遥于山水之间，却“不见人”，这就构成了浑然天成的意境。但是，最后两句似乎也不是完全多余。这里的“回看”是人的回看，一是显示舟行之速，顺流而下的水位来于天际之高，导致舟行之迅捷；二是云之“无心”，乃是渔人之“无心”，悠然、淡然地观云之相互追逐。从命意意义上说，“无心”乃是点题，然而，点云而不点人。有此两句，则意蕴更深，超越世俗凡尘，无损意境之圆融。云的动态、舟的迅捷，与人的超然，达到高度和谐统一。

归有光的《项脊轩志》，由于是“志”的文体，属于史传性质，秉承记言、记事，寓褒贬的春秋笔法，倾向隐含于叙事之中。写到家族分化：“先是庭中通南北为一”，引出“庭中”“南北”曾经一体，院落巨大。“迨诸父异爨”，“迨”只一字，便引出庭院今昔之变。“异爨”（分灶），不说分家，用十分古奥的词汇“爨”，极显委婉、精练。避言家族之解，亲情之衰，只以效果呈示：“内外多置小门墙，往往而是”。用可见之细节说话，从分灶到小门墙，其中分家、分房，意不在空间之分，而在亲情之割，省略多少不便言、不忍言之事。只言犬“东犬西吠”，第二层以细节说话，不说人之互争，但言犬之互吠。“客逾庖而宴”，第三层以细节显示，不言亲情之杂扰，但言客之逾庖。“鸡栖于厅”，第四次以细节凸显怪异，厅乃宗室会聚、议事、祭祀之所，居然为鸡所栖。“庭中始为篱”，这是细节之第五层次，不言为篱之缘由在家族之纷争，只言为篱，且不在边际，而在中庭。中庭乃族人共享之所。“已为墙”，细节时入第六层次，篱之隔不足，乃为墙，不言矛盾日激，但言篱变为墙。六个细节，六个层次，层层递进，一变，再变至六变，物之再隔，极写亲情分裂日深。文章极简，只有名词与动词，且皆通用语，无生僻字，形容词只有“小”“多”，副词仅有“始”“已”“凡”，感叹词仅一“矣”。句皆短，句间连接词省略，不事感叹，亦无渲染。这是归有光以“志”不以“记”为题之匠心。但是作为“记”则可以抒情，他的《家谱记》就不这么含蓄而有直接的评判和抒情了：“归氏至于有光之生，而日益衰。源远而末分，口多而心异。自吾祖及诸父而外，贪鄙诈戾者，往往杂出于其间。率百人而聚，无一人知学者；率十人而学，无一人知礼义者。贫穷而不知恤，顽钝而不知教；死不相吊，喜不相庆；入门而私其妻子，出门而诳其父兄：冥冥汶汶，将入于禽兽之归……有光每侍家君，岁时从诸父兄弟执觞上寿，见祖父皤然白发。窃自念吾诸父兄弟，其始一祖父而已。今每不能相同，未尝不深自伤悼也”①。

两者对比，作为“记”是可以直接批评，甚至可以长篇大论地痛斥，而“志”则明显上承春秋笔法的传统，仅记言、记事而寓褒贬于叙述之中。

论坛上关于诗歌与散文纷纭的理论，似乎都不得要领，原因在于：孤立地就散文论散文，就诗歌论诗歌，也就难免从现象到现象的滑行了。其实，许多诗人同时也写散文，李白在诗歌中是不能“摧眉折腰事权贵”的，而在散文中却以“遍干诸侯，历抵卿相”为荣，余光中的诗歌《乡愁》是亲情的悲剧，散文《听听那冷雨》则带有文化的乡愁和隐约的政治性。二者加以比较，不难得到深刻的宝贵的启发。

选择相同题材不同形式的作品加以比较，找出其间的差异，从而探求艺术的奥秘，这种方法适应性比较广泛，尤其是一些经典作品，不论中国历史、传说，还是西方《圣经》、神话题材都曾反复地被大师加工成不同的体裁。但是，这种方法的适应性是相当有限的，不仅对绝大多数的现代和当代作品不适用，而且对许多古典作家也不适用，即使适用，也可能由于一时手头缺乏齐备的材料而无从分析。但是，并不等于形象的内在矛盾不存在了。要揭示其内在奥秘，还有一种方法，不是凭借现成的资料，而是把艺术形象中的情感逻辑和现实的理性逻辑加以对比。

五、情感逻辑的“还原”

艺术家在艺术形象中表现出来的感知不同于科学家的感知。科学家的感知是冷静的、客观的，追求的是普遍的共同性，排斥个人的感情。有了个人情感色彩，就不科学了，没有意义了。可艺术家则恰恰相反，艺术感觉（或心理学的知觉）之所以艺术，就是因为它经

① （明）归有光：《家谱记》，载《钦定四库全书·震川集·卷十七》，上海古籍出版社，1993年版，第274页。

过个人主观情感或智性的“同化”，就不同于理性了，这时再用“形质俱变”来解读，就显得肤浅了，好在17世纪的古典诗论有了世界性的重大突破。

清初文学家贺贻孙《诗筏》提出“妙在荒唐无理”①。贺裳（1681年前后在世）和吴乔(1611—1695)提出“无理而妙”“痴而入妙”②。方贞观在《辍锻录》亦持此说。沈雄（1688年前后在世）在《古今词话·词评下卷》又指出：“词家所谓无理而入妙，非深于情者不辨”③。

从无理转化为妙诗的条件就是情感，比之陆机《文赋》中所谓“诗缘情而绮靡”④，严羽“诗有别趣，非关理也”的陈说是一个大大的飞跃。吴乔《围炉诗话》在引贺裳语时还发挥说：“其无理而妙者……但是于理多一曲折耳”⑤。

“于理多一曲折”，就是从理性层次转换为情感层次，这就把理性逻辑与情感逻辑的矛盾及其转化的条件提了出来。他们不约而同地举李益《江南曲》为例：

嫁得瞿塘贾，朝朝误妾期。

早知潮有信，嫁与弄潮儿。

表面上是绝情，由悔嫁而生改嫁之思。似无情，但是实质上却是深情。“朝朝误妾期”，是天天在期盼、等候，是情之深引发恨之深。其实类似的作品比比皆是。如金昌绪《伊州歌》：

打起黄莺儿，莫叫枝上啼。

啼时惊妾梦，不得到辽西。

这完全是无理的，自己思念丈夫，不能和丈夫幽会，不怪战事之无期，却怪无辜的黄莺。但是，这却是天真且深情的。此类作品，特点是表层的感知不合理，成为深层情感乃至情结的索引。有些作品，往往并不直接诉诸感知，尤其是一些直接抒情的作品，光用感觉还原就不够了。例如“在天愿作比翼鸟，在地愿为连理枝，天长地久有时尽，此恨绵绵无绝期”，好在什么地方？它并没有明确的感知变异，它的变异在于情感逻辑之中。

这时用感觉还原就文不对题了，应该使用的是情感逻辑的还原。这里的诗句说的是爱情是绝对的，在任何空间、时间，在任何生存状态，都是不变的、永恒的。爱情甚至是超

① 贺贻孙：《诗筏》，载郭绍虞编：《清诗话续编》（第一册），上海古籍出版社1983年版，第191页。

② 贺裳：《载酒园诗话》，载郭绍虞编：《清诗话续编》（第一册），上海古籍出版社1983年版，第209、225页；吴乔：《围炉诗话》，载郭绍虞编：《清诗话续编》（第一册），上海古籍出版社1983年版，第477—478页。

③ 唐圭璋编：《词话丛编》，中华书局1986年版，第1044页。

④ （晋）陆机：《文赋集释》，张少康集释，上海古籍出版社1984年版，第71页。

⑤ （晋）陆机：《文赋集释》，张少康集释，上海古籍出版社1984年版，第478页。

越生死界限的。这是诗的浪漫，其逻辑的特点是绝对化。用逻辑还原的方法，明显不符合理性逻辑。理性逻辑是客观的、冷峻的，是排斥感情色彩的，对任何事物都取分析的态度。按理性逻辑的高级形态，亦即辩证逻辑，任何事物都不可能是不变的。在辩证法看来，世界上没有永恒不变的东西，一切都随时间、地点、条件而变化。把恋爱者的情感看成超越时间、地点、条件是无理的，但是这种不合理性之理，恰恰又符合强烈情感的特点。“无理而妙”，为什么妙？无理对于科学理性来说是不妙的，但因为情感的特点恰恰是绝对化，无理才有情，不绝对化不过瘾。所以严羽才说：“诗有别才，非关理也。”

自然，情感逻辑与理性逻辑的矛盾，绝对化只是其一端，更为广泛存在的是违反形式逻辑的矛盾律、排中律和充足理由律。

首先是违反同一律，最明显的是，苏东坡的《水龙吟·杨花》一开头就是：“似花还是非花”这简直是和同一律作对。最后则是“细看来不是杨花，点点是离人泪。”这就违反了矛盾律。更明显的是陆游的《示儿》：“死去元知万事空，但悲不见九州同。王师北定中原日，家祭无忘告乃翁。”明明说死后万事皆空，没有感觉了，却要北伐成功之日，祭告胜利消息。人真动了感情就常常不知是爱还是恨了，明明相爱的人却偏偏叫冤家，明明爱得不要命，可见了面又像贾宝玉和林黛玉那样互相折磨。臧克家纪念鲁迅的诗说：“有的人活着，他已经死了；有的人死了，他还活着。”这按通常的逻辑来说是绝对不通的。可要避免这样的自相矛盾，就要把他省略了的成分补充出来：“有的人死了，因为他为人民的幸福而献身，因而他永远活在人民心中。”这很符合理性逻辑，却不是诗了。在直接抒情的古风歌行体诗作中，是以完全不符合充足理由律取胜的，如李白的《月下独酌·其二》：

天若不爱酒，酒星不在天。

地若不爱酒，地应无酒泉。

天地既爱酒，爱酒不愧天。

完全违反逻辑因果，才有强烈的情感。到现代派诗歌中，理性逻辑的扭曲程度更大，他们甚至喊出“扭曲逻辑的脖子”的口号。在小说中，情节是一种因果，一个情感原因导致层层放大的结果，按理性逻辑来说理由必须充分，这叫充足理由律。可是在情感方面充足了，在理性方面则不可能充足。说贾宝玉因为林黛玉反抗封建秩序、和贾宝玉思想一致才爱她，理性这么清晰，就一点感情也没有了。如果从纯粹理性考虑，林黛玉身体不好，神经衰弱、胃溃疡、肺结核，病病歪歪，生儿育女的可能性很小，脾气不好，很难伺候。但是，贾宝玉就是着迷，《红楼梦》中叫作“情痴”。“痴”就不讲道理了。而掌握最高决定权的贾母，则完全是实用逻辑，觉得林黛玉身体不好，在“寿数”上可能不太长，又加上“心重”，就是神经过度敏感。而薛宝钗身体健康，生儿育女没有问题，又豁达大度，不难伺候。她从理性实用逻辑出发选择了薛宝钗。贾母从主观意向来说，深爱宝玉和宝钗，结果却是宝玉出家，宝钗守活寡，爱的悲剧根源在于两种逻辑的错位。

20 世纪周扬与胡风争论性格的个性与共性，孤立在概念上兜圈子，始终不得要领，其实要害在人物之间的关系，相爱、相亲的人情感逻辑错位了就有了个性。

在现代派小说中，作家们前赴后继把反理性逻辑发展到极端，把无理而妙发展至荒谬而妙。如余华的《十八岁出门远行》，整个小说情节的原因和结果都是颠倒的，情节的发展好像在和逻辑因果开玩笑。主人公以敬烟，对司机表现善意，司机接受了善意，却引出粗暴地拒绝乘车的结果；“我”对他凶狠呵斥，他却十分友好起来。半路上，车子发动不起来，本来应该是焦虑的，司机却无所谓。车上的苹果让人家给抢了，本该引发愤怒和保卫的冲动，司机却无动于衷。“我”本能地去和抢劫者做搏斗，被打得头破血流，“鼻子软塌塌地挂在脸上”，本该是非常痛苦的，却一点痛苦的感觉也没有。一车苹果被抢光了，司机的表情却“越来越高兴”。抢劫又一次发生，“我”奋不顾身地反抗抢劫，被打得“跌坐在地上，再也爬不起来”。司机不但不对“我”感谢、慰问，相反却“站在远处朝我哈哈大笑”，这就够荒谬的了。可是作者显然觉得这样的荒誕，还不够过瘾，对荒诞性再度加码。抢劫者开来了拖拉机，把汽车上的零件，能拆卸的都拿走了。司机则和那些抢劫的人们，一起跳到拖拉机上去，在车里坐下来，“朝我哈哈大笑”。深入分析，不难发现，在表面上绝对无理的情节中，包含着一种深邃的道理，当然，可能阐释的空间是多元的。

我觉得在无理的深层有着深邃的逻辑：小说的荒谬感是双重的，首先，被损害者对于强加于己的暴力侵犯，毫无受虐的感觉，相反却感到快乐；其次，被损害者对为之反抗抢劫、付出代价的人，不但没有感恩，相反对之加以侵害，并为此感到快乐。再次，除了施虐和受虐，还有更多的荒谬，渗透在文本的众多细节之中。小说有时很写实，有时又常常自由地、突然地滑向极端荒诞的感觉，“鼻子软塌塌地”，不是贴着而是挂在脸上了，这样的血腥，居然连一点疼痛的感觉都没有。用传统现实主义的“细节的真实性”原则去追究，是要做出否定的判决的。然而文学欣赏不能用一个尺度，特别不能光从读者熟悉的尺度去评判作家的创造。余华之所以不写鼻子被打歪了的痛苦，那是因为他要表现人生有一种特殊状态，是感觉不到痛苦的痛苦：在鸡毛蒜皮的小事上痛苦不已，呼天抢地，而在性命攸关的大事上麻木不仁。这是人生的荒谬，但人们对之习以为常，不仅没有痛感，相反乐在其中。这是现实的悲剧，然而在艺术上却是喜剧。

喜剧的超现实的荒诞，是一种扭曲的逻辑。然而这样的歪曲逻辑，却能启发读者想起许多深刻的、悖谬的现象，甚至可以说是哲学命题——为什么本来属于自己的东西被抢了却感觉不到痛苦？为什么自己的一大车东西被抢了却无动于衷，而把别人的一个小背包抢走还沾沾自喜呢？缺乏自我保卫的自觉，未经启蒙的麻木、愚昧，从现实的功利来说，是悲剧，从艺术哲学的高度来看，则是喜剧。从这个意义上说，在这最为荒谬的现象背后潜藏着深邃的睿智——没有痛苦的痛苦是最大的痛苦。无理中的有理，这样的无理，比有理多了一层曲折，这里蕴含着哲学深邃性，比之一般的道理要深邃得多。如果不把理性逻辑与情感逻辑分化出来，就无法进行深入的分析。这样的分析，很显然，从严格意义上说，已经不完全属于情感的范畴，而是属于情感和理性交融的范畴了。这个范畴的分野，其实已经是进入价值的范畴。

六、价值的"还原"

鲁迅对《三国演义》的艺术评价比较低，特别是对诸葛亮，说他不真实，"多智而近妖"。表面上不无道理，诸葛亮能够准确预报三天之后江上一定大雾弥天，而且可以向老天借东风。这是不可能的。但是，千年来，艺术家和读者有默契，通过不科学的假定、虚拟、想象，揭示诸葛亮的个性。鲁迅之失在于：第一，艺术的假定性，尤其是古代传奇，超现实的假定，有利于揭示人物内心深处的奥秘；第二，忽略了小说不是诗歌，非个人的抒发，而是人与人之间的情感错位。原本故事是孙权视察曹操水军，曹军以乱箭射之，船一侧重欲倾，孙权命以另一侧承之，遂得平衡。数百年后在《三国志平话》中，变为周瑜这船被曹军所射，周瑜乃张布为幔以承箭。遁去之时，命军士呼"谢丞相箭"。《三国演义》加上了孔明预知三日后有大雾。盟友周瑜刁难其十日造十万支箭，曰，只需三日。周瑜多妒，正中下怀。欲合法置孔明于死地。孔明求鲁肃三日内备二十船，船上青布为幔，皆束稻草。三日后果大雾。孔明命鸣鼓进军。曹操多疑，惧诸葛亮有埋伏。乃以箭射住水寨阵脚。乱箭皆中草束。待日高雾散，孔明乃命军士高呼"谢丞相箭"。此事于科学理性不真，然于人物情感错位却精彩。孔明之多智，乃为盟友周瑜之多妒所逼，多智之冒险，遇曹操之多疑，乃大胜，于是多妒更加多妒，多智更加多智（到借东风），多疑更加多疑（水战之前，杀了水军将领），人物情感错位反复循环。周瑜欲杀孔明、刘备之计一而再，再而三，皆败于孔明，赔了夫人又折兵，自知智不如人，死前乃有著名之"既生瑜，何生亮"之叹，不但成为审美价值超越科学理性价值之典范，而且成为后世妒忌心理之伟大定律。

价值还原，不仅在于科学理性之真的超越，还在于实用理性之善的超越。

《儒林外史》中"范进中举"，并不完全是吴敬梓的发明，而是他对原始素材真人真事改编的结果。清朝刘献廷的《广阳杂记·卷四》中有一段记载：

明末高邮有袁体庵者，神医也。有举子举于乡，喜极发狂，笑不止，求体庵诊之。惊曰："疾不可为矣！不以旬数矣！子宜亟归，迟恐不及也。若道过镇江必更求何氏诊之。"遂以一书寄何。其人到镇江，而疾已愈，以书致何，何以书示其人，曰："某公喜极而狂。喜则心窍开张而不可复合，非药石之所能治也。故动以危苦之心，惧之以死，令其忧愁抑郁，则心窍闭。至镇江当已愈矣。"其人见之，北面再拜而去。吁！亦神矣。①

"吁！亦神矣。"用今天的话来说就是："啊！医道真是神极了。"可以说这句话是这段小故事的主题：称赞袁医生的医道高明。他没有用药物从生理的病态上治这个病人，而是从心理方面成功地治愈他。其全部价值在于科学的实用性，是很严肃的。而在《儒林外史》中却变成胡屠户给范进的一记耳光，重点在于出胡屠户的洋相。范进的丈人胡屠户因为经济的优越性，转化为精神的优越感，极端藐视范进，范进中了秀才之际，他的庆贺之词，成为公开的教训和奚落，而范进，作为穷困的官僚后备者，则恭谨接受："岳父见教的是。"完全丧失了起码的自尊。范进欲进一步考举人，胡屠户按自己的情感逻辑，迷信色彩极重，宣称举人乃天上文曲星下凡，公然谩骂其为癞蛤蟆想吃天鹅肉。一旦范进中了举人，喜极而疯，为了治病，硬着头皮打了他一个耳光，却恐惧得手关节不能自由活动，以为是天上的文曲星在惩罚他，连忙讨了一张膏药来贴上。这样一改，就把原来故事实用的理性价值转化为情感的非实用审美价值了。科学的真和美的错位，强烈的荒谬构成了极强的喜剧感。如果硬要真和美完全统一，则最佳的选择是把刘献廷的故事全抄进去。而那样一来，《范进中举》的喜剧美将荡然无存。把科学的实用价值搬到艺术形象中去，不是促成美的升华，而是相反，导致美的消失。②

创作就是从科学的真的价值向艺术的美的价值的转化。因为理性的科学价值的真和实用价值的善，在人类生活中占着优势，审美情感价值常常处于被压抑的地位。其实，只有理性的人，是片面的人、半个人。柏拉图在《理想国》中把数学人当作理想，而把诗当作说谎者，除歌颂神明以外，一无用处，只能逐出理想国外。如果，以柏拉图这样的准则，最理想的人，就是机器人，既不爱父母、儿女，也不爱家乡、祖国。这样的人是很可怕的。文学之所以必要，就是因为把科学理性所压抑了的情感还给人，把人的另外一半还给人。

情感是非理性的，往往深入到潜意识中，很难用语言表达。文学经典熏陶，其特点是潜移默化，是看不见摸不着，往往是可意会而不可言传的。

① 李汉秋编：《儒林外史研究资料》，上海古籍出版社1984年版，第170页。

② 参阅朱光潜：《我们对于一棵古松的三种态度》，载《朱光潜美学文集》（第一卷），上海文艺出版社1982年版，第448—453页。

正因为这样，科学家可以在大学课堂中成批地培养，而艺术家却不能。只有那些少数情感审美价值异常强大，强大到很轻易超越科学的、理性的、真的价值的人，才可能轻松地成为文学家。

要欣赏文学，摆脱被动，就要善于从艺术的感觉、逻辑中还原出科学的理性，从二者的矛盾中，分析出情感的审美价值。为什么李白在白帝城向江陵进发时只感到“千里江陵一日还”的速度，而感觉不到高速度在三峡经过礁石必然带来凶险呢？因为他归心似箭。从理性逻辑来看，船越是轻，则风险越大，为什么并不一定很轻的船却感到很轻呢？因为他流放夜郎，“中道遇赦”，用今天的话来说，就是原本的流放犯，解除政治压力，他心里感到轻松，因而即使航程再险，他也感觉不到了。船再重，他仍然感到是“轻舟”。这种感觉的变异和逻辑的变异成为诗人内心激情的索引，诗人用这种可感的、外在的、强烈的效果去刺激读者想象情感的原因。为什么阿 Q 在押上刑场之时不大喊冤枉，反而为圆圈画得不圆而遗憾？按常理，正是因为画了这个圆才完成判定死刑的手续。通过这个还原，越发见得阿 Q 的麻木。阿 Q 越是麻木，在读者心目中越是能激发起焦虑和关注，这就是艺术感染力，这就是审美价值。如果阿Q突然叫起冤枉来，而不是叫喊“过了二十年又是一个(好汉)”，就和逻辑的常规失去了距离，荒谬感、喜剧的效果就消失了。正因为如此，逻辑的还原必然彰显逻辑的荒谬性，喜剧性的奥秘变得昭然若揭了。

七、历史性“还原”和比较

艺术感知还原、逻辑还原和价值还原，都不过是分析艺术形式的静态的逻辑的方法，属于一种初级的、入门方法。入门以后对于作品的内容还有一个历史的动态的分析问题，因而需要更高级的方法，即“历史还原”。

从理论上说，对一切对象的研究最起码的要求就是把它放到历史环境里去。不管什么样的作品，要做出深刻的分析，就要把隐藏在作品产生的时代（历史）背景中的深邃奥秘，还原到产生它的那种政治的、经济的、文化的、艺术的气候中去。但是，历史背景是分层次的。政治和经济状况的背景，毕竟是外部的，对于同一时期的不同作家都是一样的。历史的还原，目的是抓住不同历史阶段中，艺术倾向和追求的差异。关键是人物内心情感的进展，比如，武松打虎，光从一般文学的价值准则来看，当然也可能分析出它对于英雄的理解：他赤手空拳把老虎打死，从力量和勇气来说，金圣叹说他是“近神”的；但是从心理过程说，他又很平凡。没有见老虎，对店家吹牛，怕老虎的不是好汉，可见了老虎，酒都做冷汗出了。不得已用了一种实际上很可疑的方法，五七十拳就把老虎打死了，活老虎打死了，死老虎却拖不动了。只好一步一步“挨下岗子去”，又见了两只老虎，不知是假的，发出“我今番罢了”的哀叹，用今天的话来说，就是这下子完蛋了。从这个心理变化的过程来说，他又是平凡的，和一般小人物差不多。故金圣叹说他又是“近人”的。分析到这个层次，可以说，已经相当有深度了。但是，如果把它放到中国古典小说对于英雄人物的想象的过程中去，就可能发现，这对于早于《水浒传》的《三国演义》是一个伟大的进步。在《三国演义》中，英雄人物，是超人的，是罕见于平凡的一面的。他们面临死亡和磨难是没有痛苦的，如关公之刮骨疗毒，刀刮出声音来，他仍然谈笑风生。原因在于《三国演义》大部分具有精英文化色彩，而《水浒传》则是大众文化。

《三国演义》中的英雄，都是为了统一这个国家结束灾难，把他自己的生命、智慧、才能奉献出来。所以《三国演义》的英雄基本上是不怕死的，他们是为了自己的理念、所选择的业绩、选择的领袖，献出自己的一生的。他们的目的就是不能像草木一秋，让短暂的生命无意义地过去，一定要建功立业、青史留名。

《三国演义》是伟大的，是当时世界历史上最伟大的，比莎士比亚、塞万提斯、拉伯雷，文艺复兴的、英国的、西班牙的和法国的伟大作家都早两百年。但《三国演义》有个大缺点，就是英雄都是男性的，女人是男性政治斗争、军事斗争的工具，是没有生命的。貂蝉有名，虽然是虚构的人物，但她是来为政治斗争服务的。孙夫人也是政治斗争的一个工具。

《三国演义》讲到刘备三顾茅庐，一顾、两顾、三顾，什么人都见到了，农民、朋友、有名望的知识分子推荐和歌颂诸葛亮，诸葛亮家里的人，甚至于他的丈人都看到了，最后决定要出山，帮助刘备统一国家。可读者看了这么多人，唯一没有看到的就是诸葛亮的老婆，他都没跟老婆商量一下怎么安排，要不要去，这说明在《三国演义》的作者头脑里，在决定一个政治谋略和方向的时候，女人是没有地位的，这是《三国演义》最大的缺点。《水浒传》都是平民，都是平民英雄，他们本来不想当英雄，只是被逼上梁山最后成为英雄。《水浒传》开始有了造反的女英雄，可以杀人放火，一丈青扈三娘、母大虫顾大嫂、开人肉包子店的母夜叉孙二娘，女人开始重要。但是她可以杀人放火，可是她不能有自己的性感觉，不能有女性的生命，有了性情则往往是被否定的，所谓淫妇，最后都是不得好死。虽然如此，却已经是很大的进步了。

有两个女人写得最好，超过《三国演义》，但这些女人都是属于淫妇之类的，这些女人的语言，相当生动。一个是被宋江杀的阎婆惜，这个人其实是很值得同情的，她不懂政治，为了爱情盲目地犯了一个政治性的错误，被宋江杀了。宋江不懂风月，有钱把她包在一套房子里，宋江的手下张文远跟她勾搭，她就爱上了这个张文远，她的爱情是专一的、排他的，跟张文远好了，就不喜欢宋江了，宋江这个人是英雄，他对女性没感觉，因而他也不大去找阎婆惜了。但是阎婆惜的妈妈，要生活，需要宋江的钱，硬把宋江拉去，这个时候我觉得作者把阎婆惜写得很漂亮，虽然作者对女人有成见，但是他写女性的这种生命的感觉是一大进步。阎婆惜的妈妈阎婆硬把宋江拉来了，就希望女儿出来，接待他一下。女儿拒绝，这在中国古典长篇小说里很少见，写得非常精彩。宋江叫黑三郎，张文远也叫张三郎，阎婆就说三郎来了，阎婆惜倒在床上，等着张三郎来，听了娘叫“你心爱的三郎在这里”，连忙起来梳梳头发，嘴里还骂：“这短命的，等得我苦也，老娘先打两个耳刮子着。”非常生动。阎婆惜飞也似跑下楼来，一看宋江，反身就上楼去了，倒在床上。阎婆就打圆场，说：“我儿，你的三郎在这里，怎地倒走了去？”阎婆惜回应得很精彩，倒在床上说：“这屋里多远来。他又不瞎，如何自不上来。”这话毒啊！为什么自己不上来，还要我来迎接？她妈妈就和稀泥，怕得罪了宋江，就说：“这贱人真个望不见押司来，气苦了。恁地说，也好教押司受她两句儿。”于是，阎婆笑道：“我同你上楼去。”阎婆惜不下来，自己反而上楼去，宋江心里不自在，没办法。阎婆带宋江到楼上，把门推开去。那个阎婆惜说了一句你怎么“搗鸟乱”，这是很粗俗的话，又称：“我又不曾做了歹事，他自不上门，叫我怎地陪话！”这根本就不理宋江，虽然宋江给她钱和房子，养活她。阎婆劝女儿陪宋江喝点酒，那阎婆惜却说：“你们自吃，我不耐烦！”她妈只好往软里劝：“我儿，爷娘手里从小儿惯了你性儿，别人面上须使不得。”女儿回应：“不把盏便怎地？终不成飞剑来取了我的头！”这真是非常精彩啊，一个人不爱这个人了，就会当着面来硬顶，你杀了我吗？这个是非常决绝的话。阎婆怎么样反应啊？《水浒传》写得很精彩，“那婆子倒笑起来”。这个笑字太精彩了。本来很僵了嘛，她笑起来打圆场。很会糊弄的技巧，捧一下宋江，说宋江是个“风流人物”，“不和你一般见识”，“你不把酒便罢，且回过脸来吃盏酒儿”。周旋了一番，宋江勉强喝了几杯酒。婆子说，不要见怪，外面人的“胡言乱语”，“放屁辣臊”都不要听。她知道女儿跟这个张文远两个人勾搭，风声宋江早知道了，阎婆讲得很粗野，把风言风语说成“放屁辣臊”，要害却说得轻描淡写。为了转移注意力，婆子还是劝女儿陪宋江吃酒。可是阎婆惜的心在张三郎身上，对宋江根本不“耐烦”，只怕宋江纠缠，没法子喝了半盏，宋江也饮三五杯，情绪缓和些。可是，两人后来依旧没话说，宋江“低着头不做声”，阎婆惜“别转着脸弄裙子”。情绪依旧紧张，关系还是很僵。阎婆“哈哈地笑”道（这个“笑”字，可真是太天才了）：“押司，你不合是个男子汉，只得装些温柔，说些风话儿耍。”弄得宋江没办法，进退不得。而阎婆惜却想：“你不来睬我，指望老娘一似闲常时来陪你话，相伴你要笑，我如今却不要。”[①]可见，女性的这些对话太精彩。同样，潘金莲与武松的对话也非常精彩，这与《三国演义》不管女性男性讲话都之乎者也，根本上不相同。

艺术和文学的历史是对人类内心的探索的历史记录，一代又一代的艺术家虽然表面上各自独立，但是，在表现人物内心的方面，却是前赴后继，有相当明显的继承性，只有把他们之间的历史的差异揪住不放，才能把那隐性的提升揭示出来。

除了对于人物内心的历史深化过程以外，另一个重要的方面，就要看文体的历史差异。艺术形式是不断重复的。审美情感往往就通过艺术形式的发展积淀、巩固下来。

八、流派的“还原”和比较

还原到历史语境中去还只是一个比较笼统的说法，一切历史语境，在文学作品来说，都是历史的审美语境。一切审美语境不但与形式（文类）而且与流派分不开。要真正理解经典文学作品的历史发展，必须分析不同流派的艺术差异。如，徐志摩的《再别康桥》和闻一多的《死水》，孤立分析这两首诗是比较困难的，把这两首诗的艺术倾向联系起来。徐志摩的抒情是相当潇洒优雅的，以美化为目标，而闻一多则是以丑为美的。这不仅两个人个性不同，而且是因为受了两不同流派的诗歌的影响。徐志摩是受了欧洲浪漫主义诗潮的影响，这个诗潮的艺术主张，大致可以拿华兹华斯《抒情歌谣集·序言》中所强调的“一切好诗都是强烈感情的自然流露”[②]来概括。但是这种强烈的感情，是经过沉思提炼的，达到一种宁静境界的结果。所以徐志摩的这首诗感情是潇洒的，不像郭沫若早期的诗那样暴躁凌厉。徐志摩虽然倾向于浪漫主义，但是他不仅善于抒写强烈的感情，而且善于做温情潇洒的抒发。如果把《再别康桥》让闻一多或郭沫若来写，可以想象不知有多少强烈的意象要喷发出来。但是，徐志摩却是很收敛的，反复强调轻轻的、悄悄的，虽然表面上说，心里有一道别离的歌，可是，实际上却反复申说，不能放歌，一切的一切都是沉默的，“沉默是今晚的康桥”，沉默才是美的；“悄悄是别离的笙箫”，也就是静静地自我享受的，默默地自我体验的。这样的情感和语言的提炼，正是徐志摩在艺术上成熟的表现。把悄悄的隐秘的情感集中在告别的一刹那，凝聚在内心无声的沉静中，借助西欧浪漫主义诗歌艺术方法，把自我情感美化到了极致。而闻一多的《死水》则不单纯追求美化，相反从第一节，

---

① （明）施耐庵、罗贯中著：《水浒传》，岳麓书社 1988 年版，第 159—161 页。

② 原文为：“I have said that poetry is the spontaneous overflow of powerful feelings: it takes its origin from emotion recollected in tranquillity.”引自 William Wordsworth,Preface to Lyrical Ballads,The Harvard Classics:1909.14.

就开始极尽丑化之能事，不但是死水，而且是绝望的，不但是破铜烂铁，而且还丢下剩菜残羹。到了第二节，又反过来，把铁锈转化为桃花，铜绿变为翡翠，油腻升华为云霞，发臭的死水居然还能成为碧酒，泡沫化为珍珠。这一切都显示了他所追求的是另外一个流派的美学原则，那就是象征派的“以丑为美”的原则。正是这样的美学原则，帮助闻一多表现了对现实黑暗特有的愤激情绪，哪怕拿给恶魔来“开垦”，也比什么都是老样子，死水一潭好得多。

九、风格的“还原”和比较

把作品的形式发展、作家的审美价值观念，所属的流派、流派的历史背景等等都弄清楚了，是不是就解决了作品分析的一切问题了呢？还没有。

因为所有上述的一切，都还只是揭示了作品和其他同样的形式、同样的流派、同样的历史语境中的作品的共同性。而作品分析的最终目标却不应该是此一作品与其他作品之间的共同性，而是其特殊性，不可重复性，可是在许多教参中，所谓的写作特点很少真正接触到真正的特殊性、唯一性，而是常常把许多作品的共同点拿来冒充。比如说，把朱自清的《荷塘月色》说成是大革命失败后小资产阶级的苦闷和彷徨。这就不是《荷塘月色》一篇文章的特点，而是这一个时期，许多文章的共同点。朱自清作为一个人，精神世界是多方面的，有时有政治的情怀，有时则没有，如《背影》《桨声灯影里的秦淮河》哪里有什么政治的影子呢？要真正抓住作品的特点，就要第一，把作者作为一个个人，从所属的阶层的普遍性中，把特殊性揭示出来；第二，将一般的个性和一时一事的特殊感兴区别开来。像《荷塘月色》，它的妙处，就在那离开妻子和回到了妻子身边的一段很短的时间里，内心的“骚动”和平复的过程。好就好在把似乎是瞬息即逝的、没有任何实用价值的思绪刻画了出来。如果不写下来，生活似乎没有什么损失，但是，艺术上的损失却永远不可弥补了，这就是审美价值与实用价值不同的地方。

从创作论来说，一切艺术创造都不是凭空的，而是在前人的艺术积累基础上前进的。这种积累，首先是形式和流派。艺术是审美情感的表现，任何审美抒情作品都是不可重复的，但这并不意味着每一次艺术创作都从零开始，因为审美情感虽然不能重复，艺术形式和流派却是在不断重复着的。正是在形式和流派中，积累着的人类审美情感升华为审美的规范。有了这种规范，作家就不用从零开始，而是把艺术的历史水准作为自己的起点。但是，形式和流派毕竟是共同的，作家不能不遵循它的规范，但是，又不能完全拘守它。完全拘守它，就变成重复了，就没有创造可言了。艺术要不断突破和颠覆形式和流派的积累。最可贵的是不但遵循其规范，而且还要突破其规范。最大的突破就是对形式和流派的全部规范的颠覆。但是，这是一个很长历史时期的事，像沈约搞四声平上去入，到归纳为平仄二分，再到初盛唐诗人写出成熟的诗篇来，前后经历了四百年，新诗打破旧诗的镣铐，已经一百多年，至今形式规范仍然得不到全民的认同。至于流派，当然比形式的变动要快一些，但是，不能指望大部分作家都有创立流派的才能。有才华的作家，他的个性、他的情感的许多方面与现成的流派和形式不能相容，经过反复探索，往往也只能在遵循形式和流派的审美规范的同时，做微妙的突破，表现出某种前人所没有表达出来的风貌，这就算是有风格了。

在同样的形式和流派中，在同样的历史条件下，有风格，就是有创造。没有风格，就是没有创造。没有创造，就是因循，而因循与艺术的本性是不相容的。余秋雨之所以攻不倒，原因就在于他创造了一种崭新的散文风格。把自然景观拿来阐释人文景观，而且用宏大的文化思考冲破了小品散文的潜在陈规。这在中国当代散文史上可谓开一代文风。对于作品最为精致的分析就是在经典文本中，把潜在的、隐秘的、突破性风格分析出来。比如，同样是抒情，朱自清的《荷塘月色》和郁达夫的《故都的秋》不同。朱自清的抒情，是一种温情，用温情把环境美化，而郁达夫却不写温情，他所强调的是一种悲情，说秋天的美在于萧索、幽远、严厉和落寞。风格的不同，显示了他们不同的文化和美学追求。善于在对比中分析不同，对于读者的精神境界、审美情操有拓展之功。把这两种风格的文章说得差不多，就可能令读者心灵窒息。

要把独特的风格概括出来，就要有精致的辨析力。而善于比较，则是最切实的途径。

不但要善于从看来相同的作品中，看出相异的地方，而且要善于从看来相异的作品中，看出相同的地方。这在黑格尔那里叫作同中求异和异中求同：

> 假如一个人能见出当下显而易见之异，譬如，能区别一支笔与一个骆驼，则我们不会说，这个人有什么了不起的聪明。同样，另一个方面，一个能够比较近似的东西，如橡树与槐树，或寺院与教堂，而知其相似，我们也不能说他有很高的比较能力。我们所要求的，是能看出异中之同，或同中之异。[①]

这是科学抽象的基本功，是需要长期自我培养的。最关键的是，要使思想活跃起来就要在别人看不到联系的地方看到联系。读了《荷塘月色》，看出了朱自清有意地省略了树上的蝉声和水里的蛙声，如果能联想到余光中的《牛蛙记》，就不难看出，朱自清唯恐写了蛙声就破坏了诗意，而余光中偏偏大写特写，把最煞风景的情景写得淋漓尽致，造成了一种

① 〔德〕黑格尔：《小逻辑》，贺麟译，商务印书馆1957年版，第362页。

与朱自清的美化环境和自我风格完全不同的自我调侃的幽默风格。

在别人看不到联系的、同一性的地方，看出了同一性，这是需要抽象力的。没有这样的抽象力，就只能停留在被动阅读的本能上。有了异中求同的能耐，还只是为同中求异提供了进一步的抽象基础；有了异中之同，就有了可比性，同中求异，就不难进一步深化了。仅仅停留在对杜牧的“霜叶红于二月花”的一唱三叹的赞赏，是缺乏抽象力的表现，具有高度的抽象力的读者会联想到杨朔《香山红叶》。它并不以霜打红叶的鲜艳取胜，而是：“红叶就在高头山坡上，满眼都是，半黄半红的，倒还有意思。可惜叶子伤了水，红的又不透。要是红透了，太阳一照，那颜色该有多浓。”前者是古典的诗意的概括式美化，后者是现代散文的细节纷繁的美化。

黑格尔的异中求同和同中求异，其实并不神秘，异中求同就是以抽象力（概括力）寻求可比性（普遍性）；同中求异就是在可比性基础上，分析出特殊性。人文科学不能像自然科学那样将物质置于纯粹姿态，施以外部条件，研究其变化。它只能对事物进行抽象，在可比性的基础上，进行普遍性和特殊性的概括和分析。缺乏在可比性基础上的普遍性概括和特殊分析，就无从进入文本的深层，只能在表层做徒劳、平面的滑行。

彻底的分析，层层深化，如庄子所言，“一尺之棰，日取其半，万世不竭”，从理论上说，追求深度是不可终止的。但是，由于人类语言符号的局限，眼下能够实现的只能是尽可能地层层深化，对不同作家的特点要穷追不舍。不能满足于浅尝辄止。同样是幽默的风格，钱锺书、王小波和舒婷都是幽默的。要把他们的特点分析出来，就需要彻底的同中求异的精神，舒婷的散文，虽然是幽默的，但她的幽默带着抒情性；王小波的幽默则更带智性的深邃；钱锺书的幽默更带进攻性，也就是更多讽刺的尖锐性。

十、同一作家的不可重复的风格

更为精粹的细读/解读，乃是对同一作家不同作品风格差异的分析。如苏联评论家卢那卡尔斯基对果戈理的风格分析指出，他的心灵中有两根弦，一根是民间喜剧性的，如《狄康卡近乡夜话》《钦差大臣》；一根是庄严的英雄主义的，如《塔拉斯·布尔巴》。同样我们也可以将鲁迅写死亡的风格，把悲剧的阿Q写成喜剧，把祥林嫂的悲剧写成沉重的悲剧，把孔乙己的悲剧性死亡，写成在人们感觉中，既不悲也不喜。

郁达夫《故都之秋》被选入语文课本，大家所熟知他写秋天的美，在于凄厉、萧索，而在《我撞上了秋天》写的是“交通管制的北京，今年全国夏季气温最高的北京”，但是，他的感知却是“清丽”的。

走出我那烟熏火燎的房间，刚刚步出楼道，我就让秋天狠狠撞了个斤斗……压迫整整一夏的天空突然变得很高，抬头望去——无数烂银也似的小白云整整齐齐排列在纯蓝天幕上，越看越调皮，越看越像长在我心中的那些可爱的灵气，我恨不得把它们轻轻抱下来吃上两口……我就一直站在那里看，看个没完没了，我要看得它慢慢消失，慢慢而坚固地存放在我这里。

来来往往的人开始多了，有人像我一样看，那是比较浪漫的，我祝福他们；有人奇怪地看我一眼，快步离去，我也祝福他们，因为他们在为了什么忙碌。生命就是这样，你总要做些什么，或者感受些什么，这两种过程都值得尊敬，不能怠慢。①

这里也是有诗意的，但是和《故都的秋》中的诗意多么不同，天上的云是调皮的，美好得让他呆呆地看个没完没了。大街上不认识的人，是值得祝福的，应该尊敬的。这里透露出作者此时的感情是多么欢欣，多么浪漫，多么雅致。如果就这么浪漫下去，也未尝不可，但其独特性就可能有限了。接下去则是另外一种情趣了。

六点钟就很好了，园门口就有汁多味美的鲜肉大包子，厚厚一层红亮辣油翠绿香菜，还星星般点缀着熏干大头菜的豆腐脑，还有如同猫一样热情的油条，如同美丽娴静女友般的豆浆，还有知心好友一样外焦里嫩熨帖心肺的大葱烫面油饼。②

这里的肉包子、豆腐脑、油条、豆浆、葱油饼，都是实用家常，而且词语都是很俗的、缺乏诗意的，但是，郁达夫却赋予它们强烈的感情（猫一样热情、美丽娴静、知心好友），这就构成了另外一种诗意，那就是和前面高雅的诗意相对的世俗诗意。雅和俗在趣味上，本来是矛盾的，但是得到了统一，这一点和《故都的秋》可谓异曲同工。而《我撞上了秋天》的基调却是洋溢着欢乐的，幸福的。文章接下来就有了暗示，“每个窗户后面都有故事”，“每个梦游的男人都和我一样不肯消停，每个穿睡裙的女人都被爱过或者正在爱着”。原来这是和爱情有关的。因为他已经“不同已往”，已往总是“幻想奇遇”，然而“总是被乖戾的现实玩耍”。但今天已经不同了，不同在哪里呢？“我已经不孤单了”，原因是“随着房间人数的变化”。这里透露出一种爱情的幸福感，这在被视为“颓废”的郁达夫作品中，实在是绝无仅有的。正是因为爱情的幸福感（“随着房间人数的变化”、心里有一种“可爱的灵气”），他才觉得一切都是美好的，不但人是美好的，而且连小狗都是生动的。不但雅致的情调是充满诗意的，而且世俗的小吃也是富于诗意的。这种双重的诗意，在他看

---

① 郁达夫：《我撞上了秋天》，载《郁达夫作品精选集》，江苏凤凰文艺出版社 2018 年版，第 118—119 页。

② 郁达夫：《我撞上了秋天》，载《郁达夫作品精选集》，江苏凤凰文艺出版社 2018 年版，第 119 页。

来，光用文雅的书面语言来表现是不过瘾的（虽然连李白的“噫吁戏”都用上了），还要用口语来表现，故一开头就有“狠狠撞了个斤斗”，当中有油饼、肉包、豆浆，最后又用了一个“狠了点”和前面的“狠狠撞了个斤斗”呼应，既和《故都的秋》雅俗交融的情调相统一，又和其悲凉、凄厉的衰亡美不同，洋溢着充满灵气和调皮的幸福感。

正是因为它与《故都的秋》风格不同，遥遥相对，息息相通，相反相成，显示着艺术上的唯一性，所以才提高了《故都的秋》的含金量。

在古典诗歌中，这样的例子则更比比皆是。例如，送别诗可谓浩如烟海，唯有其最具唯一性、不可重复性者，才是最有生命者。李白《闻王昌龄左迁龙标遥有此寄》当为其中之佼佼者：

杨花落尽子规啼，闻道龙标过五溪。

我寄愁心与明月，随君直到夜郎西。

为了将其唯一性分析出来，首先应还原到传统的母题中去。随机抽样，即可说明朋友送别主题在唐诗中为突出的母题。唐人送别诗，一般双方同在现场，所见所感皆同，起兴直接共鸣，几乎成为模式。李白留下了太多名句。如“请君试问东流水，别意与之谁短长”（《金陵酒肆留别》）；“桃花潭水深千尺，不及汪伦送我情”（《赠汪伦》）；“月下飞天镜，云生结海楼。仍怜故乡水，万里送行舟”（《渡荆门送别》）；“秋波落泗水，海色明徂徕。飞蓬各自远，且尽手中杯”（《鲁郡东石门送杜二甫》）；“浮云游子意，落日故人情。挥手自兹去，萧萧班马鸣”（《送友人》）……这些都是以共同的视觉激发情感之共享。

李白寄王昌龄诗的特殊性在于，朋友并不在场，李白听到消息时，王昌龄已经在谪迁途中了。在一般情况下，只能怀念情好，聊解相思，如杜甫在李白遭难时，抒写梦见李白：“死别已吞声，生别常恻恻。故人入我梦，明我常相忆”（《梦李白・其一》）；“三夜频梦君，情亲见君意……冠盖满京华，斯人独憔悴”（《梦李白・其二》）。朋友并不在场，所见景观不同，所思并不能共享，所作亦无从寄达，悲情自遣而已。

李白身在扬州，王昌龄自江宁丞贬为龙标县尉，已经到了湖南省西部，过了五溪（武溪、巫溪、酉溪、沅溪、辰溪），距离遥远，不可能赶赴现场为诗赠别。在一般情况下，只能自我消愁。但是，李白的特殊性却是不甘自我遣怀，题目标明“遥有此寄”。从江宁到湖南不下千里，李白所作，并非公文，无法通过官方驿传送达。但是，李白还是要“遥寄”，这个“遥寄”，并不指望寄到王昌龄手中，而是虚指。如孟浩然《宿桐庐江寄广陵旧游》：“建德非吾土，维扬忆旧游。还将两行泪，遥寄海西头。”明知无法送达，硬是想象王昌龄能够直接看到，“乐莫乐兮新相知”，李白与王昌龄并非新相知，“悲莫悲兮生别离”，李白不在现场，不能分担朋友的痛苦，共享友情的温暖。就是这种非现场性，使得这首送别诗在立意上具有了不可重复的特殊性。然而，立意只是起点，此诗之所以成为经典，还得力于意象的情感内涵的特殊性。

“杨花落尽子规啼”，一个诗句，两个意象。春意消逝，不取桃李零落，而取“杨花”飘零。《诗经》有“昔我往矣，杨柳依依”，杨与柳合一，杨花柳絮通称，谢道韫“未若柳絮因风起”，妙在飘落非直线下降，而是因风起降，全无方向感。而“子规”（又名杜鹃、布谷）鸣叫，昼夜不止，声拟“不如归去”，呼唤回归故里。

以两个意象，建构一个诗句，于语法而言，“杨花落尽”一个句子，“子规啼”又一个句子。两个语法句浓缩为一个诗句。诗句大于语句，是古诗发展为近体诗之重大发展，正是在这一点上，中国古典诗歌在精练程度上超越了欧美古典诗歌。李白驾轻就熟，精练而不露痕迹，情意饱和。

第二句“闻道龙标过五溪”，以句法言，为连动式单句。然情感并不单纯。第一，听闻友人贬谪，已是伤感；第二，获得信息之时，友人已经过“五溪”，从江宁去龙标是溯长江而上（傅璇琮《唐代诗人丛考》），湖南西部，遥不可及。

此处，深入分析，没有现成可比之诗句，只能直接做层次分析，表层句子为叙述性质，然而深层隐含双重情绪：第一，遗憾。握别无由，抚慰无方；第二，现实如此，无奈。表层意象群落有机统一，深层情感脉络隐性贯穿。

第三句，意脉一大转折，“我寄愁心与明月”，意脉由隐性转化为显性。情感的不甘无奈，超越社会政治，诉诸想象，借助明月普照，跨越山河，缩短空间距离，化“遥寄”为直达。

明月意象构成意脉的跃进。借明月以怀远，是传统表现手法。南朝宋鲍照《玩月城西门廨中》：“三五二八时，千里与君同”；汤惠休《怨诗行》：“明月照高楼，含君千里光”；南朝乐府《子夜四时歌》：“仰头看明月，寄情千里光”。月光以其普照的自然属性，成为消解相思的意象，如张九龄《望月怀古》：“海上生明月，天涯共此时”。月光意象的功能不仅是表现空间的共在，而且是时间上的共时。但是，这些只是物理属性，月光作为诗的意象，还积淀着美好的意味。谢庄《月赋》：“美人迈兮音尘阙，隔千里兮共明月”；杜牧《寄扬州韩绰判官》：“二十四桥明月夜，玉人何处教吹箫”？明亮月光与纯净的女性相得益彰。贾岛借月构成意境，《题李凝幽居》：“鸟宿池边树，僧敲月下门”。月下不强烈的光和僧人脱俗气质统一和谐。当然，僧人如果不在月下，而在阳光下，就煞风景了。月亮明亮是美好的，而且不明亮，朦胧的月光，也是美好的。“烟笼寒水月笼沙”（杜牧），“春宵一刻值千金，花有清香月有阴”（苏东坡），“雾失楼台，月迷津渡”（秦观）。爱情的美好，就是花前月下。中国的爱情之神，不是罗马长着翅膀的丘比特，而是月下老人。“月上柳梢头，人约黄昏后”（欧阳修）是情人幽会佳期。月下的意象蕴含的意境传统，之所以成为不朽的经典，就是因为，现代散文语言和古典诗歌朦胧月色的意境，水乳交融。

当然，完全没有月光，一片黑暗，情绪就不同了：“月黑雁飞高，单于夜遁逃”，就有军情紧急的氛围。而“月黑杀人夜，风高放火天”①，就很恐怖了。

所有这些月色不管是明亮的，还是朦胧的，都是静态的，视觉观赏性的。而在李白这里，“我寄愁心与明月，随君直到夜郎西”，题目上是“左迁龙标”，龙标，是个县名，很抽象，不成意象。诗里变成了“夜郎”②。有名的蛮荒不毛之地，而且非常闭塞。值得注意的是，这里的月光，不是通常诗歌意象中无处不在、静态的自然景观，而是动态的，不但是可以追随的，无远弗届，而且是听从李白所差遣的。

以这样诗意的想象，李白消解了不能临场与王昌龄赠诗握别的遗憾和无奈。这个安慰王昌龄的使者，不是透明环境的背景，而是李白的“愁心”的载体，不但与王昌龄在地理上零距离，而且在心理上零距离。这就是李白这首诗最杰出的唯一性。本来月光的意象，有时也带着诗人的忧愁，像曹操《短歌行》中：“明明如月，何时可掇，忧从中来，不可断绝”。明月是静态的喻体，解忧并不因明月，而是要借助酒：“何以解忧，唯有杜康”。而在李白这里，动态的明月携带着李白忧愁，不但能送达对朋友的关切和安慰，而且也是自己遗憾和无奈的解脱。

分析到这里，还只是情感的特殊性。不可忽略的是，绝句的句法，内在的机制，具有统一而有微妙变化的特殊性。开头第一句，“杨花落尽子规啼”，两个语法句型，结合成一个诗句，两个意象，有声有色，意象密度很大。从句意来说，两个句子结构是可以独立的。而第三句“我寄愁心与明月”，作为句子是完整的，只是动机。而从逻辑上讲，它并不完整，从情感的意脉上讲，它并不能独立。只有和第四句“随君直到夜郎西”联系起来，有了目的动机才不至于空悬，逻辑上才完整，意脉才统一。这叫“流水句”。凭着这样的流水句，诗人的友情就不再潜于意象群落之中，而是借助动态的意象，从动机到目的，以独特的章法和句法结构完成了独特的情感抒发。

绝句七言四句，难免单调，除句中平仄交替，句间平仄相对以外，句法长短、逻辑断续，意象疏密交替，句法单纯而变化，把绝句的技巧驾驭得不着痕迹。

为了彻底地解开李白此诗风格上的唯一性，通过比较还可进一步深化到李白和王昌龄同

---

① （明）陶宗仪：《说郛》“欧阳公与人行令，各作诗两句，须犯徒以上罪者。一云：‘持刀哄寡妇，下海劫人船。’一云：‘月黑杀人夜，风高放火天。’”载《钦定四库全书·子部·杂家类·杂纂之属·卷三十四下》。

② 唐代在今贵州桐梓和湖南沅陵等地设过夜郎县。这里指湖南的夜郎（在今新晃侗族自治县境，与黔阳邻近）。当时在东南，所以说“随君直到夜郎西”。

样写送别诗的特殊性。王昌龄在当时，号称“诗家天子”。绝句成就最高，很多诗歌被美女歌星唱红。在立意的出奇、意象疏密、意脉流动的法度方面，王昌龄驾驭起来得心应手。在水准上，他和李白旗鼓相当，某种程度上，可能还要略胜一筹。以他的《送柴侍御》为例：

沅水通波接武冈，送君不觉有离伤。

青山一道同云雨，明月何曾是两乡。

这诗为王昌龄贬于龙标时所作，这位柴侍御要离开，王昌龄以诗送行。在立意上，似乎和李白唱反调。李白说朋友远行，自己忧愁之心不得解脱，要寄明月追赶，伴随在朋友身边。而王昌龄却说，“送君不觉有离伤”，这不是无情薄义吗？还写什么赠别的诗呢？但是，后面两句揭示原因：“青山一道同云雨，明月何曾是两乡”。因为青山相连，云雨相同，特别是，明月不用做李白式的追赶，也是所去与共，不改情感相通。

古典诗歌中的离别，因山川相隔而忧伤。但是经典杰作都是别出机杼，不可重复的，如王勃的《秋江送别》：

归舟归骑俨成行，江南江北互相望。

谁谓波澜才一水，已觉山川是两乡。

眼前尽是他人的归舟、归骑，都是回乡，而自己却是离乡。虽然此行水路，谁说，他乡与此乡一水相通，一脉相连，可是才一出发，还没有到达他乡，友情的伤感就如此强烈，使得此乡变成他乡。和王昌龄的立意恰恰相反，王昌龄说，不管山遥水远，友情永恒不变，山川并不是相隔，而是相连，友情使得他乡变成此乡；而王勃却说，友情如此深厚，才开始出发，此乡就变成了他乡。

这类的诗作，都是借意象来抒发情感，因为情感抽象，意象可感，所以借其可感性表现情感。就抒情的方法而言，这是间接抒情。间接抒情并不是抒情的全部方法，与之相反的是直接抒情。同样是王勃，《送杜少府之任蜀州》：

城阙辅三秦，风烟望五津。

与君离别意，同是宦游人。

海内存知己，天涯若比邻。

无为在歧路，儿女共沾巾。

这里的情感的核心是“与君离别意，同是宦游人。海内存知己，天涯若比邻”，并没有借助意象的可感性，就是直接把话说得明明白白。特别是“海内存知己，天涯若比邻”，因为情感上是知己，所以不管你在天涯海角，都如在身边。这就不是间接抒情，而是直接抒情。这样的直接抒情，还成为格言，为什么没有可感的意象也能流传千古呢？因为这里逻辑不是客观的，而是主观的。从客观上说，天涯海角之遥远，并不因情感上的亲切而改变，但是，这是理性逻辑，因知己而变得亲近，这是情感逻辑，情感与理性是对立的，越是超越理性，情感越是强烈。这在中国古典诗话中，叫作“无理而妙”。此类的诗歌，经典之作也是海量的。不放过每一风格的任何差异，才可能真正超越西方大师，把艺术的奥秘用系统的学术语言展示在世界论坛上。

经典文本的历史继承、发展和时代局限[①]

孟子的文章处在汉语思维发展的重要进展期。对《鱼我所欲也》作孤立的解读难以深入，要想深入解读就不能不作历史的比较。与其在思想上有天然联系的当然是《论语》，但二者距离一个多世纪，在不同的语境中，头绪纷繁，自然状态是分散的。对于教材编者、专家的挑战乃是能否将辩证思维真正落到实处。在看似没有联系的地方看到联系，在看似没有矛盾的地方看到矛盾，而看不到联系、矛盾，就不可能看出发展。因此，解读此文最佳的选择乃是取《论语》"志士仁人，无求生以害仁，有杀身以成仁"（《论语·卫灵公》，下文出自《论语》的只注篇名）加以比较。因为前者的"舍生取义"与"杀身成仁"之间在语法结构上有同一性，内涵有直接可比性。孔子的"杀身成仁"只是简洁的格言，并没有阐释，而经过一个多世纪的积累，到《孟子》中就发展成有因果逻辑的多层次演绎。

一

孔子一般不孤立地发表议论，而是在各种关系中，特别是在对立面中进行深化。"己所不欲，勿施于人"（《颜渊》），是"己不欲"与"施于人"的对立。"吾未见好德如好色者也"（《卫灵公》），是"德"与"色"的对立。"君子之德风，小人之德草"（《颜渊》），是"草"之随风倒与"德"之坚定性的对立。"欲速则不达"（《子路》），"欲速"过了极限就走向反面，变成了"不达"。

① 原载于《语文建设》2024年5月（上半月）。

作为万世师表，孔子在学习这一问题上的辩证思考也很丰富。

“学而时习之”（《学而》），是学与习的关系，一味学是不够的，还要时时去温习。学是新的，习是旧的。“温故而知新”（《为政》），温习了旧的，会有新的发现，旧的就转化为新的。温故成了向知新转化的条件。“知之为知之，不知为不知，是知也”（《为政》）。知道就是知道，不知道就是不知道，坦然承认自己的无知，就有可能转化为新知。“学而不厌，诲人不倦”（《述而》），作为学者，要“学而不厌”；作为教师，则需“诲人不倦”。而“诲人”之道，孔子放在三个层次中演绎。“知之者不如好之者，好之者不如乐之者”（《雍也》）：知之，即让他知道、理解；这还不够，由此引出“好之”，引起他的兴趣，让他主动爱好；“乐之”，光有爱好还不够，还要让他在学习、钻研中感到快乐，有幸福感。怎样才能达到这个境界呢？“不愤不启，不悱不发。举一隅不以三隅反，则不复也”（《述而》），不能把现成的结论告诉他，而是在合适的时机给予他恰当的启发；举例子还不够，而是迫使他苦苦思考。不到百思而不得其解，或有所意会而不能言传的时候，不去启发他。这样才能举一反三、触类旁通，才能发挥出创造性。人要不断学习，但是学习和主动思考要联系起来，“学而不思则罔，思而不学则殆”（《为政》）。学与习的矛盾，进一步转化为学与思的矛盾对立，主要方面是学，“吾尝终日不食，终夜不寝，以思，无益，不如学也”（《卫灵公》）。学习同时思考，不仅仅是读书，而且是请教一切内行，“不耻下问”（《公冶长》），“入太庙，每事问”（《八佾》）。这就是《孔子家语》中的“受学重问”，后来就成了汉语中固定的词语——“学问”。

二

孟子继承了孔子的思维方法：不孤立地立论，而在对立面中思考。如“尽信《书》，则不如无《书》”（《孟子·尽心下》，下文出自《孟子》的只注篇名），就是把问题放在“尽信”与“不信”的矛盾中展开，尽信的极端就是“不如无《书》”。孟子还把君子深造之道放在几个层次上推进：“自得之，则居之安；居之安，则资之深；资之深，则取之左右逢其源”（《离娄下》）。这与孔子所说的“知之”“好之”“乐之”三个层次是一脉相承的。

《鱼我所欲也》中的“舍生取义”继承了孔子的“杀身成仁”，对孔子的思维方法和语言驾驭有了很大的发展。

第一，最明显的，孟子的语录比较丰富生动，他不满足于格言式的论断，而用形象的类比来说明。孔子用比喻是偶一为之，即兴而来，脱口而出，孟子则精心构思，如“掘井而不及泉”（《尽心上》）。更有特点的是，孟子的形象性比喻往往有情节。如“弈秋诲二人”

的故事，不但有故事过程，而且有细节，如其中学不好的一位，是因为学习时心不在焉，“一心以为有鸿鹄将至，思援弓缴而射之”。这种故事的功能是说理，往往就成为寓言。《孟子》里许多寓言至今仍家喻户晓，如“五十步笑百步”“揠苗助长”等。

这是当时思想家普遍的文风，是汉语思维的历史性进步。庄子、韩非子也每每以寓言说理。庄子的寓言有神话超越现实的性质，韩非子好以历史故事为寓言，而孟子的寓言则多有民间故事色彩。最明显的是“齐人有一妻一妾”，用那么完整的情节说明“人之所以求富贵利达者，其妻妾不羞也，而不相泣者，几希矣”(《离娄下》)。

第二，孟子对孔子的发展，在逻辑上表现为多方面枚举归纳和多层次类比推理。语法结构对称，形式上多层递进排比，在内容上却是反比，内涵因而深邃，形成一种左右逢源、滔滔不绝的气势，如《生于忧患，死于安乐》(《告子下》)。笔者在《论单元组合的理论基础问题》一文中对此[①]有比较详细的论述，此处不赘。

第三，最为突出的乃是孟子的逻辑推理，常常是现场反驳，带着雄辩性。他自诩“好辩”：“予岂好辩哉？予不得已也”(《滕文公下》)。人问他何所长，他自豪地回答，“我善养吾浩然之气”(《公孙丑上》)。孔子简洁的格言式论断，往往是正面的，而孟子的归纳和演绎重在多层次推理，逻辑上自圆其说，一气呵成。孟子在辩论时则不是单纯地自圆其说，而是利用对方的大前提，证明自己的论点的同时证伪对方的论点，以“他圆其说”取胜。这在现代西方交流理论中叫作“以你的话（terms）证明（justifying）我的立场（my position）”。

最突出的是，《孟子》第一章，孟子见梁惠王，王曰：“叟不远千里而来，亦将有以利吾国乎？”孟子没有马上直接反驳他的“利”，而是以他的“利”为大前提进行演绎，导致相反的结论：“王曰‘何以利吾国’，大夫曰‘何以利吾家’，士庶人曰‘何以利吾身’，上下交征利而国危矣！”从不同阶层的“利”演绎出矛盾，导致危及国家。这样，“利”就走向反面变成了不利。这就够雄辩的了，但是孟子不满足单层次的反驳，还要将“而国危矣”层层演绎下去达于极端：“万乘之国，弑其君者，必千乘之家；千乘之国，弑其君者，必百乘之家。万取千焉，千取百焉，不为不多矣。”在此前提下，孟子提出原因在于“后义而先利，不夺不餍”。夺利之贪，是不可满足的，无休无止的。一味讲“利”，不但国家有危，而且生命不保。孟子以双层次雄辩解构了“利”的同时，把自己的核心观念“仁”和“义”引了出来：“苟为后义而先利，不夺不餍。未有仁而遗其亲者也，未有义而后其君者也。”把“利”放在第一位，争夺是永不满足的，只有把“仁义”放在“利”之先，避免“上下交征利”，人君才可能永远处在首位。这就顺理成章地把证伪“利”作为证明“仁”

① 孙绍振著：《论单元组合的理论基础问题》，《语文学习》2024 年第 4 期。

和“义”的前提。这就使浩然之气具有了另一个特点：不但是层层深入，而且是向对立面转化。

孟子的反驳术，与庄子和惠子游于濠梁之上的“子非鱼，安知鱼之乐”的反驳不约而同。这说明，汉语的逻辑思维在孔子逝世一个多世纪后有了重大的发展。后来被韩非子总结为“以子之矛，攻子之盾”的论辩术。

三

《鱼我所欲也》的性质是独白，而不是辩论，但同样有雄辩性。只是《鱼我所欲也》这个标题与全文主旨不合。原文是个复合性类比，与熊掌相比，取熊掌而舍鱼。由此引申出更尖锐的类比，“生，亦我所欲也，义，亦我所欲也。二者不可得兼，舍生而取义者也”，“舍生取义”才是此文的关键。“鱼我所欲也”与文章的主旨缺乏起码的关联。在曾国藩的《经史百家杂钞》中，此文的标题为《“鱼我所欲也”章》，加了一个“章”字，就不是文章主旨的概括了。

孟子的“舍生取义”源自孔子的“杀身以成仁”(《卫灵公》)，二者在可比性上是现成的，内容上同为仁义之说，后世自然而然将“成仁取义”统一起来。文天祥死难后在衣巾上留下的就是“孔曰成仁，孟曰取义，惟其义尽，所以仁至”。孟子的贡献乃把孔子的格言式语录发展为一则名文。

孟子在方法上用的是比喻推理，它有三个特点：第一，比喻是复合的，不像朱熹在讲《诗经》比兴时所讲的“以彼物喻此物也”是单一的，而是双重的物（鱼与熊掌）；第二，双重的物不是并列的，而是矛盾的；第三，义的取和舍经类比，强化到生与死不相容。矛盾聚焦“生”和“义”都是“我所欲”，极端到似乎不可调和，孟子所欲的“义”高于所欲的“生”。生命的价值就是“义”，为了“取义”，义无反顾地“舍生”。这就把孔子的单层次格言，通过双重矛盾比喻，用四个层次的演绎推向互不相容的极端，而取其一。

“舍生”的结果成为取义的“原因”。这是因果逻辑推进的第一个层次，其性质是正面的。第二个层次，是从反面把“所欲”与“所恶”相对立。他没有回避死亡是他的“所恶”，但是弃义，则更令他“所恶”，两个“所恶”亦极不相容，因为不能舍义，他取了其一极——“舍生”。第三个层次又一次反转取向，把矛盾深化，从“所欲”转化为“所恶”，“所欲有甚于生者”“所恶有甚于死者”，为舍生取义在逻辑因果性上作出全面的总结。但是，“所欲”和“所恶”只是“我”个人的，对于他人（比如梁惠王等）来说，可能并不如此。孔子的原话是："志士仁人，无求生以害仁，有杀身以成仁"（《卫灵公》）。并不是普遍的，只限于杰出的志士仁人。对于这个问题，孟子从个别性向普遍性作了提升。

孟子的第四个层次是成仁取义，"非独贤者有是心也，人皆有之"，这就把成仁取义提升为普遍的人性。

孟子此说虽然是独白，没有辩论的对象，但是仍然雄辩，因为他主动作自我非难（用皮亚杰的话来说，乃是"理论免疫"）：不在少数的人，并非如此，如何解释？孟子坚定地回答说这种仁义之心本来是"人皆有之"的"本心"之善，贤者未失其"本心"。孟子以特有的自信自豪，志在天下，至大至刚，以一系列的全称判断构成宏大雄强的浩然之气，但从逻辑上来说其局限是不可讳言的。

在逻辑上，孟子前文只从正面说明自己所欲与所取，反面说明所取高于所恶，都是个人的，属于特称判断，而仁义之心"人皆有之"则是全称判断。在特殊与普遍之间，留下的逻辑空间甚大。孟子不能正面填补这样的逻辑空白，只能非常感性地提出：少量饭食和汤水可以活命，但是吆喝着施舍，随便什么路过的人都不屑，用脚踢过来，就是乞丐也不要（这里暗用了孔子不受"嗟来之食"的典故）。给人丰厚的俸禄（万钟），如果不讲礼义，宁愿死亡也不能接受；如果为了华丽的宫殿、妻妾的侍奉，为了认识的穷困的人感激，就接受了，"于我何加焉"。这还是限于个人取生舍义的特称判断。只是个人的信念，与本心之善"人皆有之"的全称判断，在逻辑因果上，理由并不充足。

四

不可讳言，孟子全称判断的人性善在逻辑上是不完善的。这并不奇怪，人的经验的有限性与全称判断的无限性是永恒的矛盾，以偏概全是难以避免的。特别是以比喻多层次推理推出的全称判断，其层次推进与气势成正比递增，然其内涵的可信度则成反比递减。孟子只能用感性说明，并不可能成为理性的"论证"。可见孟子的浩然之气并不是绝对的，也有并不浩然的时候。例如，《〈孟子〉三章》中的《富贵不能淫》作为格言留存在后世脍炙人口，但文章本身并没有孟子那种雄辩的浩然之气。文章提出的问题是：公孙衍和张仪"一怒而诸侯惧，安居而天下熄"，为什么不是"大丈夫"？孟子的理由是："女子之嫁也，母命之，往送之门，戒之曰：'往之女（汝）家，必敬必戒，无违夫子（丈夫）！'以顺为正者，妾妇之道也。"说得很明白，是"妾妇之道"，并不是什么"大丈夫"之道，逻辑上是断裂的。下面跳跃到"居天下之广居，立天下之正位，行天下之大道"，在逻辑上又一次断裂。再下面是："得志，与民由之；不得志，独行其道"。这与"妾妇之道"在逻辑上是第三次断裂。最后的结论：得志"富贵不能淫"，不得志"贫贱不能移，威武不能屈"，虽然掷地有声，但构不成因果关系。这与开头提出的公孙衍、张仪为什么不是"大丈夫"，几乎是文不对题。究竟使天下血腥纷争结束之人是"大丈夫"，还是不得志就坚守自己的理念独善其身是"大丈夫"？孟子的浩然之气在这里不止一次地断裂。

这是孟子思想的局限，也是比喻推理的局限。比喻推理好在感性、生动，但并不能直接论证。因为比喻是两个不同的事物或者观念之间有一点相同，从量上来说，不全面，异多于同；从质上来说，则本质不同，同只是暂时的，一次性的。如花红似火，只在红这一点上相同，在性质上则不同。花有植物的生命，而火则没有生命。花有香气，火有灼热。比喻的功能就是在"红"这一点上，提供鲜明的、特异的瞬间的可感性。鱼与熊掌，生命与义，在本质上不相同。生命与义是抽象的，鱼与熊掌提供了直接的可感性。但是，因为其本质不同，故逻辑上不全面，以比喻作为因果推理，不可能提供必要、充分的理由。

孟子的比喻推理由浅入深，鱼与熊掌之别只是美味程度上的，而生命与义的差异是性质上的。孟子以同样的语法结构排比，隐蔽了从量度上的同到性质上的异，二者之间有着巨大空白的跨越。

按辩证唯物论，文本是第一性的，是无限丰富的；理论（包括大概念）是第二性的，其抽象性是有限的。别无选择的是，以文本的丰富性去解放"理论"的有限性。但是，关于议论文先有论点后选论据的观念占据主流，在不少专家心目中具有相当的封闭性。遇到孟子这样的文章，就难免不对文本作强制性阐释。教材在《鱼我所欲也》文后，提供了思考问题："提出论点"→类比，"道理论证"→正面和反面，"举例论证"→正面和反面，力求全面。问题在于，论点是什么呢？是鱼和熊掌吗？显然不是。鱼和熊掌的比喻是为了引出"舍生取义"。这是引出论点的第一层次，在生与死两个极端，在所欲与所恶两个极端中的选择，并不是理性论证，而是价值选择，属于主观上的取舍，贤者不弃的性善"人皆有之"才是最后论点。"人皆有之"的全称判断也没有客观的论证。

也许正是因为这样，八年级下册《〈孟子〉三章》，高中语文选择性必修上册《人皆有不忍人之心》和这篇《鱼我所欲也》，都不见于《昭明文选》《古文观止》，也不见于姚鼐的《古文辞类纂》。在诸如此类权威的选本中，不但是《孟子》，连《论语》《庄子》《老子》《墨子》《韩非子》等经典都一概阙如。与其说是编者的局限，不如说是历史的局限。从历史发展来看，《论语》《孟子》处在现场对话的阶段，所言都是片段，并非即时记录。当时还没有做文章的自觉。《论语》是在孔子逝世百多年之后，由其再传弟子据多种记录整理而成，故皆无标题，后世取其章首之词语为题。《史记·孟子荀卿列传》中虽有孟子晚年与万章之徒撰写之说，但据梁启超研究：“《孟子》恐非全系孟子亲撰，其称在世的君王皆称其死后的追谥，如梁惠王、襄王、齐宣王、鲁平公、邹穆公，乃至年纪很小的滕文公都是这样”“细玩此书，乃孟子门人万章、公孙丑等追述”（《要籍解题及其读法》）。

这说明，当时先秦诸子之作（屈原、宋玉、李斯是例外）在后世的选家看来，虽然达到了当时的思想和表达方法的最高境界，但是还没有做文章的自觉，除诗、赋、史以外，并没有文体意识，因而也就谈不上后世才有的理性“论证”的观念和实践。这是当时汉语思维的历史局限性。

这种局限性不是汉语所特有的，而是世界性的。差不多和孔子同时的古希腊的柏拉图《对话录》，有论辩，有反驳，同样没有论证的自觉。选入高中选择性必修中册的柏拉图《人应当坚持正义》写苏格拉底的对话只有演绎和讨论，并没有真正的“论证”。

当时，雅典的奴隶民主法庭表决以多数确定苏格拉底藐视传统宗教，引进新神，苏格拉底强调对神的理性反思，被视为毒害青年，被判处死刑。他的朋友富商格黎东提出，用自己的金钱为他合法赎罪，他拒绝了；又提出越狱逃走，制定了计划，他也拒绝了。他宁愿为自己坚持的“正义”而牺牲生命。这与孔子的“杀身成仁”、孟子的“舍生取义”异曲同工。他的理由是不管遇到什么灾难都要坚持自己的“道理”。哪怕是自己处于少数，牺牲生命，也不能放弃“正道”，身体被毁坏了，只是“为不义所毁灭”的部分毁了，其他部分还活着，因为“正义”比身体“贵重”得多。因而他不能服从陪审团多数人的判决，只能“听从真理本身”，哪怕“监禁、处死、没收财产”。道理“仍然有效”，“最重要的并不是活着，而是活得好”。违背真理正义“做不正当的事在任何情况下”，“都是邪恶的、可耻的”。

柏拉图并没有论证所谓“新神”为什么是“真理”。他的多层次演绎，只是他个人对神的信仰。从逻辑上来说，乃是个人的特称判断，他的信仰和孟子的“舍生取义”同样缺失绝对的全称判断。他也没有正面反驳法庭多数人所持的“传统宗教”并不是真理、正义，正等于孟子并没有证明“人性善”这一全称命题一样。

柏拉图当时所使用的是论辩术。论辩的题目是在当时尚无定论的，问方不断提出问题，答方不断回答。问方只能用答方的回答加以推论，如能推演出逻辑矛盾，从而否定其前提（或之一），即取得胜利；如果不能，答方就取得胜利。但是，前提是尚无定论的、或然的，故由此推论出来的结论也只能是或然的。此时思维形式主要是“大前提—小前提—结论”三段论式的推论[①]。按三段论，前提必须是全称的，如大前提“一切人是性善的”，小前提

① 罗念生译：《罗念生全集·第一卷·亚里士多德〈诗学〉〈修辞学〉》，上海人民出版社 2020 年版，第 143 页。

"你是人"，结论"你是性善的"。但是，当大前提是全称的，"一切"已经把你包含进去了，就已经肯定你是性善的了，结论你是性善的就成了同义反复。如果前提不能包含你，就不能说"一切"这样的全称判断，大前提就不能成立，推论就无法进行。

这样的辩论体式，与真正科学的论证是不同的。因为科学的论证的大前提必须是真实可靠的，结论才是真实可靠的，但是，真实可靠的大前提要从事实中全面归纳，由于历史和个人经验的局限，归纳很难周全。故二者要结合，科学的思辨不是从现成的结论开始，而是从问题开始。提出问题，分析问题，得出结论。故文章的结论（论点）不是在开头，而是在结尾。为文之道不是为现成的论点选择与之一致的例子，更重要的是，在获得一致的例子时，同时寻找与之不一致的事例。用黑格尔的说法，就是从正面到反面分析，全面综合起来得出结论；用波普尔的话来说，就是证明与证伪的结合，寻找黑天鹅比白天鹅更重要。

人的理性是有限的，不但不能解决全部经验的问题，至于超经验的问题就更是无能为力。而我们是实践理性很强的民族，并没有停止在逻辑的归纳、演绎、推理上，也没有停留在先秦诸子的朴素的辩证法上。到了南北朝，刘勰在《文心雕龙·论说》中就把文章分为"论"和"说"两类文体。"说"体现先秦游说之士现场的口舌之机敏，其特点是"喻巧理至，飞文敏以济词"。[①]而"论"作为文体，则要求全面论证："论之为体，所以辨正然否；穷于有数，追于无形，钻坚求通，钩深取极；乃百虑之筌蹄，万事之权衡也……必使心与理合，弥缝莫见其隙；辞共心密，敌人不知所乘。"[②]要达到这样的自觉，还要等好几百年的积累。甚至连汉初贾谊的《过秦论》为姚鼐《古文辞类纂》中列为西汉最早的论文，实际上也还不能达到"论"的上述要求，北京大学教授褚斌杰认为此文"说"的色彩还非常浓厚。[③]要达到真正理性的论证的高度，中国和世界的议论文还要经历一个漫长的历史过程。

五

从马克思主义的基本原理和辩证法来看，优秀的文化传统存在一个伟大的发展、进化的过程，发展的动力源自其内在矛盾。矛盾是不断发展转化的，是永无止境的，即使是经典都不免有时代的局限性待后世克服。在根本原则上，有两点是必须明确的：第一，正确的"大概念"，如毛泽东在《人的正确思想是从哪里来的？》中所说，不是从天上掉

① 刘勰著，范文澜注：《文心雕龙注》（上），人民文学出版社1958年版，第329页。
② 刘勰著，范文澜注：《文心雕龙注》（上），人民文学出版社1958年版，第328页。
③ 褚斌杰著：《中国古代文体概论》，北京大学出版社1984年版，第316页。

下来的，也不是脑子里固有的，而是从历史和发展实践中具体分析综合出来的；第二，历史的关联性、文本的差异和矛盾是单元设计的基础，这也是任务驱动根本的出发点，是语言得以丰富和创新的关键点。当下的改革造成了一线教学实践诸多困惑，其根本原因是，在世界观上背离唯物论基本原则，把“大概念”当成是第一性的，而将文本的历史发展当成是第二性的，故一味将概念作为立论的大前提，作从概念到概念的演绎。盲从洋教条，这就不能不产生温儒敏先生指出的“过于重视情境和活动设计而忽视经典阅读”乱象。

春天：无限多样的诗化的变异

春天的形象大使

同样的水和月亮，在李白的感觉里面，和别人的感觉里就不一样的变异。菊花成为秋天的形象大使，梅花成为冬天共用的形象大使，那么春天呢，那就比较丰富了。

所有的形象大使，都是具象的，只有春天，有一个形象大使，并不太具象，那就是“风”。汉语里有“风景”“风光”这个词，是很特别的。朱熹的《春日》：

胜日寻芳泗水滨，无边光景一时新

等闲识得春风面，万紫千红总是春。

还有他的《元日》：

爆竹一声旧岁除，春风送暖入屠苏。

还有僧志南的《绝句》：

沾衣欲湿杏花雨

吹面不寒杨柳风。

通常我理解形象、意象，总是不由自主地想到景观，观就是用眼睛看的，而风，特别是春天的风，则是眼睛看不到，但是身体却是可以感到温暖的。其次，风看不见，但是，它一吹，植物就动起来，就看得见了。在韩翃《寒食》：

春城无处不飞花，寒食东风御柳斜。

风吹着杨柳和花，就动起来，就看得见了，所以很美啊。

总的说来，我们是农耕民族，故季节的转换，往往跟田野、跟农作物，跟大自然的景象联系在一起。所以写春天的诗，倾向于风景，也就是“风”和“景”。不能像英国诗人纳西那样，sweet spring，中国古典诗歌如果写“春天啊，甜蜜的春天”，会给人家笑死。

中国古典诗人追求的是，让读者感到春天的美好，当然也包括幸福。幸福甜蜜是非常感性的，总是和花、鸟、草、树、山、水、田园，甚至是虫子紧密地联系在一起。汉语里边，春天的意思跟西方比，非常有特点。

汉字的春，在《说文解字》里，从草，从日。就是太阳照耀着，草木生长出来。这说明我们是个农业的民族，我们的春天是和草木，和植物的生长有密切的关系。这可以说和英语的spring（古英语中意为“泉水”），俄语的BECNA（原始的意思是“早”的意思），很不相同的。

中国的诗歌里面，田园诗，山水诗，在文学史里，还成为流派，有谢灵运、陶渊明、王维、孟浩然、范成大、陆游这样的大诗人撑着大旗，这是西方少有的。中国还有山水画，崇山峻岭，云横雾断，有时连人都没有。

著名的《江山万里图》，烟云风雨，山石峻岭，蜿蜒曲折的小道，破浪的小舟，穿云的飞鸟，山中屋宇，樵夫行旅，深山古寺等等，可谓东起吴越，西至巴蜀，万里江山，气势宏大，着重描写江山壮丽景色，人显得很小。更有一些，山水占满了几乎整个画面，浩淼流水，奇峰异石。有时，根本就没有人，有时只露出一个屋角，或者酒旗；有的时候，在小亭子里，坐着一个小得不能再小的一两个人，显得非常高雅，人是在大自然之中的，跟大自然非常和谐地相处的，这里很有深邃的意味，在哲学上，叫作“天人合一”，人是大自然的一员，而不像西方的绘画，人体、动物，都是主体。这就是东西方文化的差异，中国人感受春天，从大自然，从山水、花鸟、草木、虫鱼之中，不像欧洲人，画一个裸体的美女，叫作春天的女神。比如英国诗人纳西写现实性的春天，就有女孩子在跳舞，羊在发出咩咩地叫。汉语诗词绝对不会写羊叫的，倒是会写牛叫。辛弃疾《鹧鸪天》就有“平冈细草鸣黄犊”，平平的小山坡，草细细的，有黄牛在叫。这是农业民族的自然表现。

中国的诗和画的生命，是跟大自然的气象互相交融的，这从文化的角度来看的。那么，如果从艺术上来说，关键是什么呢？不在于大自然的景象，而在于什么呢？人的情感，人的情志，跟大自然的关系。人的感情的品位，“一切景语皆情语”，应该补充一下，这个“情”，最忌是共同的，大家都一样的，而应该是人的独特的，不可重复的感情，情感导致景观千变万化。

大自然的景象，山水、田园、花鸟虫鱼，气象万千，对所有的人是一样的，如果人满足于一般的情，就满足于平庸了。确定一首诗的高下、好坏，关键是个人的情，不是别人的，你自己的感情，此时此刻的，有别于一切人的，决定诗品的高下。哪怕是春风吹来边塞战士的尸体的气味，在少年王维《少年行》中：

熟知不向边庭苦，纵死犹闻侠骨香。

那是英雄气概，普通的嗅觉的性质在这里变异的幅度很大，就很有品位了。

一般说，同样的春天，一个小孩子、丈夫出征的妻子在家里的感受是不一样的。咱们来分享一下几首写春天的诗，看哪一首是品位比较高的。

元朝的诗人白朴写的一首诗，《天净沙·春》，“春山暖日和风，阑干楼阁帘栊，杨柳秋千院中。啼莺舞燕，小桥流水飞红。”春天的山，非常暖和的太阳，和风，你看，这里是不是又有风啊？“阑干楼阁帘栊”，有阑干，有楼阁，有帘子，是吧？“杨柳秋千院中”，看来是个贵族，有杨柳树，有院子，院子里还有秋千，在院子里，啼莺舞燕，黄莺在叫，燕子在舞。“小桥流水飞红”，飞红，就是风吹的结果啊。

这首诗跟我们前面所引朱熹的“等闲识得东风面，万紫千红总是春”相比，写了那么多春天的景观，比朱熹只写了东风一来就万紫千红了，是不是要差一些？因为那么多的意象，在阑干、帘栊里面，就看见了景色。看是看见了，但只有视觉，没有内心特别的情感，可以说，流水账。要有特点，不能满足于这些诗歌常见的景观，要找到心灵独特的发现。

朱熹的诗里有个诗人情感被风激起的情感的动态过程。

清代诗人袁枚写的“儿童不知春，问草何故绿”，写小孩感受的春天。

儿童感受到春天，提了一个非常天真的问题，草怎么绿了？这要从植物学、物理学、光学上说，相当大的难题，一般人是无法回答的。但是，这样的诗句，我们一读，就感受到比前面那首，罗列那么多艳丽的意象的要好。在生活里，那么多鲜艳的花，当然要比一般的草要美，但是，在这个时候，恰恰相反。因为是孩子的眼睛，也就是童心、天真，我们失去很久了，习惯了，可这样一问，把我们的童心唤醒了。

再如贺知章的《咏柳》：

碧玉妆成一树高，万条垂下绿丝绦。

不知细叶谁裁出，二月春风似剪刀。

相比，水平怎么样？是不是又差了一点？

为什么？因为贺之章感情更有特点了。本来春天来了，是大自然的常规景象，一般是枝繁叶茂，但是这里却是枝茂、叶细。诗人感觉这不仅是自然美，而且应该是有人工设计的。这个诗的品位就很高了。

王国维推崇谢灵运《登池上楼》中的一句话，叫“池塘生春草”。

就整篇来看，全诗二十二句，写他大病初起，远眺近闻，均不见佳，就是这个“池塘生春草”，获得了后世的称赞，原因在于说，他“倾耳聆波澜”，耳朵听着波涛的声音，“举目眺崇山”，视野那么广阔，没有什么太有特色的景观，他也没有太动心。唯独偶然发现池塘里草长出来了。这个草比崇山峻岭，比波澜之声，本来是微不足道的，但是在诗里面，却是要精彩得多。因为草一般是生长在地上的，现在居然从池塘里冒出来，说明这个春天早就来了，被忽略了，心里微微地惊异了。放眼看山山水水，都没有领略到什么，却在池塘里的草上，领略到一种春天的生命力。

中国诗人心灵太精致了，居然把草写得比花还美。这是很精彩的，一般的人，是大诗人都不能经常有这样的灵感的。他自己说，是做梦想起来的。

韩愈和王维的春天谁的更胜一筹

我觉得，谢灵运写春天的美，用这么多的华彩的意象，毕竟，不是很符合品位比较高的读者的胃口。我自己的感觉是，把草写得比这些云霞、梅柳更动人的，才更有才气。我们来看韩愈的《早春呈水部张十八员外》：

天街小雨润如酥，草色遥看近却无。

最是一年春好处，绝胜烟柳满皇都。

对这首诗，在中国诗词大会上，王立群说，这首诗美，美就美在草，美就美在草是雨中的草。这种大而化之的评论，一般说，讲了和没有讲一样，但是，我更严格地说，比没有讲更糟糕，因为他扼杀了韩愈的艺术的精妙。

韩愈的诗，“草色遥看近却无”，本来这里的草，太朴素了，没有梅、柳那样鲜明的色彩，何况又是早春的草，还没有绿透。在古典诗歌当中，诗人们似乎有一种共识，一种默契，草之美有几种类型，第一种是绿草，很绿，绿得过瘾，如王安石的“春风又绿江南岸”，美就美在它的绿上，所以杜审言把草芽都写成新绿。当然，如果不绿，也不是就绝对不可以转化为艺术的美；有的时候，索性彻底地枯黄，这就有了第二种枯草之美：“草枯鹰眼疾”，有一种强悍的精神意味在里面；第三种美，“野火烧不尽，春风吹又生”。不管现在多么枯萎，明年春风一吹，又绿了，这里有哲理。除此以外，好像没什么可欣赏的了，韩愈却发现了草的第四种美，那就是在枯与绿之间，要绿与不要绿之际，远看是绿的，近看绿却消失了。

这样的草，引起心灵上的微妙的触动。在这种关注中，有特别的宝贵的心理变化。先是发现了草色，就走近了；走近了，绿草的颜色却不见了。这本该是一种失望，但是相反，那是一种默默的，独自体悟的欣喜，春天来了，草色绿了，粗粗看，来了；细细观察，却好像没有，失落吗？那就不是诗人了，诗人则更喜。这是何等精致的心灵敏感。这和通常的观察是何等的差异，或者用我的话来说，变异啊！通常人们总是远看则无，近观才有。而春草却恰恰相反，粗心地发现，细心地消失。这不仅仅是对大自然的发现，而且是对自己心灵的发现。

这个发现太精彩了。一般地说，远看比较粗，看不清，远看一朵花，近看一个疤！远看还不错，挺漂亮的，近看很一般。有时候看女孩子也是这个感觉。人的眼睛竟然这么奇怪，会和通常的经验相反的。这是一种宝贵的体验，让这个非常正统的官员，像李白那样夸张起来，“最是一年春好处，绝胜烟柳满皇都”。这一点发现让他太激动了，这一点点草芽，居然比这整个首都的满城雨雾烟柳还要美。应该说，这样大胆的感知变异，夸张的赞美，心灵更活跃，比之朱熹的万紫千红，要高出一个层次。王立群在这里暴露了他不懂得中国古典诗歌的精致、微妙。

为什么要读古典诗歌呢？一方面看它的文字、它的语言，同时看诗人如何发现自己的心灵，如何体会自己内心的微妙活动，这就叫作审美。观察与体验的联动，引发了读者，包括千年以后，向我们这样的读者，激发了想象，推动了各自的经验和情操，参与春草形象的多元解读。这就叫作审美的多元体悟。

不过，我觉得，韩愈毕竟是散文大师，他的诗才，我多少有点保留。这句传唱千古的诗句，好像并不完全是他的独创，他是有所师承的。我的证据是王维的《终南山》里面有一句话，他写的是“太乙近天都”，这个太乙是山，“连山到海隅”，这个山一直连到海边。

白云回望合，青霭入看无。

“白云回望合”的下联——“青霭入看无”。也就是远远地看过去，山都被白色的云笼罩着，而走近了，就入看，青霭的山色中，什么也没了。

我想，韩愈肯定是读过前辈这首气魄宏大的名作的。不过他用得很活，有某种脱胎换骨的功夫。王维写的是，宏伟气象的森严背景，把连绵的山和云雾结合起来，把宏观和微观结合起来。而韩愈，却用来表现微观体悟的精致。但是，就整首诗来说，韩愈还是不如王维。人家王维整整一首诗一气呵成，通体气魄宏大，与大自然混为一体，没有一句自我宣泄。而韩愈显得沉不住气，到了第三、四句，就把动人的景象，用明白的议论夸张一下，这样美好的景色，绝对胜过了皇都充满诗意的烟柳。从诗歌的意蕴来说，似乎还是王维的含蓄蕴藉的诗，比较经得起欣赏。

再来一首不太著名的诗，作者叫刘方平，但他的《月夜》却挺有名：

更深月色半人家，北斗阑干南斗斜。

今夜偏知春气暖，虫声新透绿窗纱。

“更深月色半人家”，月色只有半个人家的院子，是夜深的结果，夜深人静，是吧？“北斗阑干南斗斜”，是天空中的星汉错落，说明地上很黑，什么美景也没有啊。光这傻傻地看，没劲，是不是？但是，突然另外一种感知唤醒了他，什么感觉？躯体的感觉。“今夜偏知春色暖”，注意到这个“暖”字，天气暖和了，光凭自己躯体感觉，还是不确定是什么原因。再感受一下，“虫声新透绿窗纱”，因为春天的虫子叫起来了，从窗纱里，我听到了，这虫子一叫，意味着春天的的确确已经来了。这诗意在哪里呢？就在从天上的星光错落，地上的半明半暗，夜深，听觉证实了触觉的温暖，这感知的过程就是诗。

光说“一切景语皆情语”是不够的，情与感是分不开的，情的体悟是有一个过程的，在这里，由视觉、触觉、听觉的联动，默默地运行。这一切不是表层的，而是隐性的，要有点聪明，才能够从感性的知觉，转化为逻辑的语言。

中国古典诗歌的春天太丰富了。春月，春雨，春风，春宵，春草，春柳，春雪，春夜，春江，春酒，春台，春雷，春心……每一种春天的景象，都被诗人关顾过了。用俄国诗人好说的一句话就是，好像每一片叶子都被诗人写过了。根本就没有留下来什么，让后来者展示一下才华。这个刘方平，被逼得好像是没办法了，居然想象到让虫子通知他春天来了，向他解释，为什么阁下感到天气暖和了。

每一个诗人实际上都在无声地竞赛，谁能在春天这个母题上创造出别人没有说过的，别人没有那么精巧的，别人没有达到的深度，就会千年不朽，哪怕他死了化成灰了，但他的诗还活着。

待春、怨春、惜春，美在心灵的一刹那之间

前面我们说了，春天可以跟风联系在一起，可以跟各种各样的自然现象联系在一起，“一切景语皆情语”我们多读几首，看看是不是有了感情就有诗。我从宋元话本里找来一组写春天的诗，不像前面所说的春天的美和草联系在一起，而是和花啊，柳啊，鸟啊，蝴蝶啊，这艳丽的意象联系在一起的。

拿这么多写春天的诗来比较，目的就是读懂其中的艺术奥秘。

中国古典诗歌中，春天，迎春、送春、成为共同的母题，每个诗人都追求不同凡俗，实际上就是在情感特殊性上，在想象的出格，无声地竞赛。我们不能满足于一般的接受，而是当千年竞赛的裁判员，生活在千年以后，我们应该是比较客观的，在做出判断的时候，不可能有什么利益输送的嫌疑，现在我们来裁判。

第一首诗，描写春天快过去了，是这样的：

先自春光似酒浓，时听莺语透帘栊。

春光是有点抽象的，跟酒一样浓。听到鸟在招呼你。春光似酒，是味觉，进一步是“听”，听觉，听到燕子在帘栊里，呢喃之声很美。“小桥杨柳飘香絮”，小桥杨柳，柳絮都是香的，是嗅觉。“山寺绯桃散落红”，是视觉。山边的寺庙，有桃花落下去，春天过去了嘛，“莺渐老”，黄莺老了，春天过去了，“蝶西东。春归难觅恨无穷”，春天哪里去了，找不到。“恨无穷”，这句很有味道，我不是说过不是爱春天，而是“恨”春天？其实，在中国古典诗歌里，“春怨”是很普遍的主题。但这首词的“恨”，不是人恨，而是蝴蝶在恨，实际上诗人遗憾、无奈。

侵阶草色迷朝雨，满地梨花逐晓风。

朝雨，草色，梨花都落在地上，春天消失了，没地方找了，这个写法，当然是超越理性的，春天过去了，去找回来，不是犯傻吗？明知是找不到，还是要找。这是情感，这是审美，这就是诗。这样的诗好在第一，视觉、听觉、味觉、嗅觉交织，很丰富；第二，春天过去了，舍不得到“恨”的程度，这不是仇恨，而是遗憾，憾恨；第三，如果说诗人自己“恨无穷”，就土了，说蝴蝶恨无穷，就精巧了；第四，要说去“寻春”，说说而已，不在乎结果，强调对春天有多么留恋。

这首诗水平怎么样？不好说。没有比较就没法判断，再来一首，比较一下，哪一首好？王安石写的，也是写春天“归去”了。

春风春日有时好，春风春日有时恶。

不得春风花不开，花开又被风吹落。

比起上一首，哪首会好一点。啊，王安石的好一点，为什么？情，情动于中，一切景语皆情语，不是一般的情，情动得很有特点，诗才动人，对不对？王安石特点是：情却很矛盾。春风不来，花不开，当然，不好；春风来了，花开了，到头来，又被风吹落了，还是不好。这种情感，就挺精彩，相互矛盾。春风来了，也不是，去了也忧愁，为什么？都是珍爱春华之美，先是等待，后是留恋，说来说去，并不是说春风你干脆不要来了，言下之意是什么？你最好不要离去，让花永远开放。这是不是更精彩一点，更深邃一点。为什么？从意象丰富来说，比前面一首少了许多，只有一个意象——花。没有调动听觉、味觉，但是，妙不在花，而在情，不仅仅是情，这个情自相矛盾，这在中国古典诗话中，叫作“无理而妙”。

直接抒情之作，不以景语取胜，则以逻辑上有别于理性逻辑的情感逻辑取胜。清初文学家贺贻孙《诗筏》提出“妙在荒唐无理”，贺裳（1681 年前后在世）和吴乔 (1611–1695) 提出“无理而妙”“痴而入妙”。 吴乔以李益《江南曲》为例：

嫁得瞿塘贾，朝朝误妾期。

早知潮有信，嫁与弄潮儿。

说明“早知潮有信，嫁与弄潮儿”，但是于理多一曲折耳。因为丈夫不能按预期归来，就后悔，甚至要改嫁，这是情绪的发作，并不是真的绝情要改嫁。这里的逻辑，原因为自己“朝朝”期待，老是失望。这不是绝情，而强烈的爱情。“无理而妙”，成为中国古典诗学一大重要范畴。因为超越了理性，就突出了情感。

当然，王安石的诗，不但好在情有特点，而且好在，意象单纯，只有一个花的意象，但是有变化，花开花落，客观的矛盾，因为特殊的情感联系成一个整体。你这个东风，讨厌不讨厌，表面上是讨厌，实际上，是惜春，珍惜春光。没有来的时候等待，过去后是失落。表面上是讨厌，实际上是珍惜，文字精练简洁，好像不费功夫。这叫才气，这叫灵气。

对于春天，唐朝王驾有另外一种写法，“雨前初见花间蕊”，下雨之前刚刚看到花蕊；“雨后全无叶里花”，下雨以后花落了，光有叶子，“蛺蝶飞来过墙去”，因为没有花了，蜜蜂蝴蝶都不来了，跑到墙外邻家去了，为什么？“却疑春色在邻家”。这一首诗跟第一首比，哪个好？当然了，这首好。为什么呢？这个情，有特点。跟王安石的比呢？好像也还好一点。为什么呢？春雨吹开花蕊，春雨又摧残花蕊，如果光写到这里，跟王安石差不多。可是，诗人笔锋一转，蝴蝶飞到隔壁去了，以为春天的色彩在邻居家里面。这个因果关系，诗人的想象，太出格了，这首更好，好在不停留对春雨的矛盾心态上，而想象转移到蝴蝶身上去。表面上是蝴蝶在寻找春光，实际上，是自己在寻找，明知蝴蝶的寻找是无效的，说明自己寻找也是无效的。即使无效，也要把心灵中的情感表现出来。

这一首在情感的特殊性上，在想象（变异）的独特上，要高出一筹。

再来一首，秦少游的，秦观的：

三月柳花轻复散，飘扬淡荡送春归。

春天快过去了，柳花送春归。这样的诗句，比较平常。但接下来，对寻春的回答是，不要找了：

此花本是无情物，一向东飞一向西。

这花根本没有感情，你还来找它，它想来就来想走就走，“一向东飞一向西”。这句话是骂花嘛，什么玩意儿，但是骂得很精彩，“此花本是无情物”，说的仅仅是花吗？也许让你联想到人啊也差不多，不要那么多情，不要傻乎乎，尤其是处于热恋期间的，要小心！

这首也不错，好处是其中有些理念，不是一般的情景交融，而是情理交融。水平可以说与前面两首并驾齐驱。再举一首，有一个叫邵尧夫的叫邵雍，他说：

花正开时当三月，蝴蝶飞来忙劫劫。

采将春色向天涯，行人路上添凄切。

到三月的时候春天来了，到了很远的地方，蝴蝶飞来飞去，是不是把春色送到远方的情人那里？心里就感到分外“凄切”了，情感是有的，但是只是量的增加，没有达到无理的程度。从诗的角度来说，和前面几首相比，就显得平淡了。

有一首诗这样写春天：“花正开时艳正浓，春宵何事恼芳丛。黄鹂啼得春归去，无限园林转首空”。黄鹂一叫，无限园林的春色，一下就没了，意思是有了，但是不论是情感还是想象，都比较一般。可以说列入比较弱的一等。另外有一首是朱希真的，他说：

杜鹃叫得春归去，吻边啼血苟犹存。

这春天怎么去的？是杜鹃叫去的，为什么？红的花嘛，杜鹃啼红，是双关的，一是杜鹃花，红的，二是杜鹃。有个典故，国君化身的，反复啼叫，都流出血来了，有一点悲剧色彩。看起来有一点悲剧色彩，但是都不算不上杰作，因为都是泛泛而论。还不如金昌绪的《闺怨》：

闺中少妇不知愁，春日凝妆独上楼。

忽见陌头杨柳色，悔教夫婿觅封侯。

这就有具体人物的心灵活动了，见春色，不但没有喜悦，相反从“不知愁”变成了“悔”，也就是猛地感到一阵失落袭来。见美景而触发忧愁，这一刹那间的情感转换，就获得了千年的生命。

说到“闺怨”，杰作就很多了，李白就有《春思》：

燕草如碧丝，秦桑低绿枝。

当君怀归日，是妾断肠时。

春风不相识，何事入罗帏。

李白毕竟是李白，他并没有突出男女两性之间情感的差距，而是双方是同样相思的，只是在想象中，让女性怪罪春风把自家的罗帏掀动了，让她误以为丈夫归来。女性的怪罪显然是无理的，但是，又妙在有一点理由，因为并不相识，你凭什么入我闺中？这是就“于理多一曲折”，这个理就超越了理性逻辑，显得无理，而于情感却是有其逻辑，关键是不相识啊，凭什么闯入我闺房。这种逻辑的转换，就在心理的一刹那之间。

其实，春愁，伤春之所以有那么多的杰作，就在于情感的瞬间转换。如孟浩然的《春晓》：

春眠不觉晓，处处闻啼鸟。

夜来风雨声，花落知多少。

本来是春晨很惬意地睡懒觉，被鸟声叫醒，应该是多么滋润，但是情绪突然一转，想到夜来风雨的吹打，花就凋零了，春天就这样很快过去了。这不能不引起诗人的感伤。

这个惜春的主题，后来还影响到几百年后的李清照：

昨夜雨疏风骤，浓睡不消残酒，试问卷帘人，却道海棠依旧。知否，知否，应是绿肥红瘦。

这明显是伤春母题的继承，但是并没有落入老套。原因是李清照的伤春和孟浩然不同。她是为春天夜雨带来的后果，联想到女性青春年华的易逝。特别是她明明没有去观察海棠，却比观看过海棠的人更坚定，更精彩的是在语言上，不是花落知多少，而是“绿肥红瘦”的对比，叶子是肥硕了，而花却“瘦”了。这个“瘦”本来不属于花，而是属于人。这个“瘦”字显示了李清照的精致的语言才华。

下面我们还是欣赏那些歌颂春天的，白居易的一首《钱塘湖春行》，这比较有名。

孤山寺北贾亭西，水面初平云脚低。

几处早莺争暖树，谁家新燕啄春泥。

乱花渐欲迷人眼，浅草才能没马蹄。

最爱湖东行不足，绿杨阴里白沙堤。

这首诗，最有独特性的地方在什么？是哪一句？是这一句“浅草才能没马蹄”。为什么有特点？因为这里面，有个对比。“乱花渐欲迷人眼”，花开得万紫千红，都把眼睛看花了，但是草很短，我骑在马上草才到马蹄，很浅。前面的诗呢，都是一些小技巧，比如说“孤山寺北贾亭西，水面初平云脚低”，杭州嘛，是平原嘛，比如我在福州，肯定看不到云脚低的，云脚都在山头上，所以，福州人从来没有享受过极目远眺的幸福，可是杭州可以，“水面初平云脚低”，这里有地理特点，不算什么太有才气。“几处早莺争暖树”，就换了一个句法，不是“处处早莺争暖树”，而是“几处”，“谁家新燕啄春泥”，燕子衔泥筑巢，“谁家”，这两句好在是对句，好在改成疑问句。更精彩的是，“最爱湖东行不足，绿杨阴里白沙堤”。本来是骑着马的，现在我从马上下来，我宁愿在地上走，走到哪里？走在草上，跟青草相亲。所以这首诗如果没有后面这几句，那是谁都写得出来的，现代人都能写得出来，如果允许鄙人吹一下的话，俺努力一下也可以写出来。这个感情的特点，他喜欢草，他喜欢草比花更着迷，花迷人眼呢，他不在乎，他在乎的是刚刚冒出来的草，早春的信息，懂了吗？俺写不出。这是心灵的精致，没办法跟人家比。

如果没有这后面几句，这首诗就要下一等了。

那么辛弃疾呢？他下放到农村。壮志未酬嘛，写春天，他在《鹧鸪天》写春天：“陌上柔桑初破芽”，那个桑树的叶子上刚刚冒出来，破芽。“东邻蚕种已生些”，那个蚕种啊，早春嘛，桑树才一个嫩芽。小时候我妈养蚕，那蚕纸是一张纸，上面一个个小米粒子，颜色比较深一点，天气稍微暖和一点，蚕就像小蚂蚁一样爬出来了，这跟“乱花渐欲迷人眼，浅草才能没马蹄”不一样的，是吧？“平冈细草鸣黄犊”，平平的小山坡，草细细的，有黄牛在叫。天哪！有谁会把黄牛叫写成诗的？黄牛叫很难听，黄鹂叫还差不多，你说是不是？“斜日寒林点暮鸦”，“点”字，用得非常好，远远看一点点的，那个乌鸦是好远的，是吧？

接下来“山远近，路横斜，青旗沽酒有人家”。这有点像什么？“千里莺啼绿映红，水村山郭酒旗风”，对了！最后一句，“城中桃李愁风雨，春在溪头荠菜花”。哪句最精彩？对了，最精彩的最后这一句，你们看过荠菜花没有？很小的荠菜，野的，那花是白白的，小小的，比菜籽大不了多少。他发现的春天最美的是这个荠菜花，开得最久，虽然朴素。就是和平常人们喜欢的桃花、李花唱反调，实际上比之“千里莺啼绿映红”来说，开拓出一个新的美学境界。

辛弃疾这个人，你们都知道他是大将，却不得志，皇帝不用他去北伐，他只好在农村。“却将万字平戎策，换得东家种树书”，我本来有收复国土、光复河山的计划，平戎的策略，没用，只好到东家，找个种树的书，做一个普通农民。所以你们看，我们读中国古典诗歌，能看到古代的诗人，这位将军，他心胸多么宽广。

当然，春是写不完的，写客观的对象数不胜数，但是离不开春情、春思、春闺、春梦、春愁。要突破，就意味着挑战诗人的想象，最好的办法是什么？从客观的景观向主观的抒情过渡。我记得二十世纪九十年代，我在美国的大学讲中国古典诗歌，引用了一首并不太著名的诗人牛希济的一首词，叫《生查子》，是这样的：

春山烟欲收，天淡星稀小。残月脸边明，别泪临清晓。

注意啊，残月，月亮是快落下去了。在脸边明，在谁的脸边，当然是一个女人了。别泪临清晓，女人掉眼泪了。

语已多，情未了，回首犹重道：记得绿罗裙，处处怜芳草。

这就不是拘泥于写春景了，主角也不是芳草了，芳草成了配角。主角是那个在残月下“别泪”的女子，男主人公说了许多情话，不顶事，男人的情话不值钱，最后说了一句话“记得绿罗裙，处处怜芳草”。这一下成了千古名句。

我对美国大学生这样解释。因为啊，我的 lover，你的裙子是绿的，所以不管它是阿拉斯加还是新墨西哥，全世界的草都是可爱的。我记得，当时课堂里的美国女大学生直接就叫起来，“Great！”因为她们已经很少有这样浪漫的感情了，甚至于把 romantic 当傻瓜了。正是因为这样，她们听到我们中国的诗人这样“记得绿罗裙，处处怜芳草”。对于女生来说，这是太伟大了。这样的诗应该是上等的，我们中国古典的男性诗人在这方面也不是很呆的，苏轼在《蝶恋花·春景》，也写到了芳草。

花褪残红青杏小。燕子飞时，绿水人家绕。枝上柳绵吹又少。天涯何处无芳草。

墙里秋千墙外道。墙外行人，墙里佳人笑。笑渐不闻声渐悄。多情却被无情恼。

花剩下一点的残留的红色，柳絮越来越少了，就是春天快过去了嘛，是远离了家乡，芳草也快要消失了，但是“天涯何处无芳草”。这是和牛希济唱和啊，天涯芳草，已经成为爱情超越空间的成语了，但是，苏轼却说“天涯何处无芳草”，这不是太不严肃了吗？何况墙里佳人，根本不知道他这个人，苏轼完全是自作多情，这实际上是一刹那的单恋，在那个封建时代，他完全不怕丢脸，写得很坦率。如果说浪漫，应该是的。但是，和美国的性放纵不一样，他不过是想了一下，刹那间的失落。可惜的是，这个“芳草”根本不知道他，他也不想进一步搭讪，女士也不可能“回眸一笑百媚生”。一刹那的心动，就是诗。这里“芳草”已经不重要了，重要的是为“芳草”而逗引起秘密的心动。可贵在他把这秘密的心动公开了出来，让千年来的读者惊叹他的坦诚，而且也可能逗起自己类似的回忆，这就是诗的不朽。

李白、白居易、杜审言谁写的春天更精妙

李白，在宫廷里做翰林供奉的时候，其实就是文学侍从，就是司马迁所说的，被皇帝“倡优蓄之”的，被当作一般的戏子来看的，他又是怎么写春天的呢？也写得挺美的，“寒雪梅中尽，春风柳上归”。春风是看不见的，从柳条的飘动里看出来的。就是说，柳条发芽了，拉长了，让他感到春天回来了。雪融化了，不是在大地上融化，不是在屋顶上融化，而是在梅花里融化，这才漂亮。这是诗人的选择，他不选择，雪在叶子上融化，那就不够美了，是吧？那么，春天从哪里回来？从李白在宫廷里的时候，得意的时候，感悟的春天。凭良心说，这样的诗有点粉饰太平，用技巧写出来的，要害是没有特别的心动，水准不怎么样，和李白最好的诗相比，差距很大。

要把春天的美写得很出格，是不容易的，就是李白也不是每往必胜的。李白的《早春寄王汉阳》应该稍稍好一点：

闻道春还未相识，走傍寒梅访消息。

昨夜东风入武阳，陌头杨柳黄金色。

这个比较好一点，好在不是被动地描写，而主动地走访、寻找，从寒冷的气候中，从梅花，探访消息，说明作者在期待春天。不说寒冷中梅花是否开放了，是否有香气了；而说，有没有“消息”，有没有微微的信息。“消息”，这两个字用得好。但是从柳条的金黄颜

色里感到了春天的气息，而且推断是昨天的春风吹来的结果。这是推断，心灵活动起来了，比之“寒梅雪中尽，春从柳上归”，应该好一点。

再看白居易的《长安早春旅怀》：

风吹新绿草芽坼，雨洒轻黄柳条湿。

这里还是从风中写春天的草色，也有点特色。不是一般的草，而是草芽，而且是绿色的，是新的，新绿，耳目一新。这种新绿像是被昨天的东风吹立出来的一样，多少有些心理的活动。写柳条，特点是在雨里的，有点湿。写到了草，从语言上说，应该是有工夫的，但是，就是告诉人们黄柳和绿草，风吹草绿，雨湿柳条。在唐朝，这并不需要多大的才气就能写得出来。白居易这首诗，从最高标准来说，还不够。

念一首唐朝杜审言的诗，就是杜甫的祖父，题目叫作《和晋陵陆丞早春游望》。题目中有个“和”字，意思是朋友做了诗，要你同样的题目、体裁，同样的韵脚写诗。在这里，是“早春游望”，地点、时间、活动都规定死了，这当然有难度。但是中国古典诗人，对于这样的难度，无异于小菜一碟。杜审言就写了，肯定比他朋友好，因为朋友的诗被历史淘汰了，他的却成了初唐的杰作。

独有宦游人，偏惊物候新。

云霞出海曙，梅柳渡江春。

淑气催黄鸟，晴光转绿蘋。

忽闻歌古调，归思欲沾巾。

独游，独自宦游是什么意思呢？我离开家乡，出来做官的人，“偏惊物候新”，注意，这句话哪个字最重要？“偏惊”。物候新了，大自然变化了，我心里一惊，“云霞出海曙，梅柳渡江春”，这句诗很有名的，为什么呢？

中国古典诗词，对美国的现代诗有很大影响，20世纪初的美国伟大诗人，埃兹拉·庞德，他觉得中国诗太精彩了。因为在西方的诗，受了《圣经》的影响，《圣经》里也有“诗篇”，有祈祷，就是颂歌，所有感觉是自己讲出来的，长篇大论的。但是他发现，中国的诗，中国的字，不是直接讲出来，诗句都是意象。你看，云霞，意象；海，意象；曙，意象；梅柳，意象；江，意象。意象组成一系列的意象群落，或者说成群结队，感性如此密集，他觉得非常精彩。

他们就用英语给翻译了，把这一联翻成这样：

云和霞，

向大海，

——黎明，

梅和柳，

渡过江，

——春。

他们觉得太精彩了。春天，甜蜜的春天，读者没有感觉。有了这么多意象，春天就可以看得见，摸得着了。但是我觉得，他们还是没有真正读懂中国诗的灵魂，不仅是意象的密集，而是人的精神的感动。“偏惊物候新”，发现了云和霞出海了，这是什么？是变化，我怎么知道？云霞在海上，梅和柳从江那边开到这边来了。

可惜他们不懂，因为他没有读懂前面的“偏惊物候新”，生动不在物象，而是物象引起了诗人心灵的“惊”。“偏惊”，别人不惊，他偏惊，他们忽略了的，恰恰是艺术的灵魂，中国叫“诗眼”。因为有了这个惊，有了这个偏，这首诗虽然没有华丽的辞藻，云霞出海啊，曙色，梅花，柳条，黄鸟，绿蘋，构成情趣的格调却很从容的，不用那么激情，也是挺经得起欣赏的。

中国古典诗歌普及，在我们生活的方方面面，喝酒有诗，谈恋爱有诗，就是春节，贴在家家门口上的春联也是诗，譬如春联：“向阳门第春常在，积善人家庆有余”“生意兴隆通四海，财源茂盛达三江”，朋友聚，从小康向大同的中国的梦的愿景，实际上，只用了律诗的颔联的和颈联，把诗贴在大门口，让客人进来先欣赏一下古典诗歌，这样的民俗，哪个民族有本钱来挑战？一年伊始春日降临，自然景观是美好的，中国有传统的春节，过年有点喜庆的民族的共同的心理。写春节最著名的就是王安石的《元日》：

爆竹声中一岁除，春风送暖入屠苏。

千门万户曈曈日，总把新桃换旧符。

这里的屠苏是酒，古时候的风俗，每年除夕，家家用屠苏草泡酒，吊在井里，元旦取出来，全家老小朝东喝屠苏酒，寓意就是春风把暖气吹进了屠苏酒，喝了屠苏，春天的生气就进入了生命。曈曈是光辉灿烂，初升的太阳照遍了千家万户。“总把新桃换旧符”，桃符是用桃木做成的，用两块桃木板子，画上两个神像，挂在大门上，可以祛除魔鬼，拿新的门神换了旧的门神，幸福就得到更高的保障。最有特点的是，在院子里放爆竹。1987 到 1988 年初，我在四川外国语学院学英语口语，美国的教师啊跟我谈放爆竹，他说你知道为什么要放爆竹吗？我说因为喜庆嘛，拿来庆祝一下，热闹一下。他说不，他说，爆竹可以吓走鬼，用英语跟我讲的。后来我研究了，在《荆楚岁时记》有记载说，放爆竹以辟山臊恶鬼，山臊鬼在西方，有一寸多长，人碰了它就会生病，但它也有一个弱点是害怕爆竹，爆竹一响，它就吓得赶快溜了。奇怪的是，本来是拿来吓鬼的，后来爆竹引申为喜庆了，在中国人的心目中，一点驱鬼的意涵没有了，娶新娘要放爆竹。不过这很复杂，我到了福建才知道，死了人，出殡，也放爆竹。按毛泽东的说法，生死在一定条件下转化。是庆祝辩证法的胜利。

就朱熹写的《春日》，春天呢，“胜日寻芳泗水滨”，胜日就是欣欣向荣的春日，非常美好的日子，要欣赏春天的花草，到泗水之滨。泗水在江苏北部，第一句是寻芳，下面三句就是写寻芳所得。意脉深化在第二句，“无边光景一时新”，写观赏风景后的初步印象，无边风景，春回大地，自然景物焕然一新，也写出了耳目一新的喜悦感。第三句，“等闲识得东风面”，这“识”字，承首句当中的“寻”字，你前面不是“寻”嘛，寻到了，“等闲识得”，就是很容易。第四句，“万紫千红总是春”，全是由春风送暖的结果。是东风啊，吹开了万紫千红的鲜花，而百花争艳的景象，是生机勃勃的春光。诗人用“寻”和“识”，情感步步提升。但这里有一个问题，泗水在山东，孔夫子在泗水之滨讲学传道，但是朱熹写这首诗的时候是在南宋，泗水早已沦陷在金国了，朱熹怎么去游春呢？原来诗中的泗水暗喻孔门，寻芳暗喻求圣人之道，东风暗喻教化，暗喻孔子教导。这首诗把道理融化在生动的形象中，不露说理的痕迹，这就是朱熹的高明之处。诗意的生命跟大自然的气象、物象是交融的。我们现在读古典诗歌啊，孩子啊，或者是大人啊，甚至是老人，他们都在读诗，朗读诗歌，现在很流行，但实际上，一味执着于朗读，我始终有些怀疑，因为古代的诗人，他不是大块朗读的，也没有舞台，没有表演。我非常小的时候听老先生他的读诗是自我欣赏的，是自我体验，所以杜甫讲“新诗改罢自长吟”，这诗是吟诵的，所以我们要知道，在古人他是吟诵的。吟诵是慢慢地、个人化的，自我体悟的，可以反复，可以停顿的。

元宵是中国新年后第一个大节日，因为中国的阴历是以月亮的运行周期为准的（现在的阳历是以地球绕太阳公转的周期为准的）。每月十五日，月亮最圆。元宵，“元”是第一的意思，“宵”就是晚上。晚上才能看到月亮，第一个月，月亮最圆的一天，中国把这定为月亮的节日。放烟火花炮，大概起源于汉代，到唐宋就比较兴旺了。

有历史的资料记载据说，唐宋的时期啊，都市庆典主要在街道上，或者寺庙里举行盛大的盛会。街巷的灯是像白天一样，灯明如昼、鼓乐喧天，有丝竹乐队演奏，还有杂技表演，又称白戏，有吞刀的、踩高跷的等等。这个时候为什么很热闹呢？平时有些仕女是不能出门的，不能抛头露面的，到了元宵，平时不能出门的仕女也可以公开夜游。最热闹的地方车马堵塞，用现在我们叫堵车。有一个记载说，甚至于人挤人，就是脚不着地，就被人抬着走了几十步。唐人苏味道写过《正月十五夜》：“火树银花合”，这写的放烟火，像火的树，花是银的。“星桥铁锁开”，桥上本来被官兵上锁了，现在都打开了。“暗尘随马去，明月逐人来”，有人骑马的，马成队，才有灰尘。明月逐人，月光照人，特别有意思的是“游伎皆秾李，行歌尽落梅”。这个时候，歌女也出来参加这个联欢。打扮得漂亮，“秾李”，浓妆艳抹。一头走一头唱，唱的什么？“落梅”是一个曲子。“金吾不禁夜，玉漏莫相催”，“金吾”是皇宫啊，本来到晚上要戒严的，现在不戒严，“玉漏莫相催”，打更的不要催我回家，明灯错落，园林深处璀璨的光华，有如娇艳的花朵，四处可通行，所以城门的铁锁也打开了，人潮汹涌，马蹄上下尘土飞扬。月光洒遍每个角落，人在任何时候都看到明月当头。歌姬们花枝招展，浓妆艳抹，低眉高唱梅花落，京城取消了夜禁，夜即使更漏提醒，也不要忙，不能让一年一次的元宵之夜匆匆过去，诗里的“火树银花”后来成为典故。有个朱淑真这个女士就这样写：

火树银花触目红，揭天鼓吹闹春风。

这个鼓声吹奏的声音啊，震天动地啊，在春风里啊。更著名的就是辛弃疾的《青玉案·元夕》：

东风夜放花千树，更吹落、星如雨。宝马雕车香满路。凤箫声动，玉壶光转，一夜鱼龙舞。

也是火树银花，也是放烟火啊。贵族仕女出来了，乘着华丽的宝马雕车。风箫器乐吹奏，“玉壶”就是灯在转。不但平民可以出来观灯，而且贵族仕女也出来了，“宝马香车”，高雅的乐器动人心魄，还有舞龙灯的。在一片狂欢之中，男女之间，平时不能传递的感情，就有发展的机遇了。辛弃疾的词接下去写道：

蛾儿雪柳黄金缕。笑语盈盈暗香去。众里寻他千百度，蓦然回首，那人却在灯火阑珊处。

“蛾儿雪柳黄金缕”，妇女装束，笑语盈盈，听女孩子在盈盈地笑，这个盈盈是不是微微地，余音袅娜，很吸引人？但是，光是听到声音，但是看不到人，“暗香”，闻到她身上的香气，但就是看不到她的人。总以为她是在最热闹的地方，“蓦然回首，那人却在灯火阑珊处”，这句话很有名啊。后来被王维用来形容做学问的最高的境界。这里写的是，有意在最热闹的地方，却找不到，失望了，可是，漫不经心回头一看，哦，她却在那个灯火不太明亮的地方。在这个公开化的大街上找意中人为什么那么难呢？说明这个民俗太热闹了。唐朝没有录像，但是唐朝最著名的画家吴道子，他有个《钟馗元夜出游图》，可惜，现在失传了。但是有人用诗来描写过这幅画：“君不见元宵春夜玉京口”，讲元宵春天夜里在京城的门口，“魑魅陆离山怪吼”，化装成鬼怪的都出来流行，还发出来恐怖的声音来，“髯夫当前嫠妇后”，大胡子的丈夫后面是寡妇，同时也有“娇姿百媚门楣秀”，“毬灯百戏舞且歌”，有人在踢球。“欢声腾沸笑声杂”，这真正是一场狂欢啊。“月光莹白灯光多”，不仅是灯火辉煌，鼓乐喧天，在这样的群众狂欢中要找一个恋人，应该是相当困难。所以说辛弃疾还是幸运的，一下还找到了。

朱淑真就没有辛弃疾那么幸运了。

火树银花触目红，揭天鼓吹闹春风。

新欢入手愁忙里，旧事惊心忆梦中。

同样是元宵佳节，同样是火树银花，高入云霄的音乐，狂欢的背景中，对方已经有了新欢，自己却在梦中为往日的旧事而“惊心”。

为什么提供了这么多古典诗作，都是表现春天的？目的就是提供现成的可比性。让我们欣赏古典诗人如何在这个母题上，作着几世纪的情感的、想象的、语言的不懈竞赛，同时也让我们从被动的接受，上升为主动的裁判。什么样的诗，在这个母题上营造出前人没有说出的语言，没有达到精致，没有想到的角度，没有潜入的深度，在具体分析过程中，进行审美品位的攀登。

荷花是不是夏天的形象大使

我们之前说了春天都是被美化、诗化的，今天我们要说夏天的诗了，奇怪的是，却找不到和春天，还有秋天同等艺术水准的诗作，夏天在我们诗里，好像受到歧视，这不是怪事吗？

夏天不重要吗？从劳动的实用价值来说，春种，夏熟，秋收，冬藏，都是不可缺少的，有各自的功能，但是，这四个季节在诗歌中，是不是有区别？有的。特别好的是春天和秋天。所以我们中国的历史，最早的经典叫什么？叫《春秋》。这当然是因为我们是农业民族，农耕文化，不是游牧民族，所以春种秋收特别重要。夏天在诗里，不太重要，为什么？因为夏日炎炎，劳作特别辛苦。但是，夏天在诗里过得怎么样？来看一下范成大的《夏日田园杂兴》，一共十二首诗，其中比较好的是：

昼出耘田夜绩麻，村庄儿女各当家。

童孙未解供耕织，也傍桑阴学种瓜。

白天一起来就锄地耕田，夜晚就是织布，因为当时还没有棉，都是麻。村庄儿女各当家，那就全家男女，各自分工，都是很忙碌的。“童孙未解供耕织”，小孩子还没有耕田和织布的能力和技能，但是，维持生计氛围影响了儿童，“也傍桑阴学种瓜”，也在桑树荫下去种瓜，他不懂得为了吃饱，为了维持生命，他就是好玩嘛。劳动成果可能全是白搭，最后一联“童孙未解供耕织，也傍桑阴学种瓜”颇有童趣，这是中国古典诗歌中比较少见的。

还有一首是这样的：

梅子金黄杏子肥，麦花雪白菜花稀。

日长篱落无人过，唯有蜻蜓蛱蝶飞。

后两句比较有意味。夏日很长，都躲在家里，围着家园的篱笆空落落的。只有蜻蜓、蝴蝶在飞。飞的动态更衬托得家园更宁静了。这首比之上一首在情趣上应该比较弱了。

其他的就更弱了。

总之在诗中，夏天没有太多的杰作。

这是很奇怪的，其实，夏天是特别忙碌的，很辛苦的。种双季稻的，大暑小暑期间，是一年最火热的天气，抢收了，还要抢种。可就是没有什么太多的经典诗作。而冬天就是把农作物收藏起来，叫作“冬闲”，偏偏写冬天的杰作非常多，水准也非常高。而夏天的，好像水准差得太多。

如果系统梳理一下，其实，每个季节都有自己的形象代表，不过就是水平不完全平衡。

春天是生机勃勃的，北宋王洙的“春游芳草地”，是欣赏花和草。“秋饮黄花酒”，秋天的代表形象是菊花。“冬吟白雪诗”，冬天的诗，就是歌颂雪。那么，夏天呢？“夏赏绿荷池”，古典诗人在夏天很喜欢欣赏荷花。那么写荷花，有没有精彩的作品呢？有。我们看杨万里的《晓出净慈寺送林子方》：

毕竟西湖六月中，风光不与四时同。

接天莲叶无穷碧，映日荷花别样红。

写的是夏天的荷花，不是一般的美，首先，时间——六月盛夏；其次，地点——西湖，上有天堂，下有苏杭；再次，接天的绿色的荷叶陪衬；最后，用太阳的光让荷花显得特别鲜艳。这样的水准，算不得上品，因为只是写了视觉的色彩。看看王昌龄笔下夏日的荷花就不一样了：

荷叶罗裙一色裁，芙蓉向脸两边开。

乱入荷花看不见，闻歌始觉有人来。

“荷叶罗裙一色裁”，荷叶是绿色的，女孩子的罗裙也是绿色的，荷叶的美和女孩子的罗裙美相融合；“芙蓉向脸两边开”，就是荷花跟女孩子漂亮的脸蛋互相映衬。但是，“乱入荷花看不见”，女孩子一进去采莲以后，绿色的衣饰和绿色的荷叶混为一体。鲜艳的荷花和光彩照人的女孩子的脸孔都分不清了，可见颜值有多高。有没有区别呢？还是有的。“闻歌始觉有人来”，只有听到歌声，才发现美丽的姑娘在里边。那女孩子美还是荷花美？从外貌来讲，和荷花一样美，但是女孩子比荷花更美。为什么？荷花不会唱歌，听到歌声，才知道那是女孩子。所以表面上是歌颂了夏天的荷花，实际上是歌颂了美女。

王昌龄毕竟不愧为“诗家天子”，出手就是不凡。女孩子比荷花还美，后世不是有所谓“解语花”的说法吗？从王昌龄这里可以得到诗学的阐释。王昌龄还有一首写荷花的，是这样的：

摘取芙蓉花，莫摘芙蓉叶。

将归问夫婿，颜色何如妾？

这是写爱情的，女孩子她不采荷叶只采荷花，为什么呢？带回去给老公看。我跟花比，哪一个漂亮？这写爱情的女孩子撒娇的技巧，品位挺高。李白也有写荷花的诗作，他不直接写荷花，借荷花来写相思：

攀荷弄其珠，荡漾不成圆。

相思无由见，怅望凉风前。

这个荷花去碰它一下，荷叶上面有水珠。怎么荡漾它，荷叶上面不能够成一个圆珠。这里有个双关。圆就是团圆，因为它不能圆，“相思无由见”，只能“怅望凉风前。”因为荷叶里边的水珠不能圆，所以与对象不能够团圆，无可奈何。这样的诗，从李白来说，是小儿科了，小技巧，但是写得蛮鲜活的。杨万里写过一首诗，叫《小池》：

泉眼无声惜细流，树阴照水爱晴柔。

小荷才露尖尖角，早有蜻蜓立上头。

写的是早夏的景象，是一幅图画，有宾有主，先是宾，无声的泉眼，因为水是清净的，所以树才有倒影。荷花才露出一个尖角，也就是说，还没有像范成大笔下荷花那样艳丽的彩色，还很不起眼。这种美，人们忽略了，而蜻蜓却发现了，或者说，蜻蜓比人还敏感。诗人心动了一下，这就是诗了。不是歌颂美女，（而是）歌颂荷花；不是（歌颂）六月盛夏，（而是）歌颂初夏。

从艺术上来说，这首诗的构思比较精巧，用一个细节、一个意象，提醒夏天的美将要到来。再介绍一首仲夏的，也就是五月的。

周邦彦的《苏幕遮》，我选取其中有关荷花的几句，也是以莲叶、莲花为核心意象。但是它既不同于王昌龄的《采莲曲》以歌颂少女为主，又和杨万里赞美西湖景色异趣。他写什么？荷叶在水面上：

水面清圆，一一风荷举。

因为荷叶是在水面上浮着的，是非常圆的，青绿色的吧。“一一风荷举”，风吹过来，这挺精彩，精彩在哪里？“水面清圆”，写的是荷叶，用字很平实，好像是白描，并不十分精致，但好在和“一一风荷举”结合起来成为一个整体，这句诗很有名的。这首词广泛流传就是因为这句话。“一一风荷举”，原因是什么？因为它清而圆，是贴在、悬浮在水面上。荷叶贴在水面上，它被风吹起来。一般的草木被风吹动的时候，是起起伏伏的，荷叶不同。第一，一片叶子翻飞了，这个“举”字，用得非常大胆。一般草是倒扑的嘛，吹得荷叶有一半翻举起来，有被抬高的感觉。第二，这个过程，不是所有的荷叶一下子都被吹动了、平复了，而另一片叶子又被吹动了，又平复了。一片一片的起伏，这个是一个层层递进的过程，不但写出了荷叶的特点，而且写出了池塘上的风的特点，这种风是很优雅的，很从容的、很温柔的。如果光是这样，不过写了事物的特点，还算不得特别好，关键在于，这里暗含着词人的心情，荷叶运动的层递的性质和词人的感觉一样是层层扩展的，欣赏的心情是默默的，是从容体悟的。身在汴京（开封）的词人想起了自己的江南的故乡。“五月渔郎相忆否”？进入回忆之中，是意脉的衍生。明明自己回忆起来了，却说是渔郎，用了疑问句式。这也是词家（诗家）的一种技巧，疑问句总是比陈述句更带情感色彩。

唐宋诗人，写夏天就写荷花，这似乎是一种风气。那么好了，你们就要问我了，你明明说了那么多写荷花的诗，为什么还说，找不到几首写夏天的好诗呢？写荷花的诗很多，但是，从水准来说，没有像菊花那样，成为这个季节的形象大使。从生活来说，艳丽当然也是一种美。但是，这样的美，第一，是一望而知的，人所共知的，显示不出人的情感优势。但是呢，有一句话说太红艳了，反而不好。有诗人宣称：“人怜红艳多应俗”，喜欢艳丽的色彩是很俗的，俗就是大众文化的品位不高。

正是因为这样，荷花没有真正成为夏天的形象大使。

为什么夏日厌长

中国古典诗人写春天的诗那么丰富多彩，而写夏天就比较少了。正面写夏天，比较经典的诗句就是王维的《积雨辋川庄作》：

漠漠水田飞白鹭，阴阴夏木啭黄鹂。

论者提出这两句出自李嘉祐诗：

水田飞白鹭，夏木啭黄鹂。

“王摩诘但加漠漠阴阴四字，而气象斗生，所谓点铁成金也”。后人纷纷赞其加“四字，写雨中村居景象，何等幽寂”，“更觉精神飞越”，去“漠漠”“阴阴”四字，“便成‘呆语’，精神景状，全在叠字中也”。①比较是比较了，但是停留在感觉上，从文本深入分析，李嘉佑原诗“水田飞白鹭，夏木啭黄鹂”，好处是以水田为背景显出白鹭之影，但二者均为亮色，是反差不明显的正衬。多了“漠漠”叠字，则有模糊意味，与白鹭的反衬效果明显增强；其次，“漠漠”具开阔之境，引起白鹭群飞舒缓之感。至于“夏木啭黄鹂”，好处是听觉之美，然而夏木还只是个概念。加上了“阴阴”，则不但显示了夏木之茂盛，而且浓阴与

① （宋）沈括：《梦溪笔谈·续笔谈》。（明）李日华：《恬致堂诗话》卷四。（清）郭兆麒：《梅崖诗话》。（清）田同之：《西圃诗说》。

黄鹂的音色明亮构成对比，但是黄鹂之声，可闻而不可见，也不欲寻，情感多了一些淡定。这双重对比，不但表现了夏日佳景，而且表现了诗人精神的从容自若。

问题的复杂性还在于，明代胡应麟、清代的沈德潜都指出，王维诗作在前，李嘉祐在后。李嘉佑生年有多种说法：闻一多认为是公元719年，还有学者提出当为728年。比之王维小了不下二十岁。特别是，此两句不传全诗，所存仅为断句。

当然，我们可以暂且不管这些，就这两种写法比较，还是王维的构思比较缜密，整体意象也更和谐。

最能称得上赞美夏天的颂歌的，应该出于陶渊明，他有两首是正面写夏天的。第一首《和郭主簿》：

蔼蔼堂前林，中夏贮清阴。
凯风因时来，回飙开我襟。
息交游闲业，卧起弄书琴。

在那么火热的夏天，他不写美丽的色彩，而写家门前面的树木，贮备着清凉的树阴，还有凉风吹到胸怀中来。自己可以很休闲，随意读书弹琴，翻翻书卷，忘记那些仕途经济的事情，一点炫耀的意味都没有，这才是“真”的生活，意思是，不这样，花里胡哨，就是假的。他的《读山海经》，诗意是同样的情调：

孟夏草木长，绕屋树扶疏。
众鸟欣有托，吾亦爱吾庐。
既耕亦已种，时还读我书。
穷巷隔深辙，颇回顾人车。
微雨从东来，好风与之俱。
泛览周王传，流观山海图。
俯仰终宇宙，不乐复何如。

应该说是夏天给他带来了舒适，让他感到滋润。随着自己散淡的本性，自由自在，自如地生活，一点没有激动，也没有后来近体绝句那种瞬间情绪的转换，就是很平静的生活，也就有了诗意。这也是有情感的，这种感情，没有《诗大序》中情动于中的动态，没有政治的、道德的意味，更没有屈原那样的“发愤以抒情”，因为那是激情。陶渊明不是没有情，而是一种温情，以超越宦海沉浮，不为外物所迫，也不为自己心灵的追求所役，就是平和宁静地生活。这种情感，是前所未有的，叫作闲适之情，或者叫作闲情、逸情。一般诗人心灵达不到这样的境界，刻意模仿，不是虚假，就成为散文。这是他的诗品，又是他的人品，人品达不到，诗品就上不去。

王维晚年在这方面继承他的诗风，不少诗与他同调。王维写夏天题目叫作《纳凉》的诗：

乔林万余株，清流贯其中。

前临大川口，豁达来长风。

涟漪涵白沙，素鲔如游空。

偃卧盘石上，翻涛沃微躬。

漱流复濯足，前对钓鱼翁。

贪饵凡几许，徒思莲叶东。

有树林、有清溪，清得连鱼都可以看得见，还来了豁达的长风，让他可以躺在石头上，在水里洗脚。主题就“纳凉”，很舒适。情感是从容自得的。但是，这样的诗在后世也有些追随者，但是，就写夏天主题言，没有什么突破。

这一类的诗，相对于写荷花的诗，属于另外一类美学原则，那就是恬淡地和大自然相处，既不是秋菊那样的与寒冷对抗，也不关心夏荷的鲜艳，而是心平气和地放松心情，顺其自然的美。不管你多热，总是有凉风，享受着恬淡的心情。

总体说来，古典诗人写夏天，不像写秋天那样，不是很舍得赞美之词的。这一点和西方人好像有很大的不同。在西方，同样写夏天，就大都是歌颂了。因为希腊神话中，天神宙斯的儿子阿波罗，就是太阳神，代表的是光明之神，从不说谎，光明磊落。太阳是被歌颂的，太阳是美的。许多诗人，查切尔、布莱克，还有纳西，都是歌颂夏天的，莎士比亚的十四行诗，写美人，用什么来形容啊？用太阳来形容。翻译过来大概就是，我将你比作太阳如何，比作夏天如何？你比夏天还美，因为，夏天被风雨摧残以后就过去了，而你永远是温存的。就是说，夏天也是美丽的，你比夏天还美丽。

中国的古典诗人，相比起来，还有另外一种美学原则。他们写夏天，不但吝啬赞美之词，相反觉得有点厌倦。他们老是写夏天太长了。比如元稹，白居易的朋友，写过《莺莺传》为《西厢记》提供了情节蓝本的那个元稹。他写夏天：

“莫厌夏日长”，说是不要厌倦夏天太漫长了，其实是已经承认夏天让他厌倦了。“莫愁冬日短”，不要为冬天太短！好奇怪！夏天不是应该很舒服吗？冬天不是很冷吗？当时又没暖气，为什么巴不得让它长一点呢？更奇怪的是，不是他一个人，好多诗人都不约而同地写夏天太长。有个叫皇甫冉的诗人呢，写了一首《清渠》：

清虚不共春池竞，盥洗偏宜夏日长。

盥洗，就是洗脸，刷牙，哦当时，没有牙刷，漱口啊，老觉得夏天非常漫长啊。还有另外一个诗人，写“穷居无公忧”，一个人坐在那，没有公事要做，那么就“私此长夏日”，正好偷懒度过这个漫长的夏日啊。

夏天，不只长，甚至是百无聊赖的。白居易在一首诗里说天气太热，到什么程度呢？让他觉得生命都很厌倦了。“院静留僧宿”，院子里很安静，留了一个和尚，可能是客人吧。“楼空放妓归”，楼空了，把妓女都放走了。白居易这个人，老了以后还是有点风流，家里留着歌伎，还有小妾好几个啊，很有名的就是樱桃跟樊素啊。“樱桃樊素口，杨柳小蛮腰”。现在广州有一座高楼，标志性建筑，叫“小蛮腰”，用的是白居易诗的典故。诗的意思是，老了，无聊，也就只能慢慢消磨了。陆游的《东园》也是把夏天当成消磨时间：

晨起东园去，消磨夏日长。

到底为什么古代诗人，都这么不喜欢夏天啊？ 不但嫌夏天太漫长，而是觉得夏天是很苦的。王维写过的《苦热行》：

赤日满天地，火云成山岳。

烈日烧得满天都是红红的，火云积成山峰一样。

草木尽焦卷，川泽皆竭涸。

草木的叶子都卷起来了，整个河流都干掉了。而刘长卿写得更绝：

清风竟不至，赤日方煎铄。

太阳晒得人像被煎熬一样了。

仰视飞鸟落，火云从中出。

这太阳晒得这么厉害呀，鸟都飞得掉下来了，烤死了啊。《水浒传》里面也有一首，是很有点名气的。

赤日炎炎似火烧，野田禾稻半枯焦。

农夫心内如汤煮，公子王孙把扇摇。

前面我们引用的都是贵族，士大夫的情感，这里是劳动者，对夏天的不是厌倦，而是痛苦了。虽然春天也有劳动，比如之前说辛弃疾，写春天里的农村生活，“春在溪头荠菜花”，“大儿锄豆溪东，中儿正织鸡笼，最喜小儿无赖，溪头卧剥莲蓬”，看不出他觉得苦啊，非常美好。就是士大夫，也是有同情心的：

锄禾日当午，汗滴禾下土。

谁知盘中餐，粒粒皆辛苦。

这首诗，它不是写夏天的晚上，也不是写夏天的早上，而是最热的大中午，去锄禾，“锄禾日当午”，那就是说，最热最艰苦是不是？所以说，锄禾日当午，辛苦程度达到极点，李绅还写过“春种一粒粟，秋收万颗子，四海无闲田，农夫犹饿死。”主题是相近的，但比之这首，就显得抽象，这首好在更感性，更形象，更有感情。

"汗滴禾下土"，因为非常热，这汗，滴一颗下来，滴到什么地方？禾苗的土上，也就是根那个地方。为什么呢？"谁知盘中餐，粒粒皆辛苦"。一滴一滴的汗，跟盘子里一粒一粒的米饭，语言上是隐性的联系的。所以这里面有一个字很重要——"滴"。一"滴"汗，跟一"粒"米，形状保持上是像的。不然，换一个写法："汗落禾下土"，可不可以？也对，但和"粒粒皆辛苦"，那就不严密了，不和谐了。第三句，"谁知盘中餐，粒粒皆辛苦"。"谁知"？明明是我知嘛，是吧，比如我换个写法，"须知盘中餐，粒粒皆辛苦"，可以不可以？意思都到了对不对，但是一定要谁知，为什么？这里面也有奥妙。这首诗，前面两句是陈述句，后面第四句又陈述句，如果再是陈述句，语气没有变化，就显得单调。这是很重要的一点。以后我讲绝句的诗，还会做更详细的阐释。这也是为什么"锄禾日当午"要比"春种一粒粟，秋收万颗子"好，好就好在这里。

夏天，在我们古典诗歌里边，有四种美学表现：第一，荷花的美艳；第二，是夏天的心情恬淡；第三，是漫长的厌倦；第四是，劳动者的艰辛。这里有精英性质的，可以说是纳凉啊，弹琴啊，享受天伦之乐啊；也有大众的，主要是农民，是辛苦劳累的，这种劳累之情，似乎也没有多少经典之作。原因可能还是文化水平不足，加之缺乏广大作者的参与。

为什么夕阳比红日更受诗人宠爱

前面说到夏天的太阳在劳动者感觉中，是很煎熬人的。今天我们仔细分析一下太阳这个意象。中国古典诗歌中，对月亮的歌颂很多，对太阳的赞美很少。当然，歌颂太阳的诗还是有的，"日为君象"代表皇帝。杜甫就写过："葵藿倾太阳，物性故难夺"。葵，葵花；藿，草叶。它的本性就是朝着太阳转。"物性故难夺"就是我的心，天生就是不能改变的。正是因为日为君象，所以赞美太阳就不能太随便。但是中国人心目当中：三光者，日月星，怎么能缺少写太阳的诗呢？诗人就回避写那种"天无二日"的意象，小心翼翼、避免往帝王那边联想。

怎么写呢？写朝日，早上的太阳，把它当风景来写。比如说，《陌上桑》："日出东南隅"。元稹写："绮树满朝阳"，美在哪里？树冠上朝照耀。崔浩写："晨登天竺山，山殿朝阳晓"，山里的宫殿，大概是寺庙吧，朝阳带着晨光，照在寺庙的屋顶上。白居易："朝阳照耀升红光"，朝阳给大地带来红艳的光辉。欧阳修："朝阳借出胭脂色"，胭脂色，那就更鲜艳了，是女孩子的颜色，是朝阳"借"给大地的。王安石："暖处自朝晖"，温暖来自朝阳。陆游："朝阳云破雪渐消"，朝阳一出，积雪就融化了。但是这样的诗句好像并不太杰出，苛刻一点说，还是比较平淡的，甚至于平庸的。就是苏轼写的“朝阳照水红花开”，这样的句子，也一般嘛。司马光的“朝阳凤鸣身轻暖”，朝阳起来，有凤凰鸣啭，瞬间觉得浑身轻松又暖和，大多数是表述性的，不太精彩。但是，杜甫毕竟是杜甫，他晚年写朝阳：“千家山郭尽朝晖，日日江楼坐翠微”，这就比较精彩了。千家万户都迎着朝晖，而且静静的，日日江楼，我每天坐在江楼上，坐着，看翠微，就是山色翠微啊，绿色的山和水，这就比较舒心。可惜，这样精彩的句子很少。

写中午红日呢，那就更少了。一般的不写中天红日，不得不写，就像周邦彦《满庭芳》中这样：

午阴嘉树清圆。

就是不写中午的太阳，而是写太阳在树冠下的阴凉。但是，太阳是天天见面的，总不能承认无能，从中无法发现诗意。于是就出现了中国古典诗人特有的现象，回避写“红日”，更多的是写“白日”。王之涣的“白日依山尽”，不是红日依山尽，都依山尽了，当然是夕阳了。

我师兄袁行霈说李商隐的“白日当天三月半”，说明“白日”这个词有一种光芒万丈的迹象，给人一种辉煌的联想。其实“白日”的意象啊，并不固定在光辉灿烂，这取决于诗人的情感。诗人欢心的时候，像左思那样：

皓天舒白日，灵景耀神州。

“皓天”就是高天啊，白日在上面，光耀神州大地。诗人在开心的时候，像杜甫在为官军攻克安禄山根据地河南、河北一带，感到空前兴奋的时候：

白日放歌须纵酒，青春作伴好还乡。

这是“白日”，不是“红日放歌须纵酒”。当诗人情绪低落呢？这白日就不放光辉了，就比较黯淡了。秦嘉有《赠妇诗》：“暧暧白日”，暧，就是暧昧的暧，就是不太光亮嘛；“引曜西倾”，曜，就是太阳的光了，向西面去了，落下去了，就没光彩了。所以古诗诗句里有这么一段话：“浮云蔽白日，游子不顾返。”浮云把“白日”的光遮住了，一遮，时间就过去了，远游的丈夫还不想回家。

当诗人感觉到凄凉的时候，这个太阳也会凄凉。刘长卿《穆陵关北逢人归渔阳》：

楚国苍山古，幽州白日寒。

而不是幽州红日寒，心里郁闷，如果是“红日”联想就很难寒冷。李白心情郁闷的时候，就是：“总为浮云能蔽日，长安不见使人愁”。当时悠闲的时候呢？他说：“倘逢骑羊子，携手凌白日”。他想出仕，当不了官，没人欣赏他，他痛苦的时候，白日就暗淡了：“扶桑半摧折，白日沉光彩”。“扶桑”是太阳升起的那棵树，一半都倒了；“白日”，太阳就没光彩。而在王翰的《饮马长城窟行》里边，白日是可以指挥的：

壮士挥戈回白日，单于溅血染朱轮。

诗人可以指挥白日延长时间，让我有充分的时间，把单于打败，让他的血沾在我的战车上。如果是红日，日为君象，敢这么指挥君王吗？王昌龄的《从军行》里边有：

大将军出战，白日暗榆关。

战争开始的时候，气氛非常严峻，说“白日”在这个边境的关口上是暗淡的。在高适的笔下，残酷的血战，可以使白日变得凄惨。

鬼哭黄埃暮。天愁白日昏。

如果是红日，在联想上就不大可能是昏昏沉沉，没有精神。

照理说，清平世界，朗朗乾坤，万物生长靠太阳，但奇怪得很，古人写晴天红日很少，写朝阳的不少，也有挺精彩的；但比起写夕阳、落日、残阳的杰作甚多，不但数量少，而且质量也略逊一筹。这是为什么呢？来看一首杜甫的《后出塞》：

朝进东门营，暮上河阳桥。

下面写旗帜在阳光的照耀下，什么阳光呢？“朝日照大旗”，红日照耀着大军的旗帜，不是很光彩吗？但杜甫写的是：

落日照大旗，马鸣风萧萧。

落日，太阳快下去了，照着旗帜。这是跟“马鸣风萧萧”有密切关系，风萧萧有个典故。《史记》里面写荆轲出行刺秦王：“风萧萧兮易水寒，壮士一去兮不复还”。充满了悲剧色彩。风萧萧，就是用了这个典故。落日不是照在大地上，而是照在大旗上。加上马在嘶鸣，意味就悲而且壮。安史之乱，国破山河在，慷慨赴国难，都在里边了。“平沙列万幕”，每一个部队都有自己的旗帜，接着要怎么样？“中天悬明月，令严夜寂寥”，如果写中天悬红日，那就可能破坏这样悲壮的氛围了。月亮是无声的，军令是严酷的，但是寂静的，毕竟豪壮中带着一种凄凉之感。

夕阳、落日，成为唐诗的重要意象，最著名的就是王维的《使至塞上》：

大漠孤烟直，长河落日圆。

把边塞沙漠的荒凉空旷的无人之地，提炼为一幅垂直线和一条水平线的景观，这在美术上，叫作垂直构图，显示静态：心灵从“征蓬出汉塞”的动态转化为凝视的宁静。为后世留下了一幅不朽的诗中名画。李商隐就更精彩了：

夕阳无限好，只是近黄昏。

这就道出了夕阳之所以受宠的原因了，太阳光华之烈，在中午是不可正视的，而夕阳比之朝阳，更可正视、凝视，可以从容欣赏其美艳的，可惜，却又是很短暂的。这里有矛盾啊，有哲理呀，不管多么美好，免不了很快消失。

相传为李白所作的词《忆秦娥》，先是“乐游园上清秋节，咸阳古道音尘绝”，接着是

西风残照，汉家陵阙。

因为有咸阳古道，这样的夕阳，就不仅是眼下的景观，而且是历史的沧桑，“汉家陵阙”，汉朝陵阙所代表的盛世，只剩下陵墓，为夕阳所残照，这个“残”字用得多精，这就有吊古伤今的意味了。

因而，夕阳，在诗歌里一般被写成“残阳”或者“斜阳”。如秦观《满庭芳》写：

斜阳外，寒鸦万点。

“寒鸦”本来就很寒沧了，“万点”，是远远离去，再加上快要落下云的夕阳，凄凉的意味就更深长了。辛弃疾有《永遇乐·金陵北固亭怀古》：

斜阳草树，寻常巷陌，人道寄奴曾住。

寄奴是南朝开国皇帝刘裕，他住的宫殿变成寻常的巷子和道路了，这个对比就很鲜明了，再加上斜阳、夕阳，就更加有沧海桑田的感觉。王安石《桂枝香·金陵怀古》：

归帆去棹残阳里，背西风，酒旗斜矗。

归帆就是回家的路，船划着，要在夕阳里映照下才精彩。明人杨慎也有一首有名《临江仙·滚滚长江东逝水》很有名的，《三国演义》开头引用过的，电视剧开头用了的：

青山依旧在，几度夕阳红。

元代人马致远的《天净沙·秋思》：

夕阳西下，断肠人在天涯。

就更加脍炙人口了，本来就是游子，在古道上，迎着西风，牵着瘦马，昏头昏脑的乌鸦，再加上夕阳西下，望家乡，路远山遥，加上夕阳西下，天快黑了。不是更加凄凉吗？毛泽东也写夕阳，那就不同了，气魄很大，《忆秦娥·娄山关》：

西风烈，长空雁叫霜晨月。霜晨月，马蹄声碎，喇叭声咽。

雄关漫道真如铁，而今迈步从头越。

“从头越”，二打娄山关，取得了胜利，接下去却是：

苍山如海，残阳如血。

因为长征在危急关头，二度娄山关，血战，把如血的残阳照在如海的苍山上，那种景观多么壮烈而且豪迈啊。

总结起来说，太阳的形象有三种：一种是朝阳，写了那么多，但是佳句很少；一种是夕阳，就是残照，写了很多，佳句很多；一种写白日，就是不写红日。

真正要进入艺术欣赏的境界，脑子里要有一种自觉的概念：一方面做非常微观的，比

如像“疏影横斜”“暗香浮动”，一个劲儿地分析“暗香”，为什么是暗香，看不见的香味，人的品位不可能是一望而知的，而要调动另一种感官，才有所体悟的。另外一方面呢，就是把许多同类或者同一母题、同一传统意象的诗拿来比较。如白日、朝阳、夕阳，反复比较，不难发现，诗歌与生活是有区别的。诗以情动人，情可以使物象“形质尽变”。当然，也不能忽略客观对象的状态。夕阳为什么得宠呢？就是它的光和色很艳，可以直视，但是又很快消失，黑夜就降临了，这不但容易触动人的超越现场感，而且引发人生的哲理思绪。

从词的“领”字看审美鉴赏的落实

一、“领”字的对近体诗三言结尾的突破

科学研究的对象乃是其特殊性，“词”的特殊性，其与诗的不同，仅凭表面常识是无能为力的。例如，对于统编课本“词四首”的导语说：“词又称长短句，句式长短不一，讲究韵律，能自由地表达思想感情”。这个说法很经不起推敲。

第一，汉魏乐府诗乃至唐代古风歌行中，就有大量的长短不一的诗。例如乐府的《东门行》：

出东门，不愿归。来入门，怅欲悲。盎中无斗米储，还视架上无悬衣。拔剑东门去，舍中儿母牵衣啼：“他家但愿富贵，贱妾与君共哺糜。上用仓浪天故，下当用此黄口儿。今非！”“咄！行！吾去为迟！白发时下难久居。”

而在唐人的古风歌行中，也有大量的杰作，如陈子昂的《登幽州台歌》：

前不见古人，后不见来者。

念天地之悠悠，独怆然而涕下。

第二，词的长短句，相对于五言或七言近体诗，实际上还有更不自由的一面。绝句和律诗，除每句音节相等以外，只有平仄格律规范，故只要首联出句限定平起或仄起，即可为诗。格律只有绝句、律诗和排律三种。而词起源于乐曲，每一首都依词牌，每一词牌长短句组合不同，平仄规范也殊异。词牌流传至今共约一千余种（有人统计一千六百种）。这就决定了词有“词谱”，描述每一首词牌的音节结构和平仄。故做诗可以叫作写诗，而写词

叫作“填词”。后来词脱离了音乐，填词，还是按音乐节奏格式写作。故王国维说，“词至李后主而眼界始大，感慨遂深，变伶工之词而为士大夫之词”①。

值得称赞的是，课本注意到词的特点，故在毛泽东《沁园春·雪》的“望长城内外”一句有边注：“‘望’是领字”。这很正确。但接着说“所领的景物非目力所能及”，这就很粗疏。不要说是诗，就是一般文章，陆机在《文赋》中就说了：“精骛八极，心游万仞”“观古今于须臾，抚四海于一瞬”②，诗人的想象超越时间和空间，是基本常识，杜甫诗曰“昆明池水汉时功，武帝旌旗在眼中”，陈陶诗曰“可怜无定河边骨，犹是春闺梦里人”，皆超目力所限。

“领”字的第一功能，不是突破目力所限，而是打破近体诗的五七节奏、三字结尾的强制性。三字结尾，是汉魏五言诗以来构成“吟咏调性”的关键，与双字四字结尾的赋体散文分化：“词赋竞爽，吟咏靡闻”③，这是钟嵘在《诗品》中首先总结出来的。五七言诗歌三字尾，数百年来就成为不言而喻的规范，带着结构的强制性。如杜甫诗：“黄山四千仞，三十二莲峰”，上句按三字结尾读成：

黄山——四千仞

很通顺，而下句，读成：

三十——二莲峰

“二莲峰”是不通的，但是读成“三十二——莲峰”双字结尾，语义是通顺的，却破坏了五七言的吟咏调性。三字尾的吟咏性的优越，同时带来了和语义的矛盾，这个矛盾的解决，就由“领”字来承担。

从正面说，词的“领”字的功能具体分析起来大抵有以下三个方面。

首先，打破了五七言诗三字结构的束缚，获得了新的自由。“望长城内外”，如是五言诗，就应当读作：

望长——城内外

“看红装素裹”当读作：

看红——装素裹

“惜秦皇汉武”当读作：

惜秦——皇汉武

“数风流人物”当读作：

① 王国维著，吴洋注释：《人间词话·手稿本全编》，内蒙古人民出版社2003年版，第178页。
② 穆克宏、郭丹主编：《魏晋南北朝文论全编》，上海远东出版社2012年版，第51页。
③（梁）钟嵘著，曹旭注：《诗品集注》（增订本），上海古籍出版社2011年版，第14页。

数风——流人物

于语义完全不通。但是，这是词，就可以读作

望——长城内外

惜——秦皇汉武

数——风流人物

双字（四字）结尾，顺理成章。要求学生诵读，把“领”字延长一点时间，“读出词与诗的不同”，其实是用尊重学生的体悟代替了在学养上提高的责任。

“领”字的第二功能在于语句结构的上重大突破，“领”字，领出了一连串的长句。“望”字引出了“长城内外，唯余莽莽；大河上下，顿失滔滔。山舞银蛇，原驰蜡象，欲与天公试比高”五个句子成分成为其宾语。“惜”字把“秦皇汉武，略输文采；唐宗宋祖，稍逊风骚。一代天骄，成吉思汗，只识弯弓射大雕”三个句子结构作为宾语。

词与诗的不同在这里是隐性的。仅仅靠诵读，延长领字的时间，其规律可谓远在天边。其实，词是中国古典诗歌的内在矛盾发展过程中必然的产物。要真正洞察其特殊优越，最根本的办法乃是作历史的比较分析。只要把八年级上册中《唐诗五首》单元拿来对比一下，其奥秘就可能近在眼前。如王维的《使至塞上》：

单车欲问边，属国过居延。

征鹏出汉塞，归雁入胡天。

大漠孤烟直，长河落日圆。

萧关逢候骑，都护在燕然。

这是近体律诗，颔联和颈联都是对仗句，一联两句是并列的（除少数流水对和流水句外），句间没有连接词语。两联间也是并列，其间更没有逻辑上的关联（连流水句都没有），只凭句型结构的对称形成严密的有机结构。而“领”字把多个句子在逻辑上连贯起来，乃是对近体诗的重大突破。

“领”字的第三功能，使得双言（四言）结尾进入了新的规范。三言结尾和双言结尾结合，就产生了“江山如此多娇”这样的双言结尾和“引无数英雄竞折腰”这样的三言结尾的有机结合，获得了比五七言近体格律更大和自由，容纳更宏大的历史内涵。毛泽东就是在这样的多句组合中把本来是冰封大地山河的酷寒负面感知转化为雄伟豪迈的正面颂歌，从而纵观千年历史，俯视秦皇汉武、唐宗宋祖、成吉思汗，批判其虽有丰功伟绩，但

缺乏“风骚”“文采”，也就是在政治上、文化上缺乏改革社会制度的气魄。[①]对肩负祖国的未来充满自豪和乐观。

二、意象的“形质尽变”和“动态”

非常可惜的是，除了停留在片面尊重学生的体悟以外，我们还受着陈旧的机械唯物论的束缚。在白居易《钱塘湖春行》等一组唐诗中，要求学生指出哪些字句写出了“初春、仲春和暮春”景观。

这就涉及了解读诗歌的基本原则的问题，诗歌究竟是以什么动人？是以写出季节的现象动人，还是以情感动人？诗大序曰：“情动于中而形于言”[②]，诗以情动人，客观景物带上情感就不客观了，（清）黄生（1601—？）说“极世间痴绝之事，不妨形之于言，此之谓诗思。以无为有，以虚为实，以假为真。灵心妙舌，每出常理之外，此之谓诗趣”[③]。既然是真假互补了，对于客观对象来说，就不真了，这就是虚拟假定。于客观为假定，于主观情感却为真诚，有了情感的自由，就有了“诗思”。这是情感价值，或者叫作审美价值。

这种审美价值确定为诗学范畴，是在二十世纪早期，朱光潜引入意大利人克罗齐的定义“艺术把一种情趣寄托在一个意象里，情趣离开意象，或是意象离开情趣，都不能独立”[④]。这个定义突破了反映现实的真的观念，说出了审美价值的特征，但是，从逻辑上讲，并不周密，“把情趣寄托在一个意象”，“意象”本身就是情趣和“意象”的结合，等于把情趣寄托在情趣里，这在逻辑上有“同语反复”之嫌。其次，情趣是主观的，对象是客观的，二者各不相关，如何统一？这个问题，直到十七世纪，差不多和莎士比亚同时代，中国古典诗家吴乔天才地将诗与散文作比较，得出结论说：

---

① 作者自注“雪：反封建主义，批判两千年封建主义的一个反动侧面。文采、风流、大雕，只能如是，须知这是写诗啊，难道可以谩骂这些人物吗？”又林克回忆作者谈及“‘惜秦皇汉武，略输文采；唐宗宋祖，稍逊风骚’是从一个侧面批判封建主义的一个侧面的，只能这样写，否则就不是写词，而是写历史了。”见吴雄选编，陈一琴审定《毛泽东诗词集解》，河北人民出版社 1998 年版，第 209 页。

② 王秀梅译注：《诗经》上，中华书局 2022 年版，第 2001 页。

③ 黄生著：《诗麈》，诸伟奇主编《黄生全集第四册》，安徽大学出版社 2009 年版，第 326 页。在《围炉诗话》中特别指出，“形质尽变”是抒情性的诗与实用性散文的根本区别。

④ 朱光潜著：《朱光潜美学文集 · 第 2 卷》，上海文艺出版社 1982 年版，第 54—55 页。又见朱光潜《谈美》，金城出版社 2006 年版，第 117 页。需提醒的是，意象中的情趣并不限于情感，情因景生，景随情变，更完整地说应是情志，趣味中包含智趣。意象派代表人物庞德定义下的意象是“在一刹那的时间里表现出一个理智和情绪复合物的东西”。（彼德 · 琼斯著，裘小龙译：《意象派诗选》漓江出版社 1986 年版，第 5、10 页。）

意喻之米，文喻之炊而为饭，诗喻之酿而为酒；饭不变米形，酒形质尽变。[①]

这就意味着情趣一旦进入了客体对象，就是对象发生了形态与性质的变化。这个观念比之英国伟大诗人雪莱在“为诗一辩”中提出的“诗使它触及的一切变形”[②]早了一百年。而且比他更深刻的是，不但是形态变化，而且是性质的变化。这是因为，意象从根本上来说并不限于静态，而是以动态为主的。因为人的情感是动态的，故有感动、触动、心动、情却之语。要把意象用得到位，还得有一个范畴来补充，理论才能系统化，从而更具解读的有效性。差不多同一时期叶燮（1627—1703）在《原诗》中，明确地说出：“想象以为事，惝恍以为情”[③]，直接提出了“想象”范畴，意象是想象性的，他所举的例句“蜀道之难难于上青天”“似将海添宫漏”都不是静态的，而是动态的。而“想象”范畴比之“形质尽变”更深入地揭示了诗词的内在规律。

正是由于意象具有“形质尽变”的“想象”功能，意象精彩在于同样是初春、仲春、暮春，诗人有与众不同的发现。如白居易在《钱塘湖春行》中发现的是“乱花渐欲迷人眼，浅草才能没马蹄”。早春本该先有草盛，然后才是花开，白居易的精彩就在于发现了，花已经开得万紫千红，而草还很矮小，遮不住马蹄。同样写初春，韩愈的《早春呈张水部员外》：“天阶小雨润如酥，暮色遥看近却无”。韩愈的初春好在不似平时远观则无，近看则有，而是相反，远看似有，近看却无，这不仅是隐隐春色的发现，而且为心灵的默默的发现。

从白居易和韩愈诗中不难发现，意象并不是单个的，而是成群落地呈现。诗人的情感并不仅渗透在单个意象中，使之形变、质变，而是在多个意象的组合中，情感在运动、变化。在白居易是“最爱湖东行不足，绿杨阴里白沙堤”，宁愿不骑马，也要步行与大地相亲。在韩愈那里，那早春若有若无的草色，比暮春时节烟柳满城要更精彩绝伦。考量是不是绝对真实，那不是诗人的事。诗的感染力在情感脉络在意象群落中独特地变幻。在白居易和韩愈这里，情感的变化还是程度上的，而到了孟浩然的《春晓》，“春眠不觉晓，处处闻啼鸟。夜来风雨声，花落知多少！”此时很难说是初春还是仲春，而如此美好的春晨，懒洋洋地被鸟叫醒了，何等滋润，但是诗人的情感却是在性质上的转折，那就是从欢快的享受变为伤感：春天风雨兼程来得不轻松，而随着花落而去得很快，欢快就变成了伤感。这在中国古典诗歌中，就产生了“伤春”“惜春”的母题。

---

① 王夫之等撰：《清诗话》，上海古籍出版社 1978 年版，第 27 页。类似的意思在吴乔《围炉诗话》卷二中，也有更为详尽的说明。

② 《十九世纪英国诗人论诗》，人民文学出版社 1984 年版，第 155 页。

③ 叶燮著：《原诗 · 内篇下》，人民文学出版社 1979 年版，第 32 页。叶燮还提出了“幽渺以为理”讲“情与理”的关系，下文讲到情与理的关系时，将详述。

三、“意脉”的动态转折和“领”字

一线教师很敏感，用意象来解读古典诗歌，应该是触及了诗词的特殊性。可惜的是，他们没有注意到，单单意象范畴并不够用。如分析范仲淹的《渔家傲·秋思》全用意象。而范仲淹的词中的意象却不是静态的，而是动态的：

塞下秋来风景异，衡阳雁去无留意。

大雁是飞着的，不是静止的，至于下面还写道：

四面边声连角起，千嶂里，长烟落日孤城闭。

浊酒一杯家万里，燕然未勒归无计。

羌管悠悠霜满地，人不寐，将军白发征夫泪。

视觉的景观是动态的，听觉的声音也是动态的，诗人的情感在视觉和听觉的意象群落中起伏变化着。正是这样的动态变化决定了词的艺术质量。

意象仅仅局限于局部，是点状的，对于整首诗词来说，情感脉络的变化是线性的，就要有一个新范畴来概括，我们姑且命名为“意脉”。意脉的独特变幻是整体的，如果说，意象是音符的话，“意脉”乃是情志的节奏的旋律。

有了“意脉”这个范畴，我们就可以回到《沁园春·雪》中来。毛泽东纵观“千里冰封，万里雪飘”“长城内外”“大河上下”，显示着抒情主人公挺立于天地之间。形态似乎是静态的，但下文却静极而动：

山舞银蛇，原驰蜡象，欲与天公试比高。

这个动态，不限于现场，而且“想象”到未来：

须晴日，看红装素裹，分外妖娆。

这样的动态意象充分表现了毛泽东豪情的特点。在古典诗人（如岑参）那里并不否定酷寒，而是坦然面对酷寒，把忍受酷寒当作一种美。而毛泽东却在极度的冰封雪飘面前并未感到凛冽的寒冷。正如他在《七律·冬云》中所写的：“高天滚滚寒流急，大地微微暖气吹”。故前半阕对冰雪的赞美达到高潮：

江山如此多娇，引无数英雄竞折腰。

酷寒本身之美本身是壮美，但是，用了“妖娆”“多娇”又渗透着柔美。意脉在程度上的递增达到极限，乃转向人生。

关键词是“折腰”。冰雪覆盖大地的山河之美，美到这种程度，英雄都要折腰、朝谨、崇拜了。在古典文学中“折腰”本为否定意义，陶渊明不为五斗米向乡里小儿折腰，表现的是一种不受羁绊的傲岸个性。但毛泽东的“折腰”却有肯定的意义，是对伟大祖国山河，心甘情愿地谦恭。抒情主人公，到这里居然谦卑起来，不惜降低自己的高度。这个转化，对比非常强烈，这是意脉的转化。

下半阕引发了意脉发生了大转折。从英雄的赞美变成对英雄的批判。

惜秦皇汉武，略输文采；唐宗宋祖，稍逊风骚；成吉思汗，只识弯弓射大雕。

在时间上的回顾，历数千百年，千里空间尽收眼底，时间历历在目，构成一种雄浑的心潮图像。空间的展示为景物皆为可视，而时间的回溯，则不可视，好在诗人概括的魄力，本来是“无数”英雄竞折腰，意脉转折的关键就在一个领字“惜”上，那些英雄真正历数起来，只剩下了秦皇、汉武、唐宗、宋祖和成吉思汗五个，其他的不言而喻，都不在眼下。本来把自己提升到和与这些历史人物并列的高度上去气魄就够大了，然而，诗人对于他们，就不再谦卑，不再折腰了，就凭这个“惜”字把自己提升到历史人物之上。

意脉发生了反向对转。

进一步把这些人物的辉煌业绩加以评判，所评没有赞美均为不足，直截了当地宣称，不管他们如何英雄盖世，都只能是“俱往矣”，过去了，作为意脉反向转折的总结，然而，意脉并没有结束，而是在结尾处，情绪突然崛起：

数风流人物，还看今朝。

这是意脉曲折发展的高潮，也是情感节奏的顶点，表现了作者的自诩，同时又是对一代新人的期许。

这是曾经引起过讨论的。1945 年，当这首词在重庆第一次公开发表之时，曾经有人攻击说，其中有“帝王思想”。作者自注说，这是“反封建主义，批判二千年封建主义的一个反动侧面。文采、风骚、大雕，只能如是，须知这是写诗啊！难道可以谩骂一些人们吗？”[①]站在新的历史高度上，从新时代的政治理念出发，俯视一系列历史人物理所当然。联系到四个月前，长征胜利结束，作者在《清平乐 · 六盘山》中颇为自得地写过：“今日长缨在手”，在《念奴娇 · 昆仑 》中说过：“千秋功罪，谁人曾与评说”。历尽艰辛，几经挫折的作者此时的心境，溢满了超越前人的宏大的政治抱负。

四、古典诗学话语的现代转化和小单元组合

但是如果把这种抱负直接讲出来就没有诗意可言了。这里面临一个艰巨的任务，就是把古典诗学话语进行当代转换。1957 年，毛泽东在给臧克家的信中说：“旧诗不宜提倡，因为束缚思想。”[②]这种束缚表现在，古典诗歌的话语有稳定的历史内涵，与当代政治话语之间

① 吴雄选编，陈一琴审订：《毛泽东诗词集解》，河北人民出版社 1998 年版，第 209 页。

② 《诗刊》1957 年创刊号。

有矛盾。当代政治话语的直接硬搬，缺乏古典诗意，可能造成生硬。当代政治话语的内涵和古典诗学话语并不对称，二者不可能两全其美，当代观念必然要有所牺牲。但是毛泽东还是服从了古典诗词的规律。“略输文采”“稍逊风骚”“只识弯弓射大雕”从古典诗意的和谐统一上是隽永的。语言本身并不能充分传达当代政治理念，好在作者是历史人物，读者不难从语言以外，从毛泽东的政治实践中去体悟。“只识弯弓射大雕”，不但形象跃然纸上，而且意念指向也比较确定。政治观念和艺术形象之间的矛盾应该是高度统一。最后的“数风流人物”，更为精彩。古典的“风流”内涵从人物的才情和精神风格转化为当代政治人物的精神境界，相当自然。

当然，有效的单篇解读可能还不是绝对深刻的，更高的追求，就在单元建构中去实现。如将作于1936年的此词与作者写于1925年所写的《沁园春·长沙》联系起来，就能读出其中更深邃的历史内蕴了。当时他正因在韶山发动的农民运动遭到追捕，逃到长沙，正是“寒秋”，但是，作者并未感到任何寒意，相反《沁园春·长沙》看到的是：

> 万山红遍，层林尽染；漫江碧透，百舸争流。鹰击长空，鱼翔浅底，万类霜天竞自由。

在此背景上，提出的问题是“问苍茫大地，谁主沉浮？”祖国这样混乱的局面由谁来改变啊？还带着“书生意气”，“粪土当年万户侯”，而到了《沁园春·雪》批判的就不仅仅是万户侯，而是封建帝王中最有权威者，非常自信地作出了回答：“数风流人物，还看今朝”。

如果作这样小单元组合，两首词就得以相互阐释，相得益彰，其单元的结构性就大于要素之和。从微观的分析上升为宏观的“综合”。从没有直接关联的地方看到了历史的线索，不但能综合出毛泽东的宏观的意脉的升华，而且从“书生意气”到历史使命的担当中看到了革命历史发展。

五、把学养提高放在第一位

不把解读的学养放在第一位，而是在方法上不断改革，不管是单篇还是单元组合就都无法避免不陷入混乱。例如，把《沁园春·雪》和几首现代诗放在一起，要求学生在诵读中体悟“情感基调是怎样的”“有哪些意象”“具有怎样的特点”“抒发了诗人怎样的感情”，体悟不出什么，就在小组和老师交流。可是对于诗词，甚至现代诗，对每一种亚形式并没有切实的理解就作了四点“技巧点拨”：

第一，将生活中的“情感分行写出来，就有诗的模样了。如果再适当融入联想和想象，就有诗的味道了。”这显然离谱，把情感直接讲出来并不一定就是诗，问题在于什么样的情感才是具有审美/审智性质的情感，什么样的联想和想象，是聚焦在情感上，而不是分散的“碎片”。至于分行，我国古典诗歌本来是不分行的。分行是现代新诗从欧美诗歌那里学来的，古典诗分行时也跟着分行，但词并不分行。毛泽东的《沁园春·雪》就没有分行。

第二，“可以直抒胸臆”，但是，直抒胸臆，可能成为散文，大白话。“也可以借助具体可感的形象来抒写情志”，但是，并不是一切可感者都能构成形象化的诗。抒情散文、小说都由可感的形象构成。诗的功能并不限于抒情，而且也渗透着智性，大诗人都有理想，家国情怀高于生命，故不但有情景交融，而且有情理交融。其最可贵者，不是以诗为生命的苦吟，而是以生命为诗，留下了不朽的格言。

第三，“要注意语言的简练”，这是散文、小说的共性，没有一种文学形式是不讲究精炼的。

第四，“要注意节奏”。关键在于什么叫作节奏？是音乐的节奏，还是语言的节奏，是内在的情绪节奏，还是外在的音节节奏，是古典诗歌的节奏还是现代诗歌的节奏。就是古典诗歌的节奏，诗经与楚辞不同，古诗与近体诗不同，词与诗不同，曲与诗也不同。特别是现代新诗，以艾青为代表，提倡“诗的散文美”，只讲内在的情感的节奏，不讲外部语音节奏。这种情况在后现代新诗中更为突出。

按这样的说法去读诗词，语文课程标准中的“审美鉴赏和创造”就完全落空了。

克罗齐说：“要判断但丁，我们就要把自己提升到但丁的水平”①。读毛泽东的词，就要把自己提高到毛泽东的水平。这意味着艰巨的攀登，不言而喻，就要和自己狭隘的艺术感知搏斗，把自己从陈旧的观念和方法中解放出来。

所有这一切，都在说明一个问题：改革不能停留在方法的更新上，重中之重乃是学养的提高。此项任务的艰巨性多年来未能达成共识，一味从方法上改革，在一线教学实践中，只能造成种种空转的后果。

2024 年 7 月

---

① 〔意〕克罗齐著，朱光潜译：《美学原理》，上海人民出版社 2007 年版，164 页。

论意象的变异

同为古典诗歌，欧洲古典诗歌长于叙事，故史诗为世之经典，中国古典诗歌弱于叙事，而以抒情领先。叙事之逻辑连贯性强则利于直接抒发，思想容量大，然难免流于抽象，抒情之意不显，难以直接表现，不得不借助媒介以显现，是为间接抒情，总结长期的探索，乃有“意象”中国特殊之范畴。

权威学者大体认同意象乃“情景交融”“情与景的结合或主观情趣与客观景物的统一”[①]。

其实，主观情趣与客观景物的关系，第一，本来没有联系；第二，将之联系起来成为统一体则必然是矛盾的。忽略了这两方面，不但是片面的，而且是不深刻的。

这里有个方法论的原则，研究诗学问题，不当满足于直观的统一，其深刻的奥秘当从具体的矛盾具体分析出发。

观其“意象”范畴这内在矛盾，原始要终，出自《周易》：“子曰，‘书不尽言，言不尽意。’然则圣人之意其不可见乎？子曰：‘圣人立象以尽意，设卦以尽情伪，系辞焉以尽其言。变成通之以尽利…… 鼓之舞之通神。”[②] 说的是圣人之意（思想）的抽象性语言很难充分表达，故以具体的卦象来表达其中的神妙。并非文学理论，而是属于文化哲学范畴。意与言的矛盾一直是诗学理论的纠结。就是汉初的《诗大序》的“在心为志，发言为诗”“情动于中而形于言”对于不可直接感知的情如何化为可感的“形”没有展开论述。直到西晋陆机《文赋》，才正面“恒患意不称物，文不逮意”的难题，提出要表达“意”，要借助大

① 黄天骥著：《诗词创作发凡》（修订版），广东人民出版社 2022 年版，第 437 页。

② （魏）王弼注，（唐）孔颖达疏，李申、卢光明整理：《周易正义》，北京大学出版社 1999 年版。

自然的可感的景观“遵四时以叹逝，瞻万物而思纷，悲落叶于劲秋，喜柔条于芳春，心懔懔于怀霜，志渺渺而临云”。可能中华民族是个农耕民族，故情与大自然，特别是孔夫子所说的“鸟兽草木”的关系特别密切。因而情与景的在诗学理论中，就成为基本的课题。《文心雕龙·物色》则云“山沓水沓，树杂云合。目既往还，心亦吐纳。春日迟迟，秋风飒飒，情往似赠，兴来如答”。目光之于对象，并不仅仅是接受信息，内心也在输出情感，二者而是双向的。“情往似赠，兴来如答”，在大自然景观的刺激下，情感转化为起兴。情的表现就和景的反映结合起来。到了唐代，王昌龄在《诗格》中说：“夫置意作诗，即须背凝心，目击其物，便于心击之”。这里的“物”仍然是大自然，“山林、日月，风景为真，犹如水中见日月。文章是景，物色是本，照之须了见其象也”[①]，情感的不可感，要借助自然景观的可感性表现，这成了宋朝以后之诗话词话的中心话题，遂有景语与情语之辩。古典诗话中，不少倾向于景语和情语分立，有诗话家总结说，七律当中两联，一联写景，一联写情。这样景和情就分离了。此论为王夫之所驳，其在《姜斋诗话》说：

情、景名为二，而实不可离。神于诗者，妙合无垠。巧者则有情中景，景中情。一虚一实、一景一情之说生，而诗遂为阱，为梏，为行尸。噫，可畏也哉！

二十世纪初，王国维在《人间词话》中将其总结为“一切景语皆情语”，百年以来，成了学者的共识。相比中国古典抒情，欧美浪漫主义的直接抒情的优长本来就隐含着局限，马克思在《致裴·拉萨尔》中批评席勒式“单纯的时代精神的传声筒”，歌德认为拜伦的大部分反抗现实的作品不过是“被扣押的议会发言”[②]。在王国维这样总结差不多十年之后，美国诗人厌倦了欧美浪漫主义诗歌的直接抒情变成了性的“喷射器”，发现了中国古典抒情诗歌借助景观可感性抒情的精炼和深厚的感性，乃将之概括为“意象”（image），放弃直接抒情，独领一代新风。1913 年到 1918 之间，还形成了一个以意象为旗号的流派，对于欧美诗歌来说，这是空前的突破，意象派的代表人物庞德还因此成为美国诗歌史上的“伟大”诗人。庞德定义下的意象是“在一刹那时间里呈现出理智和情绪复合物的东西”。

历史给中国诗歌开了一个不大不小的玩笑。这时，中国正在五四新文化运动时期，古典诗歌正在被当作腐朽的、虚假的镣铐打碎。新诗最早的提倡者胡适，引进的恰恰是意象派的观念，但是，他没有真正理解意象观念，也没有看出意象派的根源是中国古典诗歌的精粹。而反对胡适的胡先骕则把意象“image”译成了“印象派”。

---

① 张伯伟撰：《全唐五代诗格汇考》，凤凰出版社 2005 年版，第 162 页。

② 〔德〕爱克曼辑录，朱光潜译：《歌德谈话录》，人民文学出版社 1983 年版，第 94 页。这一段论述参见孙绍振《当代文学的艺术探险》，福建教育出版社 1998 年版，第 18 页。

因为缺乏一个比较理性的范畴，中国古典诗歌的艺术真谛只能处于经验性的离散状态。直到朱光潜先生引入意大利美学家克罗齐的“艺术把一种情趣寄托在一个意象里，情趣离意象，或是意象离情趣，都不能独立”①，中国诗话词话的感性话语也许是第一次为抽象的范畴取代，“景语”“情语”，遂为主体情感与客体对象统一之“意象”。在将近一个世纪的时间，“意象”遂成为学界的共识。但是，一切概念对于丰富的现象来说，都是狭隘的。这个意象中话语并不周密，最明显的是，意象中寄寓的限于情感，情因景生，景随情变，更完整地说应是“情志”，趣味不限于情趣，此外还有智趣和谐趣。

从更严格的意义来说，就是这样的补充仍然都不够精密。首先，“意象把一种情趣寄托在意象里”，这本身就不通。意象本身就是情趣寄托在客观对象中的结果，“把情趣寄托在意象里”，等于说，把情感寄托在客观对象和情感里。更准确的说法应该是：

第一，把情趣（谐趣、智趣）寄托在客观对象里，构成意象。

二者，一为客体，一为主体，本是不相关联的。客体要真实，主体情感也要真诚，如何结合？发生什么变化？到了十七世纪，清代天才诗论家吴乔，有了理论上的原创，他在《围炉诗话》中以问答体说：

> 又问：“诗与文之辨？”答曰：“二者意岂有异？唯是体制辞语不同耳。意喻之米，文喻之炊而为饭，诗喻之酿而为酒；饭不变米形，酒形质尽变；啖饭则饱，可以养生，可以尽年，为人事之正道；饮酒则醉，忧者以乐，喜者以悲，有不知其所以然者。②

这个理论很关键，点出了艺术形象变异的特殊规律。不过用中国话语来说叫作“变形变质”，这个理论在世界上是领先的，比之晚它一个世纪的雪莱在《为诗一辩》中所说“诗使它触及的一切变形”③要深刻——诗的意象不但是变形，而且是变质。

第二，情趣并不是寄托在客观对象的全部，而是局部。

例如孟郊“春风得意马蹄疾，一日看尽长安花”（《登科后》），王维“草枯鹰眼疾，雪尽马蹄轻”（《观猎》），又如杜甫“竹批双耳峻，风入四蹄轻”（《房兵曹胡马》），白居易“浅草才能没马蹄”（《钱塘湖春行》），“踏花归去马蹄香”（赵佶画题），只在马身体的部分，部分不是全部，但是比全部更有想象的激发性，原因是马身体最有性的部分。直到当代郑

① 朱光潜：《朱光潜美学文集 · 第2卷》，上海文艺出版社1982年版，第54—55页。又见朱光潜：《谈美》，金城出版社2006年版，第117页。〔英〕彼德 · 琼斯编，裘小龙译：《意象派诗选》，漓江出版社1986年版，第5、10页。

② 王夫之等撰：《清诗话》，上海古籍出版社1978年版，第27页。类似的意思在吴乔的《围炉诗话》卷二中，也有更为详尽的说明。

③ 《十九世纪英国诗人论诗》，人民文学出版社1984年版，第155页。

愁予还有“我达达的马蹄是美丽的错误”(《错误》)。问题的另一方面是，这个局部，对所有的马又是具有普遍性的。

第三，情趣不能是普遍的，必须是最有特殊性的，个人的。如果没有个人化的特点情趣，作为抒情诗就失去了感染力。

在孟郊那里，是多年不得中，穷得叮当响，马蹄之快捷，就带着春风了。王维的情趣特点是强调环境的酷寒，却成为出猎的顺境。杜甫以胡马之蹄，渗透着“万里可横行”“真堪托死生”的豪情。白居易的马蹄，触发了早春浅草之美甚于“乱花迷眼”。郑愁予的在水乡江南，本以行船为常，却在石街上让马蹄发出听觉效果，让帘帏低垂，等待无望的女性听到，以为是丈夫归来，却又不是。

第四，按着形式的规范确定：如诗中的对象是概括的，不像散文那样有具体时间、地点的。诗中的马并不是具体的特殊的个别的马，而是普遍性的类型性的。不管在孟郊还是杜甫，不管是王维还白居易笔下都是没有特殊区别的。其生命全在情志是特殊的，不能是类型性的，而是不可重复的。

第五，意象极其丰富的，按其结构和功能是需要分析的。

（一）不管是克罗齐还是庞德，都有一种潜在的共同意识，那就是意象的要素是单一的，静止的。这的确存在。例如李白《静夜思》的“床前明月光，疑是地上霜。举头望明月，低头思故乡。”这个月亮的意象是单一的、静止的、观看的对象。其生动性全凭诗人心灵的变动，见月而激起乡愁。一般受一切景语皆情语影响，以为景象就是客体的景和物，其实，这是片面的。意象中以人为中心者比比皆是。如李白《怨情》“美人卷珠帘，深坐蹙蛾眉。但见泪痕湿，不知心恨谁”，意象是一个静止的女性。

（二）意象更多的是要素并不单纯，而是复合性的。最明显的是“水村山郭酒旗风”“鸡声茅店月，人迹板桥霜”。这样的意象并列，表面上是静态的，实践上隐含着诗人情感的微妙发现——出行之早。“枯藤老树昏鸦，小桥流水人家，古道西风瘦马”静态的并列中，渗透着触景伤情，“断肠”的乡愁。

（三）更多的复合意象，并不是潜隐体悟，而是心态的变动。如韩愈的“草色遥看近却无”，如王维的“草枯鹰眼疾”，意象就是由两个要素组成的。同样，杜甫的“风入四蹄轻”，孟郊的“春风得意马蹄疾”要素同样由风和马蹄构成的。这样变异的经典太普遍了。“大漠孤烟直，长河落日圆”两个要素构成诗句，其间有因果关系的复合性意象，具结构的严密和语言的精炼性，其艺术性的关键在于将大漠和荒烟提炼、变异为一幅垂直画面，因为是垂直的，在景观上是静态的。

（四）正是因为要素之一是人的，或者人的情感的，人和情感是动态的，意象就因之而变异为动态。“浅草才能没马蹄”（《钱塘湖春行》），“踏花归去马蹄香”（赵信画题），意象往往就不是静态的，而是动态的。如“孤帆远影碧空尽”是船在渐次远去消失，也是诗人的目光在追随。同样的名句还有“山回路转不见君，雪上空留马行处”。

从流行的学术话语来说，对于中国古典诗歌，从理论上来说，就是两点，一是意象，二是意境。我觉得，这样讲是很粗糙的，很不学术的。这两个范畴，起码要有联系，才能算得上学术。这种联系还要有内在逻辑，而不仅是外在并列的。许多大家、大学者，都把意象和意境并列，这隐藏着许多混乱。在我看来是很幼稚的。范畴的光凭外延排列，内涵就是断裂的。为什么呢？第一，把情感融入对象中，情感是主导的，但是一个意象，还是静态的，情感的融入还只是一个点。第二，诗歌并不是由一个意象构成的，而是由一系列意象组合构成的。意象群落和意象之间是什么关系呢？一种可能是分散的，那就是芜杂的，不统一的，就不成艺术品。第二种可能是意象群落是统一的，那么条件是什么呢？那就是情感把它贯穿起来。情感怎样才能把不同意象统一起来呢？那就是《诗大序》上讲的：“情动于中”。动，就是感动、触动、激动、心动，就是变动，在情感的贯穿下，意象群落就不是静态的，而是动态的。怎么动？就是起伏、转折、强弱。所谓“情动于中”，情感运动在意象群落之中，就不是单独意象那样是静态的点，动态的情感就成为线性的。

例如唐人齐己的《早梅》“前村深雪里，昨夜一枝开”，比“数枝开”好，还是静态的，真正的好处还在后面“风递幽香去，禽窥素艳来”，诗人的感知接着感到风送来它的幽香（嗅觉），鸟禽偷窥着它的素而艳的色泽（视觉）。最后是诗人的想象展开了翅膀，“明年如应律，先发映春台”，诗人祈祷明年还提前来报春。动人的机制在于情感渐次递增，乃至超越空间和时间，神思飞越。以情动人，就不是一个单独的意象的静态的点，而是贯穿于意象之间的脉络，就是点与点之间的线索。

点状的意象已经有了共识的范畴了，而“情动于中”，情感的运动的脉络却还没有概括起来，在内涵上和意象有机联系起来。从诗歌历史上说，这个现象摆在那里上千年了，还缺少一个学术的命名。孔夫子说，名不正则言不顺，没有名字，没有范畴，学术的发展就没有容器。这就带来了两个问题，首先是把思想挽留在意象范畴的点上，遮蔽了情感之动的脉络。把明明是意象群落之间的情感的运动仍然叫作意象，这个贫困的意象范畴，就这样遮蔽着意象群落下情感脉络运动，而情动于中，恰恰是情感动人的原因。

早在《文心雕龙 · 章句》中就提出了这个问题：

> 启行之辞，逆萌中篇之意，绝笔之言，追媵前句之旨；故能外文绮交，内义脉注，跗萼相衔，首尾一体。①

这里强调的是“中篇”和“绝笔”要回顾“启行”（开头），后文要遵循前文之旨意，整体的“内义”要像脉络一样流注。（唐）徐寅《雅道机要》中提出诗意的贯穿首尾的“血脉”说：

> 凡为诗，须洞贯血脉四阙始末，理道交驰，不失次序。②

（明）黄子肃在《诗法》中将意脉比喻为驭马之“折旋”“疾徐”：

> 大凡作诗，先须立意。意者，一身之主也……故诗如马，意如善驭者，折旋操纵，先后疾徐，随意所之，无所不可，此意之妙也。③

清代王夫之将意比为帅，“意犹帅也。无帅之兵，谓之乌合”④。在《夕堂永日绪论外编》中说到，意之“帅”乃在首发贯穿，前后相应，为人体生理之脉络：

> 无法无脉，不复成文字……谓之脉者，如人身之有十二脉，发于趾端，达于颠顶，藏于肌肉之中；督任冲带，互相为宅，萦绕周回，微动而流转不穷，合为一人之生理。⑤

这里就把情感的连续性，概括为“脉”，而且上升为“法”。意脉的范畴就这样形成了。

古人早已指出意象群落之间要有脉络，没有脉络不成文章，在诗中就是不成诗歌。直接把现成的意境和意象并列起来，逻辑上就断裂了。多少大学问家，满足于这两个现成概念。我们应该把这逻辑的断裂补上，给它取个名字，叫作“意脉”。本来叫作“情脉”也可，但是，和意象的关系就不够密切了，所以还是叫作“意脉”。

这样命名有两个好处，第一，意脉的脉，就是人体血脉的脉，血脉不管是动态还是静态，内在的血液都是在流动的。第二，把意象和意脉并列，在内涵上从意象的点，到意脉的线。这样显得更系统化一些。第三，这个线性的意脉，并不是终点，而是中点，他除了

---

① （南朝梁）刘勰著，范文澜注：《文心雕龙注 · 卷七 · 第三十四》，人民文学出版社 2023 年版。第 570—571 页。

② （宋）陈应行编：《吟窗杂录》上册，中华书局 1997 年版，第 541 页。

③ 周维德集校：《全明诗话》第一册，齐鲁书社 2005 年版，第 59 页。按：此则又见清冒春荣《葚原诗话》卷二，文字完全相同。

④ （清）王夫之：《姜斋诗话》卷下；（近代）丁福保辑：《清诗话》上册，上海古籍出版社 1978 年版，第 8 页。

⑤ （清）王夫之著，戴鸿森笺注：《姜斋诗话笺注 · 附录》，人民文学出版社 1981 年版，第 201 页。

自身的任务以外，还有更重要的是把学人早已耳熟能详的“意境”，在逻辑自然地贯通起来达到高度系统化。这一点请允许我按下慢表，说书人说到这样的情况时，常用语是“花开两朵，各表一枝”。我这里借用一下，不过，我是花开三朵——意象、意脉、意境。

我们暂表前两个范畴。

意脉就是让静态的意象变异为情动于中的“动”，也就是情感动人的“动”。情感的动态，迫使意象更加变异（形质尽变）：强和弱、直和曲、隐和显。英国浪漫主义诗人华兹华斯说的“一切的好诗都是强烈感情的自然流泻”长期被奉为圭臬，这个观点其实是很片面的。意脉在运动中起伏，当然有强化的功能，随机取一个例子，叶绍翁的《游园不值》：

应怜屐齿印苍苔，小扣柴扉久不开。

春色满园关不住，一枝红杏出墙来。

目的是到朋友的别墅看花，可是朋友久不应门。诗人小扣柴扉。很耐心啊，不是扣了几下就火了，而是继续小扣，轻轻地敲，可能是那是个柴门，扣起来也不怎么响，诗人也文雅，有修养，不管怎么怠慢，我就是耐心等待。不料心情突然来了一个转折，一枝红杏从围墙上冒出来了。虽然是只有一枝，诗人震撼了，立马联想到园子里万紫千红，春色满园，花开似锦，园子里容纳不下，都漫出来了。这就是意脉的运动，幅度很大。这就是此诗动人之关键。其实，这首诗是有抄袭之嫌的。原作是陆游的《马上作》：

平桥小陌雨初收，淡日穿去翠霭浮。

杨柳不遮春色断，一枝红杏出墙头。

叶绍翁虽然是套作，但是却暴得大名，后世传诵不朽，而陆游的原创却被淹没了。原因就在，这个姓叶的，把陆游的意脉、情感的运动幅度扩大了，强化了。陆游的原作，杨柳本来就是春色，只是，那么茂盛的柳树不及一枝红杏。这是本来就呈现在眼前的，不是一下子突然发现的。这种绿柳和红杏只是量的对比，当然也挺不错，而叶绍翁的意脉，则是从耐心等待，突然发现，情感瞬间转折，不用等待了，一枝红杏，冲击力那么强，让他想象园子里万紫千红。意脉大幅度的转换，强化了情感的瞬间变化。因而取得了后世的赞赏。

但是，意脉在诗中，强化并不是绝对的，有时，则是相反——弱化。

如孟浩然《宿建德江》：

移舟泊烟渚，日暮客愁新。

野旷天低树，江清月近人。

好像完全是写景，但是情感完全融入景中，这里情感的脉络好像不存在了，但是，仔细分析还是有默默地变化的：一个人孤独泊舟，天色已晚，乡愁突然袭来，野旷天低，提示天地之间自我是唯一的存在，孤独之极，难得的安慰乃是江水透明，月亮的影子就在身边。人世间是孤独的，乡愁无从消解，而空旷、无垠的大自然，月影却如此亲近，与月为伍，乡愁不但无声无形地消解，而且让诗人感到享受。意脉深沉潜隐，功能是弱化情感的变化，弱化到情感如古典诗话所说“着盐水中”，情感完全溶解在景观之中。视者不见，饮者自知。如果在李白那里，月亮消解孤独，则大大不同：

举杯邀明月，对影成三人，

我歌月徘徊，我舞月零乱。

那就是意脉显示情感的是强化递增。强化到极化，就是激情的精彩，用西方的诗学话语来说就浪漫化，弱化的意脉到极端，用数学语言来说，乃是极限 limit 接近于零。

这种意脉的弱化看不见、摸不着，甚至让你感到好像不是情动于中，而是相反，无动于中。如贾岛的《寻隐者不遇》：

松下问童子，言师采药去。

只在此山中，云深不知处。

和叶绍翁巧合的是，都是寻友不遇/不值。叶绍翁是突然情绪转折，情感的强化；而贾岛的情绪却不因朋友不在，而且不知何时可见而变化，反而是淡然自若，情感没有什么变化。也就是说，意有群落（松下、童子、隐者、云深）组合是有机的，但是并没有情感的线索，也就是没有线性的意脉。但是，这首诗却是名作，入选《唐诗三百首》。为什么？这就是已经成为学者口头禅的“意境”。

造访隐居的朋友不在，并不失望，也不说等待，好像不了了之。但是，其特点不是情绪的强化，而是弱化；不是情绪的线性变化，而是非线性的。诗意在整个诗中充分表现了对隐逸友人散淡自由、随心所欲的理解。这种深长的意味，在整首诗中的，不是线性的，而弥散的，在面上展开的。更值得注意的，这种意境诗的不仅在于“不着一字，尽得风流”，而且是具有面上的延展性，结束而无结束感，余味无尽。用元人杨载论绝句的话来说，就是“句绝而意不绝”①。

意脉消失的诗，“无动于中”还不是最极端的，最极端的可能是王维的：

清浅白石滩，绿蒲向堪把。

① 何文焕编：《历代诗话》下，中华书局 2006 年版，第 732 页。

家住水东西，浣纱明月下。

水是浅浅的，清清的，水中的石头才能显出白白的颜色。绿蒲快要成把了，提示是早春，生机勃勃。这在白天已经是够怡人的了。王维进一步写，就是在晚上，明月下，整个境界就显得分外透明，再加上家在水边的女孩子在月光下浣纱，这就不仅仅是环境的洁净，而且是心灵的清净。

这里没有情感的起伏、转折，情感淡化到几乎是月光和水一样透明。这不能以情感脉络来说明，也就是说，意脉消失了。但是，这样的诗，却是精品、神品。其特点乃是一系列的意象："清浅"（的水）、"白石""绿蒲""明月""浣纱"。诗人的心情是宁静的，没有激动，没有起伏，客观的圆融的画面渗透着主观心态的清静、安详。

这样品位的诗作，有时清净到不但是无动于中，而且连人都不存在了。

如王维的《辛夷坞》：

木末芙蓉花，山中发红萼。

涧户寂无人，纷纷开且落。

意象和意脉的范畴都用不上了，花是鲜明的，但是，并没有人的眼光，更谈不上激发人的感情的起伏，干脆就是没有人，花开花落，自然而然。最著名的是柳宗元的《江雪》：

千山鸟飞绝，万径人踪灭。

孤舟蓑笠翁，独钓寒江雪。

意象和意脉的范畴都不够用了，这就得用另一个范畴来概括——意境。

中国古典诗歌的艺术太复杂了，我这里只能提供一个意象、意脉和意境的系统范畴。说句老生常谈的话，抛砖引玉吧。

肩负起创新中国语文学科的历史使命

一、没有语文学科的特殊性就谈不上“学科大概念”

“大概念”论者关于先秦百家争鸣说了那么多，虽然没有说清楚“大概念”，但是多少有所触及，重点是“人文价值培育”“民族文化认同”“文化自信”。这些不无道理，然而只从思想史、文化史方面提及的“大概念”，是一切人文学科的共同属性，并不是论者设定的主题——语文“学科大概念”，因为其中没有语文学科的特殊性。毛泽东在《矛盾论》中说：

科学研究的区分，就是根据科学对象所具有的特殊的矛盾性。因此，对于某一现象的领域所特有的某一矛盾的研究，就构成某一门科学的对象。

从语文学科来说，没有语文学科的特殊性，是谈不上“学科大概念”的。虽然论者也没有忘记在古典诗歌中要注意“审美情志”，却只是一笔带过，重点阐释的是“梳理所学作品中常见的文言实词、虚词、特殊句式和文化常识，注意古今语言的异同”。但是，古今词语的异同其性质只是普遍的工具性，而不是语文学科的特殊性。“大概念”论者所说的这些不过是词语的词典意义，表达的只是词语的核心意义，放在具体语境和上下文中，会发生微妙的变化。其非常规甚至反常规的运用会产生情趣、谐趣和理趣的分化。如鲁迅《论“他妈的”》中说，中国骂人的粗话“他妈的”隐含着亲切意味，甚至相当于“亲爱的”。在《小二黑结婚》中，二黑的父亲二诸葛骂他“小杂种硬冲人物头”，实际上骂的是自己和老婆，人物的内在情感很是传神。《红楼梦》中王熙凤得知丈夫在外娶了尤二姐做二房，说了一句“这才好呢”，这个“好”字，其中包含了多少杀机。而林黛玉临终前说的一句“宝玉，你好……”

其精彩就在于隐含着丰富的超越词典意义的意味。王熙凤的“好”和林黛玉的“好”，与《好了歌》中“好便是了，了便是好”的“好”的差异有多悬殊，就有多少艺术和思想的深度、精妙在其中。词语的内涵是一个开放的载体，不管是白话还是文言，随着文本的语境、体裁、作者的倾向不同而载入无限可能的趣味，文章的隽永深邃之处，往往就在这种超越词典意义之处。这才是语文学科的特殊性所在。

举一个比较复杂的例子。刘备三顾茅庐，求策于诸葛亮，“孤不度德量力，欲申大义于天下，而智术浅短，遂用猖獗，至于今日”。这里的“孤”字用现代汉语解释就是古代王侯的谦称。可是，这时候的刘备既不是王，也不是侯，他几度投靠各方势力，狼狈落魄，后不得不依附刘表，刘表又猜忌他有野心，让他担任新野令，充其量就是一个县的武装部部长，怎么能自称“孤”呢？《三国演义》写“三顾茅庐”时就很谨慎，把“孤”字改成了“备”，意味着就是一个普通人来求教。至于“欲申大义于天下”里的“申大义”，就是用正统理念统一全国人心。刘备明明是在练兵积蓄力量，意图以暴力统一全国，却冠冕堂皇地使用正统的“王道”话语招揽人心。

诸葛亮当然对他的这种“官话”心领神会，为他制订了联合孙吴，借荆州，入蜀中，建立自己的根据地的计划。养精蓄锐，天下有变，兵分两路问鼎中原，结论是：“则霸业可成，汉室可兴矣。”诸葛亮并不掩饰，没有用“申大义”之类的王道话语，直截了当地说明“霸业可成”。霸业，就是霸道，暴力夺取政权。“霸业”一出口，已经换了一套话语，把刘备的心思公开化，其效果是二人“情好日密”到令刘备的结义兄弟关羽和张飞不悦的程度。西晋陈寿写《三国志》时，刘备建立的蜀汉王朝已经灭亡，但他并没有把刘备像曹操那样列入“本纪”，而是列入“传”。那为什么还要让他称“孤”？这是因为陈寿曾为蜀官，有潜在的正统意识。其深长意味，不在字面，而在字里行间。

中国史传文学的春秋笔法，在记言、记事的实录中寓褒贬，其精彩之处就在这两套话语转换之间。这才是传统语文学科的特殊性所在。用所谓“常见的文言实词、虚词、特殊句式和文化常识，注意古今语言的异同”，只能是盲人摸象。至于“雍容”“犀利”“雄奇”“朴拙”“领悟其妙处”，完全是印象式的空话，这不是“学科大概念”，而是不折不扣的空概念。真正的语文“学科大概念”，没有西方现成话语可用，论者也就只能不厌其烦地申说：“学习先秦诸子散文，以加深对传统文化之根的理解。要注意领会先秦诸子对社会人生的洞察，思考其思想学说对立德树人、修身养性的现实意义。”说来说去，还是人文学科的共同性，除此就无语可说，其原因在于根本没有直接分析语文学科特殊性的自觉。要做到这一点，必须直接从文本的丰富直觉中进行第一手归纳，概括出文本唯一的独特性。这就是说，要有相当的原创性，而原创性的拦路虎，则是教条主义的“大概念”。

真正的语文学科不能什么都是“大概念”，而是语文学科的特殊规律。中国学派的语文学科要揭示语文学科的特殊规律，就要坚持“马克思主义基本原理同中华优秀传统文化相结合”，不仅要从所谓“大概念”中摆脱出来，而且要加以批判，超越西方文论所执着的语言论单因单果的线性思维定式。五四运动时期的先贤“输入学理”，未能完成的“再造文明”任务，将由我们这一代人来承担。中华优秀传统文化妙处的“领悟”，不是什么“雍容”“犀利”“雄奇”“朴拙”印象式的空话所能蒙混的。这些内涵贫乏的概念，马克思称之为抽象（贫困）概念，马克思要求的是：从抽象上升为具体，从无限丰富的文本中，在矛盾的具体分析和转化中归纳出新的内涵，在正反合的运动中，作螺旋式上升，达到多种规定性（内涵）的统一。提出中国学派的原创性的基本范畴、范式（或者用他们的话语来说“话语”），我们才有资本当仁不让地与西方文论对话，一争长短。

追随西方前卫文论，却不知其对文本分析公然宣布无能，国人却如此迷信，原因很多。篇幅所限，谨略举其大端。

二、摆脱西方前卫文论对作品的被动接受，主动与作者对话

西方文论流派众多，在根本上同样视作品为现成的产品，以接受为务，即使接受美学，读者中心论，强调接受的主体性，但是文本仍然是固定的，接受的被动性仍然是共同的。“大概念”论者企图改变这种被动性，从文本以外之“知识”加以“综合”、虚构成“大概念”，采用任务驱动等，其旨在摆脱被动。实践证明，这种试探脱离文本更加遥远，已经成为试错。但这种试错是有价值的。究其根源，不知经典文本乃是创造的结果，欲知其奥秘，仅从结果是无法看到造成结果的原因的。因为任何结果都有其丰富的原因，但是结果造成之后，原因就被遮蔽了。正如，花是红的，但是花为什么这样红？其复杂的原因，科普作家贾祖璋写了那么复杂的文章，涉及物理、化学、生物等方面，可能还没有穷尽其原因。到了诗歌中，“霜叶红于二月花”，结果是动人的。但为什么秋天的霜叶比春天的鲜花还美，原因就在诗人情感一刹那的、不可重复的特殊性中了。

拘泥于被动接受作家创造的结果，就不可能洞察造成结果的原因。因而西方前卫文论公然宣称，理论和阅读是不相容的。为什么西方文论的泰斗如此无奈？至今无人正面回答。

其实，这个问题并不复杂，早在20世纪，德国哲学家马丁·海德格尔就指出产生这种悲剧的原因：“作品的被创作存在，只有在创作过程中才能为我们所把握。在这一事实的强迫下，我们不得不深入领会艺术家的活动，以便达到艺术作品的本源。完全根据作品自身来描述作品的作品存在，这种做法业已证明是行不通的。”西方学界几乎没有什么人听得懂海德格尔对他们“行不通”的警示。一味把文本当作某种现成物，把自己仅当作文本的被动接受者，完全没有意识到只有进入“作品的被创作”的“过程中”，也就是设想自己也是

作者，与之对话，才能化被动为主动，洞察艺术和思想的奥秘。这一点说起来很深奥，但并不神秘。鲁迅先生有一段话，可以作为海德格尔这一思想的注解：

> 凡是已有定评的大作家，他的作品，全部就说明着“应该怎样写”。只是读者很不容易看出，也就不能领悟。因为在学习者一方面，是必须知道了“不应该那么写”，这才会明白原来“应该这么写”的。

这“不应该那么写”，如何知道呢？惠列赛耶夫的《果戈理研究》第六章里，答复着这问题——

> “应该这么写，必须从大作家们的完成了的作品去领会。那么，不应该那么写这一面，恐怕最好是从那同一作品的未定稿本去学习了。在这里，简直好像艺术家在对我们用实物教授。恰如他指着每一行，直接对我们这样说——‘你看——哪，这是应该删去的。这要缩短，这要改作，因为不自然了。在这里，还得加些渲染，使形象更加显豁些。”

西方前卫学者几乎毫无例外地只看到作品这样写了，没有意识到作者为什么没有那样写，全然无视海德格尔的教导。只有在想象中，进入创作过程，才能从文本一望而知的表层进入一望无知的深层。也许这样的思路在西方文论及其追随者看来有空谈之嫌。并不是所有经典之作，都有原稿、修改稿可资对照，但是，对于大量没有原稿对照的作品，可以进行还原和比较，设想自己是作者，主动与作者对话，在想象中，参与作者创造作品的过程。小说都是虚构的，人物的言行、情节的发展都是作者匠心独运的设置。

鲁迅的《祝福》中，读者看到的是祥林嫂逃到鲁镇，被抢亲，丈夫和儿子死后，又回到鲁镇。表面上是客观发生的事情，实际上都是鲁迅设计的。五四时期，一般的妇女题材作品，都是寡妇要改嫁，遭到封建宗法势力横加干涉，鲁迅却反其道而行之，让祥林嫂不想改嫁。可以想象，如果仅写祥林嫂力图改嫁而遭受迫害，则仅能表现封建礼教之夫权的无理，而写祥林嫂不愿改嫁，由其婆婆用抢亲的手段强迫其改嫁，则能表现封建礼教族权（儿子属于父母）与夫权之矛盾：按夫权不得改嫁，按族权又可用人身侵犯的手段强迫其改嫁，这不但矛盾，而且野蛮。祥林嫂改嫁后与丈夫、儿子生活在偏僻山区，本可安分守己地过完一生。可是鲁迅又没有那样写，而是狠心地让其丈夫死掉，儿子被狼吃掉。目的是把祥林嫂逼回鲁镇，进一步把她逼上绝路，虚构出一个关心她的柳妈劝说她去捐门槛，为改嫁赎罪。目的就是让祥林嫂面对神权，阎王要把她锯成两半，分给两个男人。阎王不去追究强迫改嫁者的罪行，反而惩罚祥林嫂，这就不仅是野蛮，而且是荒谬了。这样的情节设计，就是为了揭露夫权不讲理、族权不讲理、神权也不讲理。封建礼教的逻辑就是这样野蛮而荒谬。

鲁迅为什么没有让颇有反抗性的祥林嫂拒绝以一年以上的工薪为庙里捐门槛呢？目的

乃是为了显示对寡妇存在歧视的这种野蛮荒谬的偏见，不但鲁四夫妇有，而且祥林嫂也视为天经地义。祥林嫂自以为捐了门槛就赎了罪，在年关祝福时，主动端福礼，鲁四奶奶一句看来很留有余地的话“你放着罢，祥林嫂”，就使她精神崩溃了。这是为了强调被侮辱与被损害者自己也为这种野蛮荒谬的逻辑所麻醉。全部情节之所以要这样设计，就是为了显示这个悲剧是没有凶手的。凶手就在每一个人的头脑中，每一个人都有责任。对这样一个悲惨的结局，为什么要把它放在年关祝福的氛围中？为什么要让与这个悲剧毫无瓜葛的人——“我”——来叙述，且感到不可摆脱的歉疚？而整个鲁镇的人都欢乐地祈求来年的幸福，这是为了表现对群众麻木的愚昧惯性，同时也是对思想启蒙前景的某种悲观。

与作者对话，进入作者创作过程，是很复杂的，这里只是简单举例。全面系统概括起来，要有多达十个层次的操作程序的具体分析。

三、超越西方前卫文论的线性思维，建构中国文本解读的三维立体结构

20 世纪西方前卫文论，有所谓语言学转化，把文本解读仅归结为语言，造成了单因单果的思维定式。但文本并不是平面的，而是三维立体结构。其表层由意象群落构成，这是一望而知的，显性的；中层则是情志的动态脉络，是文本的精神所在，是隐性的；其最深层的，乃是不同文本形式。歌德说：“材料是每个人面前可以见到的，意蕴只有在实践中须和它打交道的人才能找到，而形式对于多数人却是一个秘密。”这就是说，形式的规范性，只有内行才能领悟。须要补充的是，形式不但是由内容决定的，而且反作用于表层的时空延续和意象群落中的情志脉络，为其定性的。这一点，我在论“大单元 / 大概念”系列文章中有所陈述。但总体来说，都是属于静态的概述，事实上，每一层次都需要系统展开。

诗的意象，外国权威只讲到把情趣寄托在对象中，其实并不全面。对象不是全部，而是有特殊性的局部，而情感也必须是有特殊性的，是因时、因地而异的，并不一定是作家的全部情感，二者结合才构成意象。这还只是胚胎，还要在不同的形式中培育才能成为形象。在叙述文本中这不叫意象，而叫细节，优选特殊的局部同样胜过总体。但是，诗歌是概括的，贺知章《咏柳》中的柳树，是没有时间地点的、有普遍性的，而朱自清笔下的《背影》仅为人体之局部，为特殊时间、地点和人物关系所决定，就胜过全部的外貌表象的描写。在意象和细节的群落之间，是作品的文脉或者意脉，是人物心理动态的起伏过程。《背影》的动人就在于，父亲把已经成年的儿子当作小孩关怀，而儿子却不领情，觉得他“迂”、土气，等到父亲为他买橘子，勉为其难爬月台时，儿子感动得流下眼泪，却不让父亲知道，日后想起来就感到愧疚，流泪。真正把文章写出来，已经是八年之后。《背影》的精彩全在文脉的起伏变化中，其经典性就在于空前地揭示了，有一种亲子之爱乃是持久

的愧疚。爱是不完全的，往往是有隔膜的，但是，爱的深沉是不可磨灭的。一代又一代的读者凭直觉为之感动，而要把直觉用明确的语言概括出来却又是非常困难的。故在近百年之后，仍然有特级教师、副教授读不懂，甚至要求将《背影》从语文课本中删除。鲁迅在《阿长与〈山海经〉》中，让阿长讲了一个极端荒谬的太平军抓捕妇女的故事，当清军攻城时，让其脱光裤子，清军的大炮就炸了。本来对她非常反感的小鲁迅，居然觉得她有"伟大的神力"，对她产生了"空前的敬意"。这显然是反语，构成了幽默的谐趣。待他期盼而不得的绘图本《山海经》由长妈妈春节后为他带来，小鲁迅惊喜不已，觉得她真的有"伟大的神力"，对她产生"空前的敬意"，同样是"神力""敬意"，此处变成了诗意的情趣。文脉如此大幅度的转折，表现了鲁迅不但是哀其不幸，怒其不争，而且是欣其善良。该篇在当年的散文中，堪称艺术上的神品。

所有意象和意脉的经营都受文本形式制约。《阿长与〈山海经〉》的文体是散文，故把愚昧而世俗的保姆写得动人，而艾青的《大堰河，我的保姆》是诗歌，就表现了不是亲人，更胜亲人，无条件的超世俗的爱。

如此这般的三重的立体结构还只是静态的描述，作为艺术形式并不是自然成熟的，而是从草创到成熟，到亚形式的分化，到流派和风格的突破，有一个历史的过程。正如真理不是静止的结论，而是过程，在不断的矛盾中，在不可穷尽的过程中转化统一一样，不进入动态的、发展的历史过程，是不能完成建构中华文本解读理论的历史使命的。原创性的建构要以历史和逻辑的方法作动态的分析和综合，中国语文学科的现代化建构任重道远。

关于单元组合的理论基础问题

单元组合作为一个基础范畴，对于千年语文教学来说，是一个历史性的新课题。在有限的实践中，成败经验和教训还有待总结，对于其与单篇解读的关系作基础研究，尚在初始阶段。当前的问题在于，单篇解读，在实践上有了长期的、相当丰富的积累，还没有上升到系统的理论，因而不在少数的迫在眉睫的混乱未能澄清。这不仅是我国的问题，而且是世界性的。欧美文论特别是后现代文论干脆放弃，转向了文化批评、意识形态的颠覆和创新，拓开了语言哲学的新阶段，取得了空前的成就，但是，付出的代价是放弃了文本解读，其领军人物希利斯・米勒甚至公然宣称"理论与阅读是不相容的"①"反审美主义""超越审美"风行一时②。我国理论界追随者还提出"审美乌托邦"之说。③而大概念/大单元从属于后现代文化哲学，在教育学方面只是一家之言。在大洋彼岸实践方面尚未取得可信的成绩。如果不加分析盲从，等于放弃语文学科的特殊生命。但是，也不能完全置之不理，而应该采取开放态度，从中总结其成败。李欧梵教授提醒说，学习是必要的，但不能让它"挂帅"，只能从中作为"背景"来参考④，以便创造中国现代化的语文学科理论。

---

① 〔美〕J. 希利斯・米勒，王敬慧：《J. 希利斯・米勒致张江的第二封信》，《文学评论》2015年第4期。

② Hal Foster.*Postmoden culture*.Londen:Pluto Press.1985. 这本书在美国出版的书名是《反审美：后现代文化论文选》。Tony Bennett,*outside Literature*,Londen:Routdedge,1990.

③ 李青春著：《在"文学"面前"理论"何为——略论近年来文学理论研究中的几个热点话题》，河北师范大学学报（哲学社会科学版），2022年9月第5期。

④ 李欧梵著：《理论于我有何"用"？》，《读书》2017年6期。

一、单篇与单元：对立而统一的有机结构

单篇与单元的关系是对立而又统一，但是就当前的实际情况来说，矛盾的主要方面则是单篇。单元组合的优越性在其结构性，然单篇解读乃是其基础。单篇不能解读清楚，甚至有误，则单元组合的结构大于要素之和的功能完全消解，一加一不但不能大于二，相反有可能等于零。问题摆在课文编撰和一线教师的面前，但主要矛盾在编撰方面。有同仁为文，曰此问题在课本编撰方面已经解决，达到“完善”的程度。[①] 这当然令人鼓舞。作者以统编语文课本八年级第六单元《〈孟子〉三章》为例，正好提供了细胞形态分析的方便。

作者提出在百年语文课本中，此单元标志着大概念/大单元已达“完善”，其理由是，第一，首次选入了《富贵不能淫》，“突破单篇教学的局限，发展更具有整合性的教学样态，以大概念为核心的教学方法成为有益的探索”。第二，“单元导语由对‘文’的关注，逐渐转向‘文’‘道’并重，语文工具性与人文性统一成为趋势”。第三，课前预习“任务的趋动作用，不再交代孟子所处的时代信息，而是让学生通过搜集资料了解”。

所有这三点似乎并不能成为大单元建构已经“完善”的充分理由。

二、仁义道德自律性和法制的强制性

《得道多助，失道寡助》《富贵不能淫》《生于忧患，死于安乐》同为儒家正统思想，然文章结构各有特点。但编者在“思考与探究”中，要求学生先就《得道多助，失道寡助》《生于忧患，死于安乐》“举一两个事例来证明这两个观点”。

要求证明的是“两个观点”，这就意味着是两个单篇的并列，并没有“整合”，也就不成其为单元，而单元文章之所以要“整合”就是因为其间有联系又有差异、矛盾，才需要作更高层次的抽象。而整合（综合）与分析是对立统一，相反相成，相辅相成，不是简单的并列，而是有内在联系的有机的结构。

《得道多助，失道寡助》主题是治理国家的政治原则，而《生于忧患，死于安乐》讲的是个人道德。儒家思想的特点乃是以德治国。后人总结为修身、齐家、治国、平天下（载于《礼记》，相传为孔子弟子曾参所作，实为秦汉多人所编撰）。个人的道德修养使家庭一体化，国乃是家的统结合（所以叫作国家），国家就统一了，天下就太平了。儒家思想的前提是人性善，仁义道德普及了，就能结束战国纷争，实际上孔子和孟子周游列国，四处碰

① 张玲莉著：《〈生于忧患，死于安乐〉在百年语文教材中的编排变迁》，《语文建设》2023年第21期。

壁。司马迁在《孟子荀卿列传》中说，“当是之时，秦用商君，富国强兵；楚、魏用吴起，战胜弱敌；齐威王、宣王用孙子、田忌之徒，而诸侯东面朝齐。天下方务于合纵连横，以攻伐为贤”。不是以人性善、以道德教化统一天下，而是相反，以暴力和谋略进行兼并。

由儒家分化出来的荀子主张人性恶，其弟子李斯和韩非发展为法家理论并付诸实践。在理论上，补充了儒家忽略了的家与国之间有一个很大的空间，那就是社会。由于人性恶，不同阶层和阶级，各有不同的“利”（益）和“义”，互相矛盾，不可调和，要把这不同的利和义统一起来，不使其恶化，就不能完全靠自律性质的仁义道德，更重要的是厉行强制性的法制。在内政上，秦从商鞅变法就打破贵族特权世袭，用利益刺激个人利己的积极性，奖励军功杀敌和农桑业绩。对外实行瓦解对方联盟的谋略，扩大自己的统一战线，以暴力各个击破，以一个僻居西北的小侯国，统一了公国（后来自我提升为王国），结束了上百年的血腥纷争。在论者看来，儒家与法家纵横家是“两个观点”。忽略了二者之间矛盾相反而在一定条件下转化的内在联系，故谈不上单元结构。

三、论点和论据的关系

“任务趋动”要求从两篇文章的“两个观点”，举例证明。也就是在政治和道德任选一观点举例“证明”。而举例并不能证明，只能作局部的说明。证明的任务乃是普遍的道理，而例子是无限的。先有观点，后选择与观点一致的例子，意味着排除与观点不一致的例子。这就不可能是全面的，而是片面的。这个“任务趋动”，并不符合“孟子三章”的结构，三章并不是先有观点，后举例子。恰恰相反，“得道多助，失道寡助，寡助之至亲戚叛之”“富贵不能淫，贫贱不能移，威武不能屈，此谓之大丈夫”“生于忧患，死于安乐”的主题句都是在文章的最后。这说明论者的知识结构不全面。以论点在先，论据在后为唯一的论证方法，长期以来成为其思维定式（或“惯性认知”），即使面对论点在后的推理模式，也会强制性歪曲。

四、归纳性排比，层次递增

“思考与探究”没有忘记语言。提出的“趋动任务”是：“《孟子》的文章以雄辩著称，大师使用排比句，气势非凡。反复朗诵课文，从（三则）文章中举出一两个例子来做具体分析。”孟子的雄辩，具体表现在排比句上，似乎不够到位。排比是一种修辞手段，是所有文体的手段。其功能是增强论点的广度，过度使用可能变成烦琐，华而不实。但是，欧阳修《醉翁亭记》全文使用二十次以“也”字为结尾的排比，其成功在于，排比并不停留在论点的平面，而是与情感思想情感的深化相匹配，加之与散句参差交替，营造了文章的独特风采。而排比句在孟子这三则文章中，不但不同于欧阳修，而且各自功能有着很明显的差异。

在《生于忧患，死于安乐》中，孟子的排比，性质上是逻辑的“归纳”。先是一口气举了六个名人的事例，人虽然不同，但同样来自下层社会，都有过苦难的经历，最后都被提拔到很高的权力地位，做出了巨大的社会贡献。六个人的经历本来是个别的，并列起来，显示某种普遍性。虽然是排比句，但是其功能，并不是平面展开，在逻辑上属于从枚举上升为归纳。普遍性是无限的，枚举当是越多越全面，但这是不可能的。这里只举六个例子，这叫作简单枚举归纳推理，其所以不简单，关键在于举其最突出的，出身与成就反差很强烈的，虽然数量有限，却能得到比较广泛的涵盖面。

孟子用这种简单枚举推理方式，得出普遍的结论：老天注定将重大的任务交付个人之前，一定要让他受苦。为了突出归纳的普遍性，显示其规律性，孟子特地用同样的句法结构（也就是排比）加以表达：“舜发于畎亩之中，傅说举于版筑之间，胶鬲举于鱼盐之中，管夷吾举于士，孙叔敖举于海，百里奚举于市”，句法上都是主语＋动词＋宾语。一般说来，一连用六个同样的句法，是有风险的，弄不好就造成单调的感觉；但从内涵来说，处于主语位置上的人物，都是政治上的大人物，谓语所说，均为来自社会底层，每句文字数量虽然不尽相同，但是不仅句式排比，内容也排比。双重排比使得简单枚举不简单，相反具有一脉相承，川流不息的气势。由此直接从感性材料归纳出结论：“天将降大任于是人也，必先苦其心志”。这是六个事例的归纳。但是，在孟子看来，光是“苦其心志”思绪强度不够，气势还不够充沛，孟子对这个归纳再行推演排比，强化思想的力度，“劳其筋骨，饿其体肤，空乏其身”连同前面的“苦其心志”，一共四个，加上前面的六个排比句，一共十个，但是并不单调。原因是后面的排比是四言结构，前面的基本是六言八言，节奏就越来越急促。但对孟子来说，这样的气势还不够，他还要强化下去。为了防止单调，孟子改用参差句法，“行拂乱其所为，所以动心忍性，曾益其所不能”。顺着一个观念、一条思路，有严整的排比，有参差的交替，这就构成了一种思绪和语言滔滔不绝、思绪滚滚而来的效果，这就是孟子的特殊排比造成的文气——浩然之气。

写到这里，完成了推理。孟子还不过瘾。前面几个短句，已经从感性（“劳其筋骨，饿其体肤，空乏其身”）上升到智性了（“动心忍性，曾益其所不能”），接下来思绪还要进一步阐释，使情志进一步递增。先从正面说，人有了过错，才能改正。首先，没有过错，也就没有“苦其心志”的由头。其次，思想蒙受窒息，才能奋起。没有窒息，也就不可能有忍性的磨炼。再次，从反面说，在国内没有辅佐的贤士，在国外没有敌人，也就是没有威胁，则国家必然灭亡。最后，对前文归纳推理的结论，作更深邃的归纳，“生于忧患，死于安乐”。文章的主题升华了，“生于忧患”，其成为亮点的原因是矛盾的转化，忧患是逆境，反而有利于生存，产生顺境的效果。“死于安乐”又一次矛盾转化，安乐是顺境，反而容易导致死亡，成为逆境的后果。两者在形式（句法结构）上是对称的，而在内容上却相反。双重矛盾转化的推理的总结，升华为哲理的格言，流传千年。

这样的排比，不是一般的平面广度的展开，而是深度的递增，而排比中特别用了正反交织内涵，不是顺向语句平面顺向的排比，而是从正面到反面，从反面到正面，层层深化的演绎到极端的矛盾中转化，显得情志丰盈，文气如行云流水，一发而不可收，这种浩然之气是孟子的自诩，也是后世的共识。

五、演绎性排比的因果层次递进

同样是排比，“生于忧患，死于安乐”与浩然之气又有很大的不同。

一开头主要不是用简单枚举归纳法，而用因果演绎法。不是先举具体的感性很强的事例，得出初步观点，而是先亮出初步观点“天时不如地利，地利不如人和”，然后不是具体的感性的事例论证，而是虚拟性事例的阐释，其性质有如比方：“三里之城，七里之郭，环而攻之而不胜”作正反两面因果分析，为什么能够包围，因为有天时。攻之而不克，因为有地形有利。基于此，进一步提出问题，就是有了地利（城高池深）延伸出来的武器精良，后勤供给充足，为什么还是以失败为结果呢？原因是自己的部队涣散了（委而去之），所以说“地利不如人和”。按因果逻辑推理出的结论是光有“兵革之利”“山溪之险”是不够的，关键要有“人和”。这样，天时地利不如人和的因果已经得到阐明。但孟子的浩然之气，就在于不满足于单层次的因果演绎，而是在演绎中作多层次的递进。基于此，再提出问题，怎样才能得到人和？原因在于“得道”，“得道多助”。有了这个因果，层次已经深化了。孟子的文气还没有结束。将因果发挥到极致，“失道寡助”的结果是“亲戚叛之”，也就是众叛亲离。再反过来说原因是，“得道多助”，“多助之至”的结果是“天下顺之”，多个层次因果从正反两递进演绎，达到了儒家的治国平天下的理想境界。

一味依赖朗诵，就把排比的特殊性空泛化，课程标准的思维的提升，语言的创新的要求完全置之度外了。

论者声言将《〈孟子〉三章》合成一个单元“文道结合”是空前的，明显违背历史事实。二十世纪五十年代以来的课本和教学实践从来没有放弃政治、品德和文章之道。二十世纪五六十年代强调“道”（政治思想教育）有点过头，而对“文”只是限于“字词句段篇”。这种情况从二十世纪八十年代以来，在纠正过程中，有了很大的进展。但是，论者在具体在讲到课本中的“文”时候，仅仅提到句式的“大量使用排比句”因而“气势非凡”，不但没有超越现有的水平，相反低于当前水平。孟子在这里排比句数量也相当大，凭什么形成“非凡的气势”，这正是论者要对学生有所提示的，但是却不着一字。

六、《富贵不能淫》逻辑上的重大缺陷

在《〈孟子〉三章》中的“思考与探究”中，把《富贵不能淫》单列出来和前述二章分开，并不是一视同仁地要求举例，个中原因是论者遇到了特别的困难。《富贵不能淫》作为格言的留存后世脍炙人口，但文章本身并没有孟子那种雄辩的浩然之气。故论者乃回避难点，提出纵横家公孙衍、张仪为什么不能称为“大丈夫”，“在孟子心目中什么样的人才能称为大丈夫”？但是，文章的内在逻辑却和“大丈夫”格格不入。孟子的理由是：母亲当“女子之嫁也，往送之门，戒之曰‘往至女（汝）家，必敬必戒，无违夫子（丈夫）。妾妇之道也’”，说得很明白，是“妾妇之道”，并不是什么“大丈夫”之道，逻辑上是断裂的。下面跳跃到“居天下之广，立天下之正位，行天下之大道”，在逻辑上又一次断裂，再下面是：“得志，与民由之，不得志，独行其道”，这和“妾妇之道”，在逻辑上第三次断裂。最后的结论：得志“则富贵不能淫”，不得志，“贫贱不能移，威武不以屈”，更构不成因果关系。这和开头提出的纵横家公孙衍和张仪一怒而天下熄（战争停息，天下太平）为什么不是“大丈夫”，几乎是文不对题。究竟是使天下血腥纷争结束，天下太平之人是“大丈夫”；还是不得志，就坚守自己的首先理念，独善其身是“大丈夫”？

总体说来，孟子雄辩的浩然之气是得到历史的共识的，但是，并不能绝对化。实际上，在阐释到儒家与纵横家的思想矛盾的时候，其文气也有不浩然的时候，不得不“王顾左右而言他”，以儒家的高尚的道德格言掩盖其逻辑断裂。

七、儒家与法家、纵横家的优势对立统一
在历史实践中主要方面的转化

百年来语文课本之所以没有选入此则，就是这个缘故，而新版的课文勇敢地选入了，但对此单篇并不理解，从而也就无法与前二则组合成有机的单元。其实，这个问题涉及儒家的局限性。只要具备辩证思维的修养，把这一章与前二章作为矛盾对立的统一体，组合起来成一个单元结构，具体分析儒家和纵横家的优越与局限，就不难启发学生“思考探究”，从而概括出真正的大概念，论者如此漫不经心地与真正的大概念失之交臂，实在不能不令人扼腕。

其实，如果真正深入地“思考与探究”，调动学生的思维的空间是很大的。儒家的修身、齐家、治国、平天下的以德治国的系统是不完全的。从儒家的逻辑来看，国就是家的组合。家在血统宗法上是一致的，“道”是统一的。其实还有不相同的血缘，即使相同的血缘之家都处在一定的生产关系之中。在土地和工具的所有权上，在生产过程的地位上，在产品的分配上，利益不平等。人们的利害得失，处于永恒的矛盾之中。如果人性善，利不同但道相同。孔子说“远人不服，则修文德以来之”(《论语·季氏》)。但是，人性偏偏很难完全向善，利不同，则道亦不同。这也是孟子对梁惠王所说的“王曰‘何以利吾国’，大夫曰‘何以利吾家’，士庶人曰‘何以利吾身’”(《梁惠王上》)。正是因为这样，才有道不同不相为谋之谚语。这时，最有效的办法，就是以法治来规范统一利害之不同之“道”。

实践证明，宋襄公和楚国在泓水之对阵，坚守仁义道德，死抱“君子不乘人之危”，拒绝接受司马子鱼在楚军渡河之际截杀之，要待杨楚军渡过河，列成阵才实施攻击。当楚军上岸，司马子鱼又建议趁楚军阵列尚未成形时出击。再遭拒绝。结果大败而归，成为历史的笑柄。而法家不遵儒家之“道”，并没有“寡助”，更没有弄到“亲戚叛之”的程度，相反瓦解了对方的统一战线，争取到同盟军，然后各个击破，取得了全面的胜利。

恩格斯在《路德维希·费尔巴哈和德国古典哲学的终结》中批判费尔巴哈片面强调“善”的作用，引用了黑格尔的“有人以为，当他说人本性是善的这句话时，是说出了一种很伟大的思想；但是他忘记了，当人们说人本性是恶的这句话时，是说出了一种更伟大得多的思想”，恩格斯还指出，“在黑格尔那里，恶是历史发展的动力的表现形式。这里有双重意思，一方面每一种新的进步都必然表现为对某一神圣事物的亵渎，表现为对陈旧的、日渐衰亡的、但为习惯所崇奉的秩序的叛逆，另一方面，自从阶级对立产生以来，正是人的恶劣的情欲——贪欲和权势欲成了历史发展的杠杆，关于这方面，例如封建制度的和资产阶级的历史就是一个独一无二的持续不断的证明”。[①] 孔子、孟子游说历国诸侯都无功而返，而法家、纵横家却以暴力和谋略，推动了中国的统一。这也印证了人性恶对儒家神圣的人性善的思想的“叛逆”是“新的进步”。正是“人的恶劣的情欲——贪欲和权势欲成了历史发展的杠杆”。

但是，当国家统一之后，开始富强起来，光靠法治的强制的他律性并不能完全保证国家的长治久安，这时儒家的仁义道德的自律性，意识形态统一自觉就变得非常重要。于是就产生了中国特有的，所谓外儒内法的传统。在意识形态上发扬人性善的仁义道德的自律，在内在的体制上则严行法治控制，防范人性恶的野心膨胀，以免导致诸侯混战、国家分裂。

① 《马克思恩格斯选集》(第4卷)，人民出版社1995年，第237页。

八、关键在于形式逻辑的和和辩证法的系统性

综上所述，单元组合的基础乃是单篇解读。单篇解读发生偏差，甚至错误，即使将多篇文章置于一组，仍然是各自独立的单篇，并不能形成结构。只有单篇解读大致靠谱了，才有可能将多篇的内在矛盾隐含在统一的结构之中，才有思考的探索的潜在量，才有可能使学生达到孔夫子所说的困而知之，而不是轻松地朗诵一番就能万事大吉。

问题的关键显然在于编者自己首先要真正读懂单篇，首先在形式逻辑上，概念、判断、推理、归纳、演绎、类比，说明、论证，要有坚实、系统的知识结构。其次辩证法上更要有灵活的驾驭。在不同的单篇文本之间，在没有联系的地方，看到联系，在没有矛盾的地方看到矛盾，在看到矛盾的时候，还要看到其特殊性，看到矛盾的主要方面。有了在微观分析上的基本功，在宏观上，在实践的历史过程中，还要看到其主要方面的转化。这里就涉及实践真理论的世界观和辩证的方法的根本修养。实践是检验真理的唯一标准，但是实践并不就是真理，而是积累相对真理的载体，同时又是纠错的机制。故自然科学理论家波普尔在著名的《猜想与反驳》中指出，人类文明的一切进步都是在实践中试错与纠正的过程，证明是正确认识的积累，而证伪则是发展真理的阶梯。实践是一个长期的发展过程，真假、正误、反复曲折是必然的，因而，实践这个阶梯不是直线的，而是曲折的。有了这样的自觉，我们和大概念、大单元论者，别无选择，只能坦然面对现实，对每一个人来说，不可能每一句都是真理，发现错误乃是进步必要的代价。要达到“完善”，应该是一个持久的历史过程。虽然如此，《〈孟子〉三章》还是有其积极意义，那就是同类、同作者文章组合，作为单元结构之一，还是具有普遍意义的。

2024 年 1 月 20 日

“大单元 / 大概念”阅读：理论方法和战略前途

语文教学改革以来，观念和方法不断出新，近来学者提倡大单元 / 大概念阅读，旨在超越个案具体分析，以多文本的概括 / 综合为务。论者指出：大概念的“大”并非外延之广，而是指内涵价值上的统整性和解释力。“整体思维”与“分析思维”“必须在‘大概念——内容主题’悖论统一的框架内整体把握”；“‘大概念’的界定是：使离散的事实和技能关联起来并产生意义的概括性知识、基本原理和思维方法，其表现形式是表达概念性关系的句子，其应用价值是能迁移到新的情境中解决实际问题”。[①] 从表述来说，这种做法应该说是照应全面，这种理论是从北美文化强势国家引入的，有一定的学术基础。然而，不管理论表述如何全面，其正确与否都不能由理论本身来得到证明，实践才是检验其真理性的唯一标准。正如马克思在《关于费尔巴哈的提纲》中所说的：

> 人的思维是否具有客观的真理性，这并不是一个理论的问题，而是一个实践的问题。人应该在实践中证明自己思维的真理性，即自己思维的现实性和力量，亦即自己思维的此岸性。关于离开实践的思维是否具有现实性的争论，是一个纯粹经院哲学的问题。[②]

从这个意义上说，大单元 / 大概念阅读理论的引进不是改革的终极，而是进入实践，经受检验的开始。毛泽东在《实践论》中说，马克思主义“之所以被称为真理”，不但在于“科学地构成这些学说的时候，而且在于为尔后革命的阶级斗争和民族斗争的实践所证实的时候”。[③]

---

① 以上引述均出自：李卫东著：《大观念和核心学习任务统领下的大单元设计》，《语文建设》2019 年第 21 期；李卫东著：《大概念：重构语文教学内容的支点》，《课程 · 教材 · 教法》2022 年第 7 期。

② 《马克思恩格斯全集 · 第三卷》，人民出版社 1956 年版，第 3—4 页。

③ 毛泽东著：《毛泽东选集 · 第一卷》，人民出版社 1991 年版，第 292—293 页。

一

异域教育理论能不能在中国获得生命，不是在引进之时，而是在与本土文化基因的龃龉中不断纠错、澄明的漫长过程中。对于异域教育理论，最终的目的并不是引进，而是借助它来创造中国特色的教育理论。关于这一点，似乎有必要重温五四先贤的初衷。胡适在《新思潮的意义》中说过："研究问题，输入学理，整理国故，再造文明。"[①]同理，对于外来流派的引进是否成功，取决于能否在实践中激活传统，创造语文教育的中国流派。

当然，理论并不完全消极、被动。没有理论作为向导的实践是盲目的，但是，实践只是检验标准，并不是真理本身。实践必须以强大的主体性运用标准，发挥其伟大功能。第一，将狭隘性的经验上升为普遍性的理念，指引实践，构成正反馈的良性循环；第二，对失误进行纠错，避免负反馈的恶性循环。由于人的心理和历史的局限，世界上并不存在绝对正确、毫无缺失的理论。故理论比之实践，免不了总是狭隘的、有限的，因而经受实践的检验，与实践发生矛盾甚至格格不入，将是必然的。

为此，英国自然科学理论家波普尔提出接受理论的两个阶段，第一阶段是接受其作为向导，第二阶段则是对其进行批判：

> 如果我们借助于理论已经了解它们在何处使我们失望，那么我们就能试图用更好的理论代替它们。因此就可以出现一个科学的或批判的思维阶段，而这个思维阶段必然有一个非批判的阶段作为先导。[②]

在有了"大概念 / 大单元"作为"非批判思维"的向导（先导）之后，批判性思维就应该对之突破、扬弃。但是，人们往往停留在第一阶段，迟迟不进入批判性思维。因为理论的权威性是长期积淀的，并不因在实践中有败绩而自行崩溃，而是在很长一段时间里仍然为人们所迷信，误导着实践；人们即使付出沉重的代价，也依然信奉它，继续付出代价。除社会、政治、宗教原因以外，理论表面的自洽性掩盖着封闭性，因而批判性思维在口头上得到广泛认同，但在实践中往往落空。人们只是注意到理论的宏观自洽、自圆其说，却忽略了其滔滔不绝的论述掩盖着思维规则（形式逻辑、辩证逻辑）的背离。

大概念的整体思维，从字面上看，力求将其与辩证思维结合，论者以"以对立统一的辩证思维认知大概念"为小标题，反复申说"大概念是一种指向整体思维、辩证思维的知

① 胡适著：《新思潮的意义》，《新青年》1919 年第七卷第一号。

② 波普尔著：《猜想与反驳》，上海译文出版社 2005 年版，第 55 页。

识观”。把思维方法当“知识观”是不准确的，辩证思维不是一般的“知识观”，而是贯穿在一切思维过程中的世界观和方法论，它并不属于具体知识，而是获取一切知识的方法，它涵盖整体和局部、宏观和微观。将它与“整体思维”并列，在逻辑上是不妥的。“大概念”本身就包含着矛盾，具体说，就是思维的概括性与个案的分析性的矛盾。这是一个有待结合中国传统思维深入分析的课题，而论者却借一位学者的话说：“中国传统思维与偏重分析的西方思维有所不同，其鲜明特征之一即是整体思维。张岱年指出，中国传统哲学强调整体观，认为世界就是一个整体，整体包括的各部分之间有密切联系，想了解各部分，必须了解整体。”这样的整体性只是各部分之间并列的联系，没有了对立面，直接违背了小标题的“对立统一的辩证思维”。用通俗的话来说，就是论点与论据不相符了。

其实，论者论证中国传统思维的整体性仅仅以《易传》“观其会通”为例，在逻辑论证上明显是“孤证”。孔子语录变成超越时代的格言，其中大多蕴含着对立和统一。他总是从正面联系到反面，如“学而不思则罔，思而不学则殆”是学和思；“温故而知新”是故和新；“人无远虑，必有近忧”是远和近；“教学相长”是教和学；“过犹不及”是过度和不足；“听其言而观其行”是言和行；“己所不欲，勿施于人”是己和人；“知耻近乎勇”是耻和勇；“不患人之不己知，患不知人”是知己和知人；“君子喻于义，小人喻于利”是义和利。总而言之，都是对立面在一定条件下的转化。老子的哲学更高度概括事物内在矛盾处于统一体中，“天下皆知美之为美，斯恶已；皆知善之为善，斯不善已。故有无相生，难易相成，长短相形，高下相倾，音声相和，前后相随。”庄子的名言“一尺之棰，日取其半，万世不竭”，更是强调分析不可穷尽。《易经》及其注释家的“乐极而否”“否极泰来”依然活跃在现代汉语之中。事实上，中国传统思想精华中的整体不是部分的相加，而是矛盾的对立和转化。论者在对此轻率概括之后，便不加论证地把具体分析归结为“机械分析主义”；对于外来的“大概念”，不是结合我国传统加以分析批判、创新，反而偏执地对传统加以强制性、歪曲性阐释，结果就是打着辩证法对立统一的旗号对辩证法的具体分析一笔抹杀。

大单元强调概括综合，其实隐含着片面：概括综合与个案文本具体分析既对立，又处于统一体中。分析与综合，二者相辅相成。具体分析矛盾（正与反）的结果（合）必须以概括综合构成概念，而概念的深化则须进一步作从正到反的分析，分析的结果需要综合，综合的深化必须分析。认识的过程乃是从一分为二的分析到合二为一的综合，再从合二为一的综合到一分为二的分析，不断作“螺旋式上升”。正如恩格斯在《自然辩证法》中所说，这是“由矛盾引起的发展或否定的否定——发展的螺旋形式”[①]。

虽然二者处于矛盾统一之中，但平衡是相对的，不平衡是绝对的。毛泽东在《矛盾论》中说：“事物的性质，主要地是由取得支配地位的矛盾的主要方面所规定的。”[②]整体性的综合与个案分析相结合，二者并不是半斤八两，哪个处于主导方面呢？毛泽东说：“马克思主义的最本质的东西，马克思主义的活的灵魂，就在于具体地分析具体的情况。”[③]故在分析与综合的对立统一体之中，分析是主要方面，是综合的基础。

从认识深化的程序来说，整体感性（印象）式的综合，内涵是贫乏的；从科学意义上来说，它是抽象的。以此为起点，须具体分析出新的规定性（内涵），经过多层次的递进，积累“多种规定性”，综合统一，内涵的贫乏和抽象乃上升为丰富和具体。马克思说：

> 从抽象开始，上升到具体，即抽象的规定在思维的行程中导致具体的再现，这是科学上正确的方法。[④]

从抽象上升为具体，表面上看是从抽象开始的，实际上是从整体感性认识开始的。只是从内涵来说，整体感性认识贫乏、抽象，经过分析与综合深化，才能逐渐丰富、具体。

二

正是在这一点上，马克思颠覆了黑格尔从抽象概念出发的思维模式。因此，毛泽东在《在延安文艺座谈会上的讲话》中说：“我们看问题，不要从抽象的定义出发，而要从客观存在的事实出发，从分析这些事实中找出方针、政策、办法来。”[⑤]依此原则，大单元/大概念的理论不应该是研究的出发点，客观存在的事实才是出发点。也就是说，研究的出发点应该是理论来源地的教学实际。

首先，美国没有全国统一的语文课本，各校独立选择的课本汗牛充栋。不同时期、不同形式、不同价值的大单元/大概念文本组合是否为美国唯一的阅读理念？是否为全部美国语文课本所一体遵循？个人收罗不可穷尽，目前尚无全面调查研究。仅就笔者有限涉猎，美国语文课本中，大单元式的异类文本组合并非一统天下，个案文本亦屡见不鲜。例如著名的由曾任俄亥俄大学校长的威廉·麦加菲所编的《美国语文课本》[⑥]，既为美国一千多所

---

① 中共中央马克思恩格斯列宁斯大林著作编译局译：《马克思恩格斯选集·第四卷》，人民出版社1972年版，第259页。

② 毛泽东著：《毛泽东选集·第一卷》，人民出版社1991年版，第322页。

③ 毛泽东著：《毛泽东选集·第一卷》，人民出版社1991年版，第312页。

④《马克思恩格斯全集·第三十卷》，人民出版社1995年版，第42页。

⑤ 毛泽东著：《毛泽东选集·第三卷》，人民出版社2009年版，第853页。

⑥〔美〕威廉·H.麦加菲著，龚勋编译：《美国语文课本》，汕头大学出版社2014年版。

学校选用，亦为国际英语教材，至20世纪60年代发行一亿两千万册，其中全部是单篇课文。其他课本入选的个案单篇经典，如格林童话之《灰姑娘》、契诃夫的《万卡》、莫泊桑的《项链》、马丁·路德·金的《我有一个梦想》，甚至中国古代孔融让梨的故事等，比比皆是。

就是多文本组合单元，跨时代的异类文本亦非占绝对优势，同类文本并不罕见。例如，美国多种课本选入林肯的《在葛底斯堡的演说》，同时选入了南方奴隶制军方最高领导罗伯特·艾德华·李给孩子的信，还有初期某些黑人反对林肯的文献片段。[①] 由于处于同一历史事件，矛盾就具有某种现成性：一方面，从政治历史上看，李是维护奴隶制、分裂国家的罪人，这已成共识；另一方面，他仍然是一个人，一个富有亲情的父亲，这仍然值得关注。故在普林斯顿大学校园中的南北战争纪念亭，纪念的是美国独立战争时期“双方”的战死者。在如此分析矛盾的基础上，才能综合出全组课文的“大概念”：把“人生而平等”的价值观念发展到“人死亦平等”。

其次，笼统地把大单元/大概念阅读当作欧美的先进模式，缺乏起码的调查。就眼下的情况，笔者无法对美国的教学作全面调查，唯一可行的是做少量的随机抽样分析。例如，加州硅谷一中学的语文教学，其九年级的课本是莎士比亚的《暴风雨》，桑德拉·希斯内罗丝的《芒果街上的小屋》，前者的教学重点为“殖民主义的理由和要素”，后者是“阶级和性别的划分”。十年级，老师只告诉学生这学期要“分析”哪几本书，重点是《弗兰肯斯坦》。本年度的核心主题（Core Theme）是“语言与力量”（Language and Power）。老师每周更新一下学习内容。教学的基本方法是不同主题个案的分析，在此之上，有一个核心主题作为指导原则，而不是大单元/大概念的无主题的综合。

最后，当然无法排除美国某些学校按大单元/大概念组合模式教学，问题在于实践效果如何。1992年，笔者听过美国总统老布什的演说，他认为美国的孩子在阅读和计算能力方面落伍，希望到下个世纪能够进入世界前列。但是，在近年国际学生评估项目（数学、科学和阅读能力、解决问题的能力）中，美国学生仍然落后于中国、韩国、日本、新加坡、荷兰等国的学生。

即使大单元/大概念组合模式在美国某些学校具有特效，是不是就可以原样照搬到中国呢？任何一种学术产生于特定的文化历史土壤，都蕴含着原生文化基因。将其移植到本土，当地的传统文化基因必然会与其产生矛盾。对于这一点，美国理论界倒是很有自觉。被我国文论界奉为圭臬的美国理论家J.希利斯·米勒对20世纪60年代以来从欧洲大规模引进的理论所进行的反思，相当警策：

---

① 马浩岚编译：《美国语文：美国中学语文教材编译》，同心出版社2004年版。

理论并不如一般人想象的那么“超脱大度”（impersonaland universal），而是跟它萌发生长的那个语境所具有的“独特时、地、文化和语言”盘根错节、难解难分。又如，在将理论从其“原址”迁移到一个陌生语境时，人们不管费多大的劲总还是无法将它从固有的“语言和文化根基”完全剥离。那些试图吸收外异理论，使之在本土发挥新功用的人引进的其实可能是一匹特洛伊木马，或者是一种计算机病毒，反过来控制了机内原有的程序，使之服务于某些异己利益，产生破坏性效果。①

美国学者为文化特洛伊木马的可能入侵而忧心，对其文化可能被欧陆文化同化甚至格式化充满了危机感。美国和欧洲在语言方面同属印欧语系，文化渊源同为基督一神论教义，尚且有如此高的警惕性，我们的文化与美国文化从根本上不同源，岂不是应该有更高的警惕性吗？

三

其实，纵观千年文化史，我们吸收外来文化，并不是照搬照抄的。如佛教禅宗，不惜以几百年的工夫摆脱了印度佛学概念的烦琐辨析，创立了不立文字、不落言筌、明心见性、拈花一笑，胜过万语千言，文盲也能顿悟的中国流派。纵观百年中国现代史，引进马克思主义改变了中国，在付出了极大代价的同时，批判了照搬洋教条、党八股，发挥了实践的纠错机制；中国也改变了马克思主义，先是发展出农村包围城市，接着发明了社会主义市场经济。没有这样的创造性改变，一味教条主义地照搬，中华民族不可能实现今日的伟大崛起。

中国教育要崛起，不能照搬任何现成的外来理论，而是要分析、批判外来的理论，剥离其原生的文化基因，将其与中华优秀传统文化相结合，劣势排异，优势互补，创造出中国学派教育理论。

当然，这绝不意味着闭关自守，抱残守缺。美国课本的单元设置有其合理内核，如果加以精心改造，的确有可能改变学生被动接受的状况，调动其主体积极性。但是，最为可取的并非跨时代、跨文体形式、跨价值的异类组合，而是以同类文本的具体分析为基础。如前所述，把林肯《在葛底斯堡的演说》与南方战败的李将军给女儿颇富亲情的信合为一组，之所以具有经典性，表面看来是因为其属于同一母题，相同性是现成的，可比性是显而易见的，同中求异的分析则顺理成章。

① 刘亚猛著：《理论引进的修辞视角》，《外国语言文学》2007年版第2期。

更重要的是，文本组合的各部分并不像大单元 / 大概念那样相互并列，而是以《在葛底斯堡的演说》为核心，李将军的信作为文章并无经典性，其功能仅是作为陪衬，开拓学生在价值观念上的视野。《在葛底斯堡的演说》语言精练、风格简洁，与百年后马丁·路德·金《我有一个梦想》的抒情鼓动、排比修辞形成鲜明的对照。语文课程所要培养的语言文字驾驭能力、审美价值观念等方面的素养，只能在这样的具体分析中得以落实。

从理论上说，此类组合方式属于同类比较。其优长在于：一方面，可比性是现成的、内在的，不但便于分析，而且也易于聚合。这种聚合并不是单纯的统一，而是同中有异，同一母题中包含截然相反的信息，构成不言而喻的矛盾，以强烈的反差激发分析的冲动。另一方面，单元文本不是散漫的并列，而是由中心文本作为核心，构成文体和风格等方面的聚焦点。

异类文本并非绝对不可聚合，但是要聚合，必须提高抽象度。这里涉及哲学上的异和同、抽象度与内涵丰富性相矛盾的问题。

黑格尔说："假如一个人能看出当前即显而易见的差别，譬如，能区别一支笔与一头骆驼，我们不会说这人有了不起的聪明。""显而易见的差别"，系不同事物（文本）的整体直觉，毫无联系，无从思考。黑格尔进一步说："我们所要求的，是要能看出异中之同。"[①]在现象层次，异中无同。为什么要在异中求同呢？思想的起点乃是抽象，抽象的功能乃是在不同的对象中提炼出同（普遍性），舍弃其异（特殊性）。例如，一支笔与一头骆驼都是物，笔为人创造，骆驼为人驯服，同样为人服务，异中就有了同。这是间接的同一性。高度抽象的功能抽掉了事物的特殊性，使人得以思考，但是也付出了代价：牺牲了笔之所以为笔、骆驼之所以为骆驼的特殊性。抽象度越高，牺牲的特殊性越多。因而黑格尔还要求"同中之异"，举"橡树与槐树，或寺院与教堂"为例[②]，二者之异中有同是显而易见的，橡树与槐树同为乔木，寺院与教堂同为宗教殿堂。可比性是现成的，牺牲的特殊性（相异性）比较少。同中求异比之异中求同，也就是具体分析，无疑使思维更具主动性的突破功能。

世间万物的原生状态皆异，最极端的说法是没有两片相同的叶子。自然科学必须抽象掉叶子的不同，仅以相同性相加才可得出其和为两片叶子。异中求同的抽象度越高，丧失的特殊性越多。对于自然科学，特别是数理化来说，抽象程度达到公式化、数据化，是生命所在。但是，对于人文学科中的语文，特别是文学来说，过度牺牲具象的特殊性，危及了作品的生命。

大单元以不同时期、不同价值观念之异类文本组合作整体聚合，属于异中求同。跨越

① 〔德〕黑格尔著，贺麟译：《小逻辑》商务印书馆 1957 年版，第 362 页。

② 〔德〕黑格尔著，贺麟译：《小逻辑》商务印书馆 1957 年版，第 362 页。.

历史、地域、文体、价值等的巨大之“异”，因其缺乏现成之同作为可分析的基础，无从直接综合概括，不能不提高抽象度。抽象度越高，越倾向于普遍的概念化。对于语文学科来说，越是概念化，形象越是成为概念的图解，情志的审美价值和形式内涵积淀，越是容易遭到抽空。

统编高中语文教材必修下册第五单元选入马克思《在〈人民报〉创刊纪念会上的演说》、恩格斯《在马克思墓前的讲话》、李斯《谏逐客书》、林觉民《与妻书》四篇文章。大单元论者将之聚合为“实用性阅读与交流”学习任务群，附属于“社会交往类”。从形式逻辑来说，显然概括过宽，内涵空泛。一切口头交谈、文字交流、广告、绘画、歌曲，甚至身体动作、喜怒哀乐的表情等均具有“社会交往”性质。聚合概念的外延与内涵成反比，外延越广，则内涵越小。从哲学来说，特殊性大于普遍性，普遍性均寓于特殊性中。例如，吃了苹果、香蕉、梨子、樱桃，大致可知何为水果，而仅仅知道水果的概念，则无从得知苹果、香蕉、梨子、樱桃的滋味。从这个意义上说，概念越大，内涵越小。那么，大概念是不是有可能陷入小概念的危险呢？

依大概念聚合原则，进一步将此单元综合概括为“演讲、书信的实用性、针对性，关联着表达方式、策略的选择”。四篇经典之作，以“实用性”概括，则显然概括过窄，聚合不周。一般的实用性文体特点乃是就事论事，但马克思、恩格斯的演讲目的并不在号召听众立即投入革命，而是对马克思主义全部理论和马克思的毕生革命实践作简明的阐释：从宏观上，分析资本主义的内在矛盾在于生产力高度发展，异化为工人阶级的贫困化，注定了它必然走向反面，革命高潮必然到来。恩格斯的演说，一方面是陈述马克思作为学者的划时代的伟大发现“剩余价值”，物质生产构成社会基础，政权、法律、艺术以至宗教观念则是为基础所决定的上层建筑；另一方面是对革命家马克思的一生进行热情的赞扬。所有这一切，其意义并不限于立竿见影的实用性，而是启发听众从自发性向理性的自觉提升，这将是在未来的实际生活中潜移默化的过程。至于说“针对性”，乃是一切文章起码的出发点。马克思演说的针对性在于，1848 年以后，欧洲革命陷入低潮，为唤起民众，站在历史发展的必然的制高点上，以宏伟的视野，将理论的严密性与话语的鼓动性结合起来。对听众的影响将是潜移默化的，与就事论事、立竿见影的实用性追求不可同日而语。

大概念的“实用性”在逻辑上还有明显的疏漏。林觉民的书信就充满了超越实用性的抒情：

> 吾今与汝无言矣。吾居九泉之下遥闻汝哭声，当哭相和也。吾平日不信有鬼，今则又望其真有。今人又言心电感应有道，吾亦望其言是实，则吾之死，吾灵尚依依旁汝也，汝不必以无侣悲。

这样的希望是超现实的，但是，情感的美超越实用理性，更能表现精神的崇高。将之概括为“社会交往”的“实用性”，先烈慷慨献身之壮烈豪情与儿女柔情都被抽象一空。

以大概念将李斯的《谏逐客书》和林觉民的《与妻书》聚合为一般社会交往的书信，更是不妥。李斯此文始见于《史记·李斯列传》。原文是“李斯乃上书曰”，其下并无标题；《昭明文选》题作《上书秦始皇》，将之笼统归入“书”一类文体。实际上与一般书信不同，《文心雕龙·书记》云：“秦、汉立仪，始有表、奏。”就是说，“书”这种笼统的说法已经不够用了，给帝王的书分化为“章、表、奏、议”。李斯的“书”实际上属于“章、表、奏、议”一类最高政治级别的呈文，将之与林觉民《与妻书》的私人书面遗言统概括为“书信”，实乃大误。

李斯为“书”之际，已在被放逐途中。欲使秦王收回成命，复其官职。旨在反驳秦王驱逐非秦国的人才之决策，须有强烈的雄辩性。但直言批判可能招祸。战国时期最流行的是游说之士的巧喻曲意，然仓促之间，形格势禁，在比喻上兜圈子，贻误时机。故所妙在直接反驳与间接委婉之结合。字面上的锋芒指向臣下，实质是指向秦王。所据乃秦国史实，系统总结从落后小国走向统一天下的前景，皆为用客卿之功。不仅从正面总结，而且从反面陈述，若拒客卿而不用，则国不可富强，统一无望。论据丰富饱和，排比系统，略用赋体而略减其过度铺张。最后直言：“此非所以跨海内，制诸侯之术也！”直接批评秦王，又站在秦王立场上，可谓刚柔相济。故学者将此文定位于上接战国纵横家辩驳之风，下开“汉赋之先声”。而《与妻书》则系直接抒情，无须任何论证，后果之严重，亦毋庸讳言。

说到“针对性”，《谏逐客书》的“谏”针对个人，然而马克思、恩格斯针对的是听众，则作正面系统的理论阐释，带着强烈的鼓动性。将二者迥然相异的风格，硬性归结为“演讲、书信的实用性、针对性”，在逻辑上属于无类比附，内涵贫乏苍白，失去聚合意义的功能。

大概念不能从文本内部做严密的概括和分析，乃从外部设置情境，另行规定“任务驱动”，表面上似为涵盖面之求同，实质在逻辑上是以偏概全，甚至碎片杂糅，凌空蹈虚。例如，传统经典散文的“论”和“说”、“章”和“表”、“志”和“记”在审美、审智方面间不容发的区别完全被抽象一空，但是这一切都是文章的特殊性所在。脱离了特殊性的分析，光凭大概念，“语言建构与运用”“思维发展与提升”“审美鉴赏与创造”“文化传承与理解”等核心素养将无从聚合。

论者引用威金斯和埃里克森提出的“大观念”作为“透镜”“聚合器”的功能，即把离散的事实和技能聚合起来，形成意义。把《劝学》《师说》《反对党八股》《拿来主义》合为一组，“不囿于一时一事，而是站在历史文化的高度，分析问题的根源，指出问题的本质，抽丝剥茧、刨根问底，具有高度的理论概括性，于是就有了超越历史的思想意义和实践价值”。这样的论断，有武断之嫌。难道这几篇文章不这样组合就没有历史和现实的意义吗？很明显，马克思的演说，恩格斯的讲话，林觉民的《与妻书》，李斯的《谏逐客书》，各自独立时就具备经典的不朽意义，将之仅仅归结为“演讲、书信的实用性、针对性”，不但建构不了意义，而且失去了意义。其实，《反对党八股》所批判的全搬洋人书本、奉为绝对真理、脱离实际的教条主义，与照搬“大观念”、不加以分析批判、奉为圭臬，二者在世界观和方法论上一脉相通。

四

回避从客观文本出发，脱离文本，作主观随意性的“任务驱动”，在高考作文命题中也有所表现。如2022年北京卷的作文命题：

> 古人说，“学不可以已”，重视学习是中华民族的优良传统。在当代中国，人们对学习的理解与古人有相同之处，也有不一样的地方。请以“学习今说”为题目，写一篇议论文。可以从学习的目的、价值、内容、方法、途径、评价标准等方面，任选角度谈你的思考。

其实“学不可以已”出自荀子《劝学》。相关的一段文字是：

> 君子曰：学不可以已。青，取之于蓝，而青于蓝；冰，水为之，而寒于水。木直中绳，以为轮，其曲中规。虽有槁暴，不复挺者，使之然也。故木受绳则直，金就砺则利，君子博学而日参省乎己，则知明而行无过矣。

命题者改为“古人说”，把“学不可以已”孤立出来，把任务强行指向古今学习的“目的、价值、内容、方法、途径、评价标准”，这样不但不能驱动思维，反而让不少教师感到茫然。问题出在哪里？

题目明确指出古人与今人的学习有相同之处，也有不同之处。在此基础上谈“学习今说”，就要把古人和今人学习的同与不同先梳理清楚才有可能。也许，这就是所谓现实的“针对性”。但仅仅是切实地厘清古今学习之同这一点，所需学养就不是考生甚至教师所能具备的。针对性如此架空，原因在于对经典文本缺乏起码的分析。

从文本出发，不难看出荀子《劝学》阐释为学之道：第一，要“博学”；第二，青出于蓝而胜于蓝，为学当超越所学；第三，如何超越；第四，最主要的不但在博学，还要实践。“君子博学而日参省乎己，则知明而行无过矣。”博学要联系自己，每天都要反省自己，提高自己的智慧、道德品位，青出于蓝而胜于蓝。这还限于内心的修养，更深刻的是“知明而行无过”，内在的智慧、道德品位提高，外在的行为才不会犯错。这里提出了“知”与“行”的关系，这是文本矛盾的核心，正是中国哲学史千年积淀的对立统一的基本范畴。《中庸》曰：“博学之，慎思之，明辨之，笃行之。”博学只是出发点，最高的目标是“笃行”。中国传统哲学把“学”和“行”作为对立统一关系来思考。对立面之中，何为主导，讨论千年不倦。《尚书·说命》曰：“非知之艰，行之惟艰。”孙中山则认为：“行之非艰，知之惟艰。”其间还有王阳明的“知行合一”论：“知者行之始，行者知之成”（《传习录》）。故有“破山中贼易，破心中贼难”（《与杨仕德薛尚诚》）之说。中国传统文化的深刻性就在于并不孤立强调学的无限性，而是把学和行或者知和行（理论和实践）在矛盾中统一，行（实践）是主要方面。这几乎成了文化精英的常识，陆游就有诗云：“纸上得来终觉浅，绝知此事要躬行”（《冬夜读书示子聿》）。

就辩证法的宇宙观而言，自然、社会、思想皆在不断运动变化，其发展的动力在于内部矛盾，外部矛盾只是转化的条件。毛泽东在《矛盾论》中说，温度可以使鸡蛋变成小鸡，不能使石头变成小鸡。“学不可以已”不是绝对的，与“学可以已”在矛盾中统一。学到一定程度，就相对“可已”了。例如学制三年或者四年，成绩合格，我们叫作毕业，美国大学毕业典礼却叫作 commencement，这是个非常正规的文雅词语，意为“开始”，也就是说，一方面学业结束，另一方面开始投入工作。表面上并不是学习，从另一种意义上而言，学以致用也是学习。黑格尔说，对于学游泳者，教练不管讲得多明白，游泳者还是要喝水，游泳只能在游泳中学好（《小逻辑》）。毛泽东说：“读书是学习，使用也是学习，而且是更重要的学习。从战争学习战争——这是我们的主要方法。”[①] 从这个意义上说，学习和实践是统一的。实践是历史性的，是无限的，而学习是相对有限的，是有限和无限的统一，是“不可以已”和“可以已”阶段性的统一。前人实践的经典，成为学习的书本，但是“尽信书，则不如无书”（《孟子·尽心下》）。这里的“书”特指《尚书》，后泛指一般的书籍。而实践则用来检验和批判所学，发展出新学说。这就是学和行，读书和实践在螺旋式上升中统一。故毛泽东《实践论》的副题乃是“知和行的关系”。高中语文教材里选入了毛泽东的《人的正确思想是从哪里来的？》，就根本而言，知识、学问、思想不是从天上掉下来的（客观唯心论），也不是脑袋里固有的（主观唯心论），而是从实践中，也就是从“用”或者“行”中得来的。学和行的矛盾统一，行是主要方面。

这是认识论的世界观和辩证法的方法论的根本问题。对古典文论的知与行，现代哲学的理论与实践之间的辩证关系学养的缺失，造成了对外国理论的迷信，表现为幼稚地以为

① 毛泽东著：《毛泽东选集·第一卷》，人民出版社 1991 年版，第 181 页。

理论可以证明理论；更幼稚的是，以为外国理论似乎是凭空由几个理论家建构的，而不是历史发展的产物。其实，美国这种教育理论，是西方文论面临一定历史瓶颈的必然结果。大概念的教育理论萌芽于20世纪60年代以后，从“要领概念”“基本概念”“特色概念”萌芽，到20世纪末威金斯、麦克泰格、埃里克森、兰宁等学者比较完整的论述，正是西方文论在文本分析上陷入困境、发生空前危机的时期。

从20世纪60年代美国新批评走向衰退以后，西方诸多流派皆坦言对文学作品的解读无能为力。韦勒克和沃伦就在他们著名的《文学理论》中宣告：“多数学者在遇到要对文学作品作实际分析和评价时，便会陷入一种令人吃惊的、一筹莫展的境地。”[①] 此后五十多年，西方文论走马灯似的更新，形势并未改观，李欧梵教授在“全球文艺理论二十一世纪论坛”的演讲中勇敢地提出，西方文论流派纷纭，本为攻打文本而来，旗号纷飞，各擅其胜，结构主义、解构主义、现象学、读者反应、新马克思主义、新批评、新历史主义、女性主义等，各路人马“在城堡前混战起来，各露其招，互相残杀，人仰马翻”，“待尘埃落定后，众英雄（雌）不禁大惊，文本城堡竟然屹立无恙，理论破而城堡在”[②]。苏珊·朗格早在《情感与形式》中开宗明义坦然宣告，她的著作“不建立趣味的标准”，也“无助于任何人建立艺术观念”“不去教会他如何运用艺术中介去实现它”；所有文学的“准则和规律”，在她看来“均非哲学家分内之事”，“哲学家的职责在于澄清和形成概念……给出明确的、完整的含义”[③]。美国资深文学批评权威希利斯·米勒甚至声言“理论与阅读不相容”[④]。更有甚者，乔纳森·卡勒说文学理论的任务并不在文学，而在质疑文学本身的存在[⑤]。这说明，在文本阅读方面，他们虽不明言败北，但坦然宣告弃权，转向文化批评、意识形态阐释。其特点乃是绕过文学，绕过审美，绕过个案的细胞形态的分析，拓展思想文化的批判

① 〔美〕勒内·韦勒克、奥斯汀·沃伦著，刘象愚等译：《文学理论》，江苏教育出版社2005年版，第155—156页。

② 李欧梵著：《世纪末的反思》，浙江人民出版社2002年版，第274—275页。其实，李先生此言也似有偏激之处，西方大师也有致力于经典文本分析者，如德里达论乔伊斯的《尤利西斯》、卡夫卡的《在法的门前》，罗兰·巴特论《追忆似水年华》《萨拉辛》，德·曼论卢梭的《忏悔录》，米勒评《德伯家的苔丝》，布鲁姆评博尔赫斯等。但他们微观的细读往往指向宏观的角度演绎出理论，比如德里达用两万多字的篇幅论卡夫卡仅有八百来字的《在法的门前》，解读象征寓言的同时，从文类、文学与法律等宏观方面作了超验的演绎，进行后结构主义的演绎书写。其主旨不在文学文本个案审美的唯一性。

③ 〔美〕苏珊·朗格著，刘大基等译：《情感与形式》，中国社会科学出版社1986年版，第1—2页。

④ 〔美〕J. 希利斯·米勒，王敬慧：《J. 希利斯·米勒致张江的第二封信》，《文学评论》，2015年第4期。

⑤ 〔美〕乔纳森·卡勒著，李平译：《文学理论入门》，译林出版社2008年版，第10页。〔英〕特雷·伊格尔顿著，伍晓明译：《二十世纪西方文学理论》，北京大学出版社2007年版，第11页。

的境界。不可否认，他们在这些方面取得了相当高的成就，可谓为欧美开一代文风。但是在文本解读具体分析方面，他们的弃权留下了空白。

西方的文化哲学理论在世界性影响方面遥遥领先于教育理论。教育界不能独立建构自身的阅读理论，只能尾随文论界绕过个案文本解读，“大概念”之说应运而生，力图在文本以外，以“大观念”作为“透镜”“聚合器”，“形成意义”。其结果事与愿违，并没有像文论界那样以显赫的声势得到世界学界相当广泛的响应。在欧洲许多国家，在日本，在中国台湾、香港地区，学界均保持礼貌性的沉默。

我们此番的引进，从最积极的意义上说，表现了国人改革的勇气，但是也面临着极其艰巨的挑战。世界上没有绝对完善的，没有任何缺失、任何局限的理论。但是，局限性有两种：一是理论本身逻辑上的不合思维规则，这是不足为虑的；二是历史发展不平衡带来的片面性，这种片面性具有历史的深刻性，可能是进步的阶梯。大单元/大概念的引进，强烈地冲击了接近固态的旧思路，提供了新思路。这种新思路表现在强调并推动学生行动起来，既具有某种逻辑上的欠缺，又可能具有历史发展上的深刻。从这个意义上说，大单元/大概念是不是有希望推动基础教育改革进入新的阶段？这种可能性不能排除。但是，从西方和东方的实践来说，也可能是过分乐观。

中国的教育传统和现状与西方很不相同。王荣生教授就认为：“课文教学是我国语文教学长期实施的教学模式和教学方法。对课文教学的利弊得失，需要认真总结经验教训。是否要一概改为单元教学？”“以单篇课文为基本单位进行课文教学，在可预见的将来，将依然是我国语文教学的主要模式和教学方法。”[①]这种学者的谨慎却被视为站在“对立面”。其实，王荣生教授所说的课文教学模式，具有长期的非常丰厚的实践经验，不但应该尊重，而且应该加以继承发扬。

单篇课文教学从叶圣陶的《文章例话》开始，数十年以来，几代一线教师，如钱梦龙、于漪、洪宗礼、王崧舟、黄玉峰、王栋生等，已经积累了相当独特的基础，经典课例层出不穷。王荣生就像阅读经典文本一样把其中最精粹的集中起来，完成了一部很有影响力的著作《听王荣生教授评课》。新时期，特别是20世纪初以来，单篇教学的研究文章和专著可谓纷至沓来。而在阅读理论方面，我们并没有像西方人那样轻率放弃，早在2004年就有了龙协涛先生的《文学阅读学》，2015年笔者与助手孙彦君也出版了《文学文本解读学》。这一切本来应该是“大单元/大概念”植根中国的历史阶梯，但是，后者突然从西方降临，似乎有改弦易辙之势。这就不能不引发一线教师和学人的忧虑。

① 王荣生著：《事实性知识、概括性知识与“大概念”——以语文学科为背景》，《课程·教材·教法》，2020年版第4期。

当然，本来我们并不指望世界上有绝对完美无缺的理论，引进理论的优长与局限同在，这是规律性的。笔者在本文前面历数大单元 / 大概念的种种不足，诚实地说，并不能确定究竟是其理论本身的先天不足，还是吾人在运用中的误读，单纯以理论批评只能提供一种并非杞人忧天的预警。

在可以预见的未来，西方文化土壤的特殊基因与中国传统文化基因的矛盾、冲突必然不断显现。双方文化历史与现状相互矛盾、摩擦、转化、融合将是一种类似转基因的世纪工程，难以想象的挑战将层出不穷。一代国人的智慧将面临经验升华和纠错机制的历史性考验。眼下充其量还处在摸索第一块石头的初级阶段，矛盾的端倪已经纷纷显现。在这改革的初期，即使有所偏颇，有所失误，但是那歪歪斜斜的脚印，其实从另一种意义上说，也提供了山重水复、柳暗花明的启示。

当此之时，吾人应以补天的心态，在实践中探索，在理论上争鸣。一方面，警惕盲目性，预防负反馈的恶性递增；另一方面，将成功经验概括为理论，推动正反馈的良性循环。在这样的过程中，结束百年来对西方教育理论洗耳恭听的民族自卑心态，以新时期的民族文化自信、自尊、自豪与西方权威进行平等对话，敢于说不，敢不买账，以期在未来历史实践中，在教育理论领域里竖起中国学派的大旗，呼啦啦飘扬于世界学术之林。

欣逢百年历史巨变之时，改变中华文化弱势之机，一代学人能否确立实践真理的世界观和辩证方法论，坚定继承与批判传统以及外来教育理念，关乎国运前途。吾人任重道远，自当开放而不自卑，博学而不自恋，脚踏实地，步步为营，课课为营，以艰苦卓绝精神，意气风发，承担起文化自强的崇高历史使命。当然，改革不可能如在高速公路上风驰电掣，吾人应有艰难曲折地不断跋涉的心理准备。

再论“大单元 / 大概念”：理论方法和战略前途

一、科学范畴还是人文范畴

号称“大单元 / 大概念”，但是，关于其外部和内部关系，并未有必要的、系统化的澄明。

第一，大单元 / 大概念横空出世，其与百年来的教学传统，特别是近二十年来基础教育改革的关系如何？这是个不可回避的关键问题。

一种说法是：其与传统的单元教学“在学习目标、知识形态、教学方式、情境任务设计、课程资源利用等方面‘迥然不同’”。[①]这种定位就很值得质疑。既然改革是历史的新阶段，那凭什么对百年语文教学，特别是对近二十年来基础教育理论经验的积淀全盘格式化？难道中国教育面临的难题，答案全在外来的大单元 / 大概念理论之中？实施“休克”疗法，就是中国语文教育可凌空起飞的唯一出路？

毛泽东《改造我们的学习》一再强调，中国革命的特殊规律，就是马列原著中也没有现成的答案，它存在于中国的现状和历史中。教条主义者，对现状没有系统的、周密的调查研究，对于历史，“还是漆黑一团”，“言必称希腊，对于自己的祖宗，则对不住，忘记了”，“对于自己的历史一点不懂，或者懂得甚少，不以为耻，反以为荣”[②]。

毛泽东在《人的正确思想是从哪里来的？》中反复说明，一切理论都来自实践，又要回到实践中反复检验，经过证明和纠错，才具有真理性。大单元 / 大概念并未有异国实践

---

① 以下此类所引甚多，皆出于公开发行的报刊，作者均为有作为者，为避免伤害性，省略作者及出处。

② 毛泽东著：《毛泽东选集 · 第三卷》，人民出版社 1991 年版，第 797 页。

成功经验，在本土实践中更必须经受检验和批判。

第二，“知识”“碎片化”的内涵是什么？

一种说法是：一篇篇课文只存在浅显的关联，不能深度组织起来，是“碎片化”的“知识”；“大观念”像“透镜”（按：当为凸透镜）一样，具有“聚合”功能，“把离散的事实和技能‘聚合’（或整合）起来，形成意义”，“与传统课程要素相比，内涵有了新的变化”，“新的意义”。

这个说法在基本概念上存在着太大的混淆。单篇课文并不是“知识”。《中国大百科全书·教育》中的“知识”条有这样的表述：“就它反映的内容而言，是客观事物的属性与联系的反映，是客观世界在人脑中的主观映象”“表现为关于事物的概念或规律”，这就是“理性的”“科学知识”，是人类的共识。而语文课文，除了极少量的科学小品，绝大多数是文学作品，系人文性文章。其审美/审智价值，具有很强的个人化性质，与自然科学“知识”的理性共识属于不同价值范畴。

为什么会对基本范畴有所混淆呢？因为来自异域的“大概念”理论并不仅仅限于语文，还涵盖着数、理、生、化等自然科学；概而言之曰“知识”，明显不准确，遗漏了语文课程特殊的人文性内涵，在逻辑上属于以偏概全。

为什么西方权威学者在逻辑概括上竟发生这样低级的错误呢？因为他们的哲学基础乃是解构主义，解构的对象就是真理、本质，去真理、反本质是他们的纲领。说得最直率的是理查德·罗蒂，“真理是被制造出来的，而非被发现到的。”[①]这话说得太绝对了，他们不得不作出一点退让，即自然科学的“知识”例外，它们是具有客观的真理性的。

从属于欧美哲学的西方教育学，抓住了自然科学的真理性，扩而大之，涵盖全部课程，以自然科学的“知识”客观性为准则看人文性质的语文课程，乃断言没有本质，没有真理，都是“碎片”。

大概念论者照搬时，没有发现其中的虚弱。其根本原因乃是，对大概念的哲学背景——解构真理和本质，缺乏基本的了解。其实，解构主义的真理“制造论”，其学理基础是建筑在沙滩上的。用西方论辩术中的“自我关涉”法并不难反诘：阁下所言“真理是被制造出来的”，本身是不是真理？如果是，顺理成章，那也只是阁下制造的；如果不是，则只能承认真理并不是被制造的。

当大概念论者振振有词地说，单篇课文是“碎片化的知识”时，他们没有意识到：第一，语文课本中人文性质的文章和文学经典并不属于自然科学的“知识”，用自然科学的“知识”（大概念）来整合人文作品，自然凿枘难通。从辩证法的基础对立统一而言，综合

① ［美］理查德·罗蒂著，徐文瑞译：《偶然、反讽与团结》，商务印书馆2005年版，第4页。

与分析统一才是全面的，单纯强调综合，则必然导致片面、表面。第二，人文性质的文学经典自有其内在和外部的、逻辑和历史的系统。即使从感性经验来看，“碎片论”也根本违背最起码的常识。

课文大都是经典，不论是文学审美的经典还是审智的经典，都是独特的创造，精神的升华，标志着一个历史时代的智慧、情感和语言的高度结晶。其之所以能够入选语文课本，是因为经受了历史淘洗后仍然保持着鲜活的生命，即使与当时紧密相连的意义消失了，但经典并没有贬值，经典文本是文化、艺术形式最成熟的形态，其审美、审智的历史积淀具有某种超越历史的性质。如唐诗、宋词中的精品，其意象、意脉、意境的有机结构，情志的水乳交融，仍能给千年以后的我们以艺术享受，甚至成为当代诗歌“高不可及的范本”①。

真正解读此类经典难度极大，西方文论大师乃宣告放弃。近二十年来，中国语文教学总结了美国“细读”、俄国形式主义“陌生化”拘于修辞的失败教训，对文本进行具体分析，孜孜不倦地探索，在理论和实践上都有不可忽视的成绩。当然，一些老师也产生了“过细”的质疑，但其问题不在于分析过细，而在于不知何谓具体分析。不少解读，对分析的认识还停留在分段的基础上，即便新引进的布卢姆的“分析”——把“材料”（事实）分解成它的组成要素，从根本上说也只是形式逻辑的外部划分，如将人体分为头部、躯干、四肢，将乔木分为根、茎、叶、花、实。外部的分类是表面的、静态的，属于初级思维。而辩证法的分析乃视一切事物都在运动、发展、变化，其动因为其内在矛盾，所以分析的对象是内在矛盾，而不是外部分类。故大量所谓分析文章，不是抓住矛盾贯穿首尾的文脉（对诗歌来说是意脉）具体分析，而是纠缠于鸡毛蒜皮，过度阐释。这种过度阐释的根源是解构主义的“多元解读”，而多元解读的哲学基础乃是解构主义的去真理、反本质、无正误。纠正这种乱象，要从世界观和方法论上清源正本，而不是走向另一个极端，用号称“大概念”的“综合”“整合”来反对分析。

把一组不同时代、不同情志的作品统一（综合）起来，并不是一件很容易的事。运用自然科学的理性思维来作相对容易，比如对生物学科里的一个单元概括出这样的大概念：“生物的多样性和适应性，是进化的结果”，这个概念很大，以综合性、普遍性、规律性为旨归。这也就是黑格尔所说的异中求同。但是对于语文来说，似乎并不太适合，论者乃另辟蹊径，用“事实和技能”来整合。其实“事实”和“技能”仍然属于自然科学范畴。语文的经典文本是作者的创作，所据不是自然科学的“事实”。

① 参阅马克思在《政治经济学批判 · 导言》中所说：“希腊神话不只是希腊艺术的武库，而且是它的土壤。成为希腊人的幻想的基础”“困难不在于理解希腊艺术和史诗同一定社会发展形式结合在一起。困难的是，它们何以仍然能够给我们以艺术享受，而且就某方面说还是一种规范而高不可及的范本”。

有学者打圆场，将“知识”分为“事实性知识”“方法性知识”“价值性知识”，这并不适用于语文学科。在文学作品中，许多是“苦闷的象征”，并非“事实性知识”。如杜甫《梦李白》“魂来枫林青，魂返关塞黑”，李白《梦游天姥吟留别》“霓为衣兮风为马，云之君兮纷纷而来下。虎鼓瑟兮鸾回车，仙之人兮列如麻”，接着是“忽魂悸以魄动，怳惊起而长嗟。惟觉时之枕席，失向来之烟霞”，何来事实？南柯太守之黄粱一梦，何来事实？方法不是知识，是用来获得知识的，如实验方法，演绎方法，证明、证伪方法。“价值性知识”，起码审美价值乃客观“事实”之超越，系情感冲击感知之想象。李白笔下的“黄河之水天上来”“黄河落天走东海，万里写入胸怀间”，王之涣笔下的“黄河远上白云间”，都违背地理科学的事实。王维送别友人是“劝君更尽一杯酒，西出阳关无故人”，而高适送别朋友则是“莫愁前路无知己，天下谁人不识君”，就是因为不符合事实，才有强烈的审美价值。清朝黄生总结出诗的妙处就在于超越事实，“以无为有，以虚为实，以假为真”[①]。即便叙事文学，其性质也是虚构的。《西游记》中的女儿国，《镜花缘》中的君子国，于事实而言，皆是子虚乌有。就算叙事文学中有原始“事实”，也只是素材，作家按其精神秩序重新安排，取其相符者，弃其不合者，对相符者又以其价值标准（审美、审丑、审智）提炼，以独特个性进行同化，在形式规范下作想象的衍生，结果是“形质俱变”[②]。文学作品即使根据同样的素材，也以创造出不同性质、风格迥异、不可重复的作品为上。但对自然科学而言，则要经过反复实验作出同样结论。

这是两路功夫，属于两种价值范畴。

大概念还提出了“技能”（这仍然是自然科学话语，从语文课文角度来说，应该是“技巧”）。文本和作者的个性风格是水乳交融的，要从中分解出“技巧”来，就要将具体分析转化为还原和比较的系统方法。不讲究具体分析的操作方法，无异于把完整的作品进行形式逻辑的外部划分，肯定无缘于内在的矛盾统一以及有机转化，其结果只能是现象的“碎片”，而“碎片”正是大概念论者所要“整合”的。

大概念理论认为，单篇的文本只是“碎片”，只有经过大概念的整合才能产生“意义”或者“新的意义”。这就是说，单篇文本是没有意义的，或至少是缺乏意义的。这就涉及基本的学术观念和方法论问题。

---

① 黄生著，诸伟奇主编：《黄生全集 · 第四册》，安徽大学出版社 2009 年版，第 326 页。

② 王夫之等撰：《清诗话》，上海古籍出版社 1978 年版，第 27 页。类似的意思在吴乔的《围炉诗话 · 卷二》中，也有更为详尽的说明。

二、“碎片”，就不可能有整体意义吗？

个案分析是特殊的，但是其中蕴含着普遍性。二者对立，且处于统一体中。

没有完全抽象的普遍性，特殊性作为第一性的存在，普遍性只能寓于特殊性之中。抽象的人是不能直接存在的，甚至不是男人、女人、孩子、老人，而是一个个姓名、年龄、面貌、经历各不相同的人。人心不同，各如其面，并不是碎片。因为不同的心仍然是心，不同的面仍然是面。正是这种各不相同的个人中蕴含着人的普遍性。用马克思的话来说，人是能够制造工具，有目的地劳动的动物。人的劳动不是个体单干的，而是分工互助的，因而卡西尔补充说，人的特点乃是能够用声音的象征符号交流经验和思想。这就决定了研究问题不能从抽象的普遍性的概念出发，而要从具体的特殊性的存在出发。要研究水，并不需要拥有江河湖海里所有的水，只要“分析”一点纯净的水，就可以“综合”（整合）出天下所有的水皆是氢二氧一的结构。科学家只要用羊的少量细胞就可以克隆出一只羊来。高明的警察只凭借一滴血迹，甚至一抹唾液、一根头发，就可能确定罪犯。个体人的受精卵发育成胚胎就是生命从低级动物发展到人的过程。可见，个案分析是“综合”的基础。

对于科学如此，对于语文来说也一样。分析一个字，不但可以看出这个字的意义和结构，而且可以看到其中蕴含的文化、历史。例如“镜”，“竟”是表音的，“金”是表意的，说明镜子在古代是金属，诞生于青铜时代；尽管现代的镜子是玻璃的，但书面上仍然写作“镜”。再如“瓶”，“并”是表音的，“瓦”是表意的，说明在上古时代瓶子是土烧的瓦器。又如街道的“街”，两边是“行”，是表形的，指十字路口，当中的“圭”是表音的。现代汉语“街”读 jiē，而当中表音的“圭”读 guī。这说明在古代“街”的声母是 g，这种读音仍然保留在福州话、闽南话、上海话中。如果不是篇幅所限，笔者完全可以从一系列单个汉字分析出古代声母的 g、k、h，系统化地变成了现代汉语的 j、q、x。语言的“语”，言字偏旁表意，而“吾”表音，为什么读 yǔ，而不读 wú？“允许”的“许”读 xǔ，而“水浒”的“浒”则读 hǔ；毛泽东《蝶恋花 · 答李淑一》中“忽报人间曾伏虎，泪飞顿作倾盆雨”，用“雨”和“虎”来押韵，这是因为在古代 yu 和 wu 是同一韵部。单个字不是“碎片”，而是系统的语音发展中规律性的索引，只要彻底地进行具体分析，不难将语音历史发展的普遍规律揭示出来。

个案分析不仅仅限于语音，而且涉及文化。比如“奴”字，左边象形，代表一个女人受绑；右边是一只右手牵着绳子，意味着女奴。至今女字偏旁的字中有很多是贬义的，如妖、奸、妓、妒、嫉、婊，说明字义带着奴隶社会的痕迹。当时部落战争野蛮而血腥，物的生产和人的生产同样重要，男性俘虏一概被杀戮，女性留下来作为生孩子的工具；女性要逃亡，乃以绳缚之。当然，这是父系社会男权至上的产物。但更早以前，母系社会知母不知父，故“姓”字是“女”和“生”的会意。中国原始神话中，创造人的是女娲，而《诗经》中有姜嫄为始祖。故女字偏旁的字中也有很多是褒义的，如姝、婷、娘、媛、娴等。

单个字里聚焦着历史的发展和文化的普遍意义。要说大概念，这可是真正的大概念，这样的大概念就在一个个文字之中，个案的具体分析是普遍性综合的基础。不作个案的分析，即便“材料”摆在面前，也会视而不见。大而化之，凭感觉、印象得来的“大概念”对于真正的综合（整合）来说，不是文不对题，就是水浇鸭背。

上述内容仅为简单枚举，即可说明真理并不是被“制造”出来的，而是客观存在，是通过具体分析“发现”的。

三、文本不是平面的，而是三层次立体结构

从单个字来说是这样，对于经典文本而言就更是这样。以单篇经典文本作为细胞形态，进行特殊性的层层深入的具体分析，不难洞察其深邃的普遍性。以彻底的过硬分析，不仅可以揭示出其普遍性，而且可以梳理出矛盾推动历史发展的普遍性，如果要说“整合”，只能先从文本里分析出跨时代、跨形式、跨历史的规律。试以杜牧的《江南春》个案为例：

千里莺啼绿映红，水村山郭酒旗风。

南朝四百八十寺，多少楼台烟雨中。

诗写出来几百年以后，明朝有人提出：千里莺啼，谁能听得，千里绿红，谁能见得，若改成十里就真实了。又过了几百年，清朝人考证出，仅是梁代，就有寺庙 2846 所，南京有七百余寺。这样来看，诗中所写就更不真实了。但是，有人解释，就算改成十里也不一定能看得见、听得清。杜牧不过是觉得江南方圆千里，无处不是鸟语花香。虽然不真实，诗还是好诗。这就是说，诗句并不是科学的理性语言。王国维先生总结为“一切景语皆情语”。这个说法很权威，但是还不如清朝吴乔说得到位：情感冲击感知，客体就像米酿成酒一样“形质俱变”[①]了。这种真与假的矛盾统一，后来就用“意象”来概括。

但是，文本不是平面结构，而是三个层次的立体结构，意象群落只是文本的第一层次。

① 王夫之等撰：《清诗话》，上海古籍出版社 1978 年版，第 27 页。类似的意思在吴乔的《围炉诗话 · 卷二》中，也有更为详尽的说明。

文本的第二层次是意脉。宋朝梅尧臣有名言曰："状难写之景如在目前，含不尽之意见于言外。"就是这个言外之意，将意象群落统一起来，大肆营造寺庙楼台美景的梁武帝，在敌军兵临城下之时还沉迷佛道，结果饿死在台城（今南京）。《江南春》里的"言外之意"就是对中晚唐国运的隐忧。这是间接抒情。杜牧的"商女不知亡国恨，隔江犹唱后庭花"，则以直接抒情的方式表现出来。

文本的第三层次是形式。这几乎被东西方理论一概忽略，因为有一个权威理论为"内容决定形式"，故只满足于内容的分析。但是，形式不仅可以制约内容，而且可以按其法度同化、衍生、制造内容。歌德说："形式对于多数人是一个秘密。"[①]在形式层次隐藏着最深邃的艺术奥秘。

《江南春》的形式，属于唐人的近体诗，是当时的现代诗。其章法和句法有别于汉代的古诗，但又是对汉代古诗的继承和发展。汉诗无名作者的"明月何皎皎，照我罗床帏"，到了魏代曹丕笔下精练化为"明月皎皎照我床"。下句为"星汉西流夜未央"，在语法上，"星汉西流"是一个句子，"夜未央"是一个句子，两个语法句浓缩为一个诗句。

唐代近体诗中，这样的语法句与诗句的分化普及了，但是受到句中平仄交替、句间平仄相对的严格约束，格律之固定与情感语言之自由的矛盾，推动了诗句获得更大的创作自由。"千里莺啼绿映红"，从语法来说，"莺啼"是一个句子，"绿映红"又是一个句子，两个语法句浓缩为一个诗句。表面上仅仅是对语法句浓缩为诗句的继承，实际上，比之"明月皎皎照我床，星汉西流夜未央"，其节奏更具平仄起伏的变化。曹丕的诗在沈约讲究平上去入四声和四声合并为平仄之前，自发地合乎平仄交替的规律，但句间如果仍然是同样的平仄交替，节奏就会显得过分单纯，有单调之嫌。而在杜牧的诗中，上句是平仄交替，下句则平仄相对，在统一中有了变化，变得更加丰富。"水村山郭酒旗风"，看似随意并列，次序却不能交换，如改为"山郭、酒旗、水村风"，一来句子本身有"山旗村风"四个平声，二来与前句的平仄就不相对了。语法句浓缩为诗句相当普及，至今耳熟能详的有杜甫的"风急 / 天高 / 猿啸哀，渚清 / 沙白 / 鸟飞回"，李白的"我歌 / 月徘徊，我舞 / 影零乱"，孟浩然的"野旷 / 天低树，江清 / 月近人"等等，这是中国诗歌艺术举世无双的创造。如果是欧美诗歌，两个句子并列，不符合语法，是不通的。最简单的办法就是在当中加个连

① 据赖瑞云考证，歌德这段话出自其《关于艺术的格言和感想》。朱光潜译为："材料是每个人面前可以见到的，意蕴只有在实践中须和它打交道的人才能找到，而形式对于多数人却是一个秘密"（朱光潜《西方美学史・第十三章・歌德》，人民文学出版社 1979 年版）。宗白华先生译为："文艺作品的题材是人人可以看见的，内容意义经过一番努力才能把握，至于形式对大多数人是一个秘密"（宗白华《美学漫话》，长江文艺出版社 2008 年版）。朱光潜在《西方美学史》中对此段话解释说："材料，即取自自然的素材；意蕴，亦译为'内容'，指在素材中见到的意义；形式，指作品完成后的完整模样。"似乎与歌德的原意略有出入。

接词，如 and、while、when、that、after、before 之类，稍稍严密一点，就是把两个或者三个句子转化为一个复合句，以一个句子为主，其他一两个句子用介词或关系代词使之成为主句的从属子句。

近体诗更深刻的发展是，诗句完全突破语法，出现了“水村 / 山郭 / 酒旗 / 风”这样的句型，四个意象并列，省略了语句所必要的谓语，不成句子了，但是并没有成为“碎片”。四者并列，由于性质的同一性，为读者留下了更大的想象空间，成为更加精练的诗句。语句服从诗句，句法不完整的意象并列成为唐诗艺术又一举世无双的发明，很快普及，成为诗语精练的普遍原则，留下太多不朽名句，至今国人耳熟能详，如“葡萄美酒夜光杯”“秦时明月汉时关”“鸡声茅店月，人迹板桥霜”，到词里则有“一曲新词酒一杯，去年天气旧亭台”“将军白发征夫泪”。在元代散曲中则有“枯藤老树昏鸦，小桥流水人家，古道西风瘦马”。这种诗句艺术发展到极端，清朝陈沆写出了《一字诗》：

一帆一桨一渔舟，
一个渔翁一钓钩。
一俯一仰一场笑，
一江明月一江秋。

陈沆在中国诗歌史上算不上大诗人，这首诗也算不上神品。整首诗没有一个语法句，没有动词，没有连接词，没有介词，但是没有成为“碎片”，就是因为符合形式的规范，言外之意的脉络能将之统一起来，不着痕迹地构成圆融的意境。如此“不着一字，尽得风流”的杰作，若用“大概念”，用“知识”“技能”，用布卢姆的“分析”来“整合”，其结果只能是把水乳交融的意境拆成一地鸡毛。

上千年精绝的艺术神品，到了二十世纪，惊艳了美国一群大诗人。他们为其命名为“意象叠加”，由此产生了意象派，影响了美国三代诗人。①

其实，美国诗人用意象概括中国古典诗歌艺术的特殊性并不全面。古典诗句的结构，除意象并列，把语法逻辑留在空白以外，也有逻辑完整的一面。如杜牧《江南春》的后两句，“南朝四百八十寺”不是句子，与“多少楼台烟雨中”连在一起，成为后者的主语。从语法上说，它们合起来是一个句子。但从诗法上说，它们是两个诗句。

近体诗的句法，大致可分为散句和对仗句。二者大抵是单句独立成句，句间没有连接词语，若有连接词语，对仗句则为“流水对”，散句则为“流水句”。《江南春》的最后两句就是流水句。这个流水句，从语法来说，是一个句子；而从诗法来说，则是两个句子。

---

① 戴芝兰著：《中国古典诗和英美现代诗美感意识的汇通——叶维廉诗学片论》，中南大学 2009 年硕士论文。

把一首单独的诗作为细胞，经过具体分析就可以揭示出其三个层次的立体结构。第一，意象中的真假互补、虚实相生；第二，意脉的隐性贯通；第三，可以发现中国古典诗歌的形式奥秘：从诗句与语法句的分化，揭示出中国近体格律诗比之古诗更加精练，意象密度更大。故不限长度的古诗被压缩成近体诗只需四句或八句，而西方格律诗则需十四行。因为英语、俄语以轻重音交替的音节数量相等为诗行，诗句服从语法的完整性，不能突破句法的完整性。谓语动词、连接词、介词、关系代词均不可省略，故一个语法的完整句往往需要一行以上，甚至多到三四个诗行，这叫作“跨行”（甚至跨节）。正是因为这样，中国古典诗歌长于抒情、短于叙事，而西方古典格律诗短于抒情、长于叙事。欧洲大诗人的选集大部分篇幅属于叙事诗，普希金甚至用十四行诗来写成诗体小说《叶甫盖尼·奥涅金》。

四、对文本形式进行历史动态分析

曹丕的诗属五言古诗，杜牧的诗则是七言近体绝句，“大概念”要“整合”，却不能回答如何找到“联结点”。其实，其间的联系就在文本的矛盾转化过程之中。成熟的七言绝句是完整的、水乳交融的统一体，但是，这并不意味着没有矛盾。统一是矛盾的统一，统一是相对的，矛盾是绝对的。彻底的具体分析是不可穷尽的，正如庄子所说，“一尺之棰，日取其半，万世不竭”（《庄子·天下》）。只要对细胞形态的个案作静态和动态的具体分析，更准确地说，是作逻辑和历史的分析，则不难发现其中的内在联系。

要从艺术的角度读懂一首经典诗词，没有对文本立体结构的动态分析，特别是第三层次的形式分析，是不可能的。如毛泽东的《沁园春·雪》，从表面看来，它不过是一首长调的词的杰作，但要探究它为什么能够容纳诗人雄视历史的博大精深的思想和情操，就不能不对词的长调形式作历史动态的分析。

这种长调形式乃是近体诗的三言结构的固定句法和两句一联的固定章法与自由思想的矛盾历经千年渐次转化的结果。形式是历史动态的积淀，故分析不能止于静态，而应该结合动态历史进程。这就不能不涉及从近体诗的句法局限到词的开放的漫长过程中，去发现（不是制造）其中矛盾转化的艰巨进程。

对形式作历史动态的分析，我们不能不从近体的《江南春》的内在矛盾，主要是其优越性和局限性的动态分析开始。

千里莺啼绿映红，水村山郭酒旗风。

南朝四百八十寺，多少楼台烟雨中。

就节奏的性质来说，这是典型的吟咏调性（此处的“吟”出自杜甫“新诗改罢自长吟”的“吟”）。把每行的开头删去两个音节：

莺啼绿映红，山郭酒旗风。

四百八十寺，楼台烟雨中。

很显然，其吟咏性质没有什么变化。再将每行删去前两个字：

绿映红，酒旗风。

八十寺，烟雨中。

其吟咏调性基本上仍没有变化。这说明，在七言诗中，决定其吟咏调性的并不是诗行中的全部音节，而是结尾的三个音节。只要保存这个三言结构，则诗行的吟咏调性不变。三言结构以外的音节数量的减少并不改变诗行的吟咏性质；同样，三言结构之前的音节的增加也不能改变诗行的调性。笔者仿民歌的问答体来说明这个规律：

谁人见得千里莺啼绿映红，

谁人见得水村山郭酒旗风。

谁人见得南朝四百八十寺，

谁人见得多少楼台烟雨中。

每行的音节增加了，结尾的三言结构未变，故调性未变。但是，如果把行末的三言结构变成四言结构，会有什么结果呢？

千里莺啼绿映花红，水村山郭酒旗轻风。

南朝四百八十古寺，多少楼台烟雨吴中。

很显然，调性变得与吟咏调性不同。这种调性接近于戏剧的“宾白”或“道白”，也有它的稳定性。只要保存结尾的四言结构（或是二言结构），增加或减少前面的音节，同样也不会改变诗行的道白调性：

莺啼绿映花红，山郭酒旗轻风。

四百八十古寺，楼台烟雨吴中。

再删去开头的两个音节：

绿映花红，酒旗轻风。

八十古寺，烟雨吴中。

其道白调性仍然没有变化。这说明了什么呢？中国古典诗歌五言、七言诗行是由两个在性质上对立的要素构成的。其一是三言结构，其二是四言结构。二者组合的规律大致如下：

第一，三言结尾决定了吟咏调性，具有相当的弹性，它可以变为五言、九言、十一言，而不改变其结构吟咏性。而四言结构（对五言来说是二言结构，统称双音尾部结构）属于道白调性，可以变为四言、六言、八言、十言，而不改变其道白调性。二者是汉语音乐性的基本要素。故《三字经》为三言，《百家姓》为四言；谚语为五言、七言，成语为四言；春联的上下联是七言，横批则是四言。

第二，四言结构在性质上是与三言结构对立的，但是当它置于三言结构之前，组成五言、七言结构，却能相反相成，构成典型的吟咏调性，如“千里莺啼——绿映红”。这就是说，四言结构放在三言结构之前，是自由的。

第三，如果将四言结构放到结尾，代替三言结构，则七言诗行变成了八言诗行，吟咏调性就成了道白调性。这种八言诗行也可以变化为四言、六言、十言而不改变其节奏的性质。从四言到四言（双言）也是自由的，可以构成六言诗行，如王维的《田园乐》：

桃红复含宿雨，柳绿更带朝烟。

花落家童未扫，莺啼山客犹眠。

但六言绝句很少，可能是因为其道白调性接近于口语，更易于向散文发展。故骈文以四言、六言为准则。

第四，把三言结构放到四言结构之前，如“绿映红——千里莺啼”，明显是不自由的。

第五，三言结构的稳定性使得五言、七言诗行的节奏固定化了。五言总是上二下三，七言总是上四下三，九言总是上六下三。正是这种稳定的搭配构成了诗歌的节奏感，但是，固定的结构和口语的自由之间有矛盾。在口语中，在散文中，同样是五个字组成的句子，其句法结构有时会完全相反。吾师林庚先生曾说过，有这样两句话：“这电灯真亮，他望了半天”，口语的自然节奏是上三下二：

这电灯——真亮，他望了——半天。

但如果这是两句五言诗（其平仄与杜甫的“国破山河在，城春草木深”是一致的），那就只能读成这样：

这电——灯真亮，他望——了半天。

从语法上来说，这是不成话的，但是，三言结构在结尾处，诗句仍具吟咏调性，三言结构迫使语法结构服从诗句结构。诗句节奏的结构强制性束缚了语言的自由，造成了语法和意义的扭曲。杜甫的“黄山四千仞”可以念成“黄山——四千仞”，而下句“三十二莲峰”只能读作“三十——二莲峰”。

第六，五言、七言诗三言结尾的超稳定结构与口语、散文，特别是思想之间的矛盾，渐趋激化。从宋词开始，这种超稳定性就动摇了、缓解了：三言结构从句尾解放出来，获得放在四言之前的自由，产生了与五言、七言并行的新节奏。李清照《醉花阴》上阕有五言诗行“瑞脑——销金兽”，下阕的对应位置是“有暗香盈袖”，不能读成“有暗——香盈袖”，而应读成“有——暗香盈袖”。三言结尾的强制性就这样被打破了，这无疑有利于思想的某种解放。如辛弃疾的“更能消，几番风雨”，是七言诗行的四三结构变成三四结构。苏东坡的“浪淘尽，千古风流人物”“人道是，三国周郎赤壁”，是九言的六三结构变成三六结构。在元曲中，这种新的节奏模式更为普及，如关汉卿的《沉醉东风》：

咫尺的，天南地北；

霎时间，月缺花飞。

在明代民歌中，这种新节奏不再是个别的句法，而是占据全诗主体的章法。如万历本《词林一枝》中的《罗江怨》之一体：

好姻缘，不得成双；好姊妹，不得久长。

……

终有日，待他还乡；会见时，再结鸾凤。

双言结构（四言和二言）和三言结构前后自由转换在词里变得普遍起来。北宋词的长调尤其明显，如柳永《雨霖铃》中的“竟无语凝噎”，不能读成“竟无——语凝噎”，而应读成“竟——无语凝噎”；“念去去千里烟波”不能读成“念去去千——里烟波”，只能读成“念——去去千里烟波”。

这个单独的“竟”和“念”叫作“领字”。一般来说，领字只是一个字，发展到元曲，就变成更加自由的“衬字”（也叫“垫字”“衬垫字”），常常多达三字，甚至十字以上。王骥德在《曲律 · 论衬字第十九》中以《绵缠道》为例：“‘说什么晋陶潜认作阮郎’，‘说什么’衬字也。”他还举出元曲中“我为你”“望当今”“这其间”都是衬字。[①] 其实，衬字并非凭空而来，在词的长调里早就有萌芽，如苏东坡的“浪淘尽，千古风流人物”“人道是，三国周郎赤壁”中的“浪淘尽”“人道是”。

领字 / 衬字最重要的功能不仅是丰富句法节奏，更是促进章法上的进步。领字领出的不是一个词组，而是一连串从属性的句子。柳永《雨霖铃》“对长亭晚”的“对”字，就引出了“骤雨初歇 / 都门帐饮无绪 / 留恋处 / 兰舟催发”四个从属句。苏东坡《念奴娇》中的“遥想”领出了“公瑾当年，小乔初嫁了，雄姿英发。羽扇纶巾，谈笑间，樯橹灰飞烟灭”。柳永《雨霖铃》中的“此去经年，应是良辰好景虚设。便纵有千种风情，更与何人说”，这里的“应是”“便纵有”“更与”都系连接词。

领字的广泛涌现，是由于三字结尾的超稳态的强制性与语言自由的矛盾，更重要的是，它克服了近体的绝句和律诗一千年来为学者所忽略的局限，那就是以两句为一联，联间句子，可分为散句和对句。二者都是单句独意，即在语法和逻辑上各自独立，如果有联结就叫作流水对或流水句。即使流水对和流水句有逻辑联系，也只限于一联之间。律诗四联，

---

① （明）王骥德著，陈多，叶长海注释：《王骥德曲律》，湖南人民出版社 1983 年版，第 126—127 页。

绝句二联，联与联之间没有明确的逻辑联系，潜在的联系留在空白中，弹性、模糊、断裂，甚至如李商隐《无题》那样的成为永恒的谜。联与联之间缺乏逻辑与情思的自由，无疑是一大矛盾。领字不但带来了新的节奏，而且在章法上使得联与联之间有语法逻辑上的明确联系，特别是在长调中，往往由领字引出半阕词句，中间“过片”作一个总结，再以领字性质的词语引出下半阕。这样一来，就把词的上阕和下阕连贯成逻辑层层递进转折的大型复合句，长调的情感和思想的容量得以大大扩张。

长调是矛盾转化的历史积淀顺理成章的结晶，或者用大概念的话来说就是“整合”了起来。如此建立在历史分析基础上的整合，才是真正的整合。

五、如何基于文本形式的历史动态分析进行整合

正是由于长调形式在句法和章法上远超近体诗的自由度，使得《沁园春·雪》成为毛泽东俯视历史的博大精神和情操的载体。故将其作为基于文本形式的历史动态分析进行整合的典型案例具体阐述。

如果仅仅满足于领悟“望——长城内外”“看——红装素裹”的丰富节奏，就肤浅了。更深邃的分析应该是，“望——长城内外”的“望”领起“长城内外，唯余莽莽，大河上下，顿失滔滔，山舞银蛇，原驰蜡象”六个四言结构，气势急促，接着一个七言结构“欲与天公试比高”，情绪稍缓。在语法上，前面的句子作“欲与天公试比高”的主语。以这样大型的复合句，表现诗人视通万里，挺立于天地之间，将冰雪之寒化为壮美的雄伟气魄。接着是“须晴日，看红装素裹，分外妖娆”，情绪上强化递进。诗人写自然空间，写视觉之美，冰雪覆盖大地山河，其特点是将生理性的酷寒转化为精神上的阳刚之美，美到英雄都要折腰、朝觐、崇拜。而“惜”字引出的不仅仅是“秦皇汉武”，而且是“略输文采，唐宗宋祖，稍逊风骚，一代天骄，成吉思汗”，又是一连串六个四言排比，节拍短促紧凑，接着一个七言“只识弯弓射大雕”，气势更强。到“俱往矣”，以紧张度突然放缓为铺垫，使得“数风流人物，还看今朝”上升为情绪的最强音。

全词情绪抑扬顿挫，曲折起伏，逻辑贯通，大气磅礴。上阕是在空间上眺望，视通万里；目既往还，心亦吐纳，豪情满怀，壮志凌云。下阕意脉大转折后提升，登上时间高度，思接千载，历历在目。空间的展示皆为可视，而时间的回溯则不可视。用一个“惜”字，本来是指点“无数”英雄，但值得指点的只剩下了秦皇、汉武、唐宗、宋祖和成吉思汗。诗人对其辉煌业绩没有赞美，端的如早年《沁园春·长沙》所说，“挥斥方遒”。不管其在历史上如何英雄盖世，“俱往矣”，不能与今日相比，“数风流人物，还看今朝”，雄视古今，千年历史尽收眼底，这正是诗人的博大情怀，是改造华夏历史使命的自许。

此词于 1945 年在重庆发表时，有人质疑其中有“帝王思想”，而根本没有看懂诗人是在批判杰出的帝王。诗人自注说：“反封建主义，批判二千年封建主义的一个反动侧面。文采、风骚、大雕，只能如是，须知这是写诗啊！难道可以谩骂这一些人们吗？”[①]这就是说，诗人俯视千古帝王改朝换代，皆不出封建体制，未能从根本上改变社会体制。此刻，建设新的社会体制的宏图大略就在眼前。

这么宏伟的胸襟，这么伟大的抱负，这么丰厚的思想，与两句一联，各联之间又无明确联系的近体诗形式的矛盾是显然的，转化的关键乃是诗人对词牌《沁园春》格律的驾驭，用“望”字、“看”字、“惜”字、“数”字多点建构上下两组大型复合句，其中的三言结构、四言结构，前后次序自由交替。变化的句法，丰富的节奏，恢宏的章法，正是这样的形式才能与如此博大的情怀和思想统一，在逻辑上浑然一体。

这种形式并不是凭空而来的，而是唐代近体超稳定格律与自由的思想、活跃的语言的矛盾在千年实践中转化的结果。从杜牧到柳永、李清照、苏轼、辛弃疾、关汉卿，再到毛泽东，一脉相承，层层递进。这说明，单就个案而言，《沁园春·雪》并不是什么“碎片”，将其与经典的近体诗，宋词、元曲的经典之作组合为一个单元，是跨历史的息息相通。

大概念论者视而不见，乃是因为其间差异和矛盾的统一性转化是历时性的、动态的、隐性的。如果要“整合”“聚合”，只能在文本中具体分析，分析必须是过硬的，这意味着分析不能单纯是静态的、逻辑的分析，还必须是历史的、动态的。空谈从文本以外借助什么“事实”“技能”“知识”的关联点来“整合”，注定是缘木求鱼。

本文用了这么多篇幅分析中国诗歌形式的矛盾转化的漫长过程，难免让一些读者感到“过细”。但是，笔者觉得问题并不出在“过细”，目前的解读之所以产生乱象，问题就出在“过粗”。严肃的学术，并不存在过细的问题，其最高目标在于“过硬”。目前的解读“过粗”的根源，乃是论者对于来自西方的学说理解“过粗”，在于对中国传统文化的理解也“过粗”。这就导致了拿着几条西方人的语录，并不联系中国传统文化，也无视在实践中必然遇到的失误，毫无纠错的预期。这不能不令人想起，毛泽东在《改造我们的学习》中批判拿着洋教条当令箭的文风，指出其根源就在于“对于自己的历史一点不懂，或者懂得甚少，不以为耻，反以为荣”[②]。八十年后，温故而知新，“新”在民族文化自卑感似乎比当年有过之而无不及，头脑清醒者视之能不触目惊心？

当然，整合的方法是多种多样的，也可以通过观照诗人前后期的诗词进行分析。联系 1925 年毛泽东在《沁园春·长沙》中提出的“问苍茫大地，谁主沉浮”。当时，他因在韶

① 吴雄选编，陈一琴审订：《毛泽东诗词集解》，河北人民出版社 1998 年版，第 209 页。

② 毛泽东著：《毛泽东选集·第三卷》，人民出版社 1991 年版，第 797 页。

山发动农民运动而遭到通缉出走长沙，提出了这个宏大的问题：这个混乱的祖国究竟由谁来主宰？他在写于长征途中的《念奴娇·昆仑》中进一步提出，“千秋功罪，谁人曾与评说”；在《清平乐·六盘山》中写过“今日长缨在手，何时缚住苍龙”。很明显，历尽艰辛、几经挫折的诗人，此时心中已经有了答案，哪怕秦皇汉武、唐宗宋祖那样的大人物也没能创造出一种超越封建的新体制，于是就公然抒发出当仁不让的豪情。

当然，从艺术角度来说，内容与形式的矛盾并未就此终结。长调不管多么开放，毕竟是古典的，而另一方面，其比之近体诗格律更严苛。近体诗不过是章有定句，句有定言，言之平仄有定，律诗只有一种规格，绝句也只有一种规范，而词则是每一词牌皆有不同，章之定句，句之长短，言之平仄，因词牌而不同，非高手难以驾驭。1957 年，毛泽东在给臧克家的信中说，旧诗不宜提倡，因为“束缚思想”[①]。这种束缚，在形式上，表现为格律的固定性与思想的丰富性有矛盾；在话语上，表现为古典诗歌话语稳定的历史内涵与当代政治话语也有矛盾。古典格律尚可灵心妙手驾驭，而当代政治话语内涵与古典诗话语并不对称。硬搬政治话语，可能造成生硬，不能两全其美，当代观念不得不有所牺牲，难免被朦胧化，甚至可能被曲解，所谓“帝王思想”的纠缠根源就在这里。“略输文采”“稍逊风骚”“只识弯弓射大雕”，从古典诗意的和谐统一上来看是隽永的，但这是以政治内涵的含混为代价的。“文采”和“风骚”，古典话语所指本是文学艺术的成就，很难涉及政治文化的创造。话语本身并不能充分传达当代政治理念，读者只能从话语以外，从毛泽东的政治实践中去附会。相比起来，“只识弯弓射大雕”，不但形象跃然纸上，而且意念指向也比较确定，政治观念与艺术形象之间的矛盾得到了缓和。最后的“风流人物”，堪称精彩。这个从苏轼《念奴娇·赤壁怀古》中继承而来的“风流”的内涵，在人物的才情和精神风格上，更新为当代政治人物的境界，应该说是比较自然的。

当然，说了这么多，从理论上而言，大概念论者仍然有质疑的余地：第一，本文断言大概念“碎片”论来自西方前卫文论，这只是推论，有何直接根据？第二，本文所述基本为古典诗词，而大概念的思维空间则在散文、小说等文体之中。这两个问题都是不可回避的，笔者将在下文中试作阐释。

---

① 毛泽东著：《给臧克家的信》，《诗刊》1957 年创刊号。

三论“大单元/大概念”：理论方法和战略前途

一、大概念“碎片论”的哲学基础：解构主义的反真理论

在逻辑和历史的具体分析面前，不存在什么“碎片”。单篇文本的具体分析，从内部来说有其意脉或者文脉的贯穿，构成自洽的有机整体；从外部纵向来说，乃是历史发展的阶段性的综合性载体。单篇的经典文本是个别的、特殊的，但其中蕴含着普遍性。用哲学的语言来说，特殊与普遍相统一，普遍性寓于特殊性之中。用通俗的语言来说，就是从一滴水看大海，从一粒沙看世界。

经典课文不管是单独存在，还是同类组合，其“意义”都在其内在矛盾和转化之中。其历史的和现实的意义，并不需要从外部借来一个“大概念”“整合”“聚焦”。

统编高中语文教材选择性必修中册第一单元共七篇文章，前四篇为：恩格斯《社会历史的决定性基础》、毛泽东《改造我们的学习》和《人的正确思想是从哪里来的？》、《光明日报》特约评论员文章《实践是检验真理的唯一标准》。这四篇文章就独立篇章而言，都有内在的有机性，不但在当时，而且在当前，也同样具有重大的意义。

就其中最为简短的《人的正确思想是从哪里来的？》而言，讲的是实践真理论，这是马克思主义的世界观：存在决定意识，存在是第一性的；思想是客观存在的反映，是第二性的；理论来源于实践，其正确性不能由理论来证明，而是由实践来证明。正确的（主观的）思想一旦为群众掌握，矛盾就转化了，主观思想就成为物质的（客观的）力量。从内涵来说，这是世界观；从方法论来说，则是矛盾对立在实践这一条件下转化的辩证法。具

体问题具体分析，是马克思主义活的灵魂，体现着世界观与方法论的统一。

马克思主义的世界观和方法论，这样的观念还不够大吗？但是，按大概念论的逻辑，这样的单篇文本不能不是“碎片”。

这样的文章，显性的阐释是马克思主义的世界观，其中矛盾对立转化的方法则是隐性的，文章的内容很通俗，并不难懂。稍稍用心，至少也能读懂其显性的、明确表述的实践真理论的意义；潜心阅读，则不难读出其中矛盾层层分析的隐性文脉贯穿全文。积以时日，潜移默化，总能领悟其中世界观和方法论的交融。但是，偏偏读不懂，领悟不出其中的精粹。究其原因，不管是有意还是无意，论者对实践真理论和具体问题具体分析并不在乎，而对来自异域的“大概念”“碎片论”却很执着，将其当作放之四海而皆准的“真理”，信心满满地以为将之忠诚地照搬过来就可以解决中国的语文教育问题。殊不知，这样的“大概念”“碎片论”，其哲学基础乃是解构主义，是对真理的解构。从世界观和方法论来说，与实践真理论背道而驰。

从根本上来说，照搬异域的理论，不加以分析批判，这是教条主义。正是因为这样，对教材中毛泽东的《改造我们的学习》，如果读不懂当年反教条主义的重大历史意义，自然也就领悟不出自己正身陷现代教条主义透明的罗网之中。

毛泽东在《改造我们的学习》中反复批判硬搬苏联式的教条，完全脱离中国革命实践。实践用鲜血证明了教条主义几乎断送了中国革命。教条主义的代表王明重印了他的《为中共更加布尔什维克化而斗争》，还要求全党学习。毛泽东此文对教条主义进行批判，把问题的焦点定位在哲学高度上，主要是矛盾的普遍性与特殊性的对立统一。马列主义是“普遍的”，中国革命是“具体的”“特殊的”。普遍性与特殊性的矛盾处于统一体中，相反相成，相辅相成。但是，毛泽东坚持，“尤其重要的，成为我们认识事物的基础的东西，则是必须注意它的特殊点”[①]。矛盾的主要方面是其特殊性，是“一事物区别于他事物的特殊的本质”“研究矛盾的特殊性，认识个别事物的特殊的本质，才有可能充分地认识矛盾的普遍性，充分地认识诸种事物的共同的本质”[②]。顺理成章，中国革命的特殊性是决定本质的主要方面。毛泽东批判教条主义者“一心向往的，就是从先生那里学来的据说是万古不变的教条”[③]。毛泽东从矛盾的对立统一转化，分析出矛盾的普遍性和特殊性，矛盾的主要方面和次要方面，矛盾的特殊性成为矛盾的主要方面，决定着事物的发展，是对从黑格尔以来的辩证法的一大发展，为中国革命的胜利奠定了思想基础。这样不朽的经典难道不经过大概

① 毛泽东著：《毛泽东选集 · 第一卷》，人民出版社 1991 年版，第 308 页。
② 毛泽东著：《毛泽东选集 · 第一卷》，人民出版社 1991 年版，第 310 页。
③ 毛泽东著：《毛泽东选集 · 第三卷》，人民出版社 1991 年版，第 799 页。

念的整合就会成为“碎片”吗？相反，《改造我们的学习》《人的正确思想是从哪里来的？》在理论上通过分析得出初步的综合，综合又进一步分析，层层深入，构成严密的系统。《实践是检验真理的唯一标准》，则是在三十多年后的历史关头，以实践真理论，针对当时严峻的社会矛盾，及时作出切中肯綮的阐释，为我国改革开放在理论上确立了合法性，从而成为新时期拨乱反正的进军号。

至于恩格斯的《社会历史的决定性基础》，思维方法仍然是对立统一。经济基础决定上层建筑，在一定条件下，上层建筑如法律、宗教、文化艺术等反过来对经济基础有反作用，推动或者阻碍经济基础的发展。这是把哲学辩证唯物主义（实践真理论）用之于社会，发展出历史唯物主义，与实践真理论构成辩证逻辑系统。不管是单篇，还是四篇一组，都能达到逻辑上的、历史的、动态的统一。在实践上，则是理论的普遍意义与现实的针对性的统一。这里的统一，就是分析和综合的统一，并不需要在文章以外用一个大概念再来“综合”或者“整合”一番。

悉心研读此组文章的最高目标乃是在世界观和方法论上提升，但是就目前所见的“大概念”解读和教学设计而言，普遍的偏向是学习“议论文”的论证方法。即使提及分析，也只是落实为“举例论证”之类的套话。如此这般的一知半解，再加上花样翻新的“活动”，恰恰是“碎片”。事实上，只要读懂《人的正确思想是从哪里来的？》，理解了对立统一在实践条件下转化的辩证逻辑，这样的大概念显然太贫乏、太粗糙了，却糊弄得一些教师埋怨具体分析“过细”。其实，分析如庄子所说，“一尺之捶，日取其半，万世不竭”。埋怨过细，实际上自己囿于“过浅”。

“碎片论”者之所以拥有如此目中无人的底气，乃是自恃有来自大洋彼岸的权威，美国文论泰斗希利斯·米勒坦然为西方前卫文论无能解读文本作历史性总结，进一步宣称“理论与阅读之间是不相容的”[①]，在《小说与重复》中则直言他们信奉的“解构批评”就是把统一的东西重新拆成分散的“碎片”或部分：

“就好像一个小孩将其父亲的手表拆成一堆无法照原样再装配起来的零件。”[②]

事实上，西方前卫文化的泰斗罗兰·巴特在分析巴尔扎克的《萨拉辛》时就声称，分析的关键不在于表明一种结构，而在于按照可能演示一种构成动作。他在《声音的编织》部分称：“文虽则受着某种形式的支配，这形式却不是一体的、构筑好的和完成了的：它是碎

① 〔美〕J. 希利斯·米勒，王敬慧：《J. 希利斯·米勒致张江的第二封信》，《文学评论》2015年第4期。

② 〔美〕J. 希利斯·米勒著，王宏图译：《小说与重复——七部英国小说》，天津人民出版社2008年版，第6页。

片、是截开的块段，被中断或删除的网络，完全是画面无限地叠化过程的进行和交易。”①

他将《萨拉辛》分成 561 个阅读段②，却没有将文本的内在矛盾统一起来，使其得到全面深化的解读。虽然得到诸多慑于其权威的人士喝彩，但是无一人追随。这种碎片化的分析不过是一次试错，实践证明失败了。后来西方的前卫文论坦诚无能解读文本，很值得称赞，但是他们为逃脱文本具体分析，大言不惭地制造出理论，化无理为有理，其目的不过是合法地逃避力不能及的文本具体分析，为向文化批评、意识形态分析作战略转移找借口。不可否认，他们也取得了相当高的成就，但这并不是我们也要亦步亦趋放弃文本分析的理由。当然，他们在理论上也不无相当积极的方面，我们不该因人废言。希利斯·米勒在《小说与重复》中提醒过：

> 每一种形式的文学研究，就该自始至终好好地对它的理论前提进行思考，以免为它所蒙蔽。譬如，把这些理论前提理所当然地视为正常的、普遍有效的，就会陷于盲目性。③

“大概念”论者在追随“碎片论”的时候，恰恰忘记了他们的理论前提是“解构主义”。其核心是反本质、去真理。这与我国的立国之本实践真理论是背道而驰的。但是，解构主义大师提醒不要“盲从”，这一点倒是与毛泽东当年的针对性有相通之处。不过毛泽东在革命成败的关头，在《整顿党的作风》中把话说得更严厉，“绝对不应盲从，绝对不应提倡奴隶主义”④。“大概念”论者想来不可能对立国之本的实践真理论一无所知，但是在推行“大概念”时，是不是对其有所警觉呢？

二、大概念逻辑混乱的原因：脱离语文专业素养的“假设”

“大单元 / 大概念”，关键显然不是“大单元”，它是早已存在的，关键是“大概念”。问题在于，“大概念”究竟是什么样的概念？

有论者认为“大概念”可表述为“核心的概括性知识”。这样的“大概念”可以说产生于单元文本之中，不过并不是全部文本，只是从文本中提出一些“概括性”的“知识”。这个“知识”的概念是自然科学的，不属于人文学科的语文。因而论者只能含混言之，没有作出内涵的界定，连外延的界定都没有。究竟是语法知识，还是文学知识，是作家生平，

① ［法］罗兰·巴特著，屠友祥译：《S/Z》，上海人民出版社 2000 年版，第 84 页。

② ［法］罗兰·巴特著，屠友祥译：《S/Z》，上海人民出版社 2000 年版，第 341—381 页。

③ ［美］J. 希利斯·米勒著，王宏图译：《小说与重复——七部英国小说》，天津人民出版社 2008 年版，第 6 页。

④ 毛泽东著：《毛泽东选集·第三卷》，人民出版社 1991 年版，第 827 页。

还是文体特点，都没有说清。这样的“大概念”如此模糊，就难免转化为小概念，甚至空概念。

有论者认为提炼单元“大概念”需要综合考虑以下因素：第一，“学习任务群”（或者“任务驱动”），这就不是单元文本的内涵了，任务只能在文本以外，由论者主观设定。第二，单元主题、导语、课文特色。又回到单元文本中来，这是逻辑循环。单元主题、导语、课文特色，这三个要素和“单元文本中核心的概括性知识”，并不构成并列关系，大致可以说，其间有某种从属关系。而单元主题、导语、课文特色中的“导语”，与“主题”“课文特色”，则明显存在交叉关系。第三，“生活价值”，这属于人生观问题，比之有限的单元文本等，其内涵则超出了很多层次，既不是并列关系，也不是从属关系，逻辑上是无类比附。第四，“学生基础与兴趣”，这与生活价值、人生观在逻辑上几乎没有关系。总的来说，这么多点，本来在逻辑上属于划分，但是，划分的标准不统一，造成相互重叠、交叉，内涵和外延杂乱，本身就是未经“统摄”“整合”，更没有理论上最起码的统一性，如此不伦不类的杂凑的观念群，怎么可能透视、聚焦、统摄、整合单元文本？

论者认为提炼“大概念”需要反复假设、权衡、验证，使之（大概念）作为认知结构中重要的关联点，不断吸纳、组织信息。这样来看，“大概念”的内涵就不那么含糊了。说到底，是一种“假定”，产生于文本分析之前。当然，学术的发展往往起源于假设或者猜想（如哥德巴赫猜想），但是，猜想要成为真理，还要经过实践证明，在证明过程中，只取符合猜想的事理是片面的，还要通过与之相反的证伪。英国自然科学理论家波普尔影响巨大的著作《猜想与反驳》，其中最著名的理论是，举正例最多只是说明，而不是证明，只有经得起反驳、证伪，才可能具有一定的真理性。也就是说，不管提出多么惊人的理论，在得到证明以前，只能是猜想。哥德巴赫猜想从 1742 年提出，到二十世纪六七十年代，陈景润证明了一半，就让举世学界震惊。为什么过了两百余年，才获得这样的成绩？这是因为，要进入这个领域，必须具有专业素养，这个门槛并不低。

这看来是常识，但在理论上往往并不很明确。马克思说：“对于没有音乐感的耳朵来说，最美的音乐也毫无意义，不是对象”[①]。说的是，要听出音乐的“意义”必须拥有音乐的专业素养，进行专业的分析。什么叫作“专业”，毛泽东用哲学的话语说：“科学研究的区分，就是根据科学对象所具有的特殊的矛盾性。因此，对于某一现象的领域所特有的某一种矛盾的研究，就构成某一门科学的对象”[②]。

只有具备音乐旋律的特殊矛盾的修养，才能发现音乐以内的“意义”。而“大概念”则

① 马克思著：《1844 年经济学哲学手稿》，人民出版社 1985 年版，第 82 页。
② 毛泽东著：《毛泽东选集 · 第一卷》，人民出版社 1991 年版，第 309 页。

恰恰相反，意义不在专业素养中，而在先于文本的“大概念”的“假设”之中。这种思维方法的感知定式非常顽固，因而对辩证逻辑的“对立—统一—转化”，视而不见，感而不觉。

三、思维品质是从矛盾对立转化分析向上提升还是向线性演绎下滑

当然，仅在理论上对“大概念”质疑、反驳是不够的，最具说服力的就是看“大概念”在阅读实践中的效果。

辩证思维就是毛泽东在《矛盾论》中所说的一切自然、社会和人的思想都是矛盾（对立）的统一。分析的对象，就是矛盾。真正的思辨乃是“马克思主义的最本质的东西，马克思主义的活的灵魂，就在于具体地分析具体的情况”[①]。

不管是柏拉图还是卢梭的思维，并不存在矛盾的具体分析，而是从论点直接演绎，这属于形式逻辑的线性思维。柏拉图为了坚持“正义”“道义”“真理”，不惜牺牲生命，从道德论来说是崇高的，但这样的道德论又是朴素的、感性的、非辩证的。从逻辑上来说，其前提的内涵和外延都不周延，并不隐含内在的对立面，是片面的。处死他的雅典法庭完全可以把“虔敬神明”作为“正义、道义、真理”的内涵。柏拉图以并不周延的概念作为前提，从概念到概念的类比和推演，完全是一面之词，从性质上来说，这种“猜想”是经不起“反驳”的，是谈不上真理的。至于卢梭的“怜悯是人的天性”批评人性恶，在思想史上有价值，但是思维执着于另一极端，论点粗疏，全文的逻辑也是片面的。当然，这里的片面性多少包含着历史的片面性，但更多的是个人的片面性。一味取其与论点相符者，对与论点不符者尽情排除，武断地掩盖矛盾，即使对动物、野蛮人、暴君的凶残也强制阐释着怜悯。这是典型的形式逻辑的线性思维。

对柏拉图和卢梭如此片面的线性思维，如作彻底的具体分析，就不难进入现在力倡的“批判性思维”。但是，“大概念”的任务是“整合”，是综合，唯求其同，舍弃其异。没有差异，就没有矛盾，也更不可能分析，这就封闭了进入批判性思维的通道。不是向实践真理论和辩证思维的高层次提升，而是向低层次线性的演绎下滑。

“学习任务群”要求进行“思辨性阅读”。经典文本在观念上、方法上皆是典范之作，而“大概念”论者为什么视而不见？其根本原因，马克思已经作出了回答，没有音乐的专业素养就听不懂音乐的“意义”。当然，没有辩证思维的起码素养，也就看不出经典中的辩

① 毛泽东著：《毛泽东选集 · 第一卷》，人民出版社 1991 年版，第 312 页。

证逻辑。对此，马克思还有更明确的揭示：

我的对象只能是我的一种本质力量的确证……因为任何一个对象对我的意义，都以我的感觉所及的程度为限。[①]

面对经典的观念和方法学不进去，原因是这些内容在自己的感觉界限以外。如果只是一般的视而不见，听而不闻，问题似乎不太大，反复阅读，努力钻研就是了。但是，反复钻研多年，仍然对其茫然无知。马克思指出更深刻的原因在于："我的对象只能是我的一种本质力量的确证"。本来，整合文本需要专业的素养，而大概念论者却把学生的"生活价值""学生基础与兴趣"囊括了进去。学生自发性的原生水准是非专业的，所以才要通过学习循序渐进地提升，用原生的非专业的低水平的内容去整合专业的高层次的世界观和方法论，这是精神档次和思维方式的高位低配。

四、人类心理的局限性和大概念的封闭性

这亦是人类心理的普遍局限性所在。表面上看，读者的感知是完全开放的，经典文本的一切信息也是完全开放的。但是，心灵并不像美国行为主义者所说的那样，外部有了信息，内心就会有等量反应。事实上，心灵更倾向于选择最熟悉、最关切、最有体会、有潜在预期的信息，此外则基本忽略，连感觉都没有。这是有心理科学根据的。皮亚杰的发生认识论指出：外来信息刺激，只有与内在准备状态，也就是他所说的"图式"相一致，才能被同化，才会有反应，否则就无动于衷。[②]这就是说，心灵固然对信息具有一定程度的开放性，但又有相当程度的封闭性。

这种心理规律性在我国古典文献中早已有所发现。《周易·系辞上》中有："仁者见之谓之仁，知者见之谓之知。"王阳明、黄宗羲对此有所发挥："仁者见仁，知者见知，释者所以为释，老者所以为老"[③]。张翼献在《读易记》中说："唯其所禀之各异，是以所见之各偏。仁者见仁而不见知，知者见知而不见仁"[④]。李光地在《榕村四书说》中说："智者见智，仁者见仁，所禀之偏也"[⑤]。这就是人类心理禀赋的普遍局限。因而，仁者的预期是仁，就看不到智，智者的预期是智，就看不到仁。智者仁者，则不能见到勇。预期，是心理的结构（图式），是感官的界限，导致心灵感知只对预期作选择性的开放、同化，对其余则是封闭。

① 马克思著：《1844年经济学哲学手稿》，人民出版社1985年版，第82页。

② 〔瑞士〕皮亚杰著，王宪钿等译：《发生认识论原理》，商务印书馆1985年版，第60页。

③ 《四库全书·传记类·总录之属·明儒学案·卷十》，上海人民出版社。

④ 《四库全书·易类·读易纪闻·卷五·第五章》，上海人民出版社。

⑤ 《四库全书·四书类·榕村四书说·中庸章段》，上海人民出版社。

预期中没有的，外部信息明明存在，却看不见；预期中有的，外部信息并不存在，反而强势显现。鲁迅说："一部《红楼梦》，经学家看见《易》，道学家看见淫，才子看见缠绵，革命家看见排满，流言家看见宫闱秘事"[①]。弄珠客在《金瓶梅·序》中说："读《金瓶梅》而生怜悯心者，菩萨也；生畏惧心者，君子也；生欢喜心者，小人也；生效法心者，乃禽兽耳"[②]。这就告诉我们，对文本缺乏辩证分析的起码素养，看到的并不是经典，而是自己封闭性的观念。

"大概念"论者的狭隘心理图式，仅仅为论点寻求与之相符的论据，而不知其片面。说得客气一点，这是管中窥豹，只见一斑；说得严重一点，是以自己狭隘的"本质力量"去同化经典文本，会导致质的歪曲。

① 鲁迅著：《鲁迅全集·第六卷》，人民文学出版社 2005 年版，第 321 页。

② 侯忠义、王汝梅编：《〈金瓶梅〉资料汇编·增订本》，北京大学出版社1985年版，第216页。

四论“大单元/大概念”：理论方法和战略前途

一、从线性思维向点性的“伪综合”退化

“大单元/大概念”的阅读理论割断历史，以与我国千年文化传统和百年语文教学经验“迥然不同”的姿态，从西方引入，席卷中华大地。对其发展态势进行理性反思，总结经验教训，当归因于缺乏文化主体自觉，对外来思想失去分析批判的自信。但这还只是表面的原因，深层原因是未能坚持实践真理论的世界观和“对立、统一、转化”的辩证法原则，因而不能看穿西方文论思维的软肋——单一的原因造成单一的结果，这种线性思维其实是幼稚的、粗浅的。

二十世纪开始，西方前卫文论有所谓“语言论转向”，黑格尔的美是理念的感性显现、康德的真善美三元价值观念的学说甚至文学形象的基本范畴都被抛弃，而把语言作为构成文本的唯一要素。俄国形式主义流派甚至干脆消解了内容与形式的范畴，以语词“陌生化”阐释一切文本。日尔蒙斯基说得很直率：“诗的材料不是形象，不是激情，而是词。”[①]雅各布森说得更坚决：“诗歌性表现在哪里呢？表现在词使人感觉到词，而不是所指之对象的表示者，或者情绪的发作。”[②]美国新批评流派则把文本的分析仅仅归结为悖论、反讽等修辞手段。后现代解构主义更是把文本解读当成语词的解构和颠覆，其结果就是沦为文字的碎片游戏，他们的泰斗希利斯·米勒在《小说与重复》中也承认此做法。苏珊·朗格在《情感

① 日尔蒙斯基著，方珊等译：《诗学的任务》《俄国形式主义文论选》，生活·读书·新知三联书店1989年版，第83页。

② 参见《美学文艺学方法论·下卷》，文化艺术出版社1987年版，第530—531页。

与形式》中坦然宣告，她的著作“不建立趣味的标准”，也“无助于任何人建立艺术观念”，“不去教会他如何运用艺术中介去实现它”。所有文学的“准则和规律”，在她看来，“均非哲学家分内之事”，“哲学家的职责在于澄清和形成概念……给出明确的、完整的含义”①。

其实，文本（包括文学性的和议论性的）之所以成为杰作、经典，被选入课本，其结构并不是线性的，甚至也不是平面的。我在《再论“大单元 / 大概念”：理论方法和战略前途》中说过，文本结构是立体的，至少有三个层次，就像一座堂皇的建筑，有着三维立体空间，而大概念两点之间的直线，连面积都没有，即使能够穿越其门户，也不能窥见其丰富、繁复的三维结构。

拥有实践真理论和辩证思维坚定的自觉、自信，就不会把西方的前卫学者当作偶像顶礼膜拜，而是把权威当作质疑的对手。有了这样的学术觉悟，才有可能在这百年未有之大变局的历史关头，建构中国学派，与西方平等对话、争鸣。历史赋予我辈的使命就是实现中国文化崛起，当然，这样的历史任务是艰巨的。

首先，对西方文论洗耳恭听似乎成为习惯，按惯性思维定式滑行者比比皆是，迎难而上的觉醒者凤毛麟角。其次，不按惯性思维，直接从阅读直觉出发的认识无限丰富，非语言所能穷尽，如宋人梅尧臣所说“含不尽之意见于言外”。要将丰富的直觉转化为具有逻辑的、系统的语言，哪怕是一个范畴的确立，一个经典文本的直接概括，以语言象征符号唤醒记忆，凝聚直觉，都是需要原创性的。当年严复翻遍《天演论》，就曾感叹过“一名之立，旬月踟蹰”。故经典文本的解读，往往成为历史的祭坛，一代又一代的读者都把最高的智慧奉献到祭坛上燃烧。那些得到历史共识的解读，都是原创性的，至少是亚原创性的历史积累。难度如此之大，还因为理论是普遍性的，并不包含具体文本的特殊性，正如“诗言志”但不包含杜甫、李白、王维、苏东坡各自不同的“志”一样。经典是独特的，都以不可重复为生命，皆以对情感、智慧、趣味、语言、形式领域的新异拓展和突破，引起一代又一代的读者惊叹，领受奇特的精神品位，享受语言的出奇制胜。而“大单元 / 大概念”对多个文本的“综合”，必然仅取其同，尽弃其异，不能不危及文本的独特性。

当然，在组合文本中，异中求同，上升为理念，追求思维的发展与提升，这本该是题中之义，社会科学理论就是这样产生的。马克思在《资本论 · 第一版序言》中指出：“分析经济形势，既不能用显微镜，也不能用化学试剂。二者都必须用抽象力来代替。”②但是，这种抽象是从对象中发现内在联系，这种联系具有逻辑和历史的统一。正如达尔文在大洋

① 〔美〕苏珊 · 朗格著，刘大基等译：《情感与形式》，中国社会科学出版社 1986 年版，第 1—2 页。

② 中共中央马克思恩格斯列宁斯大林著作编译局译：《马克思恩格斯全集 · 第 23 卷》，人民出版社 1972 年版，第 36 页。

旅行考察多样化的生物，将共时的、毫无直接关系的动植物，在高度抽象中去伪存真、由此及彼、由表及里，将其系统化，由此证明生物从低级进化到高级，而不是上帝创造的，进而概括出物竞天择、适者生存的规律。社会科学的基本准则同样是全面的、系统的概括。而有些大单元教学设计将不同时代、不同形式、不同类型的作品任意组合，缺乏综合抽象所要求的系统性，有悖于理性思维的全面性和有序性。更有甚者，作单元阅读，不是在文本以内寻求内在联系，而是到文本以外去假设、虚拟文本之间的联系，反复假设、权衡、验证，使之（大概念）作为认知结构中重要的关联点，不断吸纳、组织信息。[①]

把单元文本串联起来的“关联点”是片面的，完全不顾及文本全面，只攻其一点，不及其余。名为“关联”，实际上断裂。又将这样的断裂的观点作为“大概念”，赋予其“任务驱动”的功能，结果不是切割文本，就是离文本越来越远。本来“大概念／大单元”的理论基础和思想方法，就来自西方前卫的语言作为唯一要素的线性思维。而其虚拟的、片段的驱动任务，将语言唯一的线性变成了“关联点”。这个“点”比之“线”显然更缺乏系统性，在根本上背离科学抽象“综合”的规范，却美其名曰“综合”。这种反综合、伪综合的无序的“点”，只能将经典文本的深厚内涵抽空。

当然，“大概念／大单元”论也不是完全没有道理，文本是历史的，教学任务是当下的。设置当下情境，以现实性的任务为驱动，使学生提升素养。但是，“大概念／大单元”论者忘记了不管采用什么样的方式，语文教学的基础乃是一篇篇的经典文本。为成全大概念，以牺牲经典文本的独特审美情志和语言创造性为代价，这个代价太大了，大到危及语文课程的生命。须知“语言建构与运用”“思维发展与提升”“审美鉴赏与创造”“文化传承与理解”并不是直接井然有序地分类呈现的，而是水乳交融地渗透在单篇经典文本之中。只是为了研究和传达的方便，才作出逻辑划分。文本是第一性的，逻辑划分是第二性的。实践真理论教导我们应该从第一性的文本出发，而不应该从第二性的逻辑概念出发。

大概念的“综合”和“任务驱动”恰恰相反，从其断裂的“点性”观念出发，与经典文本有机的立体结构凿枘难通。正是因为这样，一线教师纷纷质疑。例如，黄厚江和王羽直截了当地指出“有些大单元的设计太大”，真实的课堂应该是“变大概念为小概念”[②]。魏群和黄厚江认为：“目前的大单元设计多以‘大’取胜，以‘多’见长，有面无点，知识教学缺少，文本解读肤浅零碎、写作教学名存实亡”[③]。他们只说文本解读“肤浅零碎”，是比

① 〔英〕韩礼德著，刘承宇等译：《语言与教育》，北京大学出版社 2015 年版，第 212 页。

② 黄厚江，王羽著：《分解切割，让大单元教学走进真实课堂——大单元操作要领之二》，《语文建设》2022 年第 21 期。

③ 魏群，黄厚江著：《大单元教学必须强化三个支撑点——大单元教学操作要领之三》，《语文建设》2023 年第 5 期。

较温和的，其实更严重的应该是，“肤浅零碎”导致了误读，这会误人子弟。

二、有悖于核心价值观的错误倾向

“大概念／大单元”在概念演绎时，“综合”的气魄是宏大的，但是一到具体解读经典文本时，就暴露出既昧于分析也短于综合的问题，因而对文本的解读充满了显而易见的偏颇和错误。

高中语文教材节录了海明威的《老人与海》，课后的“学习提示”写道，老人的“英雄形象”意义在于其“永不言败的精神”，表现了“人的灵魂的尊严”。然而细读文本会发现，“永不言败的精神”显然歪曲了文本的主题。文本中老人反复坦言自己不但“失败了”，而且“被击垮了”。他耗尽心力，丧失了与鲨鱼搏斗的全部工具，受了伤，最后只带回一副空骨架。此时，“他知道自己终于被击垮了，无法挽回”，他自言自语“你被打垮了”。显然，“永不言败的精神”之说，第一是简单化、粗糙化了，第二是静止化了。小说人物特殊的精神状态是动态的，是在不断变化的过程中精致地加以深化的。这一切并不在小说表面，从文本分析来说，就是要对文章的立体结构的第二层次——情感变化的文脉作具体分析与综合。口头上承认失败，“被打垮了”，只是老人精神的一个片面。彻底的分析，应该着眼于矛盾，也就是失败的相反方面。

老人最初是充满自信的，当他信心满满的时候，对灰鲭鲨这样凶恶的对手还很欣赏：“生就的游泳高手”，“它的一切都显得无比美丽”。等到把灰鲭鲨打败后，他还有闲心欣赏它死前的挣扎，看它死得很悲壮，为自己干掉了有生以来见到过的最大的鲨鱼而自得：“尖齿鲨很残忍，而且也很能干，很强壮，很聪明。不过我比它更聪明。”胜利者的自得还上升到哲理的高度：“人不是为失败而生的”，“一个人可以被毁灭，但不能被打败”。这种充满自信的、无所畏惧的豪情和坦言失败、被打垮，是老人精神的一体两面。彻底的分析，要抓住矛盾，应当不太难，最难的是揭示其间的统一性。“大概念”到文本以外去搭建连接点，其实连接点就在文本中，矛盾在一定条件下向相反方向转化。胜利和失败条件不同，心境也就向相反方面转化。

分析和综合是分不开的。分析的前提是矛盾，矛盾不是现成的。首先要将两个方面连接起来。“大概念”也讲连接，意在以一个观念贯通相同、相近的方面。而分析，一是将相反的两个方面作为对立面联系起来，二是将矛盾的转化条件分析出来，三是以之进行综合——承认被打败而又坚信人不能被打败，这是老人精神的纲领。

深刻的分析是层层递进的，在这纲领下面还有细目。硬汉的心灵还有更细微、更深刻的矛盾，在艰难的搏斗中，在未来的逆境预料中，老人的危机感和困惑感油然而生。沉淀在潜意识里的基督原教旨信念和生存竞争的矛盾浮到意识层面。杀戮鲨鱼是不是一种“罪过”呢？按《圣经·旧约全书》，上帝说：地上的果蔬是可以吃的，但是，“唯独肉带着血，那就是它的生命，你们不可吃”，“不可杀生”当为神圣的信条。矛盾的另一侧面是，老人为自己杀鱼辩护：“为了养活自己，让好多人有鱼吃。”世俗现实高于神圣的教义：“捕鱼能让我以此为生，也能要我的命。”这是严酷的你死我活的生存竞争。更不可忽略的是：“杀死它还是为了自尊。”杀死那条鱼，“倒是乐在其中”。这就不仅仅是为生存，而是为了精神上的享受，只有强者才能享受生存的尊严。

这里隐含着美利坚民族严酷的强者哲学——适者生存，弱肉强食。因为是强者，才有宽广的胸怀去欣赏给自己的生存带来危机的鲨鱼的死亡。这不是什么“人的灵魂的尊严”，这是美利坚民族的国民性。中国人就没有在弱肉强食中获得“灵魂的尊严”的国民性。孔夫子的信念是：“远人不服，则修文德以来之”（《论语·季氏将伐颛臾》），所以他反对自己的弟子冉有“谋动干戈”。以弱肉强食为尊荣，是《老人与海》的审美文化思想基础。片面地将老人的精神归结为“永不言败”，并将之提升为“人的灵魂的尊严”，如此强制性阐释，学生对老人除了加以赞美，别无选择。

缺乏具体分析能力，又不善于综合，就不能不误人子弟。如此误导的原因是不善于分析，而不善于分析的原因，是思想方法不当。第一，囿于同质的连接，当异质的、对立的面出现时，视而不见，不能把相反的方面连接起来进行深入分析。第二，在矛盾转化时，没有进行综合。第三，在新的矛盾出现时，还徘徊在初始的片面的认识上。老人虽然坚信“人不是为失败而生的”“一个人可以被毁灭，但不能被打败”，但到了第三回合，他杀死鲨鱼，筋疲力尽，感到自己“从骨子里累了”，可悲的是又损失了武器，他自言自语：“这下子它们算是把我打垮了”。口头上说被“打垮”，实际上，坚韧的硬汉精神又使他不甘失败。又来了两条鲨鱼，老人用原始的工具将之打败。这硬汉是够硬的，但是他并不是硬汉机器。他的身体并不硬，“他浑身僵硬、酸痛，在夜晚的寒风里，身上的伤口和所有用力过度的地方都让他感到疼痛”。

生理的损伤，极度的痛苦，仅靠痛感证明自己没有死亡。“但愿不用再搏斗了”，他想。如果拥有分析与综合统一的自觉，在这里本不难进一步综合（概括）出派生观点，那就是生理上的痛苦转化为心理上的软弱。这种微妙的软弱的反衬，使得硬汉的性格更加丰富。正是因为软弱，硬汉的硬才不是绝对的，而是与软弱相辅相成的，不过，硬是矛盾的主要方面，是人物性格的核心。

这样的硬之所以具有震撼性，还因为虽然感到被击垮了，但仍不由自主地硬拼到底。最后一个回合，成群结队的鲨鱼来了。他感到势单力孤，保卫自己的马林鱼是绝对没有希望了。从物质上说，“搏斗也是徒劳”。视觉功能消失，凭着直觉和听觉“拼死拼活”地搏斗。鲨鱼败退了，但是，马林鱼已经被咬光了。这个强者，不得不承认“他知道自己终于被击垮了，无法挽回”。

明明老人反复承认自己失败，编者还说他永不言败，不会分析就不会综合出派生的观点。在物质利益彻底消失，舍命搏斗完全于事无补之时，老人没有痛哭，没有生气，相反，矛盾在这样的条件下神奇地转化了。他没有挫伤感，反而很轻松，思绪变得很超脱，“他很轻松地驾着船，没有任何想法和感觉。此时，他已经超脱了一切，只是尽心尽力地把小船驶回家去”。有些鲨鱼来袭击大鱼的残骸，对于这些掠食者，他也没有愤怒的感觉，居然觉得是“像人从餐桌上捡面包屑一样”无所谓，局外人似的。“老人毫不理睬，除了掌舵以外，什么都不在意。他只注意到，没有了船边（马林鱼）的重负，小船行驶得那么轻快，那么平稳”。

对这样的反差，不但需要分析，而且更需要综合，深化结论：虽然保卫自己的渔获失败了，身体被打垮了，但这只是物质意义、生理意义上的，没有失败的是他的精神：“他已经超脱了一切”。关键的是心情“毫不理睬”“什么都不在意”，没有沮丧，没有失败的痛惜。这才不是抽象的硬汉，而是永不言败的最深邃的内涵。倡言综合的论者，在这里却放弃了更深刻的综合。

三、漠视语言风格无法对文本深度洞察

分析、综合到这里，似乎应该很彻底了，但这还不是小说的最深邃之处，海明威的立意是，这个硬汉的精神虽然是美的，在世俗之见却是不被理解的。这个失败的硬汉，是孤独的。分析出来这一点才算得上深刻，才称得上是思维品质的提升。如果以“大概念 / 大单元”大而化之，滑行在文本表面，对《老人与海》的语言特色没有感觉，就会对其更深邃的主题视而不见。

海明威作品的结尾，往往呈现出一种叫作“零度结尾”的风格。所谓“零度”，就是完全不显示作者倾向的叙述。情节结束了，惜墨如金的海明威来了一个与情节无关的“尾声”。

那副鱼骨头，横在海滩上。这尾巴被潮水冲得晃来晃去。这时来了一群旅游者，其中

一个女人问明白了这是鲨鱼骨头。这个女人说：

“我还不知道鲨鱼有这么漂亮的，样子这么好看的尾巴呢。”

“我也不知道。”她的男朋友说。

女士所说“漂亮的”“好看的”，表面上是欣赏鱼骨的美，但是，是空虚的、庸俗的，透露出对硬汉的美的无知。从艺术上来说，女士所谓的“漂亮”“好看”与老人失败的、坚韧的美形成了错位。这种错位是心理的，并未直接构成冲突，所以也是隐性的，但是意涵深刻，俗人欣赏鱼骨之美，而小说体现的乃是精神之美。这种隐性的错位越大，小说在艺术上越是深邃。海明威接下去写到老人仍然在梦见狮子，就把错位幅度拉得更大了：

在路那边，老头儿又睡着了。他依旧脸朝下睡着，孩子在一旁守护他。老头儿正在梦见狮子。①

很可惜，编者没有把这个结尾选入课文。其实，这几句话在艺术上、思想上都是点睛之笔。老人失败而淡定，一如既往地梦想着有狮子一样的英雄气概。狮子的形象，在小说中重复出现了五次。狮子在他心目中正是英勇无畏的英雄的象征。

真正要读懂还要深入分析文本立体结构的第三层次——形式风格，即海明威式的不动感情的“白痴式”的叙述、电报式的叙述和“冰山风格”——浮在表面的只是冰山的八分之一，“八分之七是在水面以下的”②。人物的动作和对话只是八分之一，人物深邃的精神沉淀全在“叙述以下”。

强者、硬汉的孤独而自得，在小说中并没有直接写出来。海明威的原则是尽可能不事描写和心理分析，惜墨如金，只取平静的叙事和对话。硬汉就硬在感到小船很“轻快”，比捕得大鱼时“更轻快”，其实这是心理上的“轻快”，船行得“那么平稳”，是内心的尊严“平稳”。这就是之后在欧美风行一时的电报文体。如果不懂得叙述和对话、自白下面隐藏着的八分之七，就不可能真正领略海明威在小说中所书写的美国式个人奋斗，强者的精神和孤独之美。

把老人当作“永不言败”的英雄，说他代表了“人的灵魂的尊严”，是没有读懂这部小说，将之与列夫·托尔斯泰的《复活》、狄更斯的《大卫·科波菲尔》、马尔克斯的《百年孤独》合成一个单元，要求对不同民族文化比较，也不妥当。殊不知，《复活》是贵族的精神自我救赎，涉及东正教教义。而《大卫·科波菲尔》则是小人物的苦难中的善良，充满了英国式幽默。《百年孤独》则是南美特有的魔幻现实主义。四者硬凑在一起，不伦不类，

① 信德、仲南编：《诺贝尔文学奖金获奖作家作品选·上》，浙江文艺出版社 1984 年版，第 217 页。

② 董衡巽著：《海明威研究》，中国社会科学出版社 1980 年版，第 73 页。

无从比较。因为比较的前提乃是一点相通，构成可比性，最方便的是同类相比，因为可比性是现成的。毫无现成的可比性，属于异类比较，则需要更高的抽象度，才能有综合的系统性和全面性。抽象度递增，文本的艺术和思想特性则递减，与语文教学的特殊性的距离则越远。以四篇小说的文化比较来提高思维的水准完全是空中楼阁。

四、担负起建构语文教学理论中国流派的历史使命

单篇文本的阅读是语文教学之根本，对经典文本逐篇解读是我国的传统。苏洵和朱熹都有《诗集传》，对三百多篇诗歌逐一解读。千年的诗话、词话皆是个案的比较和分析。金圣叹对《水浒》《西厢》，毛宗岗父子对《三国演义》，脂砚斋对《红楼梦》，都是逐篇、逐字解读。从《昭明文选》到《古文观止》，还有姚鼐的《古文辞类纂》，乃至曾国藩的《经史百家杂钞》，均以单篇为纲。大单元论脱离传统，以单元阅读架空单篇解读，使一线教学产生了极大的反弹，众诉纷纭。不足的是，许多争论还停留在教学设计上，也就是“如何教得好”的范畴，没有对其深层问题进行追问。

原因之一是世界观和方法论没有相应的自觉，一种外来思路还没有来得及在实践中纠错，另一种新花样接踵而来，从来没有考虑如何以传统将之同化。因而改来改去，还是线性思维，形而上学，洋教条猖獗，如何从根本上改造、提高，并没有提上日程。“大概念/大单元”风行一时，使得问题更加严峻，教学内容越来越边缘化。原因之二在于专业素养的狭隘与宏大目标不相称。多轮的改革、纷繁的培训，都未切实将专业素养的提高作为纲领，客观反映与主观表现的关系处于蒙昧阶段，形式逻辑的论点与论据的统一还占据统治地位，辩证法的“对立、统一、转化”的方法论，还处于边缘。西方二流教学理论在母国并未称雄，到我国却独享霸权，中国传统理论往往处于被忽视甚至被批判的窘境。这一切都与我国面临的百年未有之大变局不相称。

我们正处在百年未有之巨变中，经济、科技等领域迅猛勃兴，成就辉煌，中国正从弱势走向强势，以硬实力为后盾，拥有自己的话语，发出自己的声音，以空前的自信和世界对话。但是，软实力方面，特别是教育领域，也应拥有自己的话语，在世界的舞台发出中国的声音。惭愧的是，中国语文教学虽然融入了社会主义核心价值观，但很多理论都来自国外。

我们应该创造自己的话语，拿出自己的理论，和西方前卫学者比比成色。奋战在一线的上千万教师，当意气风发，挺起腰杆，敢于对西方前卫文化和权威提出质疑，直接对文本进行分析与概括，将逻辑与历史结合，奋力攀登，拿出中华民族的精神结晶，把建构中国语文教学流派之重任放在肩头。

五论“大单元 / 大概念”：理论方法和战略前途

一、来自第一线的实践乃检验真理的唯一标准

任何理论，都不能不带有某种宿命的局限性，包括我们这个时代的历史片面性、个人思想和学养的片面性。对于一场历史意义重大的语文教学改革而言，绝对要在第一线教学的反复证明、证伪、纠错中丰富和发展。实践乃是检验真理的唯一标准，比之理论更具权威、更加毋庸置疑的是第一线的实践反馈。

第一线的实践已经发出声音。李卫东老师的《实践旨趣：学习任务群向度的单元整体教学》，就鲜明地把实践放在首要地位，以实践是检验真理的唯一标准为前提进行探讨，这样争鸣就有了共同语言，多样化探索就有了方向。而离开实践真理论，难免陷入从概念到概念的空谈。这种空谈的特点是对于一线教学产生的乱象视而不见。不断有中学、小学的一线教师向我反映，或者在网上诉说，“大概念 / 大单元”弄得他们不会教书了。所谓公开课上“大概念 / 大单元”教学的样板似乎很成功，而实际却是带着表演性、应付性，回到课堂上，绝大多数教师还是实事求是，以单篇教学为主。

这种理论与实际脱节的范围之广自基础教育改革以来是空前的。倡言改革的专家对这种现象视而不见，但是第一线的教师却走在专家前面。济南外国语学校的刘笑天老师早在2021年就提出了对“大概念 / 大单元”的质疑。他在《培育母语核心素养进程需要实证省察——兼谈“大概念大单元教学”与“学习任务群”》中指出：

首先“大概念大单元教学”在《普通高中语文课程标准》中没有单独呈现，它的

大面积实施缺少逻辑依据。“大概念”一词只是在各学科共有的课程标准“前言”部分出现：“重视以学科大概念为核心，使课程内容结构化，以主题为引领，使课程内容情境化，促进学科核心素养的落实。”而在语文学科课程标准中一次也没有提及。[①]

既然语文课标中没有，在语文教学领域全面推广就失去了合法性，但是近年来推行的势头异常迅猛。新颁布的《义务教育语文课程标准（2022 年版）》在“课程实施”部分提出的要求是“探索大单元教学，积极开展主体化、项目式学习等综合性教学活动”。这里的关键词是“探索”，不管是自然科学还是人文学科，“探索”就是在实践中进行，并随时准备对失误加以纠错。毛泽东在《人的正确思想是从哪里来的？》中指出，认识第一阶段的“精神、思想（包括理论、政策、计划、办法）是否正确地反映了客观外界的规律，还是没有证明的，还不能确定是否正确”，要把它“放到社会实践中去，看这些理论、政策、计划、办法等等是否能得到预期的成功。一般说来，成功了的就是正确的，失败了的就是错误的”。而课程标准亦无例外，属于“理论、政策、计划、办法”，应该从实践中来，并且要回到实践中去，近年来课程标准的多次修订正是在实践中纠错的表现。刘笑天尖锐地揭示，“大概念是抽象出来的概念”“大概念是联系整合概念的概念”：

> 无论从哪方面说，它更适合的学科可以是数学、物理、政治、化学、生物、地理、历史甚至外语，如果说有不合适的学科，那首推语文。在所有学科中，唯有语文学科，既以母语为教学载体，又以母语及母语文化、审美品质为教学内容，有它的独有规律和独特个性。从这个角度说，在语文学科提倡大概念大单元教学本身就是一个不小的悖论。[②]

一位业内不愿意透露姓名的权威人士告诉我，虽然最不适合语文，“语文却走得最远”。但是，倡言改革的专家在哲学上并不理解“母语文化”和“审美品质”有不同于其学科的特殊性，而特殊性主要为“审美”情感、智慧性质的语文，有其“独有规律和独特个性”，其规律是与其他课程不同的。以我的理解，数学、物理、化学等学科，话语都是普遍的，甚至是全世界各民族共同的，其基本概念、核心范畴的内涵和外延都有严密的定义限定，其思维是理性的，不容许有任何情感色彩，更不可能有个人化的理念渗入，而个人化的特殊性情感和智慧恰恰是语文的生命。

一些大而化之的教育学人士不明于此，鲁莽地闯到语文课程中来。他们自知高中语文课程标准并不能为他们提供充分的合法性，那就从外国人，特别是美国人那里弄来“权威”

---

① 刘笑天著：《培育母语核心素养进程需要实证省察——兼谈“大概念大单元教学”与“学习任务群”》，《山东教育》2021 年第 46 期。

② 刘笑天著：《培育母语核心素养进程需要实证省察——兼谈“大概念大单元教学”与“学习任务群”》，《山东教育》2021 年第 46 期。

语录，营造声势。刘笑天先生指出：

> 铺天盖地的文章在强调大概念是“上位概念”“核心概念”“认知框架”“意义模式”，会眼花缭乱地突出埃里克森、查尔斯、奥尔森、克拉克、温·哈伦、怀特利、威金斯、麦克泰等人和美国科学促进会的认同，会连篇累牍地凸显大概念是抽象出来的概念、是整合概念的概念。①

而这些“上位概念”之类，其认识论源头乃是美国布卢姆的教育目标分类学。

二、布卢姆教育目标分类学的混乱和行为主义的破产

布卢姆的学说并不复杂，有现成的简明图表如下：

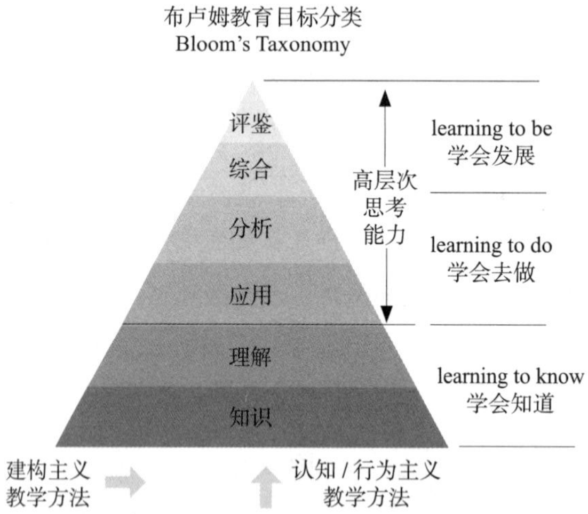

布卢姆把属于生物学的分类学（Taxonomy）扩张到整个学科中，特别是语文学科中。其逻辑基础乃是以偏概全，就在这样的沙滩上建立起他的金字塔式的“认知/行为主义”教学论。他把学习分成三个层次。在金字塔底部的基础是“学会知道”，其中包含“知识”和“理解”。金字塔中高部是“高层次思考能力”，包含两个阶段，第一阶段是“学会去做”，先是“应用”，再是“分析”；第二阶段就是在金字塔尖上的“学会发展”，这个阶段包含“综合”“评鉴”。这被规定为“最高层次思考能力”的“综合”“评鉴”，就是大概念的理论核心“综合”的根据，也就是所谓“上位概念”论的源头。

论者搬用布卢姆的分类学理论显然有点粗心大意，根本没有看出其分类标准并不统一，各阶段之间缺乏起码的内在、有机的层次性，甚至连外部联系都是任意的、生硬的罗列。例

① 刘笑天著：《培育母语核心素养进程需要实证省察——兼谈“大概念大单元教学”与“学习任务群”》，《山东教育》2021年第46期。

如，最基础的层次是从“知识”到“理解”，知识是现成的，甚至可以说是死的，教学要解决的问题恰恰在于知识如何转化为活的理解。布卢姆并不加任何阐释，就猛然跳到了第二层次：从“应用”到“分析”。这就带来了双重的离谱儿：第一，没有分析，怎么就理解了文本？第二，还没有分析文本的优长和不足就运用，这不是盲动、蒙昧，闭着眼睛抓麻雀吗？至于在金字塔顶尖上进行“综合”“评鉴”，本该是在“学会去做”的实践过程中，将成功、失败、守正、纠错统一起来，也就是“综合”出来，而“评鉴”则是从正反两个方面进行分析，从而突破旧的理念，建构新的理念。布卢姆的这种向金字塔顶层直升的思维乃是完全无视矛盾的线性思维，在西方早就受到了批判。

布卢姆的这种分类学产生于 1956 年，上述表格底部标明，其哲学基础乃“行为主义”。按行为主义观念，外部有了信息刺激，人就会有反应，故布卢姆教育学的基础层次就是：从“知识”到“理解”是直接的。从“学会知道”的低层次到“学会去做”乃至“学会发展”的高层次，是一路顺风的。这样粗糙的理念，不久以后就碰上了 20 世纪 60 年代初瑞士心理学家皮亚杰建构的“发生认识论”，皮亚杰以长期的观察调查为基础，雄辩地指出：外部信息只有被人的内在心理预结构，或者叫作图式（scheme）所同化（assimilation）才会有反应，否则就会视而不见，听而不闻。20 世纪 60 年代美国发生一场声势浩大的学术争鸣，行为主义遭到乔姆斯基的彻底批判，从总体上说已经破产了，铁证如山，有兴趣的读者可参阅乔姆斯基 1967 年的经典性论文。[①]

三、单篇教学的基础性和单元教学的从属性

这样粗浅的理论破产半个多世纪以后，居然在中国的教育领域从天而降，引领潮流。多少学有专攻的人士，居然对之肃然起敬。究其根源，在于丧失了民族主体性，连作为立国之本的实践真理论世界观和辩证思维方法论都忘记了。

但是大概念论者更为严重的问题是，在实践中空穴来风。王荣生教授说：“据所目及的相关译著，国外并无‘语文学科的基于问题的学习’‘语文学科的基于项目的学习’此类说法，更缺乏可资借鉴的实施案例。”这话虽然简洁，但是击中其文不对题、凌空蹈虚的要害。我在《“大单元 / 大概念”阅读：理论方法和战略前途》中也指出过，美国并没有统一的课本，并没有经过一个地区试点，总结正反两方面的经验，再推广到整个国家，并不存在反复从理论到实践的成功范例。

① Noam Chomsky，A Review of B. F. Skinner's Verbal Behavior，*Readings in the Psychology of Language*，Prentice-Hall 1967 年版，第 142—143 页。

更加不可忽略的是，这些在美国属于二流乃至三流水平的学说，在世界上并没有多大影响，在学术上带有很明显的片面性，在性质上应该属于假说，即使不排除有所实践，也属于草创性质。可以预见，将有许多失败等待纠错。不可思议的是，这些学说在中国却被奉为圭臬，甚至假借改革之名自上而下全面推广。一线教师就这样在“不明就里情况下”被动地、盲目地卷入了这种潮流。

一线教师纷纷对其提出强烈质疑。陈军在《充分发挥句子教学的点拨功能》一文中说：“当前的教学弊端是什么呢……教学改革说尽了天下最美好的词语，语文教材安排的内容也在单元主题的控制下，使得教学主题先行，很容易凌空蹈虚，从而使得师生在大而化之的概念网络中空发议论。”[①]这里的关键词语是“主题先行”，即不是从课文的丰富内涵出发，而是从主观预设的大概念出发，对课文进行主观的、片面的、强制性切割。程翔先生在《对“学习任务群”的几点思考》一文中，温文尔雅地说：“大单元教学容易造成教学上的凌空蹈虚。饭要一口一口地吃，路要一步一步地走。”[②]话说得很从容优雅，好像长者对孩子循循善诱，但是绵里藏针。把大单元教学强调到不适宜的程度，以至于超越了单篇教学这个主体，甚至无视单篇教学的基础性，可能会给语文教学带来不良后果。[③]

程翔先生的单篇基础论是有根据的，《普通高中语文课程标准（2017 年版，2020 年修订）》把核心素养明确界定为“语言建构与运用”“思维发展与提升”“审美鉴赏与创造”“文化传承与理解”，四者不是平行的，而是“以语言建构与运用为基础”。也就是说，语言是思维、审美、文化的“基础”。

问题在于“大单元 / 大概念”对单元文本概括化的结果不是语言的建构与运用，而是抽象共通的、普遍性的概念。这就把单篇文本的语言特殊性抽象掉了，而语言的建构与运用的“基础”恰恰体现在单篇文本的个人化、特殊性、唯一性上。

四、核心素养尽在单篇文本的个人化、特殊性、唯一性中

为彻底阐明这个问题，请允许我以统编高中语文教材选入的毛泽东《人的正确思想是从哪里来的？》《改造我们的学习》《反对党八股》为例，稍作语言基础的具体分析。

这组文章，基本话语属于抽象度很高的哲学性的“大概念”：精神、物质、唯物论、认

① 陈军著：《充分发挥句子教学的点拨功能——以统编高中语文教材必修上第一单元为例》，《语文学习》2021 年第 3 期。

② 程翔著：《对“学习任务群”的几点思考》，《语文建设》2021 年第 11 期。

③ 程翔著：《对“学习任务群”的几点思考》，《语文建设》2021 年第 11 期。

识论等，但是，这些学术概念没有流于抽象，而是结合着饱和的、感性的、明快的口语来表述。如以“天上掉下来的”代替客观唯心主义，“脑子里固有的”代替主观唯心主义。至于认识要经过实践的检验，也尽量和干部（读者）的感知缩短距离，代之以“思想、意见、政策、方法、计划、结论”。用“闭塞眼睛抓麻雀”“瞎子摸象”这样的大白话表述高度抽象的哲学概念。大白话明快、感性、亲切，但是学术内涵不如学术概念范畴严密。毛泽东乃以之严谨的推理为纲，理性抽象和感性口语交织，相辅相成，融严肃、严密、通俗与情趣为一体。

文章虽然讲的是哲学认识论，但是并没有用《矛盾论》《实践论》那样的哲学性学术文体作分析、综合、正面论证，反面证伪，完全理性地作逻辑的演绎。《人的正确思想是从哪里来的？》一文，原来是一个批示，因此无须用论文的规格展开，而是用属于随笔的文体展开，随笔不但与议论文不同，就是与一般抒情散文也不同。这里有一个不可忽略的文体特殊性问题。无视学术论文、一般论说文和以智性为核心的随笔体散文的区别，就读不出这样文章的精彩在于：智性演绎中带着随笔的活泼的心态和涉笔成趣的自由，使得哲学的理趣渗透着幽默的谐趣。例如，把一些干部作的报告说成“滔滔不绝的演说”，将其文章一概称之为“大块的文章”。

《改造我们的学习》旨在从理论上对教条主义加以严肃批判，当然以理论为主。但是，本文属于另一种文体——演讲性文体。倘若把演讲与为文混为一谈，一味用僵化而简陋的“论点—论据—论证”知识去硬套，就完全读不出演讲体散文的特殊奥妙。演讲与为文不仅仅是两种“知识”，而且是两种学问、两种学科。在美国中学里，公共演讲课（Public speaking）是基础课程，在大学里演讲或者人际交流（Understandable Communication）是必修课。为文只要把道理讲透、讲深就是好文章，哪怕百分之五十的读者看不懂，或者一下子看不下去，日后还可再钻研，甚至从此不再过问，并不影响文章的价值，也不会影响作者的心情，因为读者不在现场。但是演讲不同，它是在现场进行的，用语要明白畅快，有即时的感染力，要说得有趣，才能吸引怀着不同喜怒哀乐心情的听众的注意力。这就要缩短演讲者和听众之间的感知距离。

演讲并不是单向的传输，而是双向交流和互动，其成功不仅仅取决于演讲者，而且取决于听众的即时领悟和共鸣，演讲的成功取决于双方共同创造一种心理零距离的热烈氛围。

因而，演讲不仅要讲理，而且要把道理讲得有趣，这叫作理趣，光有理趣还不够，还要有谐趣，这就要借助幽默。用语就要更加自由，或者说更加出格。比如，褒义词、贬义词反常规的“错位”运用，这在演讲性的《反对党八股》中表现得淋漓尽致。批判教条主义不接触中国实际的文章被称为“党八股”，把腐朽的科举考试的束缚思想、规格僵化的

"八股"与共产党人联系起来，显而易见，在内涵上不统一、不和谐，这在西方幽默学中叫作"incongruity"，其幽默感得力于语义的"错位"活用：

它们为什么叫党八股呢？这是因为它除了洋气之外，还有一点土气。也算是一个创作吧！谁说我们的人一点创作也没有呢？这就是一个！

把教条主义文风说成既"洋气"又"土气"，把这样抽象的概念用这样非常感性的话语来形容已经相当出人意料了，而且这两个词在语义上又是相反的，这就不但具有语词活用的新鲜感，而且富有思维的冲击力。接着又将这种怪胎说成是"创作"，这就是正话反说了。这种超越语词常规的"错位"构成了幽默感，但是并没有破坏语言的规范，因为只是在具体语境中的活用，是一次性的，其功能乃是缩短与听者之间的心灵距离，现场的笑声证明双方心灵在最短的桥梁上遇合。

演讲体散文比之随笔更加自由，在现场双向互动的高潮甚至可以率性地交替运用文言、成语和白话。形容教条主义用了文言"谬种流传"，又用口语"害人不浅""钦差大臣满天飞"。就是运用白话，也往往即兴以对仗句型出之，"看菜吃饭，量体裁衣"，有时还结合着成语如"无实事求是之意，有哗众取宠之心"，以带着情绪的语言讲严峻的理论，以不同风格词语自由组合，其间联想意义的错位，妙趣横生。

当然，这并不是为趣味而趣味，信手拈来古人对仗句"墙上芦苇，头重脚轻根底浅；山间竹笋，嘴尖皮厚腹中空"，这很诙谐，道理又很深刻，寓庄于谐。在理趣中，既有幽默的温和，又渗透着尖锐的讽刺。理趣、情趣、谐趣交融，谐趣中又有口语的俗结合着文言的雅。作者的心灵即兴自由，语言出奇制胜，信口而言，无须宿构。

课程标准中的"审美鉴赏与创造""思维发展与提升""文化传承与理解"在"大单元/大概念"论者那里是抽象的概念与概念分类和综合，而在特殊文本中却是水乳交融地结合在唯一的、独特的、不可重复的语言当中的。对于这样的语言建构与运用，就是要像程翔老师所说的那样一篇一篇地品读，或像刘笑天老师所说的那样一篇篇地"精读"，又或像陈军老师所说的那样"充分发挥句子教学的点拨功能"。

要在真正鉴赏中悟出演讲体散文为什么如此生动，如此趣味丰富，不但要具体分析其用词，而且还要分析出独一无二的"造语"超越正常规范的出神入化，不但要有相应的知识，而且要有把知识在文本中作具体的、直接的概括形成观点的能力。

但是，毕竟演讲的最高宗旨乃是以理服人，故在情趣、谐趣和理趣之间，理趣是最根本的。作者显然匠心独运，把精心营造的文章的亮点放在理趣上。在批判教条主义空谈大概念，不看对象，反而怪罪群众水平低，毛泽东以脍炙人口的成语作翻案文章：

"对牛弹琴"这句话，含有讥笑对象的意思。如果我们除去这个意思，放进尊重对象的意思去，那就只剩下讥笑弹琴者这个意思了。为什么不看对象乱弹一顿呢？[①]

在这里，辩证法对立面在一定条件下向相反方面转化，运用得得心应手，除去了嘲笑群众这个条件，就转化为嘲笑教条主义者自己了。辩证思维让旧成语瞬间获得了崭新的意义。这不但是思想的亮点，也是辩证法的胜利。听众感到的不仅是深刻，而且还有其智慧，在点石成金之时，其精神状态又如此轻松。“思维”“审美”“文化”，所有这一切的载体乃语言的创新建构。对这种语文载体视而不见、听而不闻，不但是知识的缺陷，而且是具体分析能力的匮乏。

五、进入作者的精神境界，读出立国之本、立人之本和立论之本

这样的文章，撼动读者心灵的不仅是语言的推陈出新、趣味的丰富多彩，而且是毛泽东长期郁积的义愤。绵里藏针的幽默的谐趣不足以表达其痛心疾首，则以歇后语“懒婆娘的裹脚”加以辛辣的讽刺。将教条主义如此不堪的文风归结为“就是下决心不要群众看”，这就是挖苦了。对教条主义为文空话连篇却振振有词，则形容其为“装腔作势，借以吓人”“空话连篇，言之无物，还可以说是幼稚；装腔作势，借以吓人，则不但是幼稚，简直是无赖了”[②]。用“懒婆娘”“无赖”这样的词语，说明即兴转入直接斥责。但是就整体而言，仍然保持着克制，古典雅言，通俗口语，猝然遇合，相得益彰。古词俗语，焕然一新，寓谐于庄，嬉笑怒骂，出口成章，情趣、理趣、谐趣交融，这是典型的毛氏文风。听众心领神会，不时报之以笑声。双向互动，共同对教条主义藐视，升华到毛泽东扬眉吐气、神思飞越、意气风发的精神境界。

从这里我们看到的不仅仅是淋漓尽致的文采，而且是人的精神风采。表面上侃侃而谈、亲切自如、和颜悦色，实质上严峻训教。理论上游刃有余，语言上信手拈来、出奇制胜，对约定俗成的成语，揭示其片面性。这就不但是通常所谓的妙趣横生，而且是妙理横生。词源滚滚，才华横溢，毫不掩饰对奉洋教条为圭臬者的俯视、藐视，游刃有余地表现智慧上的优越。

对于广大师生来说，重要的是从文章里获得精神的营养。读文章的最高境界不仅仅是读文，而且是读人。孟子云：“读其文，不知其人，可乎？”（《孟子·万章》）。按照孟子的原则，读文章，不读出其人的精神，肯定是粗浅的。阅读的最高宗旨乃进入其人的精神境界。我们要从毛泽东的文章中，读出其实践真理论的世界观、辩证法的方法论，这是我们

① 《毛泽东选集·第三卷》，人民出版社2009年版，第836页。
② 《毛泽东选集·第三卷》，人民出版社2009年版，第834—835页。

的立国之本；从其神采飞扬中，读出其扭转历史的民族文化自信、自尊，此乃立人之本；从其驾驭语言的出神入化，读出为文之本。

其实，毛泽东的语言风格，用西方文论权威海德格尔的话，语言是人的“诗意的栖居”都不太够用。语言作为社会约定俗成的公共符号，谈不上诗意，毛泽东把自己的情操、意气、生气、才气注入语句，才有了如此独特的诗意生命。

吾人之历史使命乃是将古今经典丰富的直觉转化上升为理论，改变百年以来理论上的失语症，阻断理论赤字的恶性循环。毛泽东在《整顿党的作风》中就说了，对不管来头多大的洋教条“绝对不应盲从，绝对不应提倡奴隶主义”[①]。八十年过去了，对洋教条的盲从仍然很有市场，有时还具有某种程度的垄断性。这样带有方向性的问题是不能回避的。

当然，“大单元 / 大概念”并非一无是处，而是有其内在的合理内核，只是教条式照搬把本来的缺陷变成了真正的碎片。因为单篇文本分析的确有局限，正如单元文本综合也有局限一样。把二者结合起来，其间是有一些规律的。事实上，一线教师除了程翔、陈军、刘笑天，还有黄厚江和他的苏州同仁等已经探索出端倪，只是在理论上还没有完全展开。这个问题很复杂、很丰富，我会另撰文分析。

① 《毛泽东选集 · 第三卷》，人民出版社 2009 年版，第 827 页。